FJB

Allysons Leben ist genau wie ihr Koffer – überlegt, geplant und ordentlich gepackt. Doch am letzten Tag ihrer dreiwöchigen Europatour lernt sie Willem kennen. Sofort knistert es zwischen den beiden. Als freier, ungebundener Schauspieler ist Willem all das, was die 18jährige Allyson nicht ist, und als er sie einlädt, mit ihm nach Paris zu kommen, trifft sie spontan eine für sie untypische Entscheidung. Sie ändert ihren Plan und geht mit ihm. Nach nur einem gemeinsamen Tag wird aus dem Knistern ein Brennen … bis Allyson am nächsten Morgen aufwacht und feststellen muss, dass Willem nicht mehr da ist.

Gayle Forman, geboren 1971, begann ihre journalistische Karriere beim »Seventeen Magazine« und arbeitete dann für große Zeitschriften wie »Cosmopolitan«, »Glamour« und »Elle«, bevor sie anfing, Romane zu schreiben. Inzwischen hat sie etliche Bestseller, darunter WENN ICH BLEIBE, veröffentlicht. Sie lebt mit ihrem Mann und ihren Töchtern in Brooklyn, New York.

Weitere Informationen finden Sie auf www.fischerverlage.de

GAYLE FORMAN

NUR EIN TAG

ROMAN

Aus dem Amerikanischen von
Stefanie Schäfer

FJB

MIX
Papier aus verantwortungsvollen Quellen
FSC® C083411

Erschienen bei FISCHER Taschenbuch
Frankfurt am Main, April 2018

Die Originalausgabe erschien
unter dem Titel ›Just One Day‹ im Verlag DUTTON BOOKS,
einem Imprint der Penguin Group (USA) Inc.

Satz: Dörlemann Satz, Lemförde
Druck und Bindung: CPI books GmbH, Leck
Printed in Germany
ISBN 978-3-596-19778-1

Für Tamar:

Schwester, Reisegefährtin, Freundin – die, nebenbei bemerkt, sich aufgemacht und ihren Holländer geheiratet hat

Die ganze Welt ist Bühne
Und alle Fraun und Männer bloße Spieler.
Sie treten auf und gehen wieder ab,
Sein Leben lang spielt einer manche Rollen.

Aus *Wie es euch gefällt* von William Shakespeare

TEIL EINS

Ein Tag

Eins

AUGUST

Stratford-upon-Avon, England

Angenommen, Shakespeare hätte sich geirrt? ›Sein oder nicht sein: das ist hier die Frage.‹ Das ist ein Zitat aus Hamlets – vielleicht sogar Shakespeares – berühmtestem Monolog. In der elften Klasse musste ich die ganze Rede für den Englischunterricht auswendig lernen, und noch immer kann ich mich an jedes Wort erinnern. Damals habe ich noch nicht weiter darüber nachgedacht. Mir ging es nur darum, den Monolog fehlerfrei aufzusagen und meine Eins zu bekommen. Doch angenommen, Shakespeare – und Hamlet – haben die falsche Frage gestellt? Angenommen, die richtige Frage lautet nicht, *ob* man ist, sondern *wie* man ist?

Das Entscheidende ist aber, dass ich mir diese Frage – nämlich wie ich sein sollte – wahrscheinlich nie gestellt hätte, wenn *Hamlet* nicht gewesen wäre. Vielleicht wäre ich dann einfach für immer jene Allyson Healey geblieben, die ich gewesen bin. Die immer das getan hat, was von ihr erwartet wurde, in diesem Fall, sich eine Aufführung von *Hamlet* anzusehen.

»Mein Gott, ist das heiß! Ich dachte, in England würde es nicht so warm werden.« Meine Freundin Melanie schlingt ihr blondes Haar zu einem Knoten und fächelt ihrem verschwitzten Nacken Luft zu. »Wann ist eigentlich Einlass?«

Ich blicke hinüber zu Ms Foley, die hinter ihrem Rücken

von Melanie und dem größten Teil unserer Gruppe »Unsere furchtlose Führerin« genannt wird. Doch sie redet gerade mit Todd, einem der Geschichtsstudenten, die ebenfalls zur Reiseleitung gehören. Sieht so aus, als wasche sie ihm mal wieder den Kopf. In der *Teen Tours! Cultural Extravaganza*-Broschüre, die mir meine Eltern zum Highschoolabschluss vor zwei Monaten präsentiert haben, wurden Studenten wie Todd als »Geschichtsexperten« bezeichnet, deren Aufgabe es sei, »das hohe Bildungsniveau« der *Teen Tours!*-Rundreisen zu garantieren. Doch bisher hat Todd hauptsächlich eine hohe Anzahl verkaterter Teenager garantiert, weil er fast jeden Abend mit allen um die Häuser zieht. Ich bin mir sicher, heute Abend werden die meisten es so richtig krachen lassen, denn schließlich ist dies die letzte Etappe unserer Reise: Stratford-upon-Avon, eine Stadt voller Kultur! Die scheint sich allerdings hauptsächlich durch eine überproportional große Anzahl von Kneipen bemerkbar zu machen, in deren Namen »Shakespeare« vorkommt und die vorwiegend von Leuten in leuchtend weißen Turnschuhen frequentiert werden.

Ms Foley trägt ebenfalls schneeweiße Turnschuhe, ordentlich gebügelte Jeans und ein *Teen Tours!*-Poloshirt, während sie Todd zurechtweist. An manchen Abenden, wenn alle anderen in der Stadt unterwegs sind, sagt sie mir, dass sie ihn eigentlich der Zentrale melden müsse. Aber das tut sie dann anscheinend doch nicht. Ich glaube unter anderem, weil er mit ihr flirtet, wenn sie mit ihm schimpft. Ja, er flirtet sogar mit Ms Foley. Vor allem mit Ms Foley.

»Ich glaube, es fängt um sieben an«, antworte ich auf Melanies Frage und sehe auf meine Armbanduhr aus massivem Gold, einem weiteren Geschenk zum Schulabschluss, auf deren Rückseite *Viel Erfolg auf all deinen Wegen* eingraviert ist. Sie wiegt schwer an meinem verschwitzten Handgelenk. »Jetzt ist es halb sieben.«

»Wahnsinn, die Briten stehen wirklich gerne Schlange. Sie sollten sich mal ein Beispiel an den Italienern nehmen, die drängeln sich immer einfach vor. Andererseits sollten sich vielleicht eher die Italiener ein Beispiel an den Briten nehmen.« Melanie zieht an ihrem Minirock – ihrem Bandage-Rock, wie sie ihn nennt – und zupft ihr enges Top zurecht. »Mein Gott, Rom! Es kommt mir vor, als wäre es schon ein Jahr her.«

Rom? Ist das tatsächlich erst sechs Tage her? Oder schon sechzehn? Ganz Europa ist zu einem nebulösen Gewirr geworden aus Flughäfen, Bussen, alten Gebäuden und Festpreismenüs, meistens Hühnchen in Sauce. Als mir meine Eltern diese Reise als großes Highschoolabschlussgeschenk präsentierten, habe ich mich erst ein wenig gesträubt. Aber Mom versicherte mir, dass sie sich gründlich informiert habe. *Teen Tours!* sei sehr renommiert und besonders bekannt für sein hohes Bildungsniveau sowie die Sorgfalt, mit der man sich um die jungen Reisenden kümmern würde. Man würde gut auf mich achtgeben. »Du wirst nie alleine sein«, versprachen mir meine Eltern. Und natürlich würde auch Melanie mitkommen.

Sie hatten recht. Ich weiß, dass alle anderen Ms Foley dafür hassen, dass sie uns so streng beaufsichtigt, aber ich schätze es, wenn sie jedes Mal die Teilnehmer durchzählt, und finde es sogar gut, dass sie die nächtlichen Sauftouren durch die Bars missbilligt, obwohl die meisten von uns schon so alt sind, dass sie in Europa ganz legal Alkohol trinken dürfen. Es scheint sich hier ohnehin keiner für irgendwelche Altersbeschränkungen zu interessieren.

Ich gehe nicht in die Bars. Ich gehe meistens ins Hotel zurück, in das Zimmer, dass ich mir mit Melanie teile, und sehe fern. Fast immer laufen amerikanische Filme, genau solche, wie Melanie und ich sie uns zu Hause oft am Wochenende angeschaut haben, in ihrem oder meinem Zimmer, mit bergeweise Popcorn dazu.

»Ich komme mir vor, als würde ich gegrillt«, stöhnt Melanie. »Es ist immer noch genauso heiß wie mittags.«

Ich blicke hinauf zum Himmel, zur grellen Sonne und den zarten, dahintreibenden Wolken. Ich mag es, wie schnell sie ziehen, nichts hält sie auf. Am Himmel erkennt man, dass England eine Insel ist. »Wenigstens schüttet es nicht mehr so wie bei unserer Ankunft.«

»Hast du zufällig eine Haarspange dabei?«, fragt Melanie. »Natürlich nicht. Ich wette, jetzt bist du froh über deine neue Frisur.«

Unwillkürlich fasse ich mir in den Nacken, der sich immer noch ungewohnt anfühlt, seltsam entblößt. Unsere Reise fing in London an, und am zweiten Nachmittag hatten wir einige Stunden frei zum Shoppen, was wohl auch zur Kultur zählt. In dieser Zeit überredete mich Melanie, mir beim Friseur einen Bob schneiden zu lassen. Das gehörte alles zu ihrem Sich-neu-erfinden-Plan, den sie für die Vor-College-Zeit entworfen und mir auf dem Flug nach Europa erklärt hatte: »Niemand am College wird ahnen, was für Streberinnen wir gewesen sind. Wir sind außerdem viel zu hübsch, um als echte Nerds durchzugehen, und auf dem College sind eh alle intelligent. Wir können also beides sein, cool und schlau. Das eine schließt das andere nicht mehr aus.«

Für Melanie bestand das Sich-neu-Erfinden offenbar in gewagten, absolut lässigen Klamotten, für die sie ihr halbes Taschengeld bei *Topshop* ausgab, und in der Abkürzung ihres Namens von Melanie zu Mel – etwas, woran ich mich noch immer nicht richtig gewöhnt habe, ganz egal, wie oft sie mich unter dem Tisch tritt. Für mich bestand es in der neuen Frisur, zu der sie mich überredet hatte.

Als ich mich das erste Mal sah, war ich entsetzt. Solange ich denken kann, hatte ich langes schwarzes Haar ohne Pony, und das Mädchen, das mich aus dem Friseurspiegel heraus anstarrte, sah mir kein bisschen ähnlich. Zu diesem Zeitpunkt waren wir erst seit zwei Tagen unterwegs, aber mein Magen wurde plötzlich ganz hohl vor Heimweh. Ich sehnte mich danach, wieder zu Hause in meinem Zimmer zu sein, umgeben von meinen vertrauten pfirsichfarbenen Wänden und meiner Sammlung von alten Weckern. Ich fragte mich, wie ich es jemals am College schaffen würde, wenn ich nicht einmal diese Reise schaffte.

Aber ich habe mich an die Frisur gewöhnt, und das Heimweh ist fast weg. Und außerdem ist die Reise auch schon fast zu Ende. Die meisten aus unserer Gruppe werden morgen direkt den Bus zum Flughafen nehmen und nach Hause fliegen. Melanie und ich werden in einen Zug nach London steigen und dort noch drei Tage bei ihrer Cousine bleiben. Melanie redet davon, noch mal zu dem Friseursalon zu gehen, wo ich mir den Bob habe schneiden lassen, weil sie sich eine Haarsträhne pink färben lassen will. Und wir werden uns im West End *Let It Be* ansehen. Am Sonntag fliegen wir nach Hause, und dann fängt auch bald das College an – ich gehe nach Boston, Melanie nach New York.

»Lasst Shakespeare frei!«

Ich blicke auf. Eine Gruppe von etwa zehn Leuten kommt die Straße herunter und verteilt leuchtend bunte Flyer. Ich erkenne auf den ersten Blick, dass sie keine Amerikaner sind – keiner trägt leuchtend weiße Turnschuhe oder Cargoshorts, alle sind großgewachsen und dünn und sehen überhaupt irgendwie anders aus als wir. Es ist, als wäre selbst ihr Knochenbau andersartig.

»Danke«, sagt Melanie, nimmt einen Flyer entgegen und benutzt ihn, um ihrem Hals Luft zuzufächeln.

»Was steht denn drauf?«, frage ich sie mit einem Blick auf die Gruppe. Hier im touristischen Stratford-upon-Avon fallen die jungen Leute auf wie knallroter Klatschmohn auf einem grünen Feld.

Melanie sieht den Flyer an und rümpft die Nase. »Guerilla Will?«

Ein Mädchen mit genau solchen pinkfarbenen Strähnen im Haar, wie Melanie sie gerne hätte, kommt auf uns zu. »Wir spielen Shakespeare für wirklich jeden.«

Ich werfe einen Blick auf den Zettel. Darauf steht: *Guerilla Will. Shakespeare ohne Grenzen. Shakespeare entfesselt. Shakespeare umsonst. Shakespeare für alle.*

»Shakespeare umsonst?«, liest Melanie.

»Ja«, antwortet das pinkhaarige Mädchen in britisch klingendem Englisch. »Nicht für den kapitalistischen Gewinn. So, wie Shakespeare es gewollt hätte.«

»Meinst du nicht, dass er gerne Eintrittskarten verkaufen und mit seinen Stücken Geld verdienen wollte?« Ich will mich nicht als Besserwisserin aufspielen, aber ich muss an den Film *Shakespeare in Love* denken, in dem er ständig irgendwelchen Leuten Geld schuldet.

Das Mädchen verdreht die Augen, und ich komme mir blöd vor. Ich senke den Blick. Ein Schatten fällt auf mich, und für einen Moment ist das blendende Licht der Sonne verdeckt.

Dann höre ich ein tiefes Lachen. Ich blicke auf. Ich kann die Person vor mir nicht erkennen, weil sie im Gegenlicht vor der noch immer gleißenden Abendsonne steht. Aber ich kann sie hören.

»Ich glaube, sie hat recht«, sagt er. »Ein armer Künstler zu sein ist bestimmt nicht besonders romantisch, vor allem, wenn man tatsächlich kurz vorm Verhungern ist.«

Ich blinzele ein paarmal. Meine Augen gewöhnen sich an das Licht, und ich sehe, dass der Typ schmal und sehr groß ist, bestimmt dreißig Zentimeter größer als ich. Sein Haar ist blond in allen Nuancen, und seine Augen sind so braun, dass sie fast schwarz wirken. Ich muss meinen Kopf in den Nacken legen, um zu ihm aufzuschauen, und er muss seinen beugen, um auf mich hinunterzublicken.

»Aber Shakespeare ist tot. Im Grab bekommt er keine Tantiemen. Und wir, wir sind lebendig.« Er breitet die Arme aus, als wolle er das ganze Universum umarmen. »Was wollt ihr euch anschauen?«

»*Hamlet*«, antworte ich.

»Ah, *Hamlet.*« Er spricht mit leichtem Akzent. »Ich denke, einen so schönen Abend sollte man nicht mit einer Tragödie vergeuden.« Er sieht mich an, als wäre das eine Frage. Dann lächelt er. »Und schon gar nicht in geschlossenen Räumen. Wir spielen *Was ihr wollt.* Draußen.« Er gibt mir einen Flyer.

»Wir überlegen es uns«, antwortet Melanie mit ihrer koketten Stimme.

Der Typ zieht eine Schulter hoch und neigt den Kopf, dass er mit dem Ohr fast sein sehr kantiges Schultergelenk berührt. »Was ihr wollt«, fügt er hinzu und sieht mich dabei an. Dann schlendert er davon, um sich wieder zum Rest seiner Truppe zu gesellen.

Melanie blickt ihm nach. »Wow, warum sind die nicht bei Teen Tours? *Cultural Extravaganza*? Das ist Kultur, die mich interessiert!«

Als ich ihnen nachblicke, spüre ich ein seltsames Ziehen. »Ich habe *Hamlet* schon mal gesehen, weißt du.«

Melanie schaut mich an und zieht die Augenbrauen hoch, die sie zu übertrieben dünnen Bögen gezupft hat. »Ich auch. Zwar im Fernsehen, aber immerhin …«

»Wir könnten … da hingehen. Ich meine, das wäre doch mal was anderes. Eine kulturelle Erfahrung. Das ist es doch, weshalb uns unsere Eltern auf diese Reise geschickt haben.«

Melanie lacht. »Was ist los mit dir? Plötzlich so verwegen! Und was ist mit unserer furchtlosen Führerin? Sieht so aus, als würde sie uns gleich mal wieder durchzählen wollen.«

»Na ja, die Hitze hat dir doch sehr zu schaffen gemacht …«, setze ich an.

Melanie sieht mich eine Sekunde lang an, dann dämmert es ihr. Sie leckt sich die Lippen, grinst und schielt. »Oh, klar! Ich hab total einen Hitzschlag!« Sie dreht sich zu Paula um, die aus Maine ist und eifrig einen Reiseführer studiert. »Du, Paula, mir ist ganz schwindlig.«

»Ja, es ist wirklich sehr heiß«, bestätigt Paula und nickt mitleidig. »Du solltest was trinken, damit du nicht dehydrierst.«

»Ich glaub, ich kipp gleich um. Ich seh schwarze Punkte.«

»Jetzt übertreib nicht so«, flüstere ich.

»Es muss schon realistisch sein«, flüstert Melanie zurück, die jetzt Spaß daran hat. »Oh, ich glaube, ich werde ohnmächtig!«

»Ms Foley!«, rufe ich.

Ms Foley blickt von ihrem Blatt auf, auf dem sie unsere Namen abhakt. Sie kommt zu uns herüber und sieht dabei so besorgt aus, dass ich gleich ein schlechtes Gewissen habe. »Ich glaube Melanie, ich meine Mel, hat einen Hitzschlag.«

»Geht es dir nicht gut? Es kann jetzt nicht mehr lange dauern. Und im Theater ist es schön kühl.« Ms Foley spricht in einer seltsamen Mischung aus typisch britischen Redensarten und einem breiten Midwestern-Akzent, über den sich alle lustig machen, weil sie ihn für aufgesetzt halten. Aber ich glaube, es ist einfach nur so, dass Ms Foley aus Michigan kommt und viel Zeit in Europa verbracht hat.

»Ich hab das Gefühl, dass ich gleich kotzen muss.« Melanie trägt dick auf. »Wie peinlich, wenn mir das im Swan Theatre passiert.«

Ms Foley verzieht entsetzt das Gesicht; vielleicht weil sie sich vorstellt, wie Melanie sich im Swan Theatre übergibt, oder weil sie es nicht erträgt, das Wort kotzen in nächster Nähe der Royal Shakespeare Company zu hören. »Ach du meine Güte! Ich sollte dich besser zurück ins Hotel bringen.«

»Ich kann mit ihr gehen«, schlage ich vor.

»Wirklich? Oh, nein. Das kann ich nicht annehmen. Du solltest dir unbedingt *Hamlet* ansehen.«

»Aber es macht mir wirklich nichts aus. Ich bringe sie zurück.«

»Nein! Es liegt in meiner Verantwortung, sie zurückzubringen. Ich kann dir das nicht zumuten.« Ihrem angespannten Gesicht sehe ich an, welchen inneren Kampf sie ausficht.

»Ist schon gut, Ms Foley. Ich habe *Hamlet* schon mal gesehen, und das Hotel ist ja nicht weit weg. Von hier aus gleich auf der anderen Seite des Platzes.«

»Wirklich? Ach, das wäre wirklich ganz reizend von dir. Kaum zu glauben, aber obwohl ich schon so lange diese Rundreisen organisiere, habe ich noch nie eine *Hamlet*-Aufführung der Royal Shakespeare Company gesehen.«

Melanie stöhnt ein wenig, des dramatischen Effekts wegen. Ich stupse sie leicht mit dem Ellbogen an und lächle Ms Foley zu. »Na dann sollten Sie die Aufführung auf keinen Fall verpassen.«

Sie nickt so feierlich, als würden wir hier über ein so wichtiges Thema wie zum Beispiel die Thronfolge diskutieren. Dann nimmt sie meine Hand. »Es war eine solche Freude, dich in der Gruppe zu haben, Allyson. Ich werde dich vermissen. Ich wünschte, mehr junge Leute heutzutage wären so wie du. Du bist so ein ...« Sie hält einen Moment inne und sucht nach dem richtigen Wort. »So ein gutes Mädchen.«

»Danke«, antworte ich automatisch, doch ihr Kompliment enttäuscht mich irgendwie. Ich weiß nicht genau, warum. Vielleicht weil es offenbar das Netteste ist, was ihr zu mir einfällt, oder weil ich in diesem Moment gerade gar kein so gutes Mädchen bin.

»Gutes Mädchen, du meine Scheiße!« Melanie lacht laut auf, nachdem wir uns ein Stück von der Warteschlange entfernt haben und sie aufhören kann, die Leidende zu spielen.

»Sei still. Mir ist es unangenehm zu lügen.«

»Dafür bist du aber ganz schön gut darin. Du könntest Karriere als Schauspielerin machen, wenn du mich fragst.«

»Ich frage dich aber nicht. Also, wo müssen wir hin?« Ich werfe einen Blick auf den Flyer. »Canal Basin? Was ist das denn?«

Melanie zieht ihr Handy aus der Tasche, das im Gegensatz zu meinem in Europa funktioniert. Sie öffnet die Stadtplan-App. »Scheint tatsächlich ein Wasserbecken am Kanal zu sein.«

Nur wenige Minuten später haben wir das Ufer des Kanals erreicht. Es ist ein bisschen wie auf einem Jahrmarkt, alles voller Leute. Lastkähne liegen entlang dem Wasser, auf unterschiedlichsten Booten kann man vom Eis bis zum Gemälde alles Mögliche kaufen. Aber es gibt kein Theater. Keine Bühne, keine Stühle. Keine Schauspieler. Wieder schaue ich auf den Flyer.

»Vielleicht ist es auf der Brücke?«, überlegt Melanie.

Wir laufen hinüber zur mittelalterlichen Bogenbrücke, aber dort ist es auch nicht anders: Überall Touristen, die sich, wie wir, durch die Hitze schleppen.

»Findet das denn wirklich heute Abend statt?«, fragt Melanie.

Ich denke an den Typen mit den dunklen Augen, der ausdrücklich gesagt hat, der heutige Abend sei zu schön für eine Tragödie. Doch ein Theater kann ich nirgends entdecken. Wahrscheinlich war es nur ein Scherz – blöde Touristen reinlegen.

»Komm, wir holen uns ein Eis, damit der Abend kein totaler Reinfall ist«, schlage ich vor.

Wir stellen uns vor einem Eisstand an, als auf einmal der Klang akustischer Gitarren und hallender, rhythmischer Bongos ertönt. Ich horche auf, bin plötzlich ganz wach. Um besser sehen zu können, stelle ich mich auf eine nahe gelegene Bank. Es ist zwar nicht wie von Zauberhand eine Bühne erschienen, aber unter einer Baumgruppe hat sich eine ziemlich große Menschenmenge gebildet.

»Ich glaube, es fängt an«, sage ich und schnappe Melanies Hand.

»Aber das Eis!«, protestiert sie.

»Hinterher«, sage ich und ziehe sie in Richtung der Menge.

»Wenn Musik die Nahrung der Liebe ist, so spielt fort.«

Der Typ, der Herzog Orsino spielt, sieht vollkommen anders aus als alle Shakespeare-Schauspieler, die ich je gesehen habe, ausgenommen vielleicht in der Filmfassung von *Romeo und Julia* mit Leonardo DiCaprio. Er ist dunkelhäutig, hat Dreadlocks und ist gekleidet wie ein glamouröser Rockstar: enge Latexhose, spitze Schuhe und ein enges ärmelloses Netzhemd, durch das sich sein muskulöser Oberkörper abzeichnet.

»Oha, ich glaube, wir haben die richtige Entscheidung getroffen«, flüstert mir Melanie ins Ohr.

Als Orsino seinen Eröffnungsmonolog zum Klang der Gitarren und Bongos spricht, läuft es mir kalt den Rücken runter.

Wir sehen den ganzen ersten Akt, während wir den Schauspielern entlang des Kanals folgen. Wenn sie sich bewegen, bewegen wir uns mit, was uns das Gefühl gibt, Teil des Stückes zu sein. Und das ist es vielleicht, was es so anders macht. Denn ich habe Shakespeare schon gesehen. Etliche Schulinszenierungen und einige Stücke am Philadelphia Shakespeare Theatre. Aber bisher war es immer so, als würde ich mir ein Stück in einer Fremdsprache ansehen, die mir nicht besonders geläufig ist. Ich musste mich zwingen, konzentriert zu bleiben, und die halbe Zeit las ich wieder und wieder im Programmheft, als könne es mir ein tieferes Verständnis vermitteln.

Diesmal macht es klick. Es ist, als würden sich meine Ohren auf die fremdartige Sprache einstellen und ich ganz in der Handlung aufgehen, wie im Kino, wenn mich ein Film komplett einnimmt. Als sich Orsino nach der kühlen Olivia verzehrt, spüre ich denselben Schmerz wie damals, als ich mich in einen Jungen verliebt hatte, für den ich einfach immer unsichtbar blieb, und als Viola ihren Bruder betrauert, spüre ich ihre Einsamkeit. Und als sie sich in Orsino verliebt, der sie für einen Mann hält, ist das lustig und bewegend zugleich.

Er erscheint erst im zweiten Akt. Er spielt Sebastian, Violas totgeglaubten Zwillingsbruder. Das wiederum ergibt für mich einen gewissen Sinn, weil ich bereits dachte, er existiere gar nicht und ich hätte ihn mir nur eingebildet.

Als er durch den Park rennt, gefolgt vom getreuen Antonio, rennen wir alle hinter ihm her. Nach einer Weile fasse ich mir ein Herz und sage zu Melanie: »Los, lass uns näher rangehen.« Sie nimmt mich an der Hand, wir schieben uns durch die Menge und kommen genau dann vorne an, als Olivias Narr Sebastian abholen will und die beiden streiten, bevor Sebastian ihn wegschickt. Kurz bevor er das tut, sieht *er* mir für einen kurzen Moment in die Augen.

Während sich der heiße Tag dem Ende zuneigt und die Dämmerung hereinbricht, werde ich immer tiefer in die Scheinwelt von Illyrien hineingezogen, bis ich das Gefühl habe, einen seltsam fremden Ort betreten zu haben, an dem alles machbar ist und man seine Identität wechseln kann wie Schuhe. Wo Totgeglaubte zum Leben erwachen. Wo alle glücklich und zufrieden sind bis an ihr Lebensende. Mir ist schon klar, dass das ziemlich kitschig ist, aber die Luft ist mild und warm, das Laub der Bäume dicht und grün, die Grillen zirpen, und plötzlich erscheint das Unmögliche möglich.

Viel zu schnell endet das Stück. Sebastian und Viola sind wieder vereint, Viola eröffnet Orsino, dass sie in Wirklichkeit ein Mädchen ist, und natürlich will er sie jetzt heiraten. Olivia erkennt, dass Sebastian zwar ein anderer Mensch ist als der, den sie zu heiraten geglaubt hatte, liebt ihn aber trotzdem.

Wieder spielen die Musiker, während der Narr den Schlussmonolog hält. Dann verneigen sich die Schauspieler und jeder macht dazu noch etwas Lustiges: Einer schlägt einen Salto, ein anderer spielt Luftgitarre. Als sich Sebastian verbeugt, lässt er seinen Blick übers Publikum schweifen, bis er mich entdeckt. Er verzieht seinen Mund zu einem lustigen angedeuteten Lächeln, holt eine Münze aus der Tasche und schnippt sie mir zu. Es ist ziemlich dunkel und die Münze klein, aber trotzdem fange ich sie auf. Es scheint, als würden die Leute jetzt auch mir applaudieren.

Mit der Münze in einer Hand klatsche ich auch. Ich klatsche, bis meine Hände brennen, ich klatsche, weil ich nicht möchte, dass es zu Ende geht, weil ich dieses Gefühl nicht verlieren will. Ich klatsche, weil ich weiß, was geschehen wird, wenn ich aufhöre, nämlich dasselbe wie nach einem wirklich guten Film – einem, der mich richtig mitgenommen hat. Ich werde in die Realität zurückgeworfen, und Leere macht sich in mir breit. Manchmal sehe ich mir dann einen Film noch einmal von vorn an, nur um wieder das Gefühl zu haben, Teil dieser anderen Realität zu sein. Was, wie ich natürlich weiß, vollkommen sinnlos ist.

Aber heute Abend gibt es keine Wiederholung. Die Menge zerstreut sich; die Schauspieler schlendern davon. Nur die Musiker sind noch da und gehen mit dem Hut herum. Ich gebe zehn Pfund.

Melanie und ich stehen schweigend nebeneinander. »Wow«, sagt sie schließlich.

»Echt Wahnsinn«, pflichte ich ihr bei.

»Das war richtig cool. Dabei kann ich Shakespeare eigentlich nicht leiden.«

Ich nicke.

»Und bilde ich mir das nur ein, oder hat der heiße Typ von vorhin an der Schlange, der den Sebastian gespielt hat, uns total angemacht?«

Uns? Er hat mir die Münze zugeworfen! Oder habe ich sie nur zufällig aufgefangen? Wollte er eigentlich Melanie mit ihren blonden Haaren und ihrem engen Top anbaggern? Mel 2.0, wie sie sich nennt, so viel attraktiver als Allyson 1.0.

»Ist mir gar nicht aufgefallen«, sage ich.

»Er hat uns doch sogar die Münze zugeworfen! Gut gefangen, übrigens. Vielleicht sollten wir nachsehen, wo sie hingegangen sind. Mit ihnen ein bisschen abhängen oder so.«

»Sie sind schon weg.«

»Ja, aber die Typen mit dem Hut sind doch noch da.« Sie zeigt zu den Musikern. »Wir könnten sie fragen, wo sie hin sind.«

Ich schüttele den Kopf. »Die wollen bestimmt keine blöden amerikanischen Teenager dabeihaben.«

»Erstens sind wir nicht blöd, und zweitens sahen die meisten von denen auch nicht viel älter aus.«

»Nein, lieber nicht. Außerdem sieht Ms Foley vielleicht nach uns. Wir sollten zurück ins Hotel gehen.«

Melanie verdreht die Augen. »Warum machst du das jedes Mal?«

»Was mache ich?«

»Du sagst zu allem nein. Als wolltest du kein Abenteuer erleben.«

»Ich sage nicht immer nein!«

»Neun von zehn Mal. Bald müssen wir aufs College. Lass uns vorher ein bisschen leben!«

»Ich lebe ziemlich viel«, erwidere ich bissig. »Außerdem hat es dir früher nie etwas ausgemacht.«

Melanie und ich sind beste Freundinnen, seit ihre Familie in den Sommerferien nach dem ersten Schuljahr zwei Häuser weiter eingezogen ist. Seitdem haben wir alles zusammen gemacht: Wir haben gleichzeitig unsere Milchzähne verloren, gleichzeitig unsere Periode bekommen, sogar unseren ersten Freund hatten wir gleichzeitig. Nur ein paar Wochen, nachdem Melanie mit Alex zusammengekommen war, ging ich mit Evan (Alex' bestem Freund). Melanie und Alex trennten sich allerdings schon im Januar, während Evan und ich es bis April schafften.

Wir haben so viel Zeit miteinander verbracht, dass wir sogar eine Art Geheimsprache haben mit Witzen und Blicken, die nur wir verstehen. Natürlich haben wir uns auch oft gestritten. Wir sind beide Einzelkinder und deshalb auch ein bisschen wie Schwestern. Bei einem Streit ist sogar mal eine Lampe zu Bruch gegangen. Aber so wie jetzt war es noch nie. Ich kann nicht mal genau sagen, was es ist, aber seitdem wir zusammen unterwegs sind, habe ich das Gefühl, ein Rennen gegen Melanie zu verlieren, von dem ich gar nicht wusste, dass ich daran teilnehme.

»Ich bin heute Abend mitgekommen«, verteidige ich mich mit brüchiger Stimme. »Ich habe sogar Ms Foley angelogen, damit wir gehen konnten.«

»Stimmt! Und es war toll, oder? Also, warum machen wir nicht weiter?«

Ich schüttele den Kopf.

Melanie wühlt in ihrer Tasche, zieht ihr Handy hervor und scrollt durch ihre SMS. »*Hamlet* ist auch gerade aus. Craig schreibt, dass Todd mit der gesamten Gang in eine Kneipe namens Dirty Duck gegangen ist. Das klingt super! Komm mit! Das wird bestimmt Wahnsinn!«

Als wir etwa eine Woche unterwegs gewesen waren, bin ich tatsächlich einmal mit Melanie und allen anderen aus der Gruppe ausgegangen. Da waren die anderen schon ein paar Mal zusammen aus gewesen. Und obwohl Melanie die Leute erst seit einer Woche kannte – also genauso wenig wie ich –, teilten sie schon jede Menge Insiderwitze, die ich nicht verstand. Ich saß am überfüllten Tisch, nippte an meinem Glas und fühlte mich wie das arme Kind, das mitten im Halbjahr die Schule wechseln musste.

Ich schaue auf meine Uhr, die bis weit über das Handgelenk gerutscht ist. Ich schiebe sie hoch, bis sie wieder das hässliche rote Muttermal auf meinem Unterarm bedeckt. »Es ist schon kurz vor elf, und wir müssen morgen früh aufstehen, wenn wir unseren Zug erwischen wollen. Wenn du also nichts dagegen hast, wird die abenteuerunlustige Allyson jetzt auf ihr Zimmer gehen.« Mit dem beleidigten Tonfall klinge ich genau wie meine Mom.

»Alles klar. Ich begleite dich zum Hotel und gehe dann zu den anderen in den Pub.«

»Und was, wenn Ms Foley bei uns vorbeischaut?«

Melanie lacht. »Sag ihr, es war ein Hitzschlag, aber die Hitze sei ja jetzt vorbei.« Sie beginnt, den Weg zur Brücke hinaufzulaufen. »Was ist los? Auf was wartest du noch?«

Ich blicke mich noch einmal zum Kanal und den Lastkähnen um. Allmählich leert sich die Gegend. Müllsammler erobern das Terrain. Der Tag endet und wird nicht zurückkehren.

»Nichts. Ich komme schon.«

Zwei

Unser Zug nach London geht um Viertel nach acht – Melanie wollte so früh fahren, um möglichst viel Shopping-Zeit rauszuschlagen. Doch als um sechs Uhr der Wecker klingelt, zieht sie sich das Kissen über die Ohren.

»Lass uns später fahren«, stöhnt sie.

»Das geht nicht. Es ist alles geplant. Du kannst im Zug weiterschlafen. Außerdem hast du versprochen, um halb sieben unten zu sein, um dich von den anderen zu verabschieden.« Und ich hatte versprochen, Ms Foley auf Wiedersehen zu sagen.

Ich zerre Melanie aus dem Bett und schiebe sie unter eine tröpfelnde Brause, die in diesem Hotel als Dusche bezeichnet wird. Dann koche ich ihr einen Instant-Kaffee und telefoniere schnell mit meiner Mom, die zu Hause in Pennsylvania bis ein Uhr nachts aufgeblieben ist, um mich noch anzurufen. Um halb sieben gehen wir hinunter. Ms Foley, wie üblich in ihren gebügelten Jeans und dem Teen-Tours!-Polohemd, schüttelt Melanie die Hand. Mich schließt sie in ihre knochigen Arme, steckt mir ihre Visitenkarte zu und sagt mir, sie auf jeden Fall anzurufen, falls ich in London irgendwie Hilfe brauchen sollte. Ihre nächste Tour beginnt erst am Sonntag, also wird sie bis dahin auch dort sein. Dann sagt sie mir, dass sie für halb acht ein Taxi bestellt hat, das Melanie und mich zum Bahnhof bringen wird. Und wieder fragt sie mich, ob wir in London auch wirklich abgeholt werden (ja, werden wir), sagt mir noch einmal, dass ich ein gutes Mädchen bin, und warnt mich vor Taschendieben in der U-Bahn.

Ich lasse Melanie noch mal für eine halbe Stunde zurück nach oben ins Bett gehen, was bedeutet, dass sie keine Zeit mehr hat, sich so aufwendig wie üblich zu stylen, und um halb acht verfrachte ich uns beide in das wartende Taxi. Als unser Zug eintrifft, wuchte ich unser Gepäck hinein und suche zwei freie Plätze. Melanie lässt sich auf den am Fenster fallen. »Weck mich, wenn wir in London ankommen.«

Ich starre sie eine Sekunde lang an, doch sie hat sich bereits ans Fenster gekuschelt und die Augen geschlossen. Seufzend schiebe ich ihre Umhängetasche unter ihre Füße und lege meine Strickjacke auf den Sitz neben ihr, um Diebe oder lüsterne alte Männer abzuschrecken. Anschließend mache ich mich auf den Weg zum Speisewagen. Das Frühstück im Hotel habe ich verpasst, und jetzt knurrt mir der Magen, und meine Schläfen pochen – die ersten Anzeichen von Hungerkopfschmerzen.

Obwohl Europa der Kontinent der Züge ist, sind wir auf unserer Tour mit keinem gefahren. Die Langstrecken haben wir mit dem Flugzeug zurückgelegt und alle Wege dazwischen mit dem Bus. Als ich durch die Waggons gehe, öffnen sich die automatischen Türen mit einem zufriedenstellenden Wusch, und der Zug schaukelt angenehm unter meinen Füßen. Draußen rast die grüne Landschaft vorbei.

Im Speisewagen begutachte ich das armselige Angebot und bestelle schließlich ein Käsesandwich, Tee und die Salt and Vinegar-Chips, nach denen ich mittlerweile süchtig bin. Dazu noch eine Dose Cola für Melanie. Ich packe die Sachen in einen Pappträger und will gerade zu meinem Platz zurücklaufen, als einer der Tische am Fenster frei wird. Ich zögere einen Augenblick. Ich sollte zurück zu Melanie gehen. Andererseits schläft sie und merkt sowieso nichts. Also setze ich mich an den Tisch und starre aus dem Fenster. Die Landschaft wirkt durch und durch englisch – grün, sauber, von Hecken unterteilt, die flauschigen Schafe wie Spiegelbilder der immer präsenten Wolken am Himmel.

»Ganz schön chaotisches Frühstück.«

Diese Stimme. Nachdem ich sie gestern Abend vier Akte lang gehört habe, erkenne ich sie sofort wieder.

Ich blicke auf und er steht direkt neben mir, eine Art verschlafenes Grinsen im Gesicht, als sei er in dieser Sekunde erst aufgewacht.

»Chaotisch? Wieso?«, frage ich. Ich sollte überrascht sein, bin es aber irgendwie nicht. Ich muss mir auf die Lippe beißen, um nicht ebenfalls zu grinsen.

Aber er antwortet nicht. Geht an die Theke und bestellt einen Kaffee. Mit einer Kopfbewegung deutet er auf meinen Tisch, und ich nicke.

»In vielerlei Hinsicht«, sagt er und setzt sich mir gegenüber. »Sieht nach einer Expat mit Jetlag aus.«

Ich mustere mein Sandwich, den Tee und die Chips vor mir. »Expat mit Jetlag? Woraus schließt du das?«

Er bläst in seinen Kaffee. »Ganz einfach. Erstens ist es nicht mal neun Uhr morgens. Der Tee ist also normal. Aber Sandwich und Chips? Das ist eher was für mittags. Ganz zu schweigen von der Cola.« Er tippt an die Dose. »Das Timing ist ganz durcheinander. Dein Frühstück hat Jetlag.«

Das bringt mich zum Lachen. »Die Doughnuts haben eklig ausgesehen.« Ich deute zur Theke.

»Absolut. Deswegen habe ich auch mein eigenes Frühstück dabei.« Er greift in seine Tasche und fängt an, irgendwas aus einem zerknitterten Wachspapier auszupacken.

»Moment mal, das sieht mir aber auch verdächtig nach Sandwich aus«, bemerke ich.

»Aber nein. Das ist ein Brot mit *Hagelslag.*«

»Hachel was?«

»*Ha-chel-slach.*« Er klappt die Brotscheiben auseinander, die mit Butter bestrichen und mit einer Art Schokostreuseln besprenkelt sind.

»Und du nennst mein Frühstück chaotisch? Du isst ein Dessert zum Frühstück.«

»Das essen wir in Holland morgens, das ist ganz typisch. Das oder *Uitsmijter*, also Spiegelei mit Schinken.«

»Das muss ich aber nicht probieren, oder? Ich kann nicht mal versuchen, es auszusprechen.«

»*Öit-smäi-ter.* Das können wir später üben. Aber das bringt mich zum zweiten Punkt. Dein Frühstück ist wie ein Expat. Fang ruhig schon mal an. Ich kann reden, während du isst.«

»Danke. Freut mich, dass du multitaskingfähig bist.« Ich muss lachen. Was für eine merkwürdige Situation! Seltsam und zugleich so selbstverständlich. Ja, ich flirte, und zwar beim Frühstück über das Frühstück. »Und was ist ein Expat?«

»Jemand, der oder die für eine Weile im Ausland lebt. Also, du hast dir ein Sandwich ausgesucht. Sehr amerikanisch. Der Tee dagegen – britisch. Dazu die Chips oder Crisps, wie immer du sie nennen willst. Sie sind zwar beides, aber du isst sie mit Salz und Essig, also typisch englisch, allerdings zum Frühstück, was wiederum amerikanisch wirkt. Und dann Cola am frühen Morgen! Cola und Chips, ist das ein typisch amerikanisches Frühstück?«

»Woher weißt du eigentlich, dass ich aus Amerika komme?«, frage ich provozierend.

»Du meinst, abgesehen davon, dass du mit einer amerikanischen Reisegruppe unterwegs warst und mit amerikanischem Akzent sprichst?« Er beißt ein Stück von seinem Hachel-dingsbums-Brot ab und trinkt einen Schluck Kaffee.

Wieder beiße ich mir auf die Lippe, um nicht zu grinsen. »Genau. Abgesehen davon.«

»Hm, das waren wirklich die einzigen Hinweise. Tatsächlich siehst du nicht besonders amerikanisch aus.«

»Ach, wirklich?« Ich öffne meine Chipstüte, und ein scharfer Geruch nach Essig steigt daraus empor. Ich halte ihm einladend die Tüte hin, aber er lehnt ab und beißt stattdessen in sein Brot. »Wie sehen denn Amerikanerinnen aus?«

Achselzuckend antwortet er: »Blond. Große ...« Er deutet mit seinen Händen Brüste an. »Weiche Gesichtszüge.« Er wedelt vor seinem Gesicht herum. »Hübsch. So wie deine Freundin.«

»Und ich sehe also nicht so aus?« Ich weiß nicht, warum ich nachhake. Ich weiß genau, wie ich aussehe. Dunkles Haar. Dunkle Augen. Markante Züge. Keine Kurven, kaum Busen. Ich spüre einen leichten Stich. Hat er mich nur deswegen angebaggert, weil er sich an Melanie ranmachen will?

»Nein«, antwortet er und mustert mich mit diesen Augen. Gestern sahen sie so dunkel aus, aber aus der Nähe erkenne ich viele Farben – Grau, Braun, sogar Gold funkelt darin. »Weißt du, wie du aussiehst? Wie Louise Brooks.«

Ich starre ihn verständnislos an.

»Du kennst sie nicht? Den Stummfilmstar?«

Ich schüttele den Kopf. Stummfilme haben mich nie interessiert.

»In den 1920ern war sie absolut berühmt. Amerikanerin. Eine Wahnsinnsschauspielerin.«

»Und nicht blond.« Das soll ein Witz sein, kommt aber nicht so rüber.

Er beißt noch einmal von seinem Brot ab. Ein winziger Schokokrümel bleibt in seinem Mundwinkel kleben. »Bei uns in den Niederlanden gibt es eine Menge Blondinen. Wenn ich blond sehen will, brauche ich nur in den Spiegel zu gucken. Louise Brooks war dunkelhaarig. Sie hatte so unglaublich traurige Augen, fein geschnittene Gesichtszüge und das gleiche Haar wie du.« Er berührt sein eigenes Haar, das genauso zerzaust ist wie gestern Abend. »Du gleichst ihr so sehr, ich sollte dich Louise nennen.«

Louise. Das gefällt mir.

»Nein, nicht Louise. Lulu. Das war ihr Spitzname.«

Lulu. Das gefällt mir sogar noch besser.

Er streckt die Hand aus. »Hi, Lulu. Ich bin Willem.«

Seine Hand ist warm, sein Griff fest. »Nett, dich kennenzulernen, Willem. Ich könnte dich eigentlich Sebastian nennen, wenn wir jetzt neue Identitäten annehmen.«

Als er lacht, bilden sich kleine Fältchen um seine Augen. »Nein, Willem ist mir lieber. Sebastian ist irgendwie, wie sagt man … passiv, wenn man genauer darüber nachdenkt. Er heiratet Olivia, die ursprünglich seine Schwester in Männergestalt begehrt hat. Das passiert oft bei Shakespeare. Die Frauen nehmen sich, was sie wollen; die Männer werden manipuliert und ausgetrickst.«

»Ich weiß nicht. Ich habe mich gefreut, als es gestern Abend für alle ein Happy End gab.«

»Ja, es ist eine schöne Geschichte, mehr aber auch nicht. Ein Märchen. Vielleicht schuldet Shakespeare seinen Komödienfiguren aber auch diese Happy Ends, weil er in seinen Tragödien so grausam ist. Denk nur mal an *Hamlet.* Oder *Romeo und Julia.* Das grenzt ja schon an Sadismus.« Er schüttelt den Kopf. »Sebastian ist okay, aber er hat sein Schicksal nicht in der Hand. Dieses Privileg verleiht Shakespeare der Viola.«

»Aber du hast dein Schicksal in der Hand?«, frage ich. Ich höre meine Worte und kann es kaum glauben. Als ich klein war, ging ich manchmal zur Schlittschuhbahn bei uns um die Ecke. In meiner Phantasie vollführte ich Pirouetten und Sprünge, doch auf dem Eis konnte ich kaum aufrecht auf meinen Schlittschuhen stehen. Als ich älter wurde, erlebte ich dasselbe im Umgang mit anderen Menschen: In meiner Phantasie bin ich mutig und geradeheraus, aber was aus mir herauskommt, klingt immer nur brav und höflich. Nicht einmal bei meinem Freund Evan, mit dem ich die ganze elfte und den größten Teil der zwölften Klasse zusammen war, konnte ich das schlittschuhlaufende, wirbelnde, springende Mädchen sein, von dem ich annahm, es sein zu können. Doch heute bin ich es auf einmal.

»O nein, überhaupt nicht. Ich gehe, wohin der Wind mich trägt.« Er verstummt, denkt darüber nach. »Vielleicht gibt es doch gute Gründe dafür, warum ich den Sebastian spiele.«

»So, und wohin trägt der Wind dich jetzt?«, frage ich und hoffe, dass er in London bleibt.

»Ich steige in London um und fahre weiter nach Holland. Gestern Abend war meine letzte Vorstellung für diese Saison.«

Ich bin enttäuscht. »Oh.«

»Du hast dein Sandwich gar nicht gegessen. Ich muss dich übrigens warnen: Die schmieren hier dick Butter unter den Käse, oder sogar Margarine.«

»Ich weiß.« Ich ziehe die schlaffen Tomaten vom Brot und

wische etwas von der überschüssigen Butter/Margarine mit meiner Serviette ab.

»Mit Mayonnaise würde es besser schmecken«, meint Willem.

»Nur, wenn es mit Hühnchen belegt wäre.«

»Nein, Käse mit Mayonnaise schmeckt sehr gut.«

»Das klingt eklig!«

»Nur, wenn du noch nie anständige Mayonnaise probiert hast. Ich habe gehört, dass es die in Amerika nicht gibt.«

Ich muss so sehr lachen, dass mir Tee aus der Nase spritzt.

»Was ist denn?«, fragt Willem. »Was hast du?«

»Anständige Mayonnaise!«, pruste ich zwischen zwei Lachanfällen. »Das hört sich an, als gäbe es eine Böse-Mädchen-Mayonnaise, die ungezogen ist und klaut, und eine Gute-Mädchen-Mayonnaise, die anständig ist und brav, und mein Problem ist, dass ich die richtige nie kennengelernt habe.«

»Genau so ist es«, sagt Willem und fängt auch an zu lachen.

Wir biegen uns vor Lachen, als Melanie in den Speisewagen kommt, bepackt mit ihren Sachen und meiner Strickjacke. »Ich hab dich überall gesucht«, mault sie.

»Du hast gesagt, dass ich dich in London aufwecken soll.« Ich schaue aus dem Fenster. Die idyllische englische Landschaft ist hässlichen grauen Vorstadtbezirken gewichen.

Melanie sieht Willem, reißt die Augen auf und sagt: »Du bist also doch nicht mit dem Schiff untergegangen.«

»Nein«, erwidert er, sieht aber dabei mich an. »Sei nicht böse auf Lulu. Es ist nicht ihre Schuld. Ich habe sie aufgehalten.«

»*Lulu*?«

»Ja, die Kurzform von Louise. Das ist mein neues Alter Ego, *Mel.*« Ich sehe sie flehentlich an, mich nicht zu verraten. Ich bin gerne Lulu und will es noch eine kleine Weile bleiben.

Melanie reibt sich den Schlaf aus den Augen. Dann lässt sie sich achselzuckend auf den Stuhl neben Willem plumpsen. »Na schön. Sei, wer immer du willst. Ich wäre gern jemand mit einem neuen Kopf.«

»Sie ist noch nicht so an Kater gewöhnt«, erkläre ich Willem.

»Halt die Klappe!«, faucht Melanie.

»Willst du etwa behaupten, das sei ein alter Hut für dich, wie man hier sagt?«

»Musst du heute Morgen so rumklugscheißern?«

»Ich hab was für dich.« Willem holt ein kleine weiße Dose aus seinem Rucksack und schüttelt einige weiße Kügelchen auf Melanies Handfläche. »Lass die unter der Zunge zergehen. Dann fühlst du dich bald besser.«

»Was ist das?«, fragt sie misstrauisch.

»Etwas rein Pflanzliches.«

»Oder vielleicht so was wie K.-o.-Tropfen als Kügelchen?«

»Klar. Weil er möchte, dass du hier mitten im Zug ohnmächtig wirst«, bemerke ich.

Willem zeigt Melanie das Etikett. »Meine Mutter ist Heilpraktikerin. Die hat sie mir gegen Kopfschmerzen gegeben. Wohl kaum, um mich auszuknocken.«

»Hey, mein Vater ist auch Arzt«, sage ich. Allerdings ist er so ziemlich das Gegenteil eines Heilpraktikers. Er ist Lungenspezialist und ein typischer Schulmediziner.

Melanie beäugt die Kügelchen einen Moment, bevor sie sie in den Mund steckt. Als der Zug zehn Minuten später in den Bahnhof einfährt, sind ihre Kopfschmerzen schon nicht mehr so schlimm.

Wie selbstverständlich steigen wir drei gemeinsam aus: Melanie und ich mit unseren vollgestopften Rollkoffern, Willem mit seinem kompakten Rucksack. Draußen auf dem Bahnsteig empfängt uns die jetzt schon brennend heiße Sommersonne. Als wir die Marylebone-Bahnhofshalle betreten, ist es schön kühl.

»Veronica hat mir eine SMS geschrieben, dass sie sich verspätet«, sagt Melanie. »Wir sollen uns vor WHSmith treffen. Was auch immer das ist.«

»Eine Buchhandlung«, erklärt Willem und zeigt auf die andere Seite der Bahnhofshalle. Die ist zwar hübsch und aus roten Backsteinen erbaut, aber ich bin enttäuscht, dass wir nicht in so einem großen, beeindruckenden Bahnhof mit klappernden Anzeigetafeln gelandet sind, wie ich es mir erhofft hatte. Stattdessen gibt es hier nur eine Bildschirmanzeige. Ich trete näher heran und stelle fest, dass die Ziele alles andere als exotisch klingen: High Wycombe und Banbury, aber bestimmt ist es dort auch sehr nett. Es ist wirklich dumm. Gerade habe ich eine Rundreise durch die großen Städte Europas beendet – Rom, Florenz, Prag, Wien, Budapest, Berlin, Edinburgh und jetzt wieder London – und die meiste Zeit habe ich nur die Tage gezählt, bis wir wieder nach Hause fahren. Warum sollte mich also ausgerechnet jetzt die Reiselust packen?

»Was hast du denn?«, fragt Melanie.

»Ach, ich habe mir eine so große Anzeigetafel erhofft, wie wir sie auf einigen Flughäfen gesehen haben.«

»An der Centraal Station in Amsterdam gibt es so eine«, erzählt Willem. »Ich stehe gerne davor und stelle mir vor, ich könnte mir irgendein Ziel aussuchen und einfach losfahren.«

»Ehrlich? Genau, das meine ich!«

»Wieso denn?«, fragt Melanie mit einem Blick auf die Monitore. »Was hast du denn gegen Bicester North?«

»Das klingt halt nicht so interessant wie zum Beispiel Paris«, erwidere ich.

»Ach, komm schon. Bist du etwa immer noch deswegen sauer?« Melanie dreht sich zu Willem um. »Nachdem wir in Rom waren, sollten wir eigentlich nach Paris weiterfliegen, aber die Fluglotsen haben gestreikt, alle Flüge wurden gestrichen, und mit dem Bus war es zu weit. Deswegen ist sie immer noch enttäuscht.«

»In Frankreich wird ständig wegen irgendetwas gestreikt«, sagt Willem und nickt.

»Stattdessen sind wir nach Budapest gefahren«, sage ich. »Das hat mir gut gefallen, aber ich kann einfach nicht fassen, dass ich so dicht an Paris bin und trotzdem nicht hinkomme.«

Willem sieht mich eindringlich an, während er den Riemen seines Rucksacks um seinen Finger wickelt. »Dann fahr doch«, sagt er.

»Wohin?«

»Nach Paris.«

»Geht nicht. Wurde gestrichen.«

»Dann fahr jetzt.«

»Die Tour ist vorbei. Und wahrscheinlich streiken die sowieso immer noch.«

»Du kannst mit dem Zug fahren. Von London aus ist man in zwei Stunden in Paris.« Er schaut auf die große Uhr an der Wand. »Zum Mittagessen könntest du dort sein. Die Sandwiches in Paris sind übrigens wesentlich besser als hier.«

»Aber, aber, ich spreche doch gar kein Französisch. Ich habe keinen Reiseführer. Ich habe nicht mal französisches Geld. Die haben Euros, oder?« Ich zähle alle diese Punkte als Gründe dafür auf, warum ich nicht fahren kann, dabei hätte Willem, wenn ich ehrlich bin, genauso gut vorschlagen können, dass ich mit einer Rakete zum Mond fliegen soll. Ich weiß, dass Europa klein ist und die Leute hier so etwas tun. Aber ich nicht.

Willem sieht mich immer noch an, den Kopf ein wenig schiefgelegt.

»Es würde nicht funktionieren«, sage ich abschließend. »Ich kenne Paris überhaupt nicht.«

Willem wirft einen Blick auf die Uhr an der Wand. Dann sieht er mich an. »Aber ich kenne Paris.«

Mein Herz schlägt die wildesten, albernsten Purzelbäume, aber mein absolut rationaler Verstand listet weiterhin die ganzen Gründe auf, warum es auf gar keinen Fall geht. »Ich weiß nicht, ob ich genug Geld habe. Was kosten die Fahrkarten?« Ich hole mein Portemonnaie aus der Tasche und zähle mein restliches Bargeld. Ich habe noch ein paar Pfund fürs Wochenende, eine Kreditkarte für Notfälle und einen Hundertdollarschein, den meine Mutter mir für den absoluten Supergau mitgegeben hat, wenn bei einem Notfall die Kreditkarte nicht funktioniert. Aber das ist kein Notfall, und wenn ich die Karte benutze, würde das meine Eltern alarmieren.

Willem greift in seine Hosentasche und zieht eine Handvoll Geld in verschiedenen Währungen hervor. »Mach dir deswegen keine Sorgen. Das war ein ziemlich guter Sommer.«

Ich starre die Geldscheine in seiner Hand an. Würde er das wirklich tun? Mit mir nach Paris fahren? Aber warum sollte er?

»Wir haben morgen Abend Karten für *Let It Be*«, mahnt Melanie, plötzlich die Stimme der Vernunft. »Und am Sonntag fliegen wir. Deine Mutter würde ausflippen. Im Ernst, die würde dich umbringen.«

Ich sehe Willem an, aber er zuckt nur mit den Achseln, als könne er nicht leugnen, dass da etwas Wahres dran ist.

Ich will schon einen Rückzieher machen, sein Angebot dankend ausschlagen, doch dann ist es so, als würde Lulu plötzlich die Initiative ergreifen. Ich drehe mich zu Melanie um und sage: »Sie kann mich nicht umbringen, wenn sie es nicht erfährt.«

Melanie lacht auf. »*Deine* Mutter? Sie wird es erfahren.«

»Nicht, wenn du dichthältst.«

Melanie schweigt.

»Bitte! Überleg mal, wie oft ich für dich auf unserer Reise dichtgehalten habe.«

Melanie seufzt dramatisch. »Ja, aber ich bin nur im Pub gewesen und nicht gleich in einem ganz anderen Land.«

»Aber du hast mich doch eben kritisiert, weil ich so was nie mache.«

Jetzt hab ich sie. Sie ändert ihre Taktik. »Wie soll ich denn für dich dichthalten, wenn deine Mutter auf der Suche nach dir mich anruft? Und das wird sie tun, das weißt du genau.«

Mom war ganz wütend gewesen, als sie feststellte, dass mein Handy hier drüben nicht funktioniert. Man hatte uns versichert, es würde gehen, und als das nicht der Fall war, rief meine Mutter aufgebracht beim Anbieter an. Doch offenbar konnte man nichts daran ändern, es hatte irgendetwas mit der Frequenz zu tun. Am Ende war das aber gar nicht so schlimm. Sie kannte unsere genaue Reiseroute und wusste, wann sie mich in den Hotels erreichen konnte, und wenn das nicht klappte, rief sie auf Melanies Handy an.

»Vielleicht könntest du dein Handy ausschalten, damit gleich die Mailbox anspringt?«, schlage ich vor. Ich schaue Willem an, der immer noch mit der Faust voller Geld vor mir steht. »Bist du dir sicher? Ich dachte, du wolltest zurück nach Holland fahren.«

»Das dachte ich auch. Aber vielleicht weht mich der Wind einfach in eine andere Richtung.«

Wieder schaue ich zu Melanie hinüber. Es liegt jetzt an ihr. Sie kneift ihre grünen Augen zusammen und starrt Willem an. »Wenn du meine Freundin vergewaltigst oder ermordest, bringe ich dich um.«

Willem grinst und schüttelt mit dem Kopf. »Ihr Amerikaner seid so brutal. Hey, ich bin Holländer! Ich würde sie höchstens mit dem Rad überfahren.«

»Weil du bekifft bist!«, ergänzt Melanie.

»Okay, da könntest du recht haben«, gibt Willem zu. Er sieht mich an, und ich spüre, wie ein Flattern meinen Körper erfasst. Werde ich das wirklich tun?

»Also, Lulu? Was sagst du dazu? Möchtest du für einen Tag nach Paris fahren?«

Das ist total verrückt. Ich kenne ihn nicht mal. Und ich könnte erwischt werden. Und wie viel kann man an einem Tag von Paris sehen? Es könnte in so vielerlei Hinsicht katastrophal schieflaufen. All das ist richtig. Ich weiß. Aber das ändert nichts daran, dass ich fahren möchte.

Anstatt nein zu sagen, probiere ich diesmal etwas anderes aus.

Ich sage ja.

Drei

Der Eurostar ist ein stupsnasiger, schlammbespritzter, gelber Zug, und als wir endlich einsteigen, bin ich verschwitzt und außer Atem. Nachdem wir hastig Pläne geschmiedet, Informationen eingeholt, uns von Melanie verabschiedet und einen Treffpunkt für morgen vereinbart hatten, sind Willem und ich nur noch gerannt. Aus dem Bahnhof Marylebone raus, durch die überfüllten Londoner Straßen und rein in die U-Bahn, wo ich in eine Art Duell mit der Schranke verwickelt wurde, die mir dreimal den Einlass verwehrte. Als sie sich endlich öffnete, klemmte sie hinter mir meinen Koffer ein, riss meinen Teen-Tours!-Gepäckanhänger ab und wirbelte ihn unter den Ticketautomaten. »Jetzt werde ich so richtig abtrünnig«, scherzte ich.

Im riesigen Bahnhof St. Pancras zeigte mir Willem erst die Anzeigetafeln, bei denen Ziffern und Zahlen wechseln, als würden sie umgeblättert, bevor wir zu den Warteschlangen vor dem Eurostarschalter eilten, wo er seinen ganzen Charme spielen ließ, bis die Frau am Schalter sein Zugticket nach Hause in ein Ticket nach Paris umbuchte. Dann investierte er viel zu viel von seinem Geld, um auch für mich ein Ticket zu kaufen. Anschließend liefen wir schnell durch den Check-in, wo wir unsere Pässe zeigten. Einen Moment lang befürchtete ich, Willem könnte einen Blick in meinen Pass werfen, der nicht Lulu, sondern Allyson gehört. Und nicht einfach nur Allyson, sondern der fünfzehnjährigen Allyson in ihrer schlimmsten Pickelphase. Doch das tat er nicht, und wir gelangten gerade noch rechtzeitig hinunter in die futuristische Abfertigungshalle, um schnell wieder nach oben zu hetzen und unseren Zug zu erwischen.

Erst als wir uns auf unsere reservierten Plätze im Zug fallen lassen, komme ich wieder zu Atem und werde mir bewusst, was ich getan habe. Ich fahre nach Paris. Mit einem Fremden. Mit *diesem* Fremden.

Ich tue so, als wäre ich mit meinem Gepäck beschäftigt, und beobachte ihn verstohlen. Sein Gesicht erinnert mich an eines dieser Outfits, die nur Mädchen mit einem bestimmten Stil hinkriegen: nicht zusammenpassende Teile, die einzeln nicht gehen, aber zusammen ein attraktives Ganzes ergeben. Die Umrisse sind scharf, fast kantig, seine Lippen aber weich und rot, genau wie seine Wangen. Er sieht sowohl alt als auch jung aus, hart und zart zugleich. Er ist nicht in der Weise attraktiv wie ein männliches Model oder der umschwärmte Kapitän der Highschool-Football-Mannschaft, mit anderen Worten kein glatter Typ. Ich kann nicht anders, als ihn dauernd anzusehen.

Offenbar bin ich nicht die Einzige. Ein paar Mädchen mit Rucksäcken schlendern den Gang entlang, die Augen dunkel und schläfrig, irgendwie so, als wollten sie sagen: Wir essen Sex zum Frühstück. Eines von ihnen lächelt Willem im Vorbeigehen an und sagt etwas auf Französisch. Er antwortet, ebenfalls auf Französisch, und hilft ihr, ihren Rucksack in die Gepäckablage zu heben. Die Mädchen setzen sich eine Reihe hinter uns auf die gegenüberliegende Seite, die kleinere von ihnen sagt etwas, und Willem und die Mädchen lachen. Ich will schon fragen, was sie gesagt hat, doch plötzlich fühle ich mich entsetzlich jung und fehl am Platz, so als hätte man mich an Thanksgiving an den Kindertisch abgeschoben.

Wenn ich doch nur an der Highschool Französisch gewählt hätte! In der neunten Klasse wäre die Möglichkeit dazu gewesen, und ich hätte es auch gern getan, doch meine Eltern haben mich dazu gedrängt, Mandarin zu wählen. »Chinesisch hat Zukunft; du wirst wesentlich bessere Chancen auf dem Arbeitsmarkt haben, wenn du Chinesisch sprichst«, hatte Mom gesagt. *Chancen worauf?*, hatte ich mich gefragt. Doch in den letzten vier Jahren habe ich Mandarin gebüffelt und werde wohl damit weitermachen, wenn ich nächsten Monat aufs College wechsele.

Ich warte darauf, dass Willem sich wieder hinsetzt, doch stattdessen sieht er erst mich an und dann den französischen Mädchen nach, die den Gang hinunterspazieren, nachdem sie ihre Sachen abgelegt haben.

»Zugfahrten machen mich hungrig, und du hast heute Morgen dein Sandwich nicht gegessen«, bemerkt er. »Ich gehe mal in den Speisewagen und besorg uns Proviant. Was hättest du gerne, Lulu?«

Lulu würde wahrscheinlich etwas Exotisches wählen. Mit Schokolade überzogene Erdbeeren. Austern. Allyson dagegen ist ein Erdnussbutterbrot-Mädchen. Ich weiß nicht genau, auf was ich Hunger habe.

»Egal, irgendetwas.«

Ich blicke ihm nach. Ziehe ein Magazin aus der Sitztasche vor mir und lese einige Informationen über den Zug: Der Kanaltunnel ist 50 Kilometer lang. Er wurde 1994 eröffnet, nach einer Bauzeit von sechs Jahren. Die Höchstgeschwindigkeit des Eurostar beträgt 300 Kilometer pro Stunde. Auf der Tour war das genau die Art von Trivial-Pursuit-Stoff, den uns Ms Foley aus ihren Ausdrucken vorlas. Ich lege das Magazin beiseite.

Der Zug fährt an, doch so sanft, dass ich es nur bemerke, weil sich der Bahnsteig von uns entfernt, als würde er sich bewegen und nicht der Zug. Das Abfahrtssignal ertönt. Draußen vor dem Fenster glitzern die Bögen von St. Pancras zum Abschied, bevor wir in einen Tunnel eintauchen. Ich blicke mich im Waggon um. Alle anderen Fahrgäste wirken zufrieden und beschäftigt: Sie lesen Zeitschriften, schreiben auf Laptops, verschicken SMS, telefonieren oder unterhalten sich mit ihren Sitznachbarn. Ich blicke über die Rückenlehne den Gang entlang, doch von Willem ist nichts zu sehen. Auch die französischen Mädchen sind noch weg.

Wieder greife ich nach dem Magazin und lese eine Restaurantkritik, ohne ein Wort zu erfassen. Weitere Minuten vergehen. Der Zug fährt jetzt schneller, lässt arrogant Londons hässliche Vorstädte und Lagerhallen links liegen. Eine Durchsage kündigt den ersten Halt an, und ein Schaffner kommt vorbei und entwertet meine Fahrkarte. »Sonst noch jemand zugestiegen?«, fragt er mit einer Geste auf Willems leeren Sitzplatz.

»Ja.« Allerdings sind seine Sachen nicht hier. Und es gibt keinen Beweis, dass er jemals hier gewesen ist.

Ich werfe einen Blick auf meine Armbanduhr. 10.43 Uhr. Wir haben London schon vor einer Viertelstunde verlassen. Einige Minuten später treffen wir in Ebbsfleet ein, einem nüchtern gestalteten, modernen Bahnhof. Zahlreiche neue Passagiere steigen zu. Ein älterer Mann mit Aktenkoffer bleibt vor Willems Platz stehen, als wolle er sich setzen, geht jedoch mit einem Blick auf sein Ticket weiter den Gang entlang. Ein

Signal ertönt, die Zugtüren schließen sich, und dann fahren wir weiter. Das städtische London weicht grüner Landschaft. In der Ferne erblicke ich ein Schloss. Der Zug frisst sich gierig durch das Grün, und ich stelle mir vor, wie er einen Haufen aufgewühlte Erde hinter sich lässt. Ich umklammere die Armlehnen und grabe meine Fingernägel tief hinein, als säße ich in einem Wagen dieser Achterbahnen, auf die mich Melanie so gerne mitschleppt, und würde gerade die erste steile Steigung hinaufgezogen. Trotz der kühl eingestellten Klimaanlage bilden sich Schweißtropfen auf meiner Stirn.

Unser Zug fährt mit einem erschreckenden Rumms an einem entgegenkommenden Zug vorbei. Ich zucke zusammen. Nach zwei Sekunden ist der andere Zug an uns vorbeigerast, und ich habe das seltsame Gefühl, dass Willem darin sitzt. Was unmöglich ist. Er hätte sich zum nächsten Bahnhof beamen müssen, um diesen Zug zu erwischen.

Was aber nicht heißen muss, dass er sich in *diesem* Zug befindet.

Ich schaue auf meine Armbanduhr. Es ist zwanzig Minuten her, seit er in den Speisewagen gegangen ist. Unser Zug hatte den Bahnhof noch nicht verlassen. Er könnte schon vor der Abfahrt mit diesen Mädchen zusammen ausgestiegen sein. Oder an der letzten Haltestelle. Vielleicht war es das, was sie zu ihm gesagt haben: *Warum lässt du diese langweilige Amerikanerin nicht sitzen und hängst lieber mit uns ab?*

Er ist nicht in diesem Zug.

Diese Gewissheit trifft mich mit demselben Schlag, wie es der entgegenkommende Zug getan hat. Er hat seine Meinung geändert. In Bezug auf Paris. In Bezug auf mich.

Mit mir nach Paris zu fahren war wie eine Art Impulskauf, wie wenn man vor der Kasse im Supermarkt noch schnell irgendein Teil mitnimmt und erst draußen feststellt, was für einen Mist man gekauft hat.

Dann kommt mir ein neuer Gedanke: Angenommen, das ist alles Teil eines Plans? Suche die naivste Amerikanerin, die du finden kannst, locke sie in einen Zug, lass sie allein und schicke sie … Keine Ahnung wohin … Zu einer kriminellen Bande, die sie versklavt? Mom hat mal einen Fernsehbericht darüber aufgenommen. Vielleicht hat er mich deswegen gestern Abend angesehen und deswegen ausgerechnet mich im Zug nach London angesprochen. Hätte er sich eine leichtere Beute aussuchen können? Ich habe genügend Tiersendungen im Fernsehen gesehen, um zu wissen, dass sich Löwen immer die schwächste Gazelle aussuchen.

Doch so unrealistisch diese Möglichkeit ist, so erschreckend tröstlich ist sie auch. Die Welt ergibt auf einmal wieder einen Sinn. Das würde wenigstens erklären, warum ich in diesem Zug sitze.

In dem Moment landet etwas auf meinem Kopf, weich und knisternd, doch in meiner Panik schrecke ich zusammen.

Ein zweites Wurfgeschoss trifft mich. Ich hebe es auf: eine Tüte Salt and Vinegar-Chips.

Ich blicke auf. Willem lächelt schuldbewusst wie ein Bankräuber, der reiche Beute gemacht hat: einen Schokoriegel, drei Tassen mit verschiedenen heißen Getränken, eine Flasche Orangensaft unter einem Arm, eine Dose Cola unter dem anderen. »Bitte entschuldige, dass es so lange gedauert hat. Der Speisewagen ist ganz am anderen Ende, und er hat erst aufgemacht, als wir aus London raus waren, und es gab eine Schlange. Und ich wusste nicht, ob du lieber Kaffee oder Tee haben willst, deswegen habe ich beides genommen. Dann habe ich mich an die Cola von heute Morgen erinnert, bin noch mal zurück und habe eine Dose besorgt. Auf dem Rückweg bin ich mit einem total verrückten Belgier zusammengestoßen, hab mich komplett mit Kaffee bekleckert und musste einen Umweg übers Klo nehmen. Aber das hat die Sache, glaube ich, nur noch schlimmer gemacht.« Er stellt die beiden kleinen Pappbecher und die Cola auf den Klapptisch vor mir und zeigt auf seine Jeans, wo sich vorne ein großer nasser Fleck ausgebreitet hat.

Normalerweise bringen mich Furz- und Ekelwitze nicht zum Lachen, und als Jonathan Spalicki letztes Jahr in Biologie einen fahren ließ und Mrs Huberman den Unterricht frühzeitig abbrechen musste, weil die ganze Klasse vor Lachen unter den Tischen lag, bedankte sie sich bei mir, weil ich als Einzige ein gewisses Maß an Selbstbeherrschung zeigte.

Lachanfälle sind also nicht meine Art. Jedenfalls nicht wegen eines nassen Flecks.

Doch als ich den Mund öffne, um Willem mitzuteilen, dass ich gar keine Cola mag und die von heute Morgen für Melanie gedacht war, kommt nur ein Quietschen raus. Plötzlich höre ich mich lachen, und das wiederum wirkt wie ein Zündfunke. Ich muss so sehr lachen, dass ich nach Luft schnappe. Die Paniktränen, die sich in meinen Augen gesammelt hatten, haben jetzt eine gute Entschuldigung, mir über das Gesicht zu laufen.

Willem verdreht die Augen, blickt genervt auf seine Jeans und nimmt sich ein paar Servietten vom Tablett. »Ich hätte nicht geglaubt, dass es so schlimm ist.« Er tupft sich die Hose ab. »Gibt Kaffee Flecken?«

Die Frage löst einen weiteren Lachkrampf aus. Willem schenkt mir ein trockenes, geduldiges Lächeln, als sei er alt genug, um Witze auf seine Kosten zu verkraften.

»Tut mir leid.« Ich schnappe nach Luft. »Ich lache. Nicht. Über. Deine. Hose.«

Ich habe das amerikanische Wort für Hose, *pants,* benutzt! Dabei hat uns Ms Foley bei ihren Ausführungen zum Unterschied zwischen britischem und amerikanischem Englisch eingeschärft, dass *pants* in England Unterhose bedeutet und Hose *trousers* heißt und wir daran denken sollten, um peinliche Missverständnisse zu vermeiden. Als sie uns das erklärte, wurde sie ganz rot.

Ich krümme mich jetzt vor Lachen. Als ich es endlich schaffe, mich wieder aufzurichten, sehe ich eines der französischen Mädchen durch den Gang zurückkehren. Als sie sich an Willem vorbeischiebt, legt sie ihm von hinten eine Hand auf den Arm und lässt sie dort für einen Moment liegen. Dann sagt sie etwas auf Französisch, bevor sie auf ihren Platz schlüpft.

Willem sieht sie nicht einmal an, sondern dreht sich stattdessen wieder zu mir um. In seinen dunklen Augen sind lauter Fragezeichen.

»Ich dachte, du wärst aus dem Zug gestiegen.« Das Geständnis sprudelt mit den Champagnerbläschen meiner Erleichterung einfach aus mir heraus.

O nein! Habe ich das wirklich gesagt? Ich kichere immer noch vor mich hin und wage es nicht, ihn anzusehen, denn wenn er mich bis jetzt nicht im Zug zurücklassen wollte, dann bestimmt jetzt.

Ich spüre, wie der Sitz nachgibt, als Willem sich setzt, und als ich endlich den Mut finde, ihm einen Blick zuzuwerfen, stelle ich zu meiner Überraschung fest, dass er weder schockiert noch genervt wirkt, sondern lediglich still und amüsiert vor sich hin lächelt.

Er packt die Snacks aus und zieht ein gebogenes Baguette aus seinem Rucksack. Nachdem er alles auf unseren Klapptischen ausgebreitet hat, sieht er mir direkt in die Augen. »Und warum sollte ich aus dem Zug steigen?«, fragt er mich schließlich mit sanfter, spöttischer Stimme.

Ich könnte mir alle möglichen Ausflüchte einfallen lassen: Dass er etwas vergessen hatte. Dass ihm plötzlich eingefallen war, dass er doch schnell zurück nach Holland musste, und er keine Zeit mehr hatte, Bescheid zu sagen. Irgendeine fadenscheinige Ausrede, die nicht vorwurfsvoll klingt. Doch ich entscheide mich für die Wahrheit.

»Weil du es dir anders überlegt hast.« Ich warte darauf, dass er sauer, beleidigt oder herablassend reagiert, aber er wirkt immer noch amüsiert, vielleicht sogar ein wenig fasziniert. Da überkommt es mich plötzlich, fast als hätte ich eine Droge genommen, mein eigenes, persönliches Wahrheitsserum, und ich sage ihm auch alles andere. »Einen Augenblick lang habe ich sogar überlegt, ob das vielleicht Teil eines ausgeklügelten Plans ist und du vorhast, mich als Sexsklavin zu verkaufen oder so.«

Ich sehe ihn an, besorgt, dass ich vielleicht zu weit gegangen bin. Doch er lächelt immer noch, streicht sich übers Kinn und fragt: »Wie sollte ich das denn anstellen?«

»Keine Ahnung. Du müsstest mich bewusstlos machen oder so. Was nimmt man dafür noch mal? Chloroform? Man schüttet es auf ein Taschentuch und presst es dem Opfer auf die Nase, bis es eingeschlafen ist.«

»So was passiert doch nur im Film. Wahrscheinlich wäre es einfacher für mich, dir etwas ins Getränk zu mischen, wie deine Freundin befürchtet hat.«

»Aber du hast mir drei verschiedene Getränke besorgt, eins

davon ungeöffnet.« Ich halte die Coladose hoch. »Ich mag übrigens keine Cola.«

»Damit wäre mein Plan schon im Eimer.« Er stößt einen übertriebenen Seufzer aus. »So ein Mist. Mit dir hätte ich einen Haufen Geld auf dem Schwarzmarkt verdienen können.«

»Was glaubst du, wie viel ich wert wäre?«, frage ich, erstaunt, wie schnell meine Angst verflogen und zum Gegenstand unserer Scherze geworden ist.

Er mustert mich abschätzend von Kopf bis Fuß. »Na ja, das hängt von verschiedenen Faktoren ab.«

»Wovon denn zum Beispiel?«

»Dem Alter. Wie alt bist du?«

»Achtzehn.«

Er nickt. »Maße?«

»Fünf Fuß vier, hundertfünfzehn Pfund. Umgerechnet etwa ein Meter dreiundsechzig, zweiundfünfzig Kilo.«

»Irgendwelche Besonderheiten, Narben oder Prothesen?«

»Ist das wichtig?«

»Ja, für die Fetischisten. Die zahlen gut dafür.«

»Nein, keine Prothesen oder sonst was.« Doch dann fällt mir mein Muttermal ein, ein hässliches Ding, fast wie eine Narbe, und das ich deswegen normalerweise unter meiner Armbanduhr verberge. Es zu entblößen – und damit mich – reizt mich irgendwie. Deswegen ziehe ich meine Armbanduhr aus. »Bis auf das da.«

Er mustert das Muttermal und nickt. Dann fragt er beiläufig: »Und, bist du noch Jungfrau?«

»Würde das meinen Wert steigern oder eher mindern?«

»Hängt ganz von der Marktlage ab.«

»Du scheinst dich ja gut auszukennen.«

»Ich bin in Amsterdam aufgewachsen«, antwortet er, als erkläre das alles.

»Also, wie viel bin ich wert?«

»Du hast noch nicht alle Fragen beantwortet.«

Mich überkommt ein ganz seltsames Gefühl, als hielte ich den Gürtel eines Bademantels in Händen und könnte ihn entweder fester zuziehen oder loslassen. »Nein. Keine Jungfrau.«

Er lächelt nicht und starrt mich an, dass ich ganz nervös werde.

»Boris ist bestimmt enttäuscht«, füge ich hinzu.

»Wer ist Boris?«

»Der ukrainische Schlägertyp, der die Drecksarbeit erledigt. Du warst ja nur der Köder.«

Willem lacht und wirft dabei den Kopf in den Nacken. Er hat einen langen Hals. »Normalerweise arbeite ich mit Bulgaren.«

»Du kannst dich lustig machen, wie du willst, aber es gab eine Sendung im Fernsehen darüber, und es ist ja auch nicht gerade so, als würde ich dich gut kennen.«

Er hält inne, sieht mir in die Augen und sagt: »Zwanzig. Ein Meter neunzig. Fünfundsiebzig Kilo, als ich das letzte Mal auf die Waage gestiegen bin. Ein besonderes Kennzeichen.« Er zeigt auf eine zickzackförmige Narbe am Fuß. Ohne den Blick abzuwenden, fährt er fort: »Und ich bin auch keine mehr.«

Es dauert einen Moment, bis mir klar wird, dass er die gleichen vier Fragen beantwortet hat, die er mir gestellt hat. Ich merke, wie ich langsam rot werde.

»Außerdem haben wir zusammen gefrühstückt. Normalerweise kenne ich die Leute, mit denen ich frühstücke, sehr gut.«

Jetzt glüht mein Gesicht richtig. Ich denke krampfhaft über

eine schlagfertige Erwiderung nach, aber es fällt schwer, geistreich zu sein, wenn jemand einen so ansieht.

»Hast du wirklich geglaubt, ich würde dich im Zug alleine lassen?«, fragt er.

Eine irgendwie schwierige Frage nach dem ganzen Gescherze über Sexsklaverei. Ich denke einen Augenblick nach. Habe ich wirklich geglaubt, dass er das tun würde?

»Ich weiß nicht«, antworte ich. »Vielleicht bin ich nur deswegen in eine Art Panik geraten, weil ich eigentlich so etwas Impulsives wie das hier nicht mache.«

»Bist du sicher?«, fragt er. »Du bist ja schließlich hier.«

»Ja, ich bin hier«, wiederhole ich. Und das bin ich. Hier. Auf dem Weg nach Paris. Mit ihm. Ich sehe ihn an. Wieder lächelt er andeutungsweise, als hätte ich etwas an mir, dass ihn unendlich amüsiert. Vielleicht liegt es daran oder aber am Schaukeln des Zuges oder an der Tatsache, dass ich ihn nach diesem einen Tag niemals wiedersehen werde, oder auch daran, dass es kein Zurück mehr gibt, wenn die Falltür der Wahrheit einmal geöffnet ist. Oder einfach auch nur daran, dass ich es so will. Jedenfalls lasse ich den Bademantelgürtel los. »Ich dachte, du wärst ausgestiegen, weil ich schon kaum glauben konnte, dass du überhaupt im Zug gewesen bist. Mit mir. Ohne jeden Hintergedanken.«

Das entspricht genau der Wahrheit. Denn auch wenn ich erst achtzehn bin, weiß ich längst, dass sich die Welt in zwei Gruppen spaltet: die Macher und die Beobachter. Diejenigen, die etwas bewegen, und all die anderen, die sich bewegen lassen. Die Lulus und die Allysons.

Nie hätte ich geglaubt, dass ich allein, weil ich so tue, als sei ich Lulu, ins andere Lager überwechseln könnte, wenn auch nur für einen Tag.

Ich drehe mich zu Willem um, um seine Reaktion zu sehen, doch bevor er antworten kann, taucht der Zug in die Dunkelheit des Kanaltunnels. Laut der Informationen aus der Broschüre werden wir in weniger als zwanzig Minuten in Calais und eine Stunde später in Paris eintreffen. Doch in diesem Moment habe ich das Gefühl, dass der Zug mich nicht nur nach Paris, sondern an einen ganz neuen Ort bringen wird.

Vier

Paris

Sofort gibt es Probleme. Die Gepäckaufbewahrung im Untergeschoss des Bahnhofs ist geschlossen, weil das Personal an den Röntgengeräten, durch die das Gepäck erst muss, streikt. Infolgedessen sind alle Schließfächer belegt. Willem meint, wir könnten es zwar bei einem anderen Bahnhof nicht weit von hier versuchen, aber wenn das Gepäckpersonal streike, könnten wir dort dasselbe Problem haben.

»Ach, dann nehm ich den Koffer einfach mit. Oder schmeiß ihn in die Seine.« Das ist natürlich ein Witz, aber der Gedanke, alles loszuwerden, was an Allyson erinnert, hat schon etwas Verlockendes. »Eine Freundin von mir arbeitet in einem Nachtclub ganz in der Nähe …« Willem kramt ein abgegriffenes, ledergebundenes Notizbuch aus seinem Rucksack. Ich will gerade eine scherzhafte Bemerkung darüber machen, weil es mich an den Film *Die Ex-Freundinnen meines Freundes* erinnert, doch als ich die vielen hineingekritzelten Namen, Nummern und E-Mail-Adressen sehe, wird mir klar, dass es tatsächlich so ein kleines schwarzes Buch ist wie in dem Film.

»Sie macht die Buchhaltung, deswegen ist sie normalerweise nachmittags da«, erklärt Willem.

Als er die Nummer gefunden hat, zückt er ein uraltes Handy und drückt ein paarmal die Einschalttaste. »Mist, Akku leer. Funktioniert deins?«

Kopfschüttelnd antworte ich: »Leider nein. Nicht in Europa. Ich kann nur Fotos damit machen.«

»Wir können hinlaufen. Es ist nicht weit von hier.«

Wir nehmen den Aufzug zurück nach oben, und als sich die automatischen Türen öffnen, dreht Willem sich zu mir um und fragt: »Bist du bereit für Paris?«

Bei dem ganzen Stress mit meinem Gepäck hätte ich fast vergessen, dass es eigentlich um Paris geht. Plötzlich bin ich nervös: »Hoffentlich«, antworte ich leise.

Wir verlassen den Bahnhof durch den Hauptausgang und treten hinaus in die flirrende Hitze. Ich kneife die Augen zusammen, als wolle ich mich vor einer Enttäuschung schützen. Weil, ehrlich gesagt, mich bisher fast jede Station unserer Reise enttäuscht hat – vielleicht, weil ich einfach zu viele Filme gesehen habe. In Rom wollte ich mich wie Audrey Hepburn in *Ein Herz und eine Krone* fühlen, doch um den Trevi-Brunnen drängten sich die Massen, am Fuß der Spanischen Treppe war ein McDonald's, und die Ruinen stanken nach dem Urin der vielen streunenden Katzen. Genauso war es in Prag, wo ich sehnsüchtig nach der Bohemien-Atmosphäre aus *Die unerträgliche Leichtigkeit des Seins* suchte. Aber nein, es gab keine berühmten Künstler, kein Mann sah aus wie Daniel Day-Lewis. In einem Café fiel mir ein geheimnisvoll wirkender Mann auf, der Sartre las, doch dann klingelte sein Handy, und er meldete sich in breitestem Texanisch.

Und dann London! Melanie und ich irrten ewig in der U-Bahn umher, weil wir uns unbedingt Notting Hill ansehen wollten, nur um in eine schicke, teure Gegend mit Nobelläden zu gelangen. Bezaubernde Buchläden, haufenweise liebenswerte Menschen, mit denen ich mich gerne abends getroffen hätte? Fehlanzeige! Es schien so, als gäbe es einen direkten Zusammenhang zwischen der Anzahl der Filme, die ich über eine Stadt gesehen hatte, und der Enttäuschung, die ich durch die Realität erlebte. Und ich hatte eine Menge Filme gesehen, die in Paris spielten.

Tatsächlich gleicht das Paris, das mich vor der Gare du Nord begrüßt, keineswegs dem Paris in den Filmen. Hier sehe ich weder den Eiffelturm noch irgendwelche schicken Modeboutiquen. Wir stehen an einer ganz normalen Straße mit etlichen Hotels und Wechselstuben und einem Gewimmel von Taxis und Bussen.

Ich blicke mich um. Alte, graubraune Gebäude reihen sich endlos aneinander. Sie sind alle gleich, scheinen ineinander überzugehen. Die Fenster und die Türen zu den blumengeschmückten französischen Balkonen stehen weit offen. Schräg gegenüber vom Bahnhof sind zwei Cafés. Keines der beiden ist besonders schick, trotzdem sind beide rappelvoll – Leute scharen sich um runde Glastische unter Markisen und Sonnenschirmen. Es wirkt so normal und gleichzeitig so vollkommen fremd.

Willem und ich laufen los, überqueren die Straße und gehen an einem der Cafés vorbei. Eine Frau sitzt allein an einem der Tische, raucht eine Zigarette und trinkt ein Glas Rosé. Zu ihren Füßen hechelt eine kleine Bulldogge. Als wir vorbeilaufen, springt der Hund auf, schnuppert unter meinem Rock, und ich verheddere mich in seiner Leine.

Die Frau muss ungefähr im Alter meiner Mutter sein, trägt aber einen kurzen Rock und hohe Keilabsatzschuhe aus Leinen, die mit Bändern um ihre wohlgeformten Beine geschnürt sind. Sie schimpft mit dem Hund und entwirrt die Leine. Als ich mich hinunterbeuge und das Tier hinter den

Ohren kraule, macht die Frau eine Bemerkung auf Französisch, die Willem zum Lachen bringt.

»Was hat sie gesagt?«, frage ich, als wir weitergehen.

»Sie hat gesagt, ihr Hund ist wie ein Trüffelschwein, wenn es um schöne Mädchen geht.«

»Wirklich?« Ich erröte vor Freude – was ein bisschen albern ist, schließlich ist es nur ein Hund, und außerdem weiß ich gar nicht so genau, was ein Trüffelschwein überhaupt ist.

Willem und ich gehen eine Straße mit zahlreichen Sexshops und Reisebüros entlang, bis wir auf einen Boulevard mit einem unaussprechlichen Namen abbiegen. Jetzt begreife ich, dass Boulevard eigentlich ein französisches Wort ist und dass all die großen Straßen, die zu Hause als Boulevard bezeichnet werden, eigentlich nur vielbefahrene Straßen sind. Aber hier liegt ein richtiger Boulevard vor mir: ein Fluss des Lebens, prachtvoll, weit und strömend, mit einem Grünstreifen in der Mitte und gesäumt von Bäumen, die sich graziös einander zuneigen.

An einer roten Ampel bleibt auf dem Radweg ein süßer Typ in einem eng geschnittenen Anzug mit seinem Moped stehen und sieht mich an, mustert mich von Kopf bis Fuß, bis das Moped hinter ihm ihn mit lautem Hupen zum Weiterfahren nötigt.

Okay, das war jetzt schon das zweite Mal innerhalb von fünf Minuten. Zwar hat mich beim ersten Mal nur ein Hund bewundert, aber dennoch bedeutet es mir etwas. In den letzten drei Wochen haben die Männer immer nur Melanie hinterhergepfiffen – wegen ihrer blonden Haare und ihrer aufreizenden Klamotten, wie ich gehässig unterstellt habe. Ich habe sogar ein-, zweimal eine abfällige Bemerkung über die Degradierung der Frau zum Objekt fallengelassen, doch Melanie hat nur die Augen verdreht und behauptet, damit läge ich völlig daneben.

Als mich jetzt diese Leichtigkeit erfasst, frage ich mich, ob sie möglicherweise recht gehabt hat. Vielleicht geht es gar nicht darum, in den Augen der Männer sexy auszusehen, sondern um das Gefühl, an einem Ort mit offenen Armen begrüßt und augenzwinkernd akzeptiert zu werden. Das ist merkwürdig, weil ich nach meinen Erfahrungen erwartet hätte, dass ich gerade für die Pariser unsichtbar sein würde, doch das bin ich offensichtlich nicht. In Paris kann ich offensichtlich nicht nur Schlittschuh laufen, sondern mich für die Olympiade qualifizieren!

»Jetzt ist es klar«, verkünde ich. »Ich liebe Paris!«

»Das ging aber schnell.«

»So was weiß man einfach, verstehst du. Paris ist gerade zu meiner Lieblingsstadt auf der ganzen Welt geworden.«

»Das soll öfter vorkommen.«

»Dazu muss ich sagen, dass es keine ernstzunehmende Konkurrenz gab. Die meisten Städte auf unserer Tour haben mir nicht besonders gut gefallen.«

Und wieder rutscht mir das einfach so heraus. Wenn man nur einen Tag zusammen hat, kann man offenbar ganz ungeniert alles einfach aussprechen. *Die Reise war ein Reinfall.* Wie gut es tut, das endlich mal jemandem gegenüber zugeben zu können! Meine Eltern dürfen das natürlich niemals erfahren, denn sie haben viel Geld für diese Tour ausgegeben, die zu einer lebenslang unvergesslichen Erfahrung werden sollte. Melanie könnte ich es ebenfalls nicht erzählen, denn für sie war es tatsächlich ein unvergessliches Erlebnis. Und auch Ms Foley könnte ich es nicht sagen, wo es doch ihre Aufgabe war, diese Tour zu einem unvergesslichen Erlebnis für mich zu machen. Doch die Wahrheit ist, dass ich die letzten drei Wochen versucht habe, mich zu amüsieren – ohne Erfolg.

»Vielleicht braucht man fürs Reisen Begabung, genauso wie fürs Pfeifen oder Tanzen«, fahre ich fort. »Manche Menschen haben die – du offenbar. Ich meine, wie lange bist du jetzt schon unterwegs?«

»Zwei Jahre«, antwortet er.

»Zwei Jahre mit Unterbrechungen?«

Er schüttelt den Kopf. »Ich war seit zwei Jahren nicht mehr in Holland.«

»Wirklich? Und heute wolltest du nach Hause fahren? Nach zwei Jahren?«

Er wirft die Arme in die Luft. »Was ist schon ein Tag mehr bei zwei Jahren?«

Für ihn wahrscheinlich nicht viel. Für mich wäre es vermutlich ganz anders. »Das beweist nur, dass ich recht habe. Du hast die Begabung zum Reisen. Ich bin mir nicht sicher, ob ich die habe. Alle behaupten, Reisen erweitert den Horizont. Ich weiß nicht einmal genau, was das bedeutet, aber für mich hat es gar nichts erweitert, weil ich nicht gut darin bin.«

Er schweigt die meiste Zeit, während wir eine lange Brücke überqueren, die Dutzende von Gleisen überspannt. Überall sind Graffiti. Dann sagt er: »Reisen ist nicht etwas, das man gut können muss. Man tut es einfach. Wie atmen.«

»Glaube ich nicht. Atmen kann ich gut.«

»Bist du sicher? Hast du mal darüber nachgedacht?«

»Wahrscheinlich mehr als die meisten anderen Leute. Mein Vater ist Lungenspezialist.«

»Nein, ich meine, hast du darüber nachgedacht, *wie* du es genau machst? Tag und Nacht? Beim Schlafen. Beim Essen. Beim Reden.«

»Nein, so genau nicht.«

»Dann denk doch jetzt mal darüber nach.«

»Wie denkt man über das Atmen nach?« Doch dann tue ich es plötzlich. Ich verliere mich in Gedanken über das Atmen, wie es funktioniert, woher mein Körper weiß, was er zu tun hat, auch wenn ich schlafe, weine oder Schluckauf habe. Was würde geschehen, wenn mein Körper es irgendwie vergäße? Und tatsächlich atme ich jetzt schwerfälliger, so als ginge ich bergauf, obwohl wir gerade auf der anderen Seite der Brücke runterlaufen.

»Okay, das war echt abgefahren.«

»Siehst du?«, sagt Willem. »Du hast zu viel darüber nachgedacht. Mit dem Reisen ist es genau dasselbe. Du darfst dich nicht zu sehr damit beschäftigen, sonst hast du das Gefühl, es sei etwas Anstrengendes. Du musst dich dem Chaos hingeben. Den Zufällen, den Unfällen.«

»Soll ich mich etwa von einem Bus anfahren lassen und das superlustig finden?«

Willem lacht. »Nein, natürlich meine ich nicht solche Unfälle. Eher die kleinen Pannen, die einem so passieren. Manchmal sind sie unwichtig, manchmal ändern sie alles.«

»Das klingt ziemlich esoterisch. Kannst du dich ein bisschen genauer ausdrücken?«

»Ein Typ irgendwo in einem fernen Land nimmt eine Tramperin mit. Ein Jahr später ist sie pleite und steht auf einmal vor seiner Tür. Sechs Monate später heiraten sie. Unfälle, Zufälle.«

»Hast du eine Anhalterin geheiratet, oder was?«

Sein Lächeln wird zu einem breiten Grinsen. »War nur ein Beispiel.«

»Erzähl mir lieber was, was wirklich mal passiert ist.«

»Und woher willst du wissen, dass das nicht wirklich passiert ist?«, neckt er mich. »Okay, also das ist mir passiert. Letztes Jahr, als ich in Berlin war, habe ich meinen Zug nach Bukarest verpasst und hab stattdessen eine Mitfahrgelegenheit in die Slowakei bekommen. Die Leute, die mich mitgenommen haben, gehörten zu einer Theatertruppe. Einer der Schauspieler hatte sich gerade den Knöchel gebrochen, und sie brauchten einen Ersatz. Auf der sechsstündigen Fahrt nach Bratislava habe ich den Text für seine Rolle auswendig gelernt. Ich blieb bei der Gruppe, bis der Knöchel des Schauspielers verheilt war, und bald darauf traf ich die Leute von Guerilla Will, die dringend jemanden suchten, der einen Shakespeare-Text auf Französisch rezitieren konnte.«

»Und das konntest du?«

Er nickt.

»Bist du eine Art Sprachgenie?«

»Ich bin Niederländer, viele Leute bei uns sprechen mehrere Fremdsprachen. So bin ich jedenfalls zu Guerilla Will gekommen.« Er schnippt mit den Fingern. »Und jetzt bin ich Schauspieler.«

Das überrascht mich. »Es wirkte so, als würdest du das schon viel länger machen.«

»Nein, nur durch einen Zufall und nur vorübergehend. Bis der nächste Zufall oder eben Unfall mich irgendwo anders hin verschlägt. So wie das Leben halt läuft.«

Ich spüre, wie mein Herz schneller schlägt. »Meinst du wirklich, dass es so läuft? Dass sich das Leben einfach so verändern kann?«

»Ich glaube, das passiert die ganze Zeit, aber wenn man sich dem nicht stellt, dem aus dem Weg geht, verpasst man es. Wenn man reist, setzt man sich dem aus, öffnet sich für Unvorhergesehenes. Das ist nicht immer toll. Manchmal ist es richtig schrecklich. Aber es gibt auch Momente …« Er zuckt mit den Schultern, deutet mit einem Kopfnicken den Boulevard hinunter und wirft mir einen Seitenblick zu. »Gar nicht so übel, oder?«

»Solange du dich nicht von einem Bus anfahren lässt«, erwidere ich.

Er lacht: »Solange du dich nicht von einem Bus anfahren lässt.«

Fünf

Wir erreichen den Nachtclub, in dem Willems Freundin arbeitet. Er wirkt vollkommen verlassen, aber als Willem gegen die Tür hämmert, öffnet uns ein hochgewachsener Mann mit schwarzer Haut. Willem redet auf Französisch mit ihm, und sofort werden wir in einen großen, kalten Saal mit einer kleinen Bühne, einer schmalen Bar und etlichen Tischen mit hochgestellten Stühlen eingelassen. Willem und der Riese unterhalten sich noch ein wenig auf Französisch, und dann dreht sich Willem zu mir um.

»Céline mag keine Überraschungen. Vielleicht ist es besser, wenn ich zuerst runtergehe.«

»Klar.« Im gedämpften Halbdunkel kommt mir meine Stimme schrill vor, und ich merke, dass ich wieder nervös werde.

Willem geht zu einer Treppe am anderen Ende des Saals. Der Riese nimmt seine Arbeit wieder auf und poliert die Gläser hinter der Bar. Offenbar hat man ihm noch nicht mitgeteilt, dass Paris mich liebt. Ich setze mich auf einen der Barhocker. Man kann sich damit einmal ganz um sich selbst drehen, genauso wie mit den Barhockern im Whipple's, dem Eiscafé, in das ich früher immer mit meinen Großeltern gegangen bin. Der Riese ignoriert mich, und ich drehe mich einfach in die eine und dann in die andere Richtung. Und dann drehe ich mich wohl ein wenig zu schnell, denn der Hocker löst sich aus der Verankerung.

»Aua! Mist!«

Ich liege der Länge nach auf dem Boden. Der Riese kommt hinter der Theke hervor, sein Gesichtsausdruck der Inbegriff von Blasiertheit. Er hebt den Hocker auf, schraubt ihn wieder zusammen und kehrt hinter die Bar zurück. Ich bleibe für einen Moment auf dem Boden sitzen und frage mich, was peinlicher ist, dort unten zu bleiben oder mich wieder auf den Hocker zu setzen.

»Bist du Amerikanerin?«

Was verrät mich? Meine Ungeschicktheit? Sind Französinnen niemals ungeschickt? Eigentlich bin ich relativ graziös. Ich habe acht Jahre lang Ballettunterricht gehabt. Ich sollte ihm sagen, dass er besser den Barhocker repariert, bevor ihn jemand wegen Körperverletzung verklagt. Nein, das würde mich wirklich als typische Amerikanerin outen.

»Merkt man das?« Keine Ahnung, warum ich das überhaupt frage. Seit unser Flugzeug in London gelandet ist, scheint eine Art Leuchtschrift über meinem Kopf zu blinken: TOURISTIN, AMERIKANERIN, AUSSENSEITERIN. Ich müsste längst daran gewöhnt sein. Nur kam es mir so vor, als ob das Schild seit der Ankunft in Paris weniger grell wäre. Falsch gedacht.

»Dein Freund hat es mir erzählt«, antwortet der Riese. »Mein Bruder wohnt in Roché Estair.«

»Ach ja?« Sollte ich wissen, wo das liegt? »Ist das in der Nähe von Paris?«

Er lacht, herzlich, dröhnend, aus dem Bauch heraus. »Nein. Das ist in New York. In der Nähe des großen Sees.«

Roché Estair? »Ach so! Rochester.«

»Ja. Roché Estair«, wiederholt er. »Es ist sehr kalt da. Sehr viel Schnee. Mein Bruder heißt Aliou Mjodi. Vielleicht kennst du ihn?«

Ich schüttle den Kopf. »Ich lebe in Pennsylvania, einem Nachbarstaat von New York.«

»Gibt es viel Schnee in Penisvania?«

Ich muss mir das Lachen verkneifen. »Ja, es gibt ziemlich viel Schnee in Pennsylvania«, antworte ich, jede Silbe betonend. »Aber nicht so viel wie in Rochester.«

Er schüttelt sich. »Zu kalt. Besonders für uns. Wir haben senegalesisches Blut in uns, obwohl wir beide in Paris geboren sind. Aber jetzt studiert mein Bruder Informatik in Roché Estair, an der Universität.« Der Riese strahlt vor Stolz. »Er mag den Schnee nicht und hat erzählt, dass die Moskitos im Sommer genauso groß sind wie die im Senegal.«

Ich lache.

Das Gesicht des Riesen verzieht sich zu einem breiten Lächeln. »Wie lange bist du schon in Paris?«

Ich schaue auf meine Armbanduhr. »Ich bin jetzt seit einer Stunde hier und bleibe für genau einen Tag.«

»Nur für einen Tag? Warum sitzt du dann hier herum?« Mit einer Handbewegung deutet er auf die Bar.

Ich zeige auf meinen Koffer. »Wir suchen einen Platz, wo wir den hier unterstellen können.«

»Bring ihn runter. Du hast keine Zeit zu verlieren, wenn du nur für einen Tag hier bist. Wenn die Sonne scheint, lass sie auf dich scheinen! Der Schnee kommt ganz von allein wieder.«

»Willem hat mir gesagt, dass ich warten soll, weil Céline …«

»Pff«, unterbricht er mich und winkt ab. Er kommt hinter der Theke hervor und schnappt sich meinen Koffer. »Komm mit, ich bringe ihn für dich runter.«

Über die Treppe gelangen wir in einen dunklen Flur voller Lautsprecherboxen, Verstärker, Kabel und Leuchten. Als oben an die Tür geklopft wird, macht der Riese sofort kehrt und sagt mir nur, ich solle die Tasche ins Büro stellen.

Vom Flur gehen mehrere Türen ab, also trete ich vor die erste und klopfe an. Sie führt in einen kleinen Raum mit Metallschreibtisch, Computer und Papierstapeln. Da ist Willems Rucksack, er aber nicht. Ich trete auf den Flur zurück und höre Stimmen – das Schnellfeuer-Französisch einer Frau und Willems vergleichsweise langsame Antworten.

»Willem?«, rufe ich. »Hallo?«

Er antwortet etwas, was ich aber nicht verstehen kann.

»Was?«

Wieder sagt er etwas, aber ich verstehe ihn noch immer nicht, also öffne ich die Tür. Dahinter befindet sich eine mit Kartons vollgestellte kleine Kammer. Und mittendrin steht Willem, dicht vor einer jungen Frau – Céline –, bei der ich trotz der schummrigen Beleuchtung erkennen kann, dass sie auf eine Art und Weise schön ist, wie ich es niemals sein werde. Sie redet mit kehliger Stimme auf Willem ein und zieht ihm das Hemd über den Kopf. Er lacht – natürlich.

Ich knalle die Tür zu und renne zur Treppe zurück. In meiner Hast stolpere ich über meinen Koffer.

Ich höre ein Rütteln. »Lulu, mach die Tür auf! Sie klemmt!«

Ich drehe mich um. Mein Koffer blockiert die Klinke. Ich laufe zurück, trete ihn weg und renne dann wieder zur Treppe. Die Tür fliegt auf.

»Was machst du?«, ruft Willem.

»Ich hau ab!« Auch wenn Willem und ich weiter nichts miteinander zu tun haben, finde ich es trotzdem unmöglich, dass er mich oben warten lässt, damit er unten eine schnelle Nummer schieben kann.

»Komm zurück.«

Ich weiß Bescheid. Ich habe genügend französische Filme gesehen. Viele sind sexy, einige ein bisschen pervers. Ich will gerne Lulu sein, aber so sehr nun auch wieder nicht.

»Lulu!«, sagt Willem energisch. »Céline weigert sich, auf dein Gepäck aufzupassen, solang ich mich nicht umziehe. Sie sagt, ich sehe aus wie ein schmutziger alter Mann, der aus einem Sexshop kommt.« Dabei zeigt er auf seine Hose.

Ich brauche einen Augenblick, bis ich begreife, was sie meint, und dann erröte ich.

Céline sagt etwas zu Willem, das ihn zum Lachen bringt. Na schön, vielleicht ist es nicht so, wie ich geglaubt habe. Aber trotzdem ist es ganz offensichtlich, dass ich da in irgendwas reingeplatzt bin.

Willem wendet sich mir wieder zu. »Ich habe ihr gesagt, dass ich gern eine andere Jeans anziehen kann. Aber meine Hemden und T-Shirts sind alle schmutzig. Sie meint, dass sie eins hat, was mir passt.«

Céline plappert weiter auf Willem ein und behandelt mich wie Luft.

Endlich findet sie, was sie sucht: ein violett-graues T-Shirt, auf dem groß SOS steht. Sie hält es Willem hin. Dann sagt sie wieder etwas und greift nach seiner Gürtelschnalle. Er hebt ergeben die Hände, öffnet die Knöpfe dann aber selbst. Die Jeans rutscht zu Boden und Willem steht da. In seiner vollen Größe, bekleidet mit nichts als engen Boxershorts.

»*Excuse-moi*«, sagt er, als er sich so dicht an mir vorbeischiebt, dass er mit dem nackten Oberkörper meinen Arm streift. Selbst im Halbdunkel hat Céline mein Erröten bestimmt bemerkt und fühlt sich jetzt überlegen. Gleich darauf kehrt Willem mit seinem Rucksack zurück und zieht eine knittrige, aber saubere Jeans heraus. Ich versuche, ihn nicht anzustarren, als er hineinsteigt und seinen abgewetzten braunen Ledergürtel durch die Schlaufen zieht. Dann streift er das T-Shirt über. Céline sieht mich an. Ich wende den Blick von Willem ab, so als hätte sie mich bei etwas ertappt. Was sie auch irgendwie hat. Ihm beim Anziehen zuzusehen fühlt sich noch verbotener an, als ihn beim Ausziehen zu beobachten.

»*D'accord?*«, fragt er Céline, und sie mustert ihn, die Hände in die Hüften gestemmt.

»*Mieux*«, antwortet sie. Es klingt wie das Miauen einer Katze.

»Lulu?«, fragt Willem.

»Sieht gut aus.«

Endlich nimmt Céline mich wahr. Sie sagt etwas, gestikuliert wild und schweigt dann.

Als ich nicht antworte, zieht Céline eine Augenbraue zu einem perfekten Bogen hoch, während die andere unbewegt bleibt. Von Florenz bis nach Prag habe ich die Frauen das machen sehen. Wahrscheinlich lernt man das in Europa in der Schule.

»Sie will wissen, ob du schon einmal von *Sous ou Sur* gehört hast, einer berühmten Punkrap-Band mit politisch sehr engagierten Texten.« Willem zeigt auf den SOS-Schriftzug auf seinem T-Shirt.

Ich schüttele den Kopf und fühle mich gleich zweifach als Loserin, weil ich sie nicht verstehe und noch nie von dieser coolen französischen Anarchisten-dingsbums-Band gehört habe. »Nein, tut mir leid, ich spreche kein Französisch.«

Céline sieht mich verächtlich an. Noch so eine blöde Amerikanerin, die zu faul ist, Fremdsprachen zu lernen.

»Ich spreche ein bisschen Mandarin«, werfe ich hoffnungsvoll ein, doch leider ohne Effekt.

Céline lässt sich dazu herab, auf Englisch umzuschwenken, und fragt: »Aber dein Name, Lulu, ist doch französisch, *non*?«

Eine kurze Stille tritt ein, wie auf einem Konzert zwischen zwei Stücken. Der ideale Zeitpunkt, um ganz beiläufig zu sagen: »Eigentlich heiße ich Allyson.«

Doch dann antwortet Willem für mich: »Lulu ist die Abkürzung von Louise«, und zwinkert mir zu.

Mit einem manikürten, dunkelroten Fingernagel zeigt Céline auf mein Gepäck. »Ist das der Koffer?«

»Ja, ist er.«

»Der ist aber groß.«

»So groß ist der gar nicht.« Ich denke dabei an die Koffer, die einige der anderen Mädchen auf der Tour mitgeschleppt haben, vollgepackt mit Föhnen, Adaptern und drei verschiedenen Outfits für jeden Tag. Ich mustere Célines schwarzes Netzhemd, das auf Höhe der Oberschenkel endet, und ihren winzigen schwarzen Rock, für den Melanie Unsummen ausgeben würde. Ich vermute, Céline ließe diese Tatsache wohl eher unbeeindruckt.

»In meinem Büro will ich ihn nicht, aber hier kann er bleiben.«

»Perfekt. Wenn ich ihn morgen wieder abholen kann.«

»Die Putzfrau kommt um zehn. Hier, für dich, wir haben jede Menge davon.« Céline reicht mir das gleiche T-Shirt, das sie Willem gegeben hat, nur mindestens eine Nummer größer.

Ich will es schon in meinen Koffer stopfen, als ich dessen Inhalt vor meinem inneren Auge sehe: die vernünftigen A-Linien-Röcke und T-Shirts, die Mom für mich ausgesucht hat. Mein Reisetagebuch, in das ich aufregende Geschichten von Abenteuern einzutragen hoffte, aus denen jedoch nichts als eine Reihe von Berichten im Telegrammstil geworden ist: *Haben heute die Prager Burg besucht. Danach in der Staatsoper die* Zauberflöte *gesehen. Hähnchenschnitzel zum Abendessen.* Die vielen Ansichtskarten aus den berühmten europäischen Städten sind unbeschrieben geblieben, weil mir, als ich die Pflichtkarten an meine Eltern und meine Großmutter geschrieben hatte, niemand mehr einfiel, an den ich sie hätte schicken können. Im Koffer befindet sich auch ein wiederverschließbarer Gefrierbeutel, der ein einziges Blatt Papier enthält. Vor der Reise hat meine Mutter eine Liste aller Gegenstände angelegt, die ich mitnehmen würde, und davon eine Kopie für jede Station ausgedruckt, damit ich in jedem Hotel beim Kofferpacken jedes Teil abhaken konnte, um ja nichts zu vergessen. Ein Blatt ist noch übrig für meinen geplanten Aufenthalt in London.

Schließlich verstaue ich das T-Shirt in meiner Umhängetasche. »Ich nehm's mit. Für heute Nacht zum Schlafen.«

Wieder schießt Célines Augenbraue nach oben. Sie schläft wahrscheinlich nie in einem T-Shirt, sondern grundsätzlich nur nackt, selbst in den kältesten Winternächten. Vor meinem geistigen Auge blitzt ein Bild auf, wie sie nackt neben Willem liegt.

»Danke. Für das Shirt und dafür, dass ich den Koffer hierlassen kann«, sage ich.

»Merci«, erwidert Céline, und ich frage mich, warum sie sich bei mir bedankt, bis ich begreife, dass sie mir beibringen möchte, danke auf Französisch zu sagen. Also mache ich das, nur dass es bei mir klingt wie *mercy.*

Beim Hinaufgehen redet Céline weiterhin ununterbrochen

auf Willem ein, und mir wird langsam klar, warum er fließend Französisch spricht. Als wäre es nicht ohnehin schon deutlich genug, dass Céline Ansprüche auf ihn hat, hakt sie sich jetzt bei ihm unter und zieht ihn hinüber zur Bar. Am liebsten würde ich mit beiden Armen winken und rufen: »Hallo! Ich bin auch noch da!«

Als sie dieses Wange-Wange-Kuss-Kuss-Ding machen, habe ich wieder das Gefühl zu schrumpfen. Neben Céline mit ihren turmhohen Stilettos, den schwarzen, im Nacken blondgefärbten Haaren, dem perfekt symmetrischen Gesicht und den zahlreichen Piercings, die ihrer Schönheit einerseits abträglich sind, sie andererseits noch mehr hervorheben, fühle ich mich klein wie ein Zwerg und langweilig wie ein Wischmopp. Und wieder frage ich mich, warum Willem mich mit hierher genommen hat. Dann fällt mir Shane Michaels ein.

In der zehnten Klasse war ich unsterblich in Shane verliebt, einen Jungen aus der Zwölf. Wir hingen zusammen ab; er flirtete mit mir, lud mich überallhin ein und vertraute mir seine intimsten Gefühle an, sogar über die Mädchen, mit denen er ging. Seine Beziehungen hielten nie länger als ein paar Wochen, und so sagte ich mir, dass wir uns über die Zeit immer näherkämen und er sich früher oder später unweigerlich in mich verlieben würde. Doch als die Monate vergingen und zwischen uns nichts passierte, sagte Melanie, dass es auch nie passieren würde. Sie meinte, ich hätte das Kumpel-Syndrom. Damals verdächtigte ich sie, eifersüchtig zu sein, aber natürlich hatte sie recht. Trotz der Sache mit Evan befürchte ich jetzt, dass es eine chronische Krankheit sein könnte.

Ich fühle, wie mein Mut mich verlässt, fühle, wie das eben noch so gastfreundliche Paris verblasst, falls es nicht sowieso nur ein Traum gewesen ist. Wie blöd von mir zu glauben, dass ein schnüffelnder Hund und der kurze Blick eines Mopedfahrers etwas zu bedeuten gehabt hätten! Paris liebt Mädchen wie Céline. Echte Lulus, keine Fälschungen.

Doch dann, als wir schon an der Tür stehen, kommt der Riese hinter der Bar hervor, ergreift meine Hand und küsst mich mit einem fröhlichen *À bientôt* auf beide Wangen.

Ich spüre ein warmes Ziehen in meiner Brust. Zum ersten Mal auf meiner ganzen Reise war ein Einheimischer aufrichtig nett zu mir – weil er es wollte, nicht, weil ich ihn dafür bezahlt habe. Und es entgeht mir nicht, dass Willem nicht länger Céline ansieht, sondern mich, als sei er auf einmal neugierig geworden. Ich weiß nicht, ob es daran liegt oder an etwas anderem, aber es macht diesen rein platonischen Kuss – nichts weiter als das Äquivalent zu einem Händedruck – irgendwie bedeutungsvoll. Ein Kuss von ganz Paris.

Sechs

»Lulu, wir haben etwas sehr Wichtiges zu besprechen.« Willem blickt mich todernst an, und mir rutscht das Herz in die Hose aus Angst vor einer weiteren unliebsamen Überraschung.

»Was denn?«, frage ich und versuche, mir meine Nervosität nicht anmerken zu lassen.

Er verschränkt die Arme vor der Brust und streicht sich über das Kinn. Will er mich zurückschicken? Nein! Nicht schon wieder diese Panik!

»Was?«, frage ich erneut, mit piepsiger Stimme, trotz meiner Anstrengung, mich zusammenzureißen.

»In Frankreich ist es schon eine Stunde später. Hier ist es also jetzt schon kurz nach zwei. Zeit zum Mittagessen. Außerdem sind wir in Paris und haben nur den einen Tag. Das heißt, wir müssen uns sehr genau überlegen, was wir jetzt machen.«

»Ach so.« Ich atme erleichtert auf. Toller Scherz! »Für mich ist alles okay. Nur bitte kein Brot und keine Schokolade. Auch wenn das deine Grundnahrungsmittel sind, sind die bestimmt nicht besonders französisch.« Ich weiß nicht genau, warum ich so gereizt und schnippisch reagiere, außer vielleicht, weil es mir so vorkommt, als ob Céline irgendwie immer noch da ist, obwohl wir uns jetzt schon einige Straßen von ihrem Nachtclub entfernt haben.

Willem spielt den Beleidigten. »Ich esse nicht nur Brot und Schokolade.« Er grinst. »Jedenfalls nicht nur. Außerdem ist das total französisch. Denk nur mal an Schokocroissants. Die können wir morgen zum Frühstück essen.«

Frühstück. Morgen. Nach heute Abend und heute Nacht. Céline fühlt sich schon etwas weiter weg an.

»Es sei denn, du als Amerikanerin bevorzugst Chips zum Frühstück. Oder lieber Chips mit Pfannkuchen?«

»Ich esse keine Chips zum Frühstück! Manchmal esse ich allerdings Pfannkuchen zum Abendessen. In dieser Hinsicht bin ich total rebellisch.«

»Crêpes«, sagt er und schnippt mit den Fingern. »Wir gehen Crêpes essen. Das ist sehr französisch, und du kannst deine rebellische Ader ausleben.«

Unterwegs studieren wir die Speisekarten der verschiedenen Cafés, bis wir an einer ruhigen Ecke eines finden, das Crêpes anbietet. Die Speisekarte ist handgeschrieben, auf Französisch, aber ich bitte Willem nicht, sie mir zu übersetzen. Nach der Sache mit Céline fühlt es sich wie ein Handicap an, dass ich die Sprache nicht spreche. Also stolpere ich durch die Karte, bis ich bei dem Wort *citron* hängenbleibe, was höchstwahrscheinlich Zitrone oder Orange heißt. Ich bestelle also eine *Crêpe au citron* und dazu *Citron pressé* in der Hoffnung, dass es sich um eine Art Limonade handelt.

»Was nimmst du?«, frage ich.

Er kratzt sich am Kinn, an dem sich goldblonde Bartstoppeln zeigen. »Ich habe an eine *Crêpe au chocolat* gedacht, aber das kommt Brot mit Schokolade sehr nahe. Und ich möchte ja nicht, dass du den Respekt vor mir verlierst.« Er grinst mich an.

»Keine Sorge, schon passiert. Eben, als ich dich gesehen habe, wie du dich für Céline in ihrem Büro ausgezogen hast«, scherze ich.

Und da ist dieser Blick: Überraschung, Belustigung. »Erstens war es nicht ihr Büro«, erwidert er langsam und gedehnt, »und zweitens hat sie mich ausgezogen.«

»Ach so, na dann ist ja alles in Ordnung. Los, jetzt bestell schon die Crêpe mit Schokolade.«

Er wirft mir einen langen Blick zu. »Nein. Um Buße zu tun, bestelle ich eine mit Nutella.«

»Das kann man ja wohl kaum Buße nennen. Nutella ist doch so was wie Schokolade.«

»Es ist aus Nüssen gemacht.«

»Und aus Schokolade! Es ist ekelhaft.«

»Das sagst du nur, weil du Amerikanerin bist.«

»Das hat nichts damit zu tun! Aber du scheinst jedenfalls einen unendlichen Appetit auf Brot mit Schokolade zu haben, und ich nehme an, dass das so ist, weil du Holländer bist.«

»Wieso das denn?«

»Holländische Schokolade? Ihr habt doch praktisch das Monopol dafür.«

Willem lacht. »Ich glaube, du verwechselst uns gerade mit den Belgiern. Meine Vorliebe für Süßes habe ich außerdem von meiner Mutter geerbt, und die ist nicht mal Holländerin. Sie hat mir erzählt, dass sie während der ganzen Schwangerschaft mit mir einen Heißhunger auf Schokolade hatte und ich sie deswegen bestimmt so gerne esse.«

»Ist klar. Wir schieben mal wieder alles auf die Frauen.«

»Wer schiebt hier was auf wen?«

Die Kellnerin serviert unsere Getränke.

»Also, Céline«, setze ich an, obwohl ich weiß, dass ich besser nichts sagen sollte. »Sie macht also die Buchhaltung?«

»Ja.«

Ich weiß, das ist gehässig, aber ich bin froh, dass sie so einen langweiligen Job hat. Bis Willem mich aufklärt. »Aber nicht nur die. Sie bucht auch die Bands, die im Club auftreten, deswegen kennt sie alle Musiker.« Und als sei das nicht schon schlimm genug, fügt er hinzu: »Und sie macht die Gestaltung der meisten Plakate.«

»Ach so.« Ich sacke in mich zusammen. »Sie muss sehr begabt sein. Hast du sie durch die Schauspielerei kennengelernt?«

»Nein.«

»Woher kennst du sie dann?«

Er spielt mit der Papierhülle meines Strohhalms.

»Verstehe«, sage ich. Warum muss ich auch nachfragen, wo es doch ohnehin sonnenklar ist. »Ihr beide wart mal zusammen.«

»Nein, das nicht.«

»Ach so.« Überraschung. Und Erleichterung.

Doch dann sagt Willem ganz beiläufig: »Wir haben uns nur mal ineinander verliebt.«

Ich trinke einen Schluck von meiner Zitronenlimo und fange sofort an zu husten. Es ist keine Limonade, sondern purer Zitronensaft auf Eis! Willem reicht mir ein Zuckertütchen und eine Serviette.

»Was heißt denn mal?«, frage ich, als ich mich wieder erholt habe.

»Ist schon eine Weile her.«

»Und jetzt?«

»Wir sind gute Freunde. Wie du gesehen hast.«

Ich bin mir nicht sicher, ob es das ist, was ich gesehen habe.

»Du liebst sie also nicht mehr?« Ich fahre mit dem Zeigefinger am Rand meines Glases entlang.

Willem schaut mich an. »Ich habe nie behauptet, dass ich sie geliebt habe.«

»Du hast doch gerade gesagt, dass du dich mal in sie verliebt hast.«

»Das stimmt ja auch.«

Verwirrt starre ich ihn an.

»Zwischen sich verlieben und lieben liegen Welten, Lulu.«

Mein Gesicht wird ganz heiß, warum, weiß ich nicht genau. »Ist nicht das eine die Voraussetzung für das andere – Auf A folgt B?«

»Stimmt, man muss sich verlieben, um zu lieben, aber sich verlieben ist nicht dasselbe wie lieben.« Willem sieht mich durch seine langen Wimpern an. »Hast du dich schon mal verliebt?«

Evan und ich trennten uns einen Tag, nachdem er die Studiengebühren für das College überwiesen hatte. Es kam nicht ganz unerwartet. Nicht wirklich. Wir hatten vereinbart, uns zu trennen, wenn wir aufs College wechseln und nicht in derselben Gegend landen würden. Und er hatte sich für St. Louis und ich mich für Boston entschieden. Nur der Zeitpunkt kam für mich unerwartet. Evan fand es sinnvoller, es kurz und schmerzlos zu machen und nicht noch bis zum Schulende im Juni oder Collegestart im August zu warten. Also machte er schon im April Schluss.

Der springende Punkt ist: Abgesehen davon, dass ich das Gerede, er hätte mich abserviert, demütigend fand und ich keinen Partner für den Abschlussball hatte, war ich nicht besonders traurig. Ja, ich nahm die Trennung von meinem ersten Freund erstaunlich gelassen. Es war, als wäre er nie da gewesen. Ich vermisste ihn nicht, und Melanie füllte schnell die Lücken in meinem Terminkalender.

»Nein«, antworte ich. »Ich hab noch nie geliebt.«

In dem Moment kommt die Kellnerin mit unseren Crêpes. Meine ist goldbraun und duftet süß nach Zitrone und Zucker. Ich konzentriere mich darauf, schneide ein Stück ab und stecke es in den Mund. Es schmilzt auf meiner Zunge wie eine warme, süße Schneeflocke.

»Das wollte ich nicht wissen«, erwidert Willem. »Ich habe dich gefragt, ob du dich schon einmal verliebt hast.«

Der spielerische Ton in seiner Stimme reizt mich. Ich sehe ihn an und frage mich, ob solche Wortklaubereien typisch für ihn sind.

Willem legt Messer und Gabel hin. »So ist es, wenn man sich verliebt.« Mit einem Finger nimmt er ein wenig Nutella aus dem Inneren seiner Crêpe und streicht es mir auf die empfindliche Innenseite meines Handgelenks. Die Schokocreme ist heiß und weich und schmilzt auf meiner Haut, doch bevor sie hinunterlaufen kann, wischt Willem sie mit seinem Daumen ab und steckt ihn in den Mund. Das alles geht blitzschnell, wie bei einer Eidechse, die eine Fliege schnappt. »Und so ist es, wenn man liebt.« Jetzt greift er nach meinem anderen Handgelenk, das mit der Uhr, und schiebt das Armband hoch, bis er gefunden hat, wonach er sucht. Er leckt seinen Daumen an, reibt fest über mein Muttermal, so als wolle er es wegwischen.

»Liebe ist wie ein Muttermal?«, scherze ich und entziehe ihm meinen Arm. Aber meine Stimme zittert, und die Stelle, an der sein feuchter Daumenabdruck auf meiner Haut trocknet, scheint irgendwie zu brennen.

»Sie bleibt für immer, auch wenn man es sich vielleicht manchmal anders wünschen würde.«

»Du vergleichst Liebe mit einem … Fleck?«

Er lehnt sich so weit zurück, dass die vorderen Stuhlbeine vom Boden abheben. Er wirkt zufrieden, entweder mit der Crêpe oder mit sich selbst. »Genau.«

Ich denke an den Kaffeefleck auf seiner Jeans und dann an Lady Macbeth: *Fort, verdammter Fleck, sag ich!* – noch ein Text, den ich für Englisch auswendig lernen musste. »Fleck ist irgendwie ein hässliches Wort, um Liebe zu beschreiben«, erwidere ich.

Willem zuckt nur mit den Schultern. »Vielleicht auf Englisch. Auf Niederländisch heißt es *vlek*, auf Französisch *tache.*« Er schüttelt den Kopf und lacht. »Nein, du hast recht, das klingt alles gleich hässlich.«

»In wie vielen Sprachen hast du schon Flecken bekommen?«

Wieder leckt er seinen Daumen an und greift über den Tisch hinweg nach meinem Handgelenk, wo er einen winzigen Tropfen Schokocreme vergessen hat. Diesmal bleibt nichts zurück. »In keiner. Ging alles wieder ab.« Er steckt sich das letzte Stück seiner Crêpe in den Mund und kratzt mit der stumpfen Seite des Messers die Nutellareste von seinem Teller. Dann wischt er noch das letzte bisschen mit dem Zeigefinger ab.

»Klar«, sage ich. »Warum soll man auch Flecken kriegen, wenn es viel mehr Spaß macht, sich schmutzig zu machen?« Wieder schmecke ich Zitrone im Mund, aber jetzt ist sie gar nicht mehr süß.

Willem erwidert nichts, sondern trinkt schweigend seinen Kaffee.

Drei Frauen betreten das Café. Alle drei sind unglaublich

groß, fast so groß wie Willem, und dünn, mit Beinen bis zum Hals. Sie scheinen einer fremdartigen Rasse anzugehören, einer Art menschlicher Giraffen. Models. Ich habe noch nie welche in freier Wildbahn gesehen, erkenne sie aber sofort. Eine von ihnen trägt winzige Shorts und Plateausandalen; sie wirft Willem einen prüfenden Blick zu, und er antwortet mit einem angedeuteten Lächeln, reißt sich dann aber zusammen und sieht wieder mich an.

»Weißt du, wie das für mich klingt?«, frage ich. »Es hört sich so an, als würdest du einfach gerne rummachen. Was ja auch in Ordnung ist. Aber gib es wenigstens zu. Und denk dir nicht irgendeinen imaginären Unterschied zwischen sich verlieben und lieben aus.«

Ich höre mich reden – prüde und salbungsvoll wie eine vertrocknete Gouvernante. So gar nicht wie Lulu. Ich weiß selbst nicht, warum ich mich so aufrege. Was interessiert es mich, ob er meint, dass zwischen sich verlieben und lieben ein Unterschied besteht, oder ob er glaubt, dass Liebe etwas ist, was einem die Zahnfee unters Kissen schiebt?

Als ich wieder aufblicke, hat Willem die Augen halb geschlossen und lächelt, als sei ich sein Hofnarr, nur dazu da, ihn zu amüsieren. Das macht mich aufsässig wie ein Kleinkind kurz vor einem Wutanfall, weil ihm etwas Unerfüllbares – ein Pony – versagt wird, obwohl es genau weiß, dass es das nicht haben kann.

»Wahrscheinlich glaubst du nicht mal an die Liebe.« Meine Stimme klingt zickig.

»Doch, das tue ich«, erwidert er ruhig.

»Wirklich? Definiere Liebe. Wie sieht es denn aus, wenn man befleckt ist?«, frage ich, male beim Wort »befleckt« Anführungszeichen in die Luft und verdrehe dabei die Augen.

Willem antwortet, auch ohne nur eine Sekunde darüber nachzudenken: »Wie bei Yael und Bram.«

»Wer ist das? Eine Art holländische Brangelina? Das zählt nicht, denn wer weiß schon, wie es für sie wirklich ist?« Ich beobachte, wie die Models im Café verschwinden, wo sie es bestimmt mit schwarzem Kaffee und Luft krachen lassen werden. Ich kann nicht anders, als mir vorzustellen, dass sie eines Tages dick und gewöhnlich sein werden, denn etwas so Schönes kann nicht von Dauer sein.

»Wer ist Brangelina?«, fragt Willem geistesabwesend, greift in die Tasche, holt eine Münze heraus, balanciert sie zwischen zwei Knöcheln und lässt sie dann von einem Finger zum anderen wandern.

Ich beobachte die Münze, betrachte seine Hände. Sie sind groß, die Finger aber lang und zart. »Schon gut.«

»Yael und Bram sind meine Eltern«, sagt er leise.

»Deine Eltern?«

Er lässt die Münze noch einmal wandern und wirft sie dann in die Luft. »Befleckt. Es gefällt mir, wie du das sagst. Yael und Bram sind seit fünfundzwanzig Jahren befleckt.«

Er sagt es liebevoll und traurig zugleich. Mir krampft sich der Magen zusammen.

»Ist es bei deinen Eltern auch so?«, fragt er ruhig.

»Sie sind zwar seit fast fünfundzwanzig Jahren verheiratet, aber befleckt?« Unwillkürlich muss ich lachen. »Ich weiß nicht, ob sie das jemals waren. Sie haben sich bei einem Blind Date auf dem College kennengelernt, und ich habe sie von klein auf weniger als Turteltauben denn als liebenswerte Geschäftspartner erlebt, deren einziges Produkt ich bin.«

»Das einzige. Du bist also allein?«

Allein? Bestimmt meint er Einzelkind. Denn allein bin ich

nie, dafür sorgen schon Mom und ihr farbig beschrifteter Kalender am Kühlschrank. Sie garantieren, dass jede freie Minute meiner Zeit ausgefüllt und jeder Bereich meines Lebens optimal genutzt ist. Doch als ich einen Moment innehalte und überlege, wie ich mich fühle, zu Hause, am Esstisch mit Mom und Dad, die zu mir sprechen, nicht aber mit mir, oder in der Schule, inmitten einer Gruppe von Leuten, die niemals wirklich meine Freunde geworden sind, wird mir klar, dass er, ohne es zu ahnen, den Nagel auf den Kopf getroffen hat.

»Ja«, antworte ich.

»Ich auch.«

»Unsere Eltern haben zum richtigen Zeitpunkt aufgehört«, sage ich, genauso wie Mom und Dad es immer ausdrücken, wenn Leute fragen, ob ich ein Einzelkind bin. *Wir haben zum richtigen Zeitpunkt aufgehört.*

»Manche englischen Ausdrücke verstehe ich einfach nicht«, erwidert Willem. »Wenn der Zeitpunkt richtig ist, warum sollte man dann aufhören?«

»Ich glaube, der Ausdruck kommt aus dem Glücksspiel.«

Doch Willem schüttelt den Kopf. »Ich glaube, es liegt in der Natur des Menschen, immer weiterzumachen, in jeder Situation. Man hört erst auf, wenn es nicht mehr weitergeht.« Dann sieht er mich wieder an, und als hätte er Angst, mich beleidigt zu haben, fügt er hastig hinzu: »Bei dir war es bestimmt anders.«

Als ich klein war, hatten meine Eltern versucht, weitere Kinder zu bekommen, erst auf natürliche Weise, dann mit Hilfe von künstlicher Befruchtung. Mom unterzog sich einigen schrecklichen Prozeduren, die aber nie den erwünschten Effekt hatten. Dann entschieden sie sich zu adoptieren und waren schon dabei, die nötigen Papiere auszufüllen, als Mom schwanger wurde. Sie war überglücklich! Damals war ich in der ersten Klasse. Sie hatte wieder angefangen zu arbeiten, als ich noch ein Baby war, doch nach der Geburt des zweiten Babys wollte sie sich eine längere Auszeit von ihrem Pharmakonzern-Job gönnen und dann eventuell nur noch halbtags arbeiten. Aber im fünften Monat verlor sie das Baby. Da hatten meine Eltern beschlossen, dass das der richtige Zeitpunkt wäre aufzuhören. So hatten sie es mir erklärt. Aber ich hatte immer schon das Gefühl, dass das eine Lüge ist. Sie hätten gerne mehr Kinder gehabt, doch sie mussten sich mit mir abfinden, und ich musste so perfekt sein, dass wir alle so tun konnten, als wären wir mit der Situation zufrieden.

»Vielleicht hast du recht«, sage ich zu Willem. »Vielleicht hört tatsächlich niemand auf, wenn der Zeitpunkt richtig ist. Meine Eltern haben das zwar immer zu mir gesagt, aber die Wahrheit ist, dass sie nur deswegen aufgehört haben, weil sie keine weiteren Kinder bekommen konnten, und nicht, weil ich ihnen genügt hätte.«

»Ganz bestimmt hast du ihnen genügt.«

»Und hast du genügt?«, frage ich.

»Vielleicht mehr als genug«, antwortet er kryptisch. Es klingt fast so, als wolle er angeben, aber er sieht dabei überhaupt nicht so aus.

Wieder beginnt er, mit der Münze zu spielen. Während wir schweigend dasitzen und ich die Münze beobachte, spüre ich, wie sich in meiner Magengegend so etwas wie Anspannung aufbaut und ich darauf warte, dass er sie fallen lässt. Doch das tut er nicht. Er lässt sie immer weiter kreisen, und als er fertig ist, fängt er sie in der Luft und wirft sie mir zu, genau wie gestern Abend.

»Kann ich dich mal was fragen?«, sage ich nach einer Weile.

»Klar.«

»War das Teil der Show?«

Er legt den Kopf schief.

»Ich meine, wirfst du nach jeder Vorstellung einem Mädchen eine Münze zu, oder war das bei mir etwas Besonderes?«

Gestern Abend im Hotelzimmer habe ich lange die Münze betrachtet, die er mir zugeworfen hat. Es ist eine tschechische Krone, nur ungefähr fünf amerikanische Cent wert. Dennoch habe ich sie in ein Extrafach in mein Portemonnaie gesteckt, getrennt von den anderen Münzen in fremden Währungen. Ich ziehe sie heraus. Sie glänzt in der hellen Nachmittagssonne.

Auch Willem sieht sie an. Als er mir antwortet, bin ich mir nicht sicher, ob er die Wahrheit sagt oder sich nur geschickt aus der Affäre zieht – vielleicht beides. Denn genau das ist es, was er mir antwortet: »Vielleicht beides.«

Sieben

Als wir das Restaurant verlassen, fragt Willem mich nach der Uhrzeit. Ich drehe die Armbanduhr an meinem Handgelenk. Sie fühlt sich schwerer an denn je, und die Haut darunter ist gereizt und blass, weil sie drei Wochen lang unter dem klobigen Metall verborgen war. Ich habe die Uhr nicht ein einziges Mal abgelegt.

Sie ist nun mal ein Geschenk meiner Eltern, das Mom mir nach dem Essen im italienischen Restaurant überreicht hat, wo wir gemeinsam mit Melanies Familie unseren Schulabschluss gefeiert und bei der Gelegenheit von unserer Reise erfahren haben.

›Was ist das?‹, hatte ich gefragt. Wir saßen am Küchentisch und ließen den aufregenden Tag ausklingen. ›Ihr habt mir doch schon etwas geschenkt.‹

›Aber ich habe noch etwas für dich‹, hatte meine Mutter lächelnd geantwortet.

Ich öffnete das Etui, sah die Uhr, befühlte die schweren Goldglieder des Armbands. Las die Gravur.

›Das ist zu viel‹, stieß ich hervor, und das war es wirklich. In jeder Hinsicht.

›Die Zeit bleibt für niemanden stehen‹, erwiderte meine Mutter mit einem wehmütigen Lächeln. ›Du brauchst eine gute Uhr, um Schritt zu halten.‹ Dann legte sie mir das

Schmuckstück an, zeigte mir den zusätzlichen Sicherheitsverschluss, den sie hatte anbringen lassen, und betonte, dass die Uhr sogar wasserdicht sei. ›Die kann man nicht verlieren, deshalb kannst du sie auch gut mit nach Europa nehmen.‹

›Nein! Die ist doch viel zu wertvoll.‹

›Kein Problem, sie ist versichert. Außerdem habe ich deine alte Swatch weggeworfen.‹

›Was hast du getan?‹ Meine Swatch mit den Zebrastreifen hatte mich durch die gesamte Highschoolzeit begleitet.

›Du bist jetzt erwachsen. Du brauchst eine Erwachsenenuhr.‹

Und auf diese Uhr schaue ich jetzt. Es ist schon fast vier. Wäre ich noch auf der Rundreise, hätte ich jetzt erleichtert aufgeseufzt, weil der hektische Teil des Tages bald vorbei gewesen wäre. Normalerweise legten wir gegen fünf eine Pause ein, und an den meisten Abenden konnte ich mich um acht auf mein Zimmer zurückziehen und mir irgendeinen Film ansehen.

»Dann sollten wir wohl langsam mal mit den Sehenswürdigkeiten anfangen«, schlägt Willem vor. »Was würde dich interessieren?«

Achselzuckend antworte ich: »Wie wäre es mit der Seine? Ist sie das nicht schon?« Ich deute auf eine Kaimauer aus Beton, der einen Wasserlauf säumt.

Willem lacht. »Nein, das ist ein Kanal.«

Wir folgen einem Kopfsteinweg, und Willem zieht einen dicken Europa-Reiseführer hervor. Er schlägt einen kleinen Stadtplan von Paris auf und zeigt mir darauf, dass wir in einer Gegend namens La Villette sind.

»Die Seine ist hier«, erklärt er und fährt mit dem Finger über die Karte.

»Ach so.« Ich beobachte einen Kahn, der jetzt zwischen

zwei großen Metalltoren eingeschlossen ist. Der Raum dazwischen füllt sich mit Wasser. Willem erklärt, dass es sich um eine Schleuse handelt, eine Art Aufzug, mit dem Schiffe die Höhenunterschiede im Kanal überwinden.

»Woher weißt du das alles?«

Er lacht. »Ich bin Holländer.«

»Bedeutet das, dass du ein Genie bist?«

»Das nicht, aber mit Kanälen kenne ich mich aus. Es heißt: Gott erschuf die Welt, aber die Holländer erschufen Holland.« Und dann erzählt er mir, dass weite Flächen seines Landes dem Meer abgerungen worden sind, und davon, dass man mit dem Rad über niedrige Deiche fahren kann, die die Niederlande vor dem Wasser schützen. Dass man tatsächlich Gottvertrauen braucht, mit dem Fahrrad unterwegs zu sein, wenn man weiß, dass man sich dabei immer unterhalb des Meeresspiegels befindet, aber trotzdem nicht unter Wasser. Als er mir davon erzählt, wirkt er so jung, dass ich ihn fast als flachsblondes kleines Kind vor mir sehe, das mit großen Augen auf die endlosen Wasserwege schaut und sich fragt, wo die wohl alle hinführen.

»Vielleicht können wir mit so einem Schiff fahren?«, schlage ich vor und zeige auf den Lastkahn, der gerade aus der Schleuse fährt.

Willems Augen leuchten auf, und wieder sehe ich für einen Moment den kleinen Jungen vor mir. »Ich weiß nicht.« Er schlägt im Reiseführer nach. »Über diese Gegend steht hier so gut wie gar nichts drin.«

»Wir könnten doch einfach mal fragen, oder?«

Willem erkundigt sich bei jemandem auf Französisch und bekommt eine offenbar äußerst komplizierte, von zahlreichen Gesten begleitete Antwort. Ganz begeistert wendet er sich mir wieder zu: »Du hast recht. Der Mann sagt, dass es vom Bassin de la Villette aus Schiffstouren gibt.«

Wir folgen weiter dem Kopfsteinpflasterweg, der zu einem großen See führt, auf dem Leute in Kanus paddeln. Etwas abseits an einem Steg liegen ein paar Schiffe. Doch als wir sie erreichen, erfahren wir, dass es Privatschiffe sind. Die Touristenschiffe sind für heute alle schon weg.

»Wir können eine Schiffstour auf der Seine machen«, schlägt Willem vor. »Das ist sehr beliebt, und die fahren auch den ganzen Tag über.« Ich sehe ihm an, dass er enttäuscht ist, fast so, als hätte er meine Erwartungen nicht erfüllt.

»Na klar. Macht mir nichts aus.«

Doch er blickt sehnsüchtig aufs Wasser, und ich merke ihm an, dass es ihm etwas ausmacht. Und obwohl ich ihn eigentlich gar nicht kenne, bin ich mir sicher, dass er Heimweh hat. Nach Booten, Kanälen und anderen Dingen, die mit Wasser zu tun haben. Einen Augenblick lang stelle ich mir vor, wie das sein muss – zwei Jahre von zu Hause weg zu sein und dann die Heimkehr noch mal um einen Tag zu verschieben. Das hat er getan. Für mich.

Eine ganze Reihe von Schiffen und Kähnen sind am Ufer vertäut und schaukeln in der auffrischenden Brise. Ich betrachte Willem; ein melancholischer Ausdruck vertieft die Linien seines Gesichts. Dann sehe ich wieder auf die Schiffe.

»Eigentlich macht es mir doch etwas aus«, sage ich, zücke mein Portemonnaie und hole den zusammengefalteten Hundertdollarschein meiner Mutter hervor. Ich halte ihn hoch und rufe: »Ich möchte eine Schiffstour über die Kanäle machen! Ich zahle gut!«

Willem schaut mich mit großen Augen an. »Lulu, was machst du denn da?«

Doch ich gehe von ihm weg und rufe weiter: »Ist jemand bereit, uns über den Kanal zu schippern? Ich zahle mit harten amerikanischen Dollars!«

Ein pockennarbiger Typ mit scharfen Gesichtszügen und einem ungepflegten Ziegenbart steckt den Kopf unter einer blauen Plane hervor. »Wie viele Dollars?«, fragt er mit starkem französischen Akzent.

»Alle!«

Er nimmt den Hundertdollarschein an, betrachtet ihn eingehend und riecht sogar daran.

Der Schein riecht offenbar okay, denn der Typ sagt: »Wenn meine Passagiere einverstanden sind, nehme ich euch den Kanal runter mit nach Arsenal, in die Nähe der Bastille. Dort legen wir über Nacht an.« Er deutet nach hinten in die Kajüte des Kahns, wo vier grauhaarige Leute rund um einen kleinen Tisch sitzen und Karten spielen. Er ruft einem von ihnen etwas zu.

»Aye, aye, Käpt'n Jack«, antwortet ein Mann. Er muss um die sechzig sein. Sein Haar ist weiß und sein Gesicht von der Sonne rot verbrannt.

»Hier sind zwei Tramper, die gerne an Bord kommen möchten.«

»Können sie Poker spielen?«, fragt eine der Frauen.

Ich habe früher, als mein Großvater noch lebte, mit ihm Stud-Poker um Fünf-Cent-Stücke gespielt, und er hat immer gesagt, ich könne ausgezeichnet bluffen.

»Kann dir egal sein. Sie ist jetzt sowieso pleite«, antwortet Käpt'n Jack.

»Wieviel knöpft er euch ab?«, fragt einer der Männer.

»Ich habe ihm hundert Dollar angeboten«, antworte ich.

»Um wohin zu fahren?«

»Die Kanäle entlang.«

»Deswegen nennen wir ihn Käpt'n Jack«, erklärt einer der Männer. »Weil er ein Pirat ist.«

»Quatsch, weil ich Jacques heiße und euer Käpt'n bin.«

»Hundert Dollar, Jacques?«, fragt eine Frau mit langem grauen, geflochtenem Zopf und auffällig blauen Augen. »Das erscheint mir ein bisschen viel, sogar für deine Verhältnisse.«

»Sie hat so viel geboten«, erwidert Jacques achselzuckend. »Jetzt habe ich wieder mehr Geld, das ich an euch beim Pokern verlieren kann.«

»Gutes Argument«, antwortet die Frau.

»Legen Sie jetzt ab?«, frage ich.

»Bald.«

»Wann ist bald?« Es ist schon nach vier. Der Tag vergeht wie im Flug.

»Man darf nichts überstürzen«, winkt Jacques ab. »Zeit ist wie Wasser. Flüssig.«

Mir kommt die Zeit nicht flüssig vor, sondern konkret, lebendig und hart wie Stein.

»Was er sagen will«, erklärt der Typ mit dem Pferdeschwanz, »ist, dass die Fahrt nach Arsenal eine Weile dauert und wir gerade eine Flasche Bordeaux öffnen wollten. Na los doch, Käpt'n Jack, lass uns ablegen. Für hundert Mäuse kannst du deinen Wein auch später trinken.«

»Wir bleiben so lange bei diesem guten französischen Gin«, fügt die Lady mit dem Zopf hinzu.

Jacques zuckt mit den Achseln und steckt meine hundert Dollar ein. Ich drehe mich zu Willem um und grinse. Dann nicke ich Käpt'n Jack zu. Er streckt mir die Hand hin und hilft mir an Bord.

Die vier Passagiere stellen sich vor. Sie sind Dänen, Rentner, und jedes Jahr, so erzählen sie uns, mieten sie ein Schiff und fahren vier Wochen lang durch ein anderes Land. Die Dame mit dem Zopf heißt Agnethe, die andere mit dem kurzen, abstehenden Haar Karin. Bert hat eine weiße Mähne, und Gustav ist der mit der Glatze und dem dünnen Pferdeschwanz. Ein Vertreter des ewig stylischen Socken-mit-Sandalen-Looks. Willem nennt seinen Namen, und beinahe automatisch stelle ich mich als Lulu vor. Es ist fast so, als hätte ich ihre Persönlichkeit angenommen. Vielleicht ist es wirklich so. Nicht in einer Million Jahren hätte Allyson das getan, was ich gerade getan habe.

Käpt'n Jack und Willem machen die Leinen los, und ich bin schon drauf und dran zu sagen, dass ich vielleicht etwas von meinem Geld zurückbekommen sollte, wenn Willem den ersten Matrosen spielen muss, verzichte aber darauf, als ich sehe, wie Willem an Deck herumturnt und seine helle Freude hat. Er kennt sich offenbar bestens mit Schiffen aus.

Der Kahn verlässt tuckernd das weitläufige Hafenbecken und gibt die Sicht frei auf ein großes, altes Gebäude mit weißen Säulen und ein modernes mit silberner Kuppel. Die Dänen widmen sich wieder ihrem Pokerspiel.

»Verliert nicht euer ganzes Geld!«, ruft Käpt'n Jack ihnen zu. »Sonst bleibt nichts mehr für mich übrig.«

Ich schlendere an den Bug und betrachte die vorbeiziehende Szenerie. Hier auf den Kanälen und unter den schmalen, gewölbten Fußgängerbrücken herrscht wohltuende Kühle. Es riecht auch anders. Älter, muffiger, so als würde sich eine bewegte Geschichte in diesen feuchten Wänden verbergen. Wenn sie reden könnten, welche Geheimnisse hätten sie zu erzählen?

Als wir zur ersten Schleuse gelangen, klettert Willem seitlich an den Rand des Kahns, um mir zu zeigen, wie der Mechanismus funktioniert. Die uralt aussehenden Metalltore sind so verrostet, dass sie die Farbe des brackigen Wassers angenommen haben. Sie schließen sich hinter uns, das Wasser sinkt, und die Tore öffnen sich zu einem niedriger gelegenen Kanalabschnitt.

Dieser Teil ist so schmal, dass das Schiff fast seine ganze Breite einnimmt. Steile Ufer führen hinauf zu den Straßen, und über uns bieten Pappeln und Ulmen – laut Käpt'n Jack – mit ihren Blättern einen angenehmen Schutz vor der heißen Nachmittagssonne. Eine Windböe schüttelt die Bäume und lässt einen Schauer von Blättern auf das Deck fallen. »Es wird Regen geben«, prophezeit Käpt'n Jack und hält seine Nase in die Luft wie ein Kaninchen. Ich blicke zum Himmel, dann zu Willem und verdrehe die Augen. Der Himmel ist wolkenlos, und es hat seit zehn Tagen nicht mehr geregnet.

Über uns nimmt das Leben in Paris seinen Lauf. Mütter trinken Kaffee und behalten ihre Kinder im Auge, die mit ihren Rollern auf dem Bürgersteig entlangrasen. Verkäufer bieten Obst und Gemüse an ihren Ständen an. Liebende gehen Arm in Arm, ohne sich um die Hitze zu kümmern. Ein Klarinettenspieler steht oben auf der Brücke und untermalt alle Szenen mit seiner Musik.

Ich habe auf dieser Reise kaum Fotos gemacht. Melanie wollte immer, dass ich welche mache, aber ich habe gesagt, dass es mir wichtiger sei, Erfahrungen zu machen, als alle Eindrücke obsessiv festzuhalten. Die Wahrheit ist, dass mir nichts von all dem wichtig war, im Gegensatz zu Melanie, die gerne eine Erinnerung an den Schuhverkäufer, den Schauspieler, den netten Kellner und all die anderen Leute auf der Tour haben wollte. Zu Beginn der Reise machte ich Fotos von den Sehenswürdigkeiten. Kolosseum. Belvedere-Palast. Mozartplatz. Doch bald hörte ich damit auf. Die Bilder wurden nie besonders gut, und man konnte von allem Postkarten kaufen.

Doch hiervon gibt es keine Postkarten. Vom Leben.

Ich mache einen Schnappschuss von einem kahlköpfigen Mann, der vier wuschelige Hunde spazieren führt, und von einem kleinen Mädchen in einem üppig gerüschten Kleid, das Blütenblätter von einer Blume abzupft. Von einem hemmungslos knutschenden Liebespaar an einem künstlichen Strand entlang dem Kanal. Von den Dänen, die das alles ignorieren, aber einen Riesenspaß beim Kartenspielen haben.

»Komm, ich mach mal ein Foto von euch beiden«, schlägt Agnethe vor und steht ein bisschen wackelig vom Spieltisch auf. »Ach, ihr seid wunderbar!« Sie dreht sich zum Tisch um. »Bert, war ich auch mal so wunderbar?«

»Aber das bist du doch immer noch, Schatz.«

»Wie lange seid ihr verheiratet?«, frage ich.

»Dreizehn Jahre«, antwortet sie, und ich frage mich, ob die beiden befleckt sind, doch dann fügt Agnethe hinzu: »Aber natürlich sind wir schon seit über zehn Jahren geschieden.«

Als sie meinen verwirrten Gesichtsausdruck sieht, fährt sie fort: »Unsere Scheidung ist erfolgreicher als die meisten Ehen.«

Zu Willem gewandt flüstere ich: »Was für eine Art Fleck ist das denn?« Und er lacht genau in dem Moment auf, als Agnethe auf den Auslöser drückt.

In der Ferne läutet eine Kirchenglocke. Agnethe gibt mir das Handy zurück, und ich mache ein Foto von ihr und Bert. »Schickst du mir das? Und alle anderen auch?«

»Natürlich. Sobald ich Empfang habe.« Ich wende mich

Willem zu. »Dir schicke ich sie auch, wenn du mir deine Nummer gibst.«

»Mein Handy ist so alt, das ich keine Bilder damit empfangen kann.«

»Na gut, dann lade ich die Bilder zu Hause auf meinen Computer und schicke sie dir per E-Mail«, verspreche ich. Ich muss aufpassen, dass meine Mutter die Bilder nicht sieht. Ich traue ihr durchaus zu, dass sie sich mein Handy oder meinen Computer anguckt. Dann wird mir klar, dass ihr dazu nur noch ein Monat Zeit bleibt. Dann werde ich frei sein. Genauso frei wie heute.

Willem betrachtet lange Zeit eines der Fotos. Dann sieht er mich an. »Ich werde mein Bild von dir hier drin bewahren.« Er tippt sich an die Schläfe. »Da kann ich dich nicht verlieren.«

Ich beiße mir auf die Unterlippe, um ein Lächeln zu verbergen, und tue so, als würde ich das Handy einstecken, aber als Käpt'n Jack Willem bittet, das Steuer zu übernehmen, während er auf die Toilette geht, ziehe ich es wieder hervor und sehe mir die Fotos von uns an. Bei einem, das Agnethe von uns aufgenommen hat, halte ich inne. Ich bin im Profil zu sehen, den Mund geöffnet. Willem lacht. Er lacht eigentlich ständig. Ich streiche mit dem Daumen über sein Gesicht und erwarte fast, dass eine Art Hitze davon ausgeht.

Ich stecke das Handy weg und sehe Paris an uns vorüberziehen. Ich fühle mich entspannt, fast betrunken vor Glück. Nach einer Weile kehrt Willem zu mir zurück. Still sitzen wir da und lauschen dem Plätschern der Wellen und dem Geplauder der Dänen. Willem nimmt eine Münze in die Hand und lässt sie erneut von Finger zu Finger wandern. Ich sehe zu, hypnotisiert von seinen Fingern und dem leichten Schaukeln des Schiffes. Die Stimmung ist friedlich, bis unter den Dänen eine lautstarke Diskussion aufflammt. Willem übersetzt. Offenbar debattieren sie heftig darüber, ob eine berühmte französische Schauspielerin schon einmal einen Porno gedreht hat.

»Sprichst du etwa auch Dänisch?«, frage ich.

»Nein, aber es ist dem Niederländischen sehr ähnlich.«

»Wie viele Sprachen sprichst du?«

»Fließend?«

»O Gott. Ich hätte nicht fragen sollen.«

»Vier fließend. In Deutsch und Spanisch kann ich mich durchschlagen.«

Bewundernd schüttele ich den Kopf.

»Dafür sprichst du Chinesisch, hast du gesagt.«

»Sprechen würde ich es nicht nennen; ich massakriere es eher. Ich habe kein gutes Gehör, und Mandarin ist eine Tonsprache.«

»Sag mal was.«

Ich sehe ihn an. »*Ni zhen shuai.*«

»Sag noch was.«

»*Wo xiang wen ni.*«

»Jetzt höre ich es.« Er legt schützend die Arme um den Kopf. »Hör auf! Ich blute schon aus den Ohren!«

»Sei still oder das passiert wirklich!« Ich tue so, als würde ich ihn schubsen wollen.

»Was hast du gesagt?«, will er wissen.

Ich werfe ihm einen Blick zu. Das sage ich ihm niemals.

»Du hast dir nur was ausgedacht, gib's zu.«

Ich zucke mit den Schultern. »Du wirst es nie erfahren.«

»Komm schon, was bedeutet das?«

Ich muss grinsen. »Das wirst du wohl selbst herausfinden müssen.«

»Kannst du es auch aufschreiben?« Willem holt sein kleines schwarzes Buch heraus und schlägt eine leere Seite auf. Er wühlt in seinem Rucksack und fragt: »Hast du einen Stift?«

Ich habe einen von den schicken Tintenrollern dabei, die ich meinem Vater stibitzt habe. Darauf prangt FREIER ATMEN MIT PULMOCLEAR. Ich male die Zeichen für Sonne, Mond, Sterne. Willem nickt bewundernd.

»Schau mal, dieses hier mag ich besonders gern. Es bedeutet doppeltes Glück.«

囍

»Siehst du? Zwei symmetrische Zeichen, die miteinander verbunden sind.«

»Doppeltes Glück«, wiederholt Willem und fährt die Linien mit dem Zeigefinger nach.

»Es ist eine beliebte Redensart. Man begegnet ihr zum Beispiel in Restaurants, aber auch sonst überall. Ich glaube, es ist ein Segenswunsch, der in China besonders bei Hochzeiten eine große Rolle spielt. Das hat wahrscheinlich mit seiner Ursprungsgeschichte zu tun.«

»Und die wäre?«

»Ein junger Mann begibt sich auf die Reise zu einer sehr wichtigen Prüfung, um Minister zu werden. Unterwegs in einem Bergdorf wird er krank. Der Dorfdoktor kümmert sich um ihn. Und während er langsam gesund wird, lernt er die Tochter des Arztes kennen, und die beiden verlieben sich ineinander. Bei seiner Abreise gibt ihm das Mädchen eine Gedichtzeile mit auf den Weg. Der junge Mann wandert weiter in die Hauptstadt und legt seine Prüfung mit so großem

Erfolg ab, dass selbst der Kaiser sehr beeindruckt ist. Wahrscheinlich, um ihn noch weiter auf die Probe zu stellen, sagt der Kaiser eine Gedichtzeile auf, und sofort erkennt der junge Mann in dieser mysteriösen Zeile die andere Hälfte des Gedichts, das ihm das Mädchen mit auf den Weg gegeben hat. Also wiederholt er, was das Mädchen ihm gesagt hat. Der Kaiser ist doppelt beeindruckt, und der junge Mann bekommt die Stelle. Er kehrt in das Bergdorf zurück und heiratet das Mädchen. Das bedeutet wohl doppeltes Glück. Er kriegt die Stelle und das Mädchen. Weißt du, das Thema Glück spielt bei den Chinesen eine große Rolle.«

Willem schüttelt den Kopf. »Ich denke, doppeltes Glück bedeutet, dass sich zwei Hälften eines Ganzen finden. Wie bei dem Gedicht.«

So habe ich es noch nie gesehen, aber natürlich ist es das.

»Weißt du noch, wie es geht?«, fragt Willem.

Ich nicke. »Grüne Bäume ragen im Frühlingsregen auf, während der sich verdunkelnde Himmel die frischen Bäume hervorhebt. Rote Blumen sprenkeln das Land, von der Brise gejagt, während das Land nach dem Kuss errötet.«

Auf dem letzten Abschnitt verläuft der Kanal unterirdisch und die Gewölbe darüber hängen so tief, dass ich mit der Hand die glitschigen, feuchten Steine berühren kann. Es ist unheimlich und still hier unten, die Geräusche hallen von den Wänden wider. Sogar die ausgelassenen Dänen schweigen. Willem und ich sitzen an der Reling, lassen die Beine baumeln und berühren die Tunnelwand mit den Füßen, wenn sie nahe genug kommt.

Mit einem Zeh stupst er meinen Knöchel an. »Danke.«

»Wofür?«

»Dafür, dass du das hier gemacht hast.« Er deutet auf das Schiff.

»Ist mir ein Vergnügen. Danke, dass du das da gemacht hast.« Ich zeige hinauf, wo über uns das geschäftige Paris pulsiert.

»Immer gerne.« Er blickt sich um. »Das ist schön, das hier. Der Kanal.« Er schaut mich an. »Und du.«

»Ich wette, das sagst du zu allen Kanälen.« Aber ich erröte in der feuchten, tiefen Dunkelheit.

So bleiben wir für den Rest der Fahrt sitzen, wippen mit den Beinen gegen den Schiffsrumpf und lauschen den Fetzen von Gelächter oder Musik, die von Paris in den Untergrund dringen. Es fühlt sich an, als erzähle die Stadt hier unten Geheimnisse, bestimmt nur für die Ohren derjenigen, die bereit sind zuzuhören.

Acht

Der Hafen von Arsenal gleicht einem Parkplatz für Kähne. Dicht an dicht liegen sie an Betonpiers zu beiden Seiten des Ufers. Willem hilft Käpt'n Jack, den Kahn in den vorgesehenen engen Liegeplatz zu navigieren, springt heraus und vertäut mit komplizierten Knoten die Leinen. Wir verabschieden uns von den inzwischen sternhagelvollen Dänen, ich notiere mir Agnethes Handynummer und verspreche, ihr sobald wie möglich die Fotos zu schicken.

Beim Aussteigen schüttelt uns Käpt'n Jack die Hände. »Ich hab ein schlechtes Gewissen, dein Geld zu nehmen«, sagt er.

»Das ist schon okay.« Ich denke an Willems Gesichtsausdruck dort unten im Tunnel. Schon der allein war die hundert Dollar wert.

»Wir werden es dir sowieso bald wieder abnehmen«, ruft Gustav.

Jacques zuckt mit den Schultern. Er küsst mir die Hand, bevor er mir von Bord hilft, und verabschiedet Willem mit einer Art Umarmung.

Als wir uns auf den Weg machen, berührt Willem meine Schulter. »Hast du gesehen, wie das Schiff heißt?«

Habe ich nicht. Der Name steht in blauen Buchstaben am Heck, neben den vertikalen roten, weißen und blauen Streifen der französischen Flagge. *Viola. Deauville.*

»Viola? Nach Shakespeares Viola?«

»Nein. Jacques wollte den Kahn *Voilà* taufen, aber sein Cousin hat sich beim Aufmalen der Buchstaben vertan, und da Jacques der Name gefiel, hat er das Schiff als Viola registrieren lassen.«

»Okay – trotzdem sehr merkwürdig«, sage ich.

Wie immer lächelt Willem.

»Unfall?« Ein seltsames kleines Zittern läuft meine Wirbelsäule hinauf.

Willem nickt, fast feierlich. »Unfall«, bestätigt er.

»Aber was hat das zu bedeuten? Soll das heißen, es war vorherbestimmt, dass wir dieses Schiff besteigen? Bedeutet es, dass irgendetwas Besseres oder auch Schlimmeres geschehen wäre, wenn wir nicht an Bord gegangen wären? Hat die Fahrt mit diesem Schiff den Verlauf unserer Leben verändert? Ist das Leben wirklich so vom Zufall bestimmt? Oder heißt das nur, dass Jacques' Cousin nicht richtig buchstabieren kann?«, fahre ich fort.

Wieder lacht Willem, und sein Lachen klingt voll und klar wie eine Glocke und erfüllt mich mit Freude, und es ist, als würde ich zum ersten Mal im Leben erkennen, dass dies der Sinn des Lachens ist, nämlich Freude zu verbreiten.

»Manchmal weiß man es so lange nicht, bis man es weiß«, meint Willem.

»Wie aufschlussreich.«

Er lacht und sieht mich lange an. »Weißt du, ich glaube, du bist doch nicht so schlecht im Reisen.«

»Im Ernst? Nein, das stimmt nicht. Der heutige Tag ist eine absolute Ausnahme. Auf der Rundreise war ich miserabel. Glaub mir, ich habe kein einziges Schiff angehalten. Nicht mal ein Taxi. Nicht mal ein Fahrrad.«

»Und vor der Tour?«

»Da bin ich nicht viel gereist und wenn … war nicht viel Platz für Zufälle.«

Willem zieht fragend eine Augenbraue hoch.

»Ein bisschen herumgekommen bin ich schon. Ich war in Florida, in den Bergen Ski laufen und in Mexiko, aber sogar das klingt exotischer, als es tatsächlich ist. Jedes Jahr fliegen wir in ein Timesharing-Resort in der Nähe von Cancún. Die Anlage ist im Stil eines großen Maya-Tempels erbaut, aber ich schwöre dir, dass du nicht in den USA bist, merkst du nur daran, dass an der Wasserrutsche des künstlichen Flusses auf mexikanisch getrimmte Weihnachtslieder dudeln. Wir wohnen immer in derselben Wohnung. Gehen an denselben Strand, essen in denselben Restaurants. Wir verlassen das Resort kaum, und wenn, besuchen wir die Ruinen, jedes Jahr dieselben. Es ist, als würde der Kalender umgeblättert, aber ansonsten ändert sich nichts.«

»Gleich, gleich und doch anders«, kommentiert Willem.

»Nein, da ist nichts anders, glaub mir.«

»Wenn du nächstes Mal nach Cancún fährst, könntest du dich doch mal ins echte Mexiko davonschleichen«, schlägt er vor. »Fordere das Schicksal heraus. Guck, was passiert.«

»Ja, vielleicht hast du recht«, antworte ich und stelle mir vor, wie meine Mutter reagieren würde, wenn ich auch nur einen Schritt vom vorgesehenen Weg abweichen würde.

»Vielleicht fliege ich auch eines Tages nach Mexiko. Dann begegnen wir uns dort und flüchten in die Wildnis«, sagt er.

»Glaubst du, das könnte passieren? Dass wir uns zufällig begegnen?«

Willem wirft die Hände in die Luft. »Es müsste eben noch einen Zufall oder Unfall geben. Einen ganz großen.«

»Willst du etwa damit sagen, dass ich ein Unfall bin?«

Sein Lächeln zieht sich wie Karamell. »Allerdings.«

Ich stoße mir einen Zeh am Bordstein. Ich denke an meinen wiederverschließbaren Gefrierbeutel. An den farbigen Kalender für all meine Aktivitäten, der bei uns ungefähr seit meinem achten Lebensjahr am Kühlschrank hängt. Ich denke an meine ordentlichen Schnellhefter mit meinen gesamten Bewerbungsunterlagen fürs College. Alles geordnet. Alles geplant. Ich sehe Willem an. Er ist das Gegenteil davon, das Gegenteil von mir. Aber heute bin ich selbst das Gegenteil davon.

»Ich glaube, das ist möglicherweise eines der größten Komplimente, die man mir je gemacht hat.« Ich schweige. »Wobei ich mir nicht sicher bin, was das über mich aussagt.«

»Es sagt, dass man dir noch nicht genügend Komplimente gemacht hat.«

Ich verbeuge mich mit einer ausladenden Armbewegung.

Er hält inne und mustert mich eindringlich. Wieder beschleicht mich dasselbe Gefühl wie heute Morgen im Zug, nämlich dass er mich taxiert, diesmal allerdings nicht wegen meines Aussehens und meines Schwarzmarktwertes, sondern aus einem anderen Grund.

»Ich werde nicht sagen, dass du hübsch bist, denn das hat der Hund schon getan. Und ich werde nicht sagen, dass du lustig bist, denn du bringst mich zum Lachen, seit ich dich getroffen habe.«

Evan hat immer zu mir gesagt, er und ich seien so kompatibel, als sei es das größte Kompliment für mich, so wie er zu sein. *Hübsch und lustig* – Willem könnte genau hier aufhören, und es würde mir vollkommen genügen.

Doch er hört nicht auf. »Ich glaube, du bist einer der Menschen, der, wenn er Geld auf der Straße findet, es hochhält und laut fragt, ob irgendjemand es verloren hat. Ich glaube, du weinst im Kino, auch wenn der Film gar nicht richtig traurig ist, weil du ein weiches Herz hast, obgleich du es nicht zeigst. Ich glaube, du tust Dinge, vor denen du dich fürchtest, was dich tapferer macht als alle Adrenalinjunkies, die an Bungeeseilen von Brücken springen.«

Erst dann hört er auf. Ich öffne den Mund, um etwas zu erwidern, bringe aber nichts heraus. Ich habe einen Kloß im Hals, und für einen kurzen Moment habe ich Angst, dass ich anfange zu weinen.

Denn ich hatte mir ein ganzes Feuerwerk des Üblichen erhofft: *Du hast ein hübsches Lächeln. Du hast schöne Beine. Du bist sexy.*

Doch was er da gesagt hat … Ich habe tatsächlich einmal vierzig Dollar im Restaurantbereich einer Shoppingmall gefunden und sie bei der Security abgegeben. Ich habe in jedem einzelnen Jason-Bourne-Film geweint. Bei seinem letzten Punkt bin ich mir allerdings nicht wirklich sicher, ob das so stimmt. Aber ich wünsche mir nichts sehnlicher, als dass es so ist.

»Wir sollten uns beeilen«, sage ich und räuspere mich, »wenn wir noch zum Louvre wollen. Wie weit ist es von hier aus?«

»Höchstens ein paar Kilometer. Aber mit dem Fahrrad sind wir schnell dort.«

»Willst du eines anhalten?«, scherze ich.

»Nein, wir nehmen einfach ein *Vélib'*, ein Leihfahrrad.« Willem sieht sich um und geht dann zu einem Ständer mit grauen Fahrrädern. »Hast du schon einmal etwas von den *witte fietsen* gehört, den weißen Fahrrädern?«, fragt er.

Ich schüttle den Kopf, und Willem erklärt mir, dass es in den 1960er Jahren in Amsterdam für kurze Zeit weiße Fahrräder gab, die man umsonst benutzen konnte. Wer eines brauchte, nahm es sich und stellte es an seinem Ziel wieder ab. Leider setzte sich die Idee nicht durch, weil es nicht genügend Räder gab und die auch noch gestohlen wurden. »In Paris kann man sich ein Rad für eine halbe Stunde gratis ausleihen. Wenn man es nach dieser Zeit nicht wieder an einer Station anschließt, kostet es eine Gebühr.«

»Oh, ich glaube, ich hab irgendwo gelesen, dass bei uns zu Hause auch gerade so ein Projekt gestartet wurde. Es kostet also nichts?«

»Nein. Man braucht nur eine Kreditkarte, um eine Kaution zu hinterlegen.«

Ich habe keine eigene Kreditkarte, nur die für das Konto meiner Eltern, aber Willem hat eine Bankkarte, allerdings ist er sich nicht sicher, ob es damit auch funktioniert. Als er sie durch die kleine Vorrichtung zieht, entriegelt sich eines der Räder, doch als er es für ein zweites Fahrrad noch einmal versucht, wird seine Karte abgelehnt. Wirklich enttäuscht bin ich nicht. Ohne Helm durch Paris zu radeln erscheint mir doch etwas selbstmörderisch.

Aber Willem stellt das Fahrrad nicht wieder zurück, sondern schiebt es zu mir herüber und stellt den Sitz höher. Er sieht mich an und klopft auf den Sattel.

»Augenblick mal, du willst, dass ich mich da draufsetze?«

Er nickt.

»Und was machst du? Läufst neben mir her?«

»Nein. Ich fahr dich.« Er zieht die Augenbrauen hoch.

Ich klettere auf den breiten Sattel. Willem steigt vor mir auf. »Und wo genau willst du hin?«, frage ich.

»Das lass mal meine Sorge sein. Mach du es dir einfach bequem«, empfiehlt er, als sei das in dieser Position überhaupt möglich, mit seinem Rücken nur wenige Zentimeter von meinem Gesicht entfernt, so nah, dass ich seine Wärme spüren, den Geruch von neuem T-Shirt gemischt mit einem Hauch von Schweiß riechen kann. Er stellt einen Fuß auf eine der Pedalen. Dann dreht er sich mit einem schelmischen Lächeln um. »Sag mir, wenn du die Polizei siehst. Ganz legal ist das nämlich nicht.«

»Warte, was ist nicht legal?«

Doch er hat sich bereits abgestoßen. Ich schließe die Augen. Das ist verrückt. Wir werden sterben. Und dann werden mich meine Eltern wirklich umbringen.

Ein paar Straßen weiter sind wir immer noch am Leben. Ich öffne vorsichtig ein Auge. Willem lehnt sich weit nach vorne über den Lenker, steht mühelos auf den Pedalen, während ich mich zurücklehne und meine Beine rechts und links neben dem Hinterrad baumeln lasse. Ich öffne das andere Auge und lockere meinen verschwitzten Griff vom Saum seines T-Shirts. Der Hafen liegt schon weit hinter uns, und wir befinden uns auf einer normalen Straße, auf einem Fahrradweg, inmitten all der vielen anderen grauen Räder.

Wir biegen auf eine verstopfte Straße ein. Überall Bauarbeiten, Gerüste und Hindernisse. Ich betrachte die Graffiti, entdecke SOS, genau wie auf dem T-Shirt für die Band *Sous ou Sur*. Gerade will ich Willem darauf aufmerksam machen, als ich auf der anderen Seite das Seineufer erblicke. Und da ist Paris, das Postkarten-Paris! Das Paris aus *French Kiss, Midnight in Paris, Charade* und jedem anderen Paris-Film, den ich jemals gesehen habe. Mit offenem Mund starre ich auf die Seine, die sich in der Brise leicht kräuselt und in der Abendsonne glitzert. Als ich den Fluss hinunterblicke, sehe ich eine ganze Reihe von Brücken, die wie Armbänder über ein elegantes Handgelenk drapiert sind. Willem zeigt mir die Notre-Dame, die auf einer Insel mitten im Fluss emporragt, einfach so. Als sei das ganz normal – ein ganz normaler Tag und eine ganz normale Kathedrale! Wir kommen an einem weiteren Gebäude im schnörkeligen Zuckerbäckerstil vorbei, das wie ein Königspalast aussieht. Aber nein, es ist nur das Rathaus.

Auf unserer Rundreise sind wir mit dem Bus an vielen bemerkenswerten Gebäuden vorbeigefahren. Ms Foley stand mit dem Mikro in der Hand vorn und leierte Fakten über diese Kathedrale oder jenes Opernhaus herunter. Manchmal hielten wir an und besichtigten eines der Bauwerke, aber da wir pro Stadt nur ein oder zwei Tage Zeit hatten, fuhren wir meist einfach nur dran vorbei.

Auch ich fahre jetzt an den Gebäuden vorbei, aber mit einem ganz anderen Gefühl. Hier draußen an der frischen Luft, hinten auf diesem Fahrrad, mit dem Wind im Haar, den Geräuschen im Ohr und dem jahrhundertealten Kopfsteinpflaster, über das wir rumpeln, nehme ich alles viel intensiver wahr. Nichts rauscht mehr einfach so an mir vorbei, ich atme alles ein, nehme es auf, werde eins damit.

Ich bin nicht sicher, weswegen es zu dieser Veränderung, zu all diesen Veränderungen heute gekommen ist. Wegen Paris? Wegen Lulu? Oder wegen Willem? Ist es seine Nähe, die die Stadt so berauschend macht, oder die Stadt, die seine Nähe so unwiderstehlich sein lässt?

Der laute Pfiff einer Trillerpfeife reißt mich aus meinen Gedanken, und Willem bleibt abrupt stehen.

»Die Fahrt ist vorbei«, sagt er. Ich springe ab, und Willem schiebt das Fahrrad weiter.

Ein Polizist mit schmalem Schnäuzer und verkniffenem Gesicht rennt hinter uns her. Er schreit auf Willem ein, fuchtelt mit den Armen und droht mir mit dem Zeigefinger. Sein Gesicht läuft knallrot an, und als er ein Notizbuch zückt und abwechselnd auf mich und Willem deutet, werde ich nervös. Ich dachte, Willem hätte einen Scherz gemacht, als er das mit dem nicht ganz legal gemeint hat.

Dann sagt Willem etwas zu dem Polizisten, dass dessen Tirade kurz verstummen lässt.

Doch schon schimpft der Polizist weiter, und ich verstehe kein Wort, außer – da bin ich mir ziemlich sicher – »Shakespeare!«, während er einen Finger in die Luft hält. Willem nickt, und der Polizist klingt jetzt schon freundlicher. Er hat seinen Zeigefinger immer noch erhoben, aber das kleine Buch wandert wieder in seine Tasche. Schließlich tippt er sich an seinen komischen kleinen Hut und geht weg.

»Hast du gerade bei einem Polizisten Shakespeare zitiert?«, frage ich.

Willem nickt.

Ich weiß nicht, was verrückter ist: dass Willem das getan hat oder dass die Polizisten hier Shakespeare kennen.

»Was hast du gesagt?«

»*Die Schönheit ist eine Hexe, durch deren Zauberkünste Treue in Blut zerschmilzt*«, rezitiert er. »Das ist aus *Viel Lärm um nichts.*«

»Was bedeutet das?«

Willem wirft mir seinen typischen Blick zu, leckt sich die Lippen und lächelt. »Das wirst du wohl selbst herausfinden müssen.«

Wir laufen am Fluss entlang und gelangen auf eine Straße mit vielen Restaurants, Kunstgalerien und Edelboutiquen.

Willem stellt das Fahrrad an einem Ständer ab, dann gehen wir einen langen Säulengang entlang, biegen noch mehrmals nach rechts und links ab und gelangen schließlich an einen Gebäudekomplex, der an eine Präsidentenresidenz oder einen Königspalast erinnert, vielleicht sogar an Versailles, so riesig und prächtig ist er. Aber dann entdecke ich die Glaspyramide in der Mitte des Hofes und weiß, dass wir den Louvre erreicht haben.

Es herrscht ein unglaubliches Gedränge. Tausende Menschen strömen aus den Gebäuden, als ob die gerade evakuiert würden, aufgerollte Poster und große, schwarzweiße Einkaufstüten in Händen. Einige sind lebhaft und mitteilsam, viele andere dagegen wirken erschlagen, müde und wie betäubt nach der Überdosis Kultur. Ich kenne das. In der Broschüre brüstete sich Teen Tours! damit, dass jungen Leuten die ganze Palette europäischer Kultur geboten würde. »Wir werden Ihre Teenager mit einer maximalen Anzahl von Kulturen in einem kurzen Zeitraum konfrontieren und ihren Horizont im Hinblick auf Geschichte, Sprache, Kunst, Kultur und Küche erweitern.« Es sollte erhellend sein, war aber hauptsächlich anstrengend.

Deshalb bin ich erleichtert, als wir herausfinden, dass der Louvre gerade schließt.

»Tut mir leid«, sagt Willem.

»Ach, mir überhaupt nicht.« Ich bin mir nicht sicher, ob das als Unfall gilt, aber ich bin auch so glücklich.

Wir machen kehrt und gehen über eine Brücke hinüber ans andere Seine-Ufer. An der Promenade erstrecken sich Stände, an denen Bücher und alte Zeitschriften verkauft werden, makellose Originalausgaben der *Paris Match* mit Jackie Kennedy auf der Titelseite und abgegriffene Taschenbücher mit grellen

Umschlägen, französische und auch englische. Ein Stand bietet Trödel an, alte Vasen, Modeschmuck und, in einem Karton an der Seite, eine Sammlung verstaubter Wecker. Beim Kramen entdecke ich einen alten SMI aus Bakelit. »Zwanzig Euro«, verlangt die kopftuchtragende Verkäuferin. Ich versuche, ein Pokerface aufzusetzen. Zwanzig Euro sind etwa dreißig Dollar. Der Wecker ist aber mit Sicherheit zweihundert Dollar wert.

»Möchtest du ihn haben?«, fragt Willem.

Meine Mutter würde ausflippen, wenn ich ihr den mitbringen würde, und sie bräuchte ja nie zu erfahren, wo ich ihn herhabe. Die Frau zieht den Wecker auf, um mir zu beweisen, dass er funktioniert, aber als ich ihn ticken höre, muss ich an das denken, was Jacques gesagt hat – dass Zeit flüssig ist. Ich blicke auf die Seine, die jetzt rosafarben schimmert, weil sich die Abendwolken in ihr widerspiegeln, und lege den Wecker wieder zurück in den Karton.

Wir verlassen das Seineufer und fädeln uns in die verschlungenen, engen Straßen ein, die, wie Willem mir erklärt, zum Quartier Latin gehören, dem Viertel, wo die Studenten wohnen. In dieser Gegend gibt es keine großen Avenuen und Boulevards, sondern nur schmale Gassen, kaum breit genug für die winzigen, futuristischen Smarts, die hier überall durchflitzen. Winzige Kirchen, verborgene Winkel, kleine Gänge. Das hier ist ein ganz anderes, aber genauso bezauberndes Paris.

»Sollen wir irgendwo was trinken gehen?«, fragt Willem.

Ich nicke.

Wir biegen auf eine belebte Avenue ein, mit zahlreichen Kinos und Cafés mit Tischen vor der Tür, die alle voll sind, daneben eine Handvoll kleiner Hotels, die den Preisen auf den

Tafeln nach nicht besonders teuer zu sein scheinen. Auf den meisten Schildern steht *complet*, was vermutlich ausgebucht bedeutet, aber einige scheinen noch Zimmer frei zu haben, die wir uns leisten können, wenn wir mein restliches Bargeld, etwa vierzig Pfund, eintauschen.

Über heute Nacht habe ich noch gar nicht mit Willem gesprochen. Wo wir bleiben sollen. Er scheint sich nicht weiter darum zu sorgen, was mich befürchten lässt, dass wir im Notfall womöglich bei Céline landen werden. Als wir an einer Wechselstube vorbeikommen, sage ich Willem, dass ich etwas Geld eintauschen möchte.

»Ich habe noch Geld«, erwidert er, »und du hast doch eben das Schiff bezahlt.«

»Aber ich habe keinen einzigen Euro in der Tasche«, entgegne ich. »Was ist, wenn ich vielleicht eine Postkarte kaufen möchte?« Ich bleibe stehen und lasse einen Kartenständer rotieren. »Außerdem wollten wir etwas trinken gehen und müssen noch zu Abend essen und irgendwo …« Ich halte inne, bevor ich den Mut habe weiterzusprechen, »… übernachten.« Ich spüre, wie mir die Röte ins Gesicht steigt.

Meine Worte scheinen in der Luft zu hängen, während ich auf Willems Antwort warte, auf irgendeinen Hinweis, was er denkt. Doch er sieht nur hinüber zu einem der Cafés, von wo aus eine Gruppe von Mädchen ihm zuzuwinken scheint. Endlich wendet er sich mir wieder zu. »Entschuldige, was hast du gesagt?«

Die Mädchen winken immer noch. Eine bedeutet ihm, rüberzukommen. »Kennst du sie?«

Er schaut wieder hinüber zum Café, dann zu mir, dann wieder zum Café. »Kannst du einen Augenblick hier warten?«

Mir wird flau im Magen. »Klar, kein Problem.«

Er lässt mich an einem Souvenirladen stehen, wo ich den Postkartenständer drehe und ihn dabei heimlich beobachte. Als er die Gruppe der Mädchen erreicht, geht die Küsserei wieder los – dreimal auf jede Wange, nicht zweimal wie bei Céline. Er setzt sich neben eines der Mädchen. Es ist klar, dass sie sich gut kennen, andauernd legt sie ihm die Hand aufs Knie. Er wirft mehrmals Blicke in meine Richtung, und ich erwarte, dass er mich herüberwinkt, aber das tut er nicht, und nach scheinbar endlosen fünf Minuten schreibt das Mädchen etwas auf ein Stück Papier und gibt es ihm. Er steckt es in die Hosentasche. Dann stehen sie auf, sie machen wieder das Wange-Wange-Kuss-Kuss-Ding. Er kommt zu mir zurück, während ich großes Interesse an einer Toulouse-Lautrec-Karte heuchle.

»Komm, gehen wir weiter«, sagt er und fasst mich am Ellbogen.

»Waren das Freundinnen von dir?«, frage ich, während ich versuche, mit seinen langen Schritten mitzuhalten.

»Nein.«

»Aber du kanntest sie?«

»Ja, von früher.«

»Und du bist ihnen hier ganz zufällig begegnet?«

Er dreht sich zu mir um und wirkt zum ersten Mal genervt. »Wir sind hier in Paris, Lulu, der touristischsten Stadt der Welt. Da kann das schon mal passieren.«

Zufall, denke ich. Aber ich bin eifersüchtig, besitzergreifend, nicht nur des Mädchens wegen – dessen Telefonnummer jetzt tief in seiner Hosentasche steckt, wenn sie nicht ohnehin schon in seinem Notizbuch steht –, sondern wegen des Zufalls. Weil es sich bis gerade so angefühlt hatte, als würden die Zufälle heute nur uns gehören.

Willem wirkt jetzt wieder entspannter. »Das waren nur Leute, die ich von früher aus Holland kenne.«

Irgendetwas an Willems Verhalten hat sich verändert, wie eine Glühbirne, die schwächer wird, bevor sie kaputtgeht. In dem Moment wird mir bewusst, wie niedergeschlagen er klingt, wenn er *Holland* sagt. Nicht ein einziges Mal hat er gesagt, er würde *nach Hause* fahren. Dann fällt es mir plötzlich wieder ein. Heute wäre er eigentlich zu Hause angekommen – jedenfalls in den Niederlanden, seiner Heimat – und zwar zum ersten Mal nach zwei Jahren.

In drei Tagen werde ich zu Hause ankommen und am Flughafen bestimmt von einer Menschenmenge begrüßt werden. Bei uns im Haus wird mich ein »Willkommen daheim!«-Spruchband erwarten und ein Willkommensmenü, das ich vor lauter Jetlag wahrscheinlich gar nicht werde essen können. Nach einer nur dreiwöchigen Reise, in der ich wie ein Pony an der Leine herumgeführt wurde, wird man mir einen Empfang bereiten wie für eine Heldin.

Er war *zwei Jahre lang* weg. Warum wird er nicht willkommen geheißen wie ein Held? Wartet überhaupt irgendjemand auf ihn?

»Als wir bei Céline waren«, frage ich ihn jetzt, »hast du da jemanden angerufen?«

Er sieht mich an, sein Blick ist verwundert. »Nein, wieso?«

Wie soll sonst jemand wissen, dass du später kommst? Wie sollen sie sonst wissen, dass sie die Willkommensfeier für ihren Helden verschieben müssen?

»Erwartet dich denn niemand?«, frage ich.

Sein Gesicht verändert sich; ganz kurz nur hebt sich die fröhliche Maske, die ich bisher nicht als solche erkannt habe, gerade lange genug, um mir zu zeigen, wie müde und unsicher er darunter aussieht – ganz genauso, wie ich mich fühle.

»Weißt du, was ich denke?«, fragt er.

»Was denn?«

»Wir sollten uns verlaufen.«

»Ach, wirklich? Zu deiner Information: Ich kenn mich hier nicht aus. Ich weiß den ganzen Tag schon nicht genau, wo wir sind.«

»Nein, das ist was anderes. Ich meine, wir sollten es bewusst tun. Ich mache das immer so, wenn ich in eine fremde Stadt komme. Ich setze mich in die U-Bahn oder Straßenbahn, steige an irgendeiner Haltestelle aus und laufe los.«

Ich durchschaue, was er macht. Er wechselt die Kulisse, wechselt das Thema. Und ich spüre, dass er das irgendwie machen muss. Deswegen lasse ich mich darauf ein. »Spielen wir also die Reiseversion von *Steck dem Esel den Schwanz an*?«, frage ich.

Willem sieht mich fragend an. Sein Englisch ist so gut, dass ich manchmal vergesse, dass es nicht seine Muttersprache ist. Dieses amerikanische Kinderspiel, bei dem man mit verbundenen Augen einem Papieresel einen Schwanz anstecken muss, kennt er offenbar nicht.

»Geht es um Zufälle?«, frage ich.

Er sieht mich an und für den Bruchteil einer Sekunde ist die Maske wieder verschwunden. Doch dann, einfach so, ist sie wieder da. Egal. Sie ist verrutscht, und ich habe es gesehen. Und ich verstehe. Willem ist allein, so wie ich allein bin, und jetzt hat sich dieser Schmerz, von dem ich nicht weiß, ob es seiner oder meiner ist, auch in mir breitgemacht.

»Es geht immer um Zufälle«, antwortet er.

Neun

Ich lande einen Glückstreffer.

Nach den Regeln des Eselsspiels schließe ich die Augen, drehe mich vor dem Metroplan im Kreis, tippe mit dem Finger irgendwohin. Château Rouge. Klingt ja schon mal ganz nett.

Als wir die Metro verlassen, stehen wir wieder in einem ganz anderen Paris, in dem es allerdings weit und breit weder ein Château noch Rouge oder sonst etwas zu sehen gibt.

Die Straßen sind so schmal wie im Quartier Latin, nur rauer. Blecherne, hämmernde Musik dröhnt aus den Geschäften, und eine solche Vielzahl von Gerüchen strömt auf uns ein, dass ich gar nicht weiß, welchen ich zuerst riechen soll: den Curry in den Auslagen der Geschäfte, den Hauch von Eisen im Blut der riesigen Tierhälften, die über die Straße gekarrt werden, den süßen, exotischen Duft von Räucherstäbchen, die Abgase der vielen Autos und Mopeds oder den allgegenwärtigen Duft von Kaffee – obwohl es hier nur wenige dieser großen Cafés gibt, die ganze Häuserecken einnehmen, sondern eher kleine Bistros mit ein paar Tischen draußen auf dem Bürgersteig. Und die sind alle umlagert von rauchenden, kaffeetrinkenden Männern. Die Frauen, einige in Burkas, so dass nur ihre Augen durch schmale Schlitze sichtbar sind, andere in farbenfrohen Kleidern und mit schlafenden Babys in

Wickeltüchern auf dem Rücken, eilen geschäftig in die Läden hinein und wieder heraus. Wir sind die einzigen Touristen hier und ziehen die Blicke der Leute auf uns, jedoch keine feindseligen, sondern neugierige, so, als hätten wir uns verlaufen. Was ja auch der Fall ist. Und genau deswegen hätte ich so etwas in einer Million Jahren nicht allein unternommen.

Willem dagegen ist ganz in seinem Element. Ich versuche, mir ein Beispiel an ihm zu nehmen, mich zu entspannen und mich ganz auf diesen Teil von Paris einzulassen, in dem Frankreich auf Asien und Afrika trifft.

Wir kommen an einer Moschee vorbei, dann an einer kolossalen Kirche mit zahlreichen Türmen und Pfeilern, die genauso zufällig in diesem Viertel gelandet zu sein scheint wie wir. Wir laufen so lange kreuz und quer, bis wir in eine Art Park gelangen: eine quadratische Rasenfläche mit Wegen und Bolzplätzen, eingepfercht zwischen Wohnblocks. Es wimmelt nur so von Mädchen mit Kopftüchern, die eine Art Hüpfekästchen spielen, Jungs, die Bällen hinterherjagen, und Leuten, die Hunde ausführen, Schach spielen und rauchend auf Bänken am Ende eines Sommernachmittags sitzen.

»Hast du irgendeine Ahnung, wo wir sind?«, frage ich Willem.

»Nein, ich bin genauso verloren wie du.«

»Oh! Katastrophe!«, erwidere ich, mit einem Lachen, denn es fühlt sich schön an, gemeinsam verloren zu sein.

Wir lassen uns unter Bäumen in einer ruhigen Ecke des Parks auf den Boden fallen, unterhalb eines Wandgemäldes, das Kinder zeigt, die in den Wolken spielen. Ich schlüpfe aus meinen Sandalen. Auf meinen Füßen sind dünne schwarze Streifen von Schmutz und Schweiß. »Meine Füße sind total kaputt.«

Willem kickt seine Flipflops weg. Ich sehe die gezackte Narbe, die sich über seinen linken Fuß zieht. »Meine auch.«

Auf dem Rücken liegend beobachten wir, wie die Sonnenstrahlen durch die Wolken brechen, die sich in der abkühlenden Brise immer höher auftürmen und den Geruch von Regen mit sich bringen. Vielleicht hat Jacques tatsächlich recht gehabt.

»Wie viel Uhr ist es?«, fragt Willem.

Ich schließe die Augen und halte ihm meinen Arm hin. »Sag es mir nicht. Ich will es gar nicht wissen.«

Er nimmt meinen Arm, schaut auf die Uhr. Doch er lässt nicht wieder los. Er betrachtet mein Handgelenk und dreht es hin und her, als sei es ein seltenes Objekt, das erste Handgelenk, das er jemals gesehen hat.

»Das ist eine sehr schöne Uhr«, sagt er schließlich.

»Danke«, antworte ich pflichtschuldig.

»Magst du sie nicht?«

»So würde ich es nicht sagen. Ich meine, es war ein sehr großzügiges Geschenk von meinen Eltern, obwohl sie mir ja schon die Tour geschenkt hatten, und es ist eine sehr teure Uhr.« Ich halte inne. Willem gegenüber habe ich das Bedürfnis, die Wahrheit zu sagen. »Du hast recht, ich mag sie wirklich nicht besonders.«

»Warum nicht?«

»Ich weiß es nicht. Sie ist schwer, und ich schwitze darunter. Und sie tickt laut, so als wolle sie mich ständig daran erinnern, dass die Zeit vergeht. So als dürfte ich das niemals vergessen.«

»Warum trägst du sie dann?«

Es ist eine so einfache Frage. Warum trage ich eine Uhr, die ich nicht leiden kann? Sogar hier, Tausende Meilen von zu

Hause entfernt, wo niemand sieht, ob ich sie trage oder nicht. Warum? Weil meine Eltern sie in der besten Absicht für mich gekauft haben. Weil ich sie nicht enttäuschen will.

Wieder spüre ich den leichten Druck von Willems Fingern auf meinem Handgelenk. Der Verschluss öffnet sich; die Uhr fällt ab und hinterlässt einen weißen Abdruck. Ich spüre, wie ein erfrischender Luftzug mein Muttermal kitzelt.

Willem betrachtet die Uhr und die Gravur: *Viel Erfolg auf all deinen Wegen.*

»Welche Wege denn genau?«

»Ach, du weißt schon. Die nach Europa. Ans College. An die medizinische Fakultät.«

»Medizin?«, fragt er überrascht.

Ich nicke. Schon seit der achten Klasse war das der Plan. Seit ich einem Typen, der an einem Nebentisch im Restaurant an seiner Lammkeule zu ersticken drohte, mit dem Heimlich-Griff das Leben gerettet habe. Mein Vater war gerade auf der Toilette, als ich sah, wie der Typ neben uns rot anlief. Da bin ich einfach aufgestanden, habe ganz ruhig meine Arme in Höhe seines Zwerchfells um ihn gelegt und zugedrückt, bis er ein Stück Fleisch aushustete. Meine Mutter war begeistert und redete seitdem ständig davon, dass ich in die Fußstapfen meines Vaters treten und Ärztin werden sollte. Nach einer Weile redete ich auch davon.

»Du würdest mich also pflegen?«

Das klingt zwar so scherzhaft wie immer, aber trotzdem überläuft es mich heiß. Denn wer kümmert sich jetzt um ihn? Ich schaue ihn an, und obwohl bei ihm alles so mühelos aussieht, erinnere ich mich an das Gefühl, die Gewissheit von vorhin, dass er allein ist.

»Wer kümmert sich denn jetzt um dich?«

Zunächst bin ich mir gar nicht sicher, dass ich die Frage laut ausgesprochen habe, und wenn, ob er sie gehört hat, denn lange Zeit antwortet er nicht. Endlich sagt er: »Ich kümmere mich um mich selbst.«

»Aber wenn du es einmal nicht kannst? Wenn du krank wirst?«

»Ich werde nicht krank.«

»Jeder wird mal krank. Was passiert, wenn du unterwegs bist und dir eine Grippe einfängst oder so?«

»Ich werde krank. Ich werde wieder gesund«, erwidert er und winkt ab.

Ich stütze mich auf dem Ellbogen ab. Eine seltsame Kluft von Gefühlen hat sich in meiner Brust aufgetan, so dass mein Atem flach geht und meine Worte wie Herbstblätter umhertaumeln. »Ich muss an die Geschichte vom doppelten Glück denken. Der junge Mann ist allein gereist und krank geworden, hat aber jemanden getroffen, der sich um ihn gekümmert hat. Hast du auch dieses Glück, wenn du krank wirst? Oder liegst du dann allein in irgendeinem schäbigen Hotelzimmer?« Ich versuche, ihn mir in einem Bergdorf vorzustellen, sehe ihn aber immer nur in einem heruntergekommenen Zimmer. Ich denke daran, wie ich mich fühle, wenn ich krank bin, an diese tiefe Traurigkeit, diese Einsamkeit, die mich überkommt – und ich habe meine Mutter, die sich um mich kümmert. Und er? Hat er jemanden, der ihm Suppe bringt? Erzählt ihm jemand von den grünen Bäumen, die sich im Frühlingsregen vor dem Himmel abheben?

Willem antwortet nicht. In der Ferne höre ich einen Ball an die Mauer des Bolzplatzes prallen, höre das kokette Lachen einer Frau. Ich denke an Céline. Die Mädchen im Zug. Die Models im Café. Das Stück Papier in Willems Tasche. Wahrscheinlich mangelt es ihm nicht an Frauen, die gerne Krankenschwester für ihn spielen würden. Ich habe ein komisches Ziehen im Magen. So als sei ich beim Skilaufen aus Versehen auf die schwarze Piste voller Buckel geraten.

»Entschuldige«, sage ich. »Das muss die Ärztin in mir sein. Oder die jüdische Mutter.«

Willem wirft mir einen merkwürdigen Blick zu. Schon wieder falsch abgebogen.

»Ich bin Jüdin, und dem Klischee nach bedeutet das, dass ich später ständig um die Gesundheit meiner Lieben besorgt sein werde«, erkläre ich hastig. »Das bedeutet bei uns jüdische Mutter.«

Willem liegt auf dem Rücken und hält sich meine Uhr vors Gesicht. »Seltsam, dass du die Geschichte vom doppelten Glück erwähnt hast. Manchmal bin ich wirklich krank gewesen und musste mich in irgendwelchen widerlichen Stehklos übergeben, und das war tatsächlich nicht gerade toll.«

Schon bei dem Gedanken daran wird mir übel.

»Einmal war ich mit dem Bus unterwegs von Marokko nach Algerien und habe Durchfall bekommen, ziemlich schlimm. Mir blieb nichts anders übrig, als unterwegs auszusteigen, irgendwo in einer gottverlassenen Gegend, einer Stadt am Rande der Sahara, die in keiner Karte verzeichnet ist. Ich war komplett dehydriert, ich glaube, ich hatte sogar Halluzinationen. Ich war auf der Suche nach einem Platz, wo ich bleiben konnte, und kam schließlich an ein Café mit Zimmervermietung, das Saba ließ. Saba – so habe ich als Kind meinen Großvater genannt. Es erschien mir wie ein Zeichen, so als würde er mir zurufen: Geh dorthin. Das Café war leer. Ich ging sofort zu den Toiletten, um mich wieder zu übergeben. Als ich rauskam, war da ein Mann mit kurzem grauen Bart in einer langen

Djellaba. Ich bat ihn um etwas Tee und Ingwer. Meine Mutter hat das immer gegen Magen-Darmbeschwerden genommen. Kopfschüttelnd erklärte er mir, dass ich in der Wüste sei und deswegen Wüstenmedizin brauche. Er verschwand in der Küche und kehrte mit einer gegrillten, in zwei Hälften geschnittenen Zitrone zurück. Er bestreute sie mit Salz und sagte, ich solle mir den Saft in den Mund träufeln. Ich dachte erst, mir würde wieder schlecht, aber zwanzig Minuten später war mein Magen wieder okay. Er gab mir einen widerlichen Tee zu trinken, der nach Baumrinde schmeckte, und schickte mich hinauf in ein Zimmer, wo ich etwa achtzehn Stunden lang schlief. Immer, wenn ich hinunterkam, erkundigte er sich ganz genau nach meinem Befinden und bereitete mir dann eine Mahlzeit zu, die genau auf meine Symptome abgestimmt war. Nach dem Essen unterhielten wir uns, so wie ich mich früher als Kind mit Saba unterhalten habe. Ich blieb eine Woche lang dort, in dieser Stadt am Rande der Landkarte, von der ich mir im Nachhinein nicht sicher bin, ob sie wirklich existiert. Das erinnert mich sehr an deine Geschichte von vorhin.«

»Außer, dass der Mann keine Tochter hatte«, bemerke ich. »Sonst wärst du jetzt verheiratet.«

Wir liegen auf der Seite, einander gegenüber, so nah, dass ich seine Wärme spüren kann, so nah, dass es ist, als atmeten wir dieselbe Luft.

»Du kannst die Tochter sein. Sag mir noch einmal das Gedicht auf«, bittet er.

»Grüne Bäume ragen im Frühlingsregen auf, während der sich verdunkelnde Himmel die frischen Bäume hervorhebt. Rote Blumen sprenkeln das Land, von der Brise gejagt, während das Land nach dem Kuss errötet.«

Das Wort *Kuss* hängt in der Luft.

»Nächstes Mal, wenn ich krank werde, kannst du mir das aufsagen. Du kannst mein Mädchen in den Bergen sein.«

»Okay«, sage ich. »Ich werde dein Mädchen in den Bergen sein und mich um dich kümmern.«

Er lächelt, als sei das wieder ein Scherz, Teil unseres Flirts, und ich erwidere sein Lächeln, obwohl es mir bitter ernst ist.

»Im Gegenzug werde ich dich um die Bürde der Zeit erleichtern.« Er streift meine Uhr über sein Handgelenk, an dem sie weit weniger einer Handschelle gleicht als an meinem. »So, jetzt existiert die Zeit erst mal nicht mehr. Wie hat Jacques gesagt … flüssig?«

»Flüssig«, wiederhole ich wie eine Beschwörung. Denn wenn Zeit flüssig sein kann, dann kann ein Tag vielleicht unendlich lange dauern.

Zehn

Ich schlafe ein. Als ich aufwache, fühlt sich alles anders an. Im Park ist es jetzt still. Das Gelächter und die Echos der Bälle sind in der langen Abenddämmerung verhallt. Dicke graue Regenwolken ziehen über den sich verdunkelnden Himmel.

Doch noch etwas anderes hat sich verändert, etwas weniger Greifbares und dennoch Elementares. Ich spüre es, sobald ich erwache; die Atome und Moleküle haben sich anders angeordnet, die ganze Welt hat sich unwiderruflich verändert.

In dem Moment nehme ich Willems Hand wahr.

Auch Willem ist eingeschlafen; er hat seinen langen Körper um mich gekrümmt wie ein Fragezeichen. Wir berühren einander nicht; nur seine Hand liegt auf meiner Hüfte, beiläufig wie ein fallengelassener Schal, so als sei sie von der sanften Brise des Schlafs dorthin geweht worden. Doch jetzt, wo sie da liegt, scheint sie dorthin zu gehören, scheint sie schon immer dorthin gehört zu haben.

Ich bleibe ganz still liegen und lausche dem Wind, der in den Bäumen raschelt, und Willems leisen, rhythmischen Atemzügen. Ich konzentriere mich auf seine Hand. Von den Fingerspitzen aus scheint Elektrizität in einen innersten Teil von mir zu fließen, von dessen Existenz ich bisher nichts ahnte.

Willem bewegt sich im Schlaf, und ich frage mich, ob auch

er es fühlt. Wie könnte er nicht? Diese Elektrizität ist so real, so deutlich spürbar, dass ein Messgerät wahrscheinlich sofort ausschlagen würde.

Wieder bewegt er sich und gräbt seine Fingerspitzen in das weiche Fleisch meiner Hüftbeuge. Es ist, als würde mich ein Blitz durchfahren, dass ich zusammenzucke und gegen sein Bein trete.

Ich schwöre, dass ich irgendwie spüre, wie sich seine Augenlider flatternd öffnen, gefolgt von der Hitze seines Atems in meinem Nacken. »*Goeiemorgen*«, sagt er schläfrig.

Ich drehe mich um, so dass ich ihm gegenüberliege, dankbar, dass er die Hand auf meiner Hüfte liegen lässt. Grashalme haben Abdrücke wie rituelle Stammesnarben auf seinen stoppeligen Wangen hinterlassen. Ich würde sie am liebsten berühren und die Furchen in seiner ansonsten glatten Haut spüren. Ich möchte jeden Teil von ihm berühren. Es ist, als wäre sein Körper eine riesige Sonne, deren Gravitation ich kaum widerstehen kann.

»Das heißt bestimmt guten Morgen, obwohl es streng genommen Abend ist«, stoße ich etwas atemlos hervor. Ich habe vergessen, wie man gleichzeitig redet und Luft holt.

»Du vergisst, dass die Zeit nicht mehr existiert. Du hast sie mir gegeben.«

»Ich habe sie dir gegeben«, wiederhole ich. Es liegt so viel zärtliche Hingabe in diesen Worten, und ich spüre, wie es mich zu ihm zieht. Ein kleiner Teil in mir warnt mich davor. Wir haben nur diesen einen Tag. Ich bin nur eines von vielen Mädchen. Doch von diesem Teil in mir, der widerstehen kann, der widerstehen würde, bin ich befreit aufgewacht. Endlich bin ich diese Person los.

Willem blinzelt mir zu. Seine Augen sind dunkel, träge und

sexy. Ich kann bereits spüren, wie wir uns küssen. Ich kann seine Lippen überall auf mir fühlen. Ich kann seine hervorstehenden Hüftknochen auf mir spüren. Der Park ist fast verlassen. In der Nähe unterhalten sich einige jüngere Mädchen in Jeans und Kopftüchern mit ein paar Jungs. Aber sie haben sich in eine Ecke zurückgezogen. Und mir ist es egal, ob wir uns unanständig benehmen.

Meine Gedanken müssen auf meinem Gesicht zu sehen sein wie ein Film auf einer Leinwand. Willem sieht alles. Das erkenne ich an seinem wissenden Lächeln. Wir nähern uns einander. Überlagert vom Zirpen der Zikaden kann ich die Energie zwischen uns summen hören wie ein Surren von Überlandleitungen.

Doch plötzlich nehme ich noch etwas anderes wahr. Zunächst kann ich den Laut nicht einordnen, so wenig passt er zu den Geräuschen in dieser Blase von Elektrizität, die wir hervorbringen. Doch dann höre ich es ein zweites Mal, kalt, schrill und schneidend klar, und ich weiß genau, was es ist. Denn Angst braucht keine Übersetzung. Ein Schrei bedeutet in jeder Sprache dasselbe.

Willem springt auf. Ich springe auf. »Bleib hier!«, befiehlt er. Und bevor ich noch begreife, was passiert, läuft er mit großen Schritten davon und lässt mich hin- und hergerissen zwischen Lust und Panik zurück.

Noch ein Schrei. Der Schrei eines Mädchens. Alles scheint sich zu verlangsamen, wie eine Zeitlupensequenz in einem Film. Ich sehe die Mädchen mit den Kopftüchern, sie sind zu zweit, nur dass eines von ihnen jetzt kein Kopftuch mehr trägt. Es liegt auf dem Boden, die üppigen schwarzen Haare enthüllt, die wild und wie statisch aufgeladen abstehen, als seien sogar sie verängstigt. Es drängt sich an das andere Mädchen, als wolle es sich vor den Jungen verstecken. Jetzt erkenne ich auch, dass es keine Jungen, sondern Männer sind, solche mit rasierten Köpfen, Militärklamotten und schweren schwarzen Stiefeln. Diese Männer zusammen mit diesen Mädchen in diesem mittlerweile leeren Park – ein gefährlich falsches Bild. Ich hebe Willems Rucksack auf, den er einfach zurückgelassen hat, und schleiche mich näher heran.

Ich höre das leise Wimmern eines der Mädchen und das gutturale Lachen der Männer. Dann sagen sie wieder irgendetwas zu den Mädchen. Ich wusste nicht, dass Französisch so hässlich klingen kann.

Gerade, als ich mich frage, wohin er gegangen ist, tritt Willem zwischen die Männer und die Mädchen und spricht mit ihnen. Er redet leise, doch ich kann ihn trotz der Entfernung hören, bestimmt ein spezieller Schauspielertrick. Weil er Französisch spricht, verstehe ich kein Wort. Aber die Skinheads scheinen ihm zuzuhören. Sie antworten ihm mit lauten, abgehackten Stimmen, die von den leeren Bolzplätzen widerhallen. Willem antwortet mit einer Stimme, so ruhig und leise wie ein Windhauch, und ich strenge mich an, ein Wort zu verstehen, aber es gelingt mir nicht.

Während es zwischen ihnen hin und her geht, nutzen die Mädchen, wie von Willem beabsichtigt, die Ablenkung, um sich davonzustehlen. Die Skinheads bemerken es nicht einmal. Oder es ist ihnen egal. Sie interessieren sich jetzt nur noch für Willem. Zunächst glaube ich, dass Willems Charme sogar bei ihnen seine Wirkung zeigt. Dass er sich sogar mit Skinheads anfreunden kann. Doch dann erkenne ich, dass sein Tonfall und seine Worte in krassem Gegensatz zueinander stehen. Ich kenne diesen Ton, denn er spricht mit ihnen genauso, wie er es den ganzen Tag mit mir getan hat. Er neckt sie. Er macht sich in einer Art und Weise über sie lustig, die sie möglicherweise nicht einmal richtig bemerken. Und weil sie zu dritt sind und er allein, würden sie bestimmt nicht mehr einfach nur dastehen und reden, wenn sie kapierten, was er da macht.

Ich rieche den ekelhaft süßlichen Geruch von Alkohol und den beißenden Gestank von Adrenalin, und plötzlich kann ich spüren, was sie Willem antun werden. Ich spüre es so, als wollten sie es mir antun. Ich sollte eigentlich vor Angst wie gelähmt sein. Doch das bin ich nicht. Stattdessen wallen hitzige Wut und große Zärtlichkeit in mir auf.

Wer kümmert sich denn jetzt um dich?

Ohne darüber nachzudenken, greife ich in Willems Rucksack und ziehe den dicksten und schwersten Gegenstand heraus, den ich finden kann – den *Reiseführer* –, und gehe auf die Gruppe zu. Keiner sieht mich kommen, nicht einmal Willem, also habe ich den Moment der Überraschung auf meiner Seite. Und offensichtlich die enorme Kraft der Verzweiflung. Denn als ich das Buch gegen den Typen schleudere, der Willem am nächsten steht, den mit der Bierflasche, trifft es ihn mit solcher Wucht, dass er die Flasche fallen lässt. Und als er die Hand an die Augenbraue hebt, quillt Blut hervor.

Ich weiß, dass ich mich fürchten sollte, aber das tue ich nicht. Ich bin merkwürdig ruhig und glücklich, wieder in Willems Nähe zu sein nach diesen unendlich langen Sekunden der Trennung. Willem starrt mich mit großen Augen und offenem Mund an. Die Skinheads blicken an mir vorbei in den Park, als könnten sie nicht recht glauben, dass ich die Quelle des Angriffs sein könnte.

Der Moment ihrer Verwirrung rettet uns. Willem packt mich an der Hand, und wir rennen los. Raus aus dem Park, an der Kirche vorbei und zurück in dieses verrückte, bunte Viertel, vorbei an Teestuben, Cafés und Tierhälften. Wir springen über die randvollen Rinnsteine, jagen vor Motorrädern und Fahrrädern vorbei, weichen Lieferwagen aus, aus denen Ständer mit üppig bestickten Glitzerkleidern geladen werden.

Die Leute des Viertels bleiben stehen, um uns nachzuschauen, machen Platz, um uns durchzulassen, so als nähmen wir an einem Wettkampf teil, einer olympischen Veranstaltung – der Verrückte-Weiße-Leute-Lauf.

Ich sollte Angst haben. Ich werde von wütenden Skinheads gejagt. Die einzige Person, die mir je zuvor hinterhergerannt ist, ist mein Dad, wenn wir zusammen joggen waren. Ich höre das Stampfen ihrer Stiefel im Takt des Herzschlags in meinem Kopf. Aber ich habe keine Angst. Ich spüre, dass sich meine Beine wie von Zauberhand verlängern und es mir erlauben, mit Willems langen Schritten mitzuhalten. Ich spüre, wie sich der Boden unter uns bewegt, als sei auch er auf unserer Seite. Es fühlt sich an, als berührten wir kaum noch die Erde, als würden wir einfach in den Himmel abheben und über die Pariser Dächer laufen, wo uns niemand etwas anhaben kann.

Ich höre sie hinter uns rufen. Ich höre Glas klirren. Ich höre etwas an meinem Ohr vorbeisurren, und dann wird mein ganzer Rücken nass, als wäre ich mit einem Schlag vollkommen durchgeschwitzt. Dann höre ich unsere Verfolger wieder lachen, und ihre Schritte verstummen abrupt.

Doch Willem rennt weiter. Er zieht mich durch die winzigen, verwinkelten Gassen, bis diese in einen breiten Boulevard münden. Als die Ampel auf Grün springt, rennen wir auf die andere Seite, knapp an einem Streifenwagen vorbei. Die Straße ist belebt, und ich bin mir ziemlich sicher, dass niemand mehr hinter uns her ist. Wir sind in Sicherheit. Dennoch hetzt Willem weiter und zerrt mich mal hier lang, mal da lang durch kleinere, ruhigere Nebenstraßen, bis sich wie eine Geheimtür in einer Bücherwand eine Öffnung zwischen den Fassaden auftut. Es ist der Eingang zu einer der großen Wohnanlagen, dessen Tor sich nur durch eine Zugangskombination auf einer Tastatur öffnen lässt. Doch gerade verlässt ein alter Mann mit Einkaufstrolley den Hof, und Willem und ich schlüpfen rasch durch den Eingang. Voller Wucht prallen wir gegen eine Steinmauer, als sich das Tor mit einem Klicken hinter uns schließt.

Wir stehen so eng beieinander, dass ich Willems schnellen, gleichmäßigen Herzschlag spüre. Sein Atem geht keuchend, und Schweiß rinnt ihm den Nacken hinunter. Das Blut drängt sich durch meine Adern wie ein Fluss, der über die Ufer treten will. Es ist, als könne mein Körper mich nicht länger fassen. Irgendwie bin ich zu groß für ihn geworden.

»Willem«, keuche ich. Ich will ihm so viel sagen!

Er legt mir einen Finger an den Hals, und ich schweige. Seine Berührung wirkt beruhigend und elektrisierend zugleich. Doch als er den Finger wegnimmt, ist er rot vor Blut. Ich blute!

»*Godverdomme!*«, flucht er leise. Mit der einen Hand zieht er ein Halstuch aus seinem Rucksack, während er den Finger der anderen ableckt.

Er presst das Tuch seitlich gegen meinen Hals. Ich blute tatsächlich, aber nicht stark. Ich weiß nicht einmal genau, wie das passiert ist.

»Die haben eine kaputte Flasche nach dir geworfen«, seine Stimme bebt vor Wut.

Aber es tut nicht weh. Ich bin nicht ernsthaft verletzt. Es ist nur eine Schramme.

Er steht jetzt ganz dicht bei mir und drückt mir sanft das Tuch gegen den Hals. Und dann ist die Schramme nicht nur die Öffnung, aus der das Blut fließt, sondern zugleich die Öffnung, durch die diese seltsame Elektrizität, die zwischen uns fließt, eindringt.

Ich will ihn, ich will ihn ganz. Ich will seinen Mund schmecken, seinen Mund, der mein Blut geschmeckt hat. Ich beuge mich vor.

Doch er schiebt mich weg, zieht sich zurück. Lässt die Hand von meinem Hals sinken. Das blutdurchtränkte Tuch hängt um meinen Hals.

Ich blicke zum ihm auf, in seine Augen. Alle Farbe ist aus ihnen gewichen, sie scheinen schwarz zu sein. Und noch beunruhigender ist das, was ich in ihnen sehe, etwas, was ich sofort wiedererkenne: Angst. Mehr als alles andere will ich etwas tun, um ihm diese zu nehmen. Weil ich es bin, die sich fürchten sollte. Aber heute bin ich furchtlos.

»Alles ist gut«, beruhige ich ihn. »Mir geht's gut.«

»Was hast du dir bloß dabei gedacht?«, unterbricht er mich mit der eiskalten Stimme eines Fremden. Und vielleicht ist es deswegen oder vielleicht vor Erleichterung, ich bin kurz davor, in Tränen auszubrechen.

»Die wollten dir weh tun«, sage ich. Meine Stimme bricht. Ich sehe ihn forschend an, weil ich wissen will, ob er versteht, aber sein Gesicht hat sich nur noch mehr verhärtet, und die Angst wird jetzt von ihrem Zwilling begleitet, dem Zorn. »Und ich habe es dir versprochen.«

»Was versprochen?«

Die Szene spielt sich vor meinem inneren Auge noch einmal ab: Es war nicht zu Handgreiflichkeiten gekommen. Ich konnte nicht einmal verstehen, was sie sagten. Aber sie wollten ihm etwas tun. Das konnte ich in meinem tiefsten Inneren spüren.

»Dass ich mich um dich kümmern würde«, sage ich leise. Meine Zuversicht schwindet.

»Um mich kümmern? Verstehst du das etwa unter kümmern?« Er öffnet die Hand, die mit meinem Blut befleckt ist.

Er weicht einen Schritt zurück, und im Abenddunkel zwischen uns erkenne ich, wie sehr ich mich geirrt habe. Ich bin nicht nur auf die Schwarze Piste geraten, ich bin die Felsen hinuntergestürzt. Seine Bitte, auf ihn aufzupassen, ist nur ein Scherz gewesen. Wann habe ich auch schon jemals auf jemanden aufgepasst? Außerdem hat er tatsächlich nie gesagt, dass er jemanden braucht, der auf ihn aufpasst.

Wir stehen einander gegenüber, und die Stille um uns gerinnt. Das letzte Tageslicht schwindet, und dann, als hätte er nur auf den Schutz der Dunkelheit gewartet, beginnt der Regen zu fallen. Willem blickt hinauf zum Himmel und dann auf seine Armbanduhr – meine Armbanduhr, die er noch immer am Handgelenk trägt.

Ich denke an die vierzig Pfund, die ich noch übrig habe. Ich stelle mir ein ruhiges, sauberes Hotelzimmer vor. Ich stelle mir uns darin vor, wenn auch nicht so wie vorhin im Park, sondern einfach nur still dem Regen lauschend. *Bitte,* flehe ich im Stillen. *Lass uns irgendwo hingehen und es besser machen.*

Doch dann zieht Willem den Eurostar-Fahrplan aus seinem Rucksack und öffnet die Schnalle meines Uhrenarmbands. Er will mir die Zeit wiedergeben. Was in Wahrheit bedeutet, dass er sie mir wegnimmt.

Elf

Heute Abend fahren noch zwei Züge zurück nach London. Willem sagt, es sei schon nach neun, also würde mir wahrscheinlich nicht genügend Zeit bleiben, meine Fahrkarte umzutauschen und den nächsten zu nehmen, aber den letzten Zug würde ich mit Sicherheit erwischen. Da ich auf dem Weg zurück nach England eine Stunde gewinnen würde, würde ich gerade noch rechtzeitig ankommen, bevor die U-Bahnen in London den Betrieb für die Nacht einstellten. Willem sagt mir das alles mit so freundlicher, hilfsbereiter Stimme, als sei ich eine Fremde, die ihn nach dem Weg gefragt hätte. Und ich nicke wortlos – als wäre ich tatsächlich jemand, der allein mit der U-Bahn fahren würde, egal ob am Tag oder in der Nacht.

Seltsam förmlich hält er mir das Tor der Wohnanlage auf, fast als würde er den Hund noch einmal für die Nacht rauslassen. Es ist spät, und nach der langen, sommerlichen Abenddämmerung bricht die Nacht herein. Das Paris, in das ich nun hinaustrete, erscheint mir vollkommen anders als jenes, das ich vor einer halben Stunde verlassen habe, obwohl mir auch jetzt klar ist, dass das weder am Regen noch an der abendlichen Beleuchtung liegt. Irgendetwas hat sich verschoben. Oder ist womöglich wieder an seinen Platz gerückt, und ich habe mir nur etwas vorgemacht.

Dennoch kommen mir die Tränen beim Anblick dieses neuen Paris, und die Lichter verschwimmen zu einer großen roten Narbe. Ich wische mir mit der allmählich feuchter werdenden Strickjacke das Gesicht ab, die zurückgegebene Uhr noch immer in der Hand. Irgendwie kann ich es nicht ertragen, sie anzulegen. Fast befürchte ich, sie würde schmerzen, schlimmer als der Kratzer am Hals. Ich versuche vorauszulaufen, ich will Raum zwischen Willem und mir schaffen.

»Lulu!«, ruft er mir nach.

Ich antworte nicht. Ich bin nicht Lulu. Bin es nie gewesen.

Im Laufschritt holt er mich ein. »Ich glaube, die Gare du Nord liegt in dieser Richtung.« Er fasst mich am Ellbogen, und ich wehre mich innerlich gegen das Prickeln, aber genau wie bei einer Spritze macht die Anspannung es nur noch schlimmer.

»Sag mir einfach, wie man da hinkommt.«

»Ich glaube, du musst dieser Straße folgen und nach ein paar Straßen links abbiegen. Aber wir müssen erst noch bei Céline vorbei.«

Stimmt. Céline. Er benimmt sich jetzt so normal, nicht normal auf Willem-Art, aber normal im Vergleich zu seinem Verhalten noch vor zwanzig Minuten. Die Angst ist aus seinen Augen verschwunden und einer Art Erleichterung gewichen. Die Erleichterung, mich loszuwerden. Ich frage mich, ob das von Anfang an der Plan gewesen ist. Mich abzuladen, um dann rechtzeitig zur Nachtschicht zu Céline zurückzukehren. Oder zu diesem anderen Mädchen, dessen Nummer sicher in seiner Hosentasche steckt. Bei so vielen Möglichkeiten, warum sollte er ausgerechnet mich auswählen?

Du bist ein braves Mädchen. Das hatte Shane Michaels zu mir gesagt, als ich kurz davor war, ihm meine Gefühle für ihn zu offenbaren. *Du bist ein braves Mädchen.* Ja, das bin ich. Shane hielt immer meine Hand und machte mir süße Komplimente. Ich dachte, das hätte etwas zu bedeuten. Bis er mit einer anderen etwas anfing und mit ihr Sachen machte, die tatsächlich etwas bedeuteten.

Wir folgen einem breiten Boulevard in Richtung Bahnhof, doch nach einer Weile biegen wir in die schmaleren Straßen ab. Ich halte nach dem Club Ausschau, aber wir befinden uns nicht in dem Industrieviertel, wo Céline arbeitet, sondern in einer Gegend mit hohen Wohnhäusern. Die Blumen in den Kästen trinken den Regen, und dicke Katzen dösen zufrieden hinter geschlossenen Fenstern. An einer Ecke befindet sich ein Restaurant. Ein warmes Leuchten dringt durch die beschlagenen Scheiben. Bis herüber auf unsere Straßenseite höre ich Gelächter und das Klirren von Besteck. Leute, trocken und warm, die ein Donnerstagabendessen in Paris genießen.

Es regnet jetzt stärker. Die Nässe dringt durch meine triefende Strickjacke bis in mein T-Shirt. Ich ziehe die Ärmel bis hinunter über die Hände. Meine Zähne klappern, ich presse meine Kiefer zusammen und erreiche dadurch nur, dass sich das Zittern in meinem ganzen Körper ausbreitet. Ich ziehe das Tuch von meinem Hals. Die Wunde blutet nicht mehr, aber mein ganzer Hals ist mit Blut und Schweiß verschmiert.

Willem sieht mich bestürzt an, oder vielleicht ist es auch verächtlich. »Wir müssen dich saubermachen.«

»Ich habe saubere Kleidung in meinem Koffer.«

Willem betrachtet meinen Hals und verzieht das Gesicht. Dann nimmt er mich am Ellbogen, führt mich über die Straße und öffnet die Tür zum Restaurant. Im Innern flackert Kerzenlicht und erhellt die Weinflaschen, die hinter einer Bar aufgereiht stehen, sowie kleine Tafeln mit der handgeschriebenen Speisekarte. Ich bleibe in der Tür stehen. Wir gehören nicht hierher.

»Hier können wir deine Wunde auswaschen. Vielleicht haben sie einen Verbandskasten.«

»Das kann ich auch im Zug machen.« Natürlich hat mir meine Mutter eine Reiseapotheke eingepackt.

Wir bleiben einfach stehen und sehen einander an. Ein Kellner erscheint, und ich rechne damit, dass er uns zurechtweist, weil wir die Tür offen gelassen haben und kalte Luft hereinkommt oder weil wir wie dreckiger, blutverschmierter Abschaum aussehen, doch stattdessen bittet er mich herein, als sei er der Gastgeber einer Party und ich der Ehrengast. Sein Blick fällt auf meinen Hals und er reißt die Augen auf. Willem sagt etwas auf Französisch, und der Kellner nickt sofort und deutet auf einen Tisch in einer Ecke.

Im Restaurant ist es warm und es duftet würzig nach gebratenen Zwiebeln und süß nach Vanille, und ich bin zu geschafft, um mich zu sträuben. Ich lasse mich auf einen Stuhl sinken und bedecke mit einer Hand meine Wunde. Die andere Hand entspannt sich und lässt die Uhr auf das reine weiße Tischtuch sinken, wo sie bösartig tickt.

Der Kellner kehrt mit einem kleinen weißen Verbandskasten und der Speisekarte zurück. Willem öffnet den Kasten und holt sterile Tücher heraus, aber ich nehme sie ihm ab und fauche: »Das kann ich selbst!«

Ich betupfe die Wunde mit Tinktur und decke sie mit einer viel zu großen Kompresse ab. Der Kellner überprüft mein Werk und nickt anerkennend. Er fragt mich etwas auf Französisch. »Er fragt, ob er deine Strickjacke in der Küche aufhängen soll, damit sie schneller trocknet«, übersetzt Willem.

Ich muss den Impuls unterdrücken, mein Gesicht in der langen, makellos weißen Schürze des Kellners zu verbergen und vor Dankbarkeit zu weinen. Stattdessen reiche ich ihm meine klatschnasse Strickjacke. Mein T-Shirt klebt an mir. Es hat Blut am Kragen. Zwar habe ich das T-Shirt dabei, das Céline mir gegeben hat, das von der supercoolen Band, das gleiche, das Willem trägt, aber lieber würde ich im BH herumspazieren, als es anzuziehen. Willem sagt etwas anderes auf Französisch, und kurz darauf wird uns eine große Karaffe Rotwein serviert.

»Ich dachte, ich müsste einen Zug erwischen.«

»Du hast noch genug Zeit, um eine Kleinigkeit zu essen«, erwidert Willem, schenkt ein Glas Wein ein und reicht es mir.

Zwar bin ich alt genug, um überall in Europa Alkohol trinken zu dürfen, aber ich habe es bisher nicht getan, nicht einmal dann, wenn zu den im Voraus gebuchten Mahlzeiten ganz selbstverständlich Wein gereicht wurde und einige der anderen heimlich ein paar Gläser tranken, wenn Ms Foley nicht hinsah. Doch heute Abend zögere ich nicht. Der Wein schimmert blutrot im Kerzenschein, und tatsächlich wirkt er wie eine Transfusion. Die Wärme breitet sich von meiner Kehle bis in meinen Magen aus und verdrängt von da aus die Kälte, die bis in meine Knochen gezogen ist. Mit einem Schluck trinke ich das halbe Glas leer.

»Langsam!«, warnt Willem.

Ich leere auch noch den Rest und halte mein Glas hoch. Willem mustert mich für einen Moment und schenkt mir dann bis zum Rand nach.

Der Kellner kehrt zurück und bringt uns mit einstudierter Eleganz einen Brotkorb und eine kleine Auflaufform.

»Et pour vous, le pâté!«

»Danke«, sage ich. »Ich meine, *merci.*«

Lächelnd antwortet er: »*De rien.*«

Willem bricht ein Stück Brot ab, belegt es mit einem Stück der bräunlichen Masse und reicht es mir. Ich starre ihn nur an.

»Das ist besser als Nutella«, neckt er.

Vielleicht liegt es an der Aussicht, mich bald los zu sein, aber Willem, der Willem, mit dem ich den ganzen Tag verbracht habe, ist wieder da. Und irgendwie macht mich das fuchsteufelswild. »Ich habe keinen Hunger«, erwidere ich, obwohl das Gegenteil der Fall ist. Mein Magen hängt mir bis zu den Knien. Seit der Crêpe habe ich nichts mehr gegessen. »Außerdem sieht das aus wie Hundefutter«, füge ich hinzu.

»Probier doch einfach mal.« Er hält mir das Brot mit der Pastete vor den Mund. Ich nehme es ihm aus der Hand und beiße ein winziges Stück ab. Die Pâté schmeckt köstlich und sehr intensiv. Aber ich will nicht, dass er merkt, wie gut sie mir schmeckt. Diese Genugtuung gönne ich ihm nicht. Ich nage noch einmal an dem Brot, verziehe das Gesicht und lege es wieder hin.

Der Kellner kommt an unseren Tisch, sieht die leere Weinkaraffe und deutet fragend darauf. Willem nickt, und der Kellner bringt eine neue. »Die Seezunge ist … *fini*«, sagt er auf Englisch und wischt das Gericht von der Tafel. Dann sieht er mich an. »Sie sind durchgefroren und haben Blut verloren«, sagt er, als wäre ich fast verblutet. »Ich empfehle etwas mit *force.*« Er ballt die Faust. »Das Bœuf bourguignon ist ausgezeichnet. Wir haben auch Pot au feu vom Fisch, sehr lecker.«

»Solange wir genug zu trinken haben«, sage ich und deute auf die Karaffe.

Mit leichtem Stirnrunzeln sieht der Kellner erst mich, dann

Willem an, als seien die beiden Männer irgendwie für mich verantwortlich. »Darf ich als Vorspeise einen Salat mit Spargel und Räucherlachs empfehlen?«

Mein Magen knurrt verräterisch. Willem nickt und bestellt dann für uns beide die Gerichte, die der Kellner empfohlen hat. Er fragt mich nicht mal nach meinen Wünschen. Was völlig in Ordnung ist, denn alles, was ich in diesem Moment will, ist Wein. Ich will mir ein weiteres Glas einschenken, doch Willem bedeckt die Karaffe mit der Hand und sagt: »Du musst erst etwas essen. Die Pastete ist von der Ente, nicht vom Schwein.«

»Na und?« Ich schiebe mir ein großes Stück Baguette mit Pâté in den Mund, kaue verächtlich und lautstark darauf herum und verberge den Genuss, den ich dabei empfinde. Dann halte ich ihm wieder mein Glas hin.

Willem sieht mich lange an, doch er schenkt mir gehorsam nach und lächelt dann in seiner lässigen Art. In nur einem Tag habe ich dieses Lächeln lieben gelernt, doch jetzt macht es mich wahnsinnig.

Schweigend warten wir, bis der Kellner uns den Salat so formvollendet serviert, wie es sich für dieses herrliche Gericht gehört: ein Stillleben von rosafarbenem Lachs, grünem Spargel, gelber Senfsauce und Toastspitzen, am Tellerrand arrangiert wie Blüten. Mir läuft das Wasser im Mund zusammen, und mein Körper schwenkt die weiße Fahne und drängt mich zum Aufgeben, zum rechtzeitigen Einlenken und dazu, mich über den wunderschönen Tag zu freuen, der hinter mir liegt und mir viel mehr gegeben hat, als ich hätte erwarten können. Doch ein anderer Teil in mir ist noch immer hungrig, nicht auf Essen, sondern auf alles, was mir heute vor die Nase gehalten wurde. Und wegen dieses Teils weigere ich mich, den Salat zu essen.

»Du bist immer noch aufgebracht«, stellt Willem fest. »Aber es ist gar nicht so schlimm, wie ich erst gedacht habe. Ich glaube, du wirst nicht einmal eine Narbe zurückbehalten.«

Willem täuscht sich. Auch wenn die Wunde in ein paar Tagen verheilt sein wird, werde ich eine Narbe zurückbehalten, vielleicht nicht so, wie er sich das vorstellt. »Glaubst du etwa, ich bin deshalb aufgebracht?« Ich berühre den Verband an meinem Hals.

Er weicht meinem Blick aus. Er weiß verdammt nochmal ganz genau, dass ich nicht deshalb aufgebracht bin. »Lass uns einfach etwas essen, okay?«

»Du schickst mich zurück. Tu, was du tun musst, aber erwarte nicht, dass ich mich darüber auch noch freue.«

Über die tanzende Kerzenflamme hinweg beobachte ich, wie sich sein Gesichtsausdruck ständig verändert wie jagende Wolken am Himmel. Ich sehe Verwunderung, Belustigung, Enttäuschung und Zärtlichkeit – oder vielleicht doch Mitleid. »Morgen wärst du sowieso zurückgefahren, also wo liegt der Unterschied?« Er wischt einige Brotkrümel vom Tischtuch.

Der Unterschied, Willem? Der Unterschied ist die Nacht.

»Egal«, antworte ich.

»Egal?«, fragt Willem. Er fährt mit dem Finger über den Rand seines Glases und verursacht ein Summen, laut wie ein Nebelhorn. »Hast du darüber nachgedacht, was passiert wäre?«

Das ist genau das, worüber ich die ganze Zeit nachgedacht habe, und genau das, worüber ich versucht habe, nicht nachzudenken: Was wäre heute Nacht passiert.

Doch natürlich meint er etwas anderes. »Hast du dir mal überlegt, was passiert wäre, wenn sie uns erwischt hätten?«, fährt er fort.

Ich konnte spüren, was sie ihm antun wollten. Ich konnte ihre Gewalt in meinem Mund schmecken. »Deswegen habe ich ja das Buch nach ihnen geworfen, weil sie dir weh tun wollten«, antworte ich. »Was hast du eigentlich zu ihnen gesagt, dass sie so böse geworden sind?«

»Die waren schon böse«, erwidert er und weicht meiner Frage aus. »Ich habe ihnen nur einen anderen Grund gegeben.« Seine Antwort und sein Gesichtsausdruck sagen mir, dass ich recht hatte. Dass sie ihm tatsächlich weh tun wollten. In diesem Punkt hat mich mein Gefühl jedenfalls nicht getäuscht.

»Stell dir vor, die hätten uns gekriegt. Die hätten dich gekriegt.« Willem spricht so leise, dass ich mich vorbeugen muss, um ihn verstehen zu können. »Schau dir bloß mal an, was die so schon mit dir gemacht haben.« Er neigt sich zu mir, als wolle er meinen Hals berühren, weicht dann aber zurück.

Durch den Adrenalinschub bei der Verfolgung und die anschließende merkwürdige Euphorie habe ich tatsächlich nicht darüber nachgedacht, was geschehen wäre, wenn sie mich erwischt hätten. Vielleicht auch, weil es mir unmöglich erschien. Wir hatten Flügel an den Füßen, sie bleierne Stiefel. Doch jetzt, hier, mit Willem, der mir gegenübersitzt und mich mit diesem merkwürdigen, finsteren Gesichtsausdruck ansieht, und angesichts des blutigen Tuchs, das zusammengeknüllt am Tischrand liegt, kann ich hören, wie sich die Stiefel nähern, stampfen, wie die Knochen krachen.

»Aber sie haben uns nicht erwischt.« Ich ersticke das Zittern in meiner Stimme mit einem weiteren Schluck Wein.

Er trinkt seinen Wein aus und starrt einen Moment lang das leere Glas an. »Deshalb bin ich aber nicht mit dir nach Paris gefahren.«

»Und weshalb bist du mit mir nach Paris gefahren?« Diese Frage hat er mir bisher nicht beantwortet. Er hat mir nie gesagt, warum er mich gefragt hat, mit ihm für einen Tag nach Paris zu reisen.

Er reibt sich mit den Handballen die Augen. Als er die Hände sinken lässt, wirkt er irgendwie verändert. Sämtliche Masken sind gefallen. »Jedenfalls nicht, damit alles außer Kontrolle gerät.«

»Na ja, dafür ist es jetzt ein bisschen spät.« Ich versuche, heiter zu klingen und die letzten Reste von Lulu zusammenzukratzen, die noch in mir übrig sind. Doch in dem Moment, als ich es ausspreche, wird mir klar, wie sehr es zutrifft, und mir krampft sich der Magen zusammen. Wir können, oder jedenfalls ich kann schon längst nicht mehr zurück.

Ich erwidere seinen Blick. Wir sehen uns tief in die Augen. Die Elektrizität fließt wieder.

»Ich glaube, du hast recht«, sagt Willem.

Zwölf

Vielleicht hatte Jacques recht und die Zeit ist flüssig. Denn während des Essens liegt meine Uhr auf dem Tisch und scheint sich zu biegen und zu zerfließen wie ein Gemälde von Salvador Dalí. An einem bestimmten Punkt, irgendwann zwischen dem Bœuf bourguignon und der Crème brûlée, greift Willem nach der Uhr, sieht mich lange an und streift sie dann wieder über sein Handgelenk. Ich bin zutiefst erleichtert. Nicht nur, weil ich heute Abend nicht nach London zurückgeschickt werde, sondern weil er die Zeit wieder an sich nimmt. Ich liefere mich jetzt endgültig und ganz aus.

Es ist schon spät, als wir wieder hinaus auf die Straße treten. Paris hat sich in eine sepiafarbene Fotografie verwandelt. Es ist zu spät, um noch ein Zimmer in einem Hotel oder einer Jugendherberge zu finden, und wir haben ohnehin kein Geld mehr übrig. Ich habe meine restlichen Reserven, meine letzten vierzig Pfund, Willem gegeben, um etwas zum Abendessen beizutragen. Der Kellner protestierte, als wir bezahlten, nicht nur, weil wir ihm eine wilde Mischung von Euro- und Pfundnoten gaben, sondern auch umgerechnet fünfundzwanzig Dollar Trinkgeld. »Das ist zu viel!«, sagte er. Absolut nicht ausreichend, dachte ich.

Und jetzt stehe ich hier, ohne Geld, ohne Unterkunft. Es sollte mein schlimmster Albtraum sein, aber es macht mir gar nichts aus. Merkwürdig, wie furchtlos man plötzlich sein kann, wenn genau das eintritt, wovor man sich immer gefürchtet hat.

Also laufen wir. Die Straßen liegen verlassen da. Außer uns sind nur noch die Straßenkehrer in ihren hellgrünen Overalls unterwegs. Ihre zweigähnlichen, neongrünen Besen sehen aus, als seien sie in einem Zauberwald gepflückt worden. Scheinwerfer leuchten auf, wenn Autos und Taxis vorbeifahren. Wasser spritzt aus den Pfützen empor, die der heftige Regenguss von vorhin hinterlassen hat. Inzwischen nieselt es nur noch.

Wir spazieren an den stillen Kanälen entlang und dann durch den Park mit dem See, wo wir auf das Schiff gestiegen sind. Wir gehen unter einer Eisenbahnunterführung hindurch.

Irgendwann gelangen wir in ein kleines Chinatown. Jetzt hat schon alles für die Nacht geschlossen, aber die Leuchtschilder sind noch alle an.

»Schau mal«, sage ich zu Willem und deute auf eins der Schilder. »Doppeltes Glück.«

Willem bleibt stehen und betrachtet die Leuchtreklame. Sein Gesicht ist wunderschön, selbst im blassen Neonlicht.

»Doppeltes Glück«, wiederholt er lächelnd und nimmt dann meine Hand.

Mein Herz setzt einen Schlag aus. »Wohin gehen wir?«

»Du hast noch keine Kunstwerke gesehen.«

»Es ist ein Uhr nachts!«

»Wir sind in Paris!«

Wir wandern die Straßen von Chinatown hinauf und hinunter, bis Willem findet, wonach er sucht: eine Reihe heruntergekommener Gebäude mit vergitterten Fenstern. Sie sehen alle gleich aus, bis auf das Gebäude ganz rechts; es ist von einem roten Gerüst umgeben, an dem einige sehr moderne, sehr abstrakt-verfremdete Porträts aufgehängt sind. Die Eingangstür ist über und über mit bunten Graffiti und Flugblättern bedeckt.

»Was ist das hier?«

»Das ist ein von Künstlern besetztes Haus.«

»Wie bitte?«

Willem erzählt mir von der Hausbesetzerszene, von Künstlern, Musikern, Punks oder Aktivisten, die in die leerstehenden Gebäude ziehen. »Dort findet man normalerweise immer einen Schlafplatz. Hier habe ich noch nicht übernachtet, aber ich war schon mal drin und fand die Leute ziemlich nett.«

Doch als Willem die massive Eingangstür zu öffnen versucht, ist sie verschlossen und von außen mit Ketten gesichert. Er tritt ein paar Schritte zurück und blickt an der Fassade hinauf, doch das Haus ist, genau wie die anderen Häuser in der Nachbarschaft, fest verrammelt.

Willem sieht mich entschuldigend an. »Ich dachte, heute Nacht wäre jemand hier«. Er seufzt. »Wir könnten bei Céline unterkommen.« Doch auch ihm scheint diese Vorstellung nicht zu gefallen.

Ich schüttele den Kopf. Lieber würde ich die ganze Nacht im strömenden Regen herumlaufen. Und außerdem hat es aufgehört zu regnen. Eine schmale Mondsichel taucht immer wieder einmal zwischen den Wolken auf. Es wirkt, als würde sie ganz und gar zu Paris gehören, so wie sie dort oben über den schrägen Dächern steht. Kaum zu glauben, dass derselbe Mond schon übermorgen Abend bei mir zu Hause ins Fenster scheinen wird. Willem folgt meinem Blick hinauf zum Himmel, und dann scheint er irgendetwas zu entdecken.

Er kehrt zu dem Gebäude zurück, und ich folge ihm. An einer Ecke ragt das Gerüst bis hinauf zu einem Sims, der sich unter einem offenen Fenster befindet. Eine Gardine bläht sich in der Brise. Willem blickt hinauf zum Fenster und sieht dann mich an. »Kannst du klettern?«

Gestern hätte ich nein gesagt. Zu hoch. Zu gefährlich. Doch heute sage ich ja. »Ich kann es ja mal versuchen.«

Ich hänge mir die Tasche über die Schulter und setze einen Fuß auf Willems zur Räuberleiter verschränkte Hände. Er stemmt mich so weit hoch, dass ich mit dem anderen Fuß Halt an einer abgeplatzten Stelle im Verputz finde, dann auf das Gerüst steige und bis hinauf zum Sims klettere. Ich rutsche auf dem Bauch hinüber, greife nach dem verschnörkelten Gitter unterhalb des Fensters und ziehe mich mit dem Kopf zuerst durch die Öffnung.

»Alles klar!«, rufe ich. »Ich bin drin!«

Ich stecke den Kopf aus dem Fenster. Willem steht genau unterhalb von mir. Er hat wieder dieses kleine Lächeln auf den Lippen. Dann klettert er so mühelos wie ein Eichhörnchen herauf, tritt aufrecht auf den Sims, balanciert mit ausgebreiteten Armen wie ein Seiltänzer hinüber, geht in die Knie und schlüpft durch das Fenster hinein.

Es dauert einen Moment, bis sich meine Augen an die Dunkelheit gewöhnt haben, dann sehe ich überall Weiß: weiße Wände, weiße Regale, einen weißen Arbeitstisch, weiße Tonskulpturen.

»Da hat uns jemand was Gutes getan«, bemerkt Willem.

Dann sind wir beide still. Mir gefällt der Gedanke, dass wir uns so beide für die Fügung der Zufälle bedanken.

Willem holt eine kleine Taschenlampe hervor. »Sollen wir uns ein bisschen umsehen?«

Ich nicke, und wir gehen los. Zuerst betrachten wir eine Skulptur, die aussieht, als sei sie aus Marshmallows gemacht, dann eine Serie von Schwarzweißfotografien nackter dicker Mädchen und anschließend eine Reihe von Ölgemälden nackter dünner Mädchen. Willem lässt den Strahl der Taschenlampe über eine riesige Skulptur wandern: sehr futuristisch, Metall, Röhren, verschlungen und verdreht, die künstlerische Version einer Raumstation.

Wir steigen die knarrenden Stufen hinunter zu einem Zimmer mit schwarzen Wänden und riesigen Fotos von Menschen, die im tiefen blauen Wasser treiben. Ich stehe davor und kann beinahe das weiche Wasser spüren, so wie mich die Wellen liebkosen, wenn ich manchmal in Mexiko nachts schwimmen gehe, um dem Gedränge am Strand zu entgehen.

»Und, was sagst du?«, fragt Willem.

»Besser als der Louvre.«

Wir gehen wieder zurück nach oben. Willem schaltet die Taschenlampe aus.

»Weißt du was? Eines Tages könnte eines von denen im Louvre hängen«, bemerkt er und berührt eine elliptische weiße Skulptur, die in der Dunkelheit schimmert. »Meinst du, Shakespeare hätte jemals geahnt, dass Guerilla Will vierhundert Jahre später noch seine Stücke aufführt?« Er lacht leise, fast ehrfürchtig. »Man weiß nie, was überdauern wird.«

Das hat er schon einmal gesagt, als er von Unfällen und Zufällen sprach, und dass man nie wissen könne, was nur ein Knick in der Straße und was eine Gabelung sei. Dass man niemals wissen könne, wie sich das Leben verändere, bis die Veränderung stattgefunden habe.

»Ich glaube, manchmal weiß man es schon«, erwidere ich mit bewegter Stimme.

Willem dreht sich zu mir um und berührt den Tragegurt meiner Umhängetasche. Für einen Moment kann ich mich nicht bewegen. Ich kann nicht atmen. Er nimmt mir meine Tasche ab und lässt sie zu Boden fallen. Staub wirbelt auf und kitzelt mir in der Nase. Ich niese. »*Gezondheid!*«, sagt Willem.

»*Hagelslag!*«, erwidere ich.

»Das hast du dir gemerkt?«

»Ich habe mir heute alles gemerkt.« Das stimmt. Mir schnürt sich die Kehle zu.

»Woran wirst du dich erinnern?« Er lässt seinen Rucksack neben meine Umhängetasche fallen. Die Taschen schmiegen sich aneinander wie alte Freunde.

Ich lehne mich rückwärts gegen den Arbeitstisch. Der Tag zieht noch einmal an mir vorüber: Willems Neckereien beim Frühstück im Zug nach London, das seltsame Hochgefühl bei meinem Geständnis im Zug nach Paris, der freundschaftliche Kuss des Riesen im Club, Willems kühle Spucke auf meinem Handgelenk im Café, die geflüsterten Geheimnisse von Paris unter den Brücken, die Erleichterung, als Willem mir meine Uhr vom Handgelenk zog, die Elekrizität, die mich durchfuhr, als Willems Hand mich berührte, die eiskalte Angst beim Schrei des Mädchens im Park, Willems mutige, spontane Reaktion, unsere Flucht durch Paris und schließlich seine Augen: die Art, wie sie mich betrachten, mich necken, mich prüfen und mich irgendwie verstehen.

Das ist es, was ich vor meinem inneren Auge sehe, wenn ich an diesen Tag denke. Es hat mit Paris zu tun, aber mehr noch mit der Person, die mich hierher gebracht hat. Und mit der Person, die er in mir hervorgelockt hat. Ich bin zu überwältigt, um das alles zu erklären, deswegen sage ich nur das eine Wort, das alles umfasst: »Dich.«

»Und was ist mit dem hier?« Er berührt den Verband an meinem Hals. Mich durchfährt ein Stich, der nichts mit der Wunde zu tun hat.

»Das ist mir egal«, flüstere ich.

»Mir aber nicht«, erwidert er leise.

Willem weiß nicht – kann es nicht wissen, weil er mich vor heute nicht gekannt hat –, dass nichts von all dem wichtig ist. »Heute bin ich nicht in Gefahr geraten«, sage ich mit erstickter Stimme. »Heute bin ich der Gefahr entkommen.« Und so ist es wirklich. Ich bin nicht nur den Skinheads entkommen. Dieser ganze Tag war wie ein elektrischer Schock mitten ins Herz und hat mich aus einer lebenslangen Starre gerissen, der ich mir vorher nicht mal bewusst gewesen bin. »Ich bin entkommen«, wiederhole ich.

»Du bist entkommen.« Er nähert sich und ragt über mir auf. Ich stehe mit dem Rücken gegen den Tisch gepresst, und mein Herz beginnt zu hämmern, weil es jetzt keine Ausflucht mehr gibt. Und ich will gar nicht fliehen.

Wie losgelöst von meinem übrigen Körper hebt sich meine Hand, um seine Wange zu berühren. Doch ehe ich sie erreiche, ergreift Willem blitzschnell mein Handgelenk. Eine verwirrte Sekunde lang denke ich, dass ich die Situation wieder falsch eingeschätzt habe, dass ich wieder zurückgewiesen werde.

Willem hält mein Handgelenk für einen langen Moment fest und betrachtet das Muttermal. Dann berührt er es mit den Lippen, ganz sanft, und doch versetzt mir die Berührung einen heftigen Schlag, es ist, als würde plötzlich Strom durch meinen Körper fließen. Als erwachte ich in diesem Moment zum Leben.

Willem bedeckt mein Handgelenk mit Küssen und bewegt

sich dann an der Innenseite meines Arms hinauf bis in die kitzelige Armbeuge, weiter hinauf zur Achsel und an Stellen, die mir vorher nie küssenswert erschienen. Mein Atem geht keuchend, als er über meine Schulterblätter wandert und dann die kleine Kuhle über meinem Schlüsselbein liebkost, bevor er sich dem Hals zuwendet, rund um den Verband wandert und dann weiter hinauf. Teile meines Körpers, die ich nie zuvor so intensiv gespürt habe, werden lebendig, als sich die Stromkreise schließen.

Als er mich endlich auf den Mund küsst, wird alles seltsam ruhig, wie der Moment der Stille zwischen Blitz und Donner. Eins. Zwei. Drei. Vier. Fünf.

Bäng!

Wieder küssen wir uns, und dieser nächste Kuss reißt den Himmel auf. Er raubt mir den Atem und gibt ihn mir zurück. Zeigt mir, dass alle anderen Küsse zuvor in meinem Leben falsch waren.

Ich fahre Willem mit beiden Händen durchs Haar und ziehe ihn an mich. Willem umfasst meinen Nacken und streichelt mit den Fingern über die einzelnen Wirbel. *Ping, ping, ping*, machen die elektrischen Schläge.

Er umfasst mit den Händen meine Taille und hebt mich auf den Tisch, so dass unsere Gesichter auf gleicher Höhe sind. Wir küssen uns jetzt voller Leidenschaft. Meine Strickjacke fällt zu Boden, dann mein T-Shirt. Dann seines. Seine Brust ist glatt und muskulös. Ich schmiege mein Gesicht daran und küsse die Vertiefung in der Mitte. Ich öffne seine Gürtelschnalle und zerre seine Jeans mit einem Verlangen herunter, das ich bisher nicht gekannt habe.

Ich schlinge die Beine um seine Taille. Seine Hände wandern über meinen ganzen Körper bis zu meiner Hüfte, wo seine Hand schon einmal gelegen hat, als wir schliefen. Ich stoße einen Laut aus, der nicht von mir zu stammen scheint.

Ein Kondom taucht auf. Meine Unterhose wird über meine Füße gezogen, die noch in den Sandalen stecken, und mein Rock wird zu einem Gürtel um meine Taille zusammengeschoben. Willems Boxershorts fallen hinunter. Dann hebt er mich vom Tisch. Und dann erkenne ich, dass ich mich vorhin schon wieder geirrt habe. Erst jetzt liefere ich mich völlig aus, gebe ich mich ganz hin.

Anschließend lassen wir uns zu Boden sinken. Willem liegt auf dem Rücken, ich neben ihm. Er fährt über mein Muttermal, das sich glühend heiß anfühlt, und ich streichle sein Handgelenk, wo seine Haare weich unter den harten Gliedern meines Uhrenarmbands liegen.

»Also so sieht das aus, wenn du dich um mich kümmerst?«, scherzt er und deutet auf ein rotes Mal an seinem Hals, wo ich ihn wohl gebissen habe.

Genau wie bei allem anderen auch, macht er mein Versprechen zu etwas Lustigem, zu etwas, womit er mich necken kann. Aber mir ist nicht zum Lachen zumute, nicht jetzt, nicht darüber, nicht nach all dem.

»Nein«, erwidere ich. »So nicht.« Ein Teil von mir würde am liebsten so tun, als sei das Ganze gerade nicht passiert. Aber das will ich nicht. Denn er hat mich gebeten, mich um ihn zu kümmern, und auch wenn er einen Scherz gemacht hat, so habe ich ihm mein Versprechen gegeben, und das war kein Scherz. Als ich ihm sagte, ich würde sein Mädchen in den Bergen sein, wusste ich, dass ich ihn nie wiedersehen würde. Aber darum ging es nicht. Ich wollte ihm zu verstehen geben, dass, wenn er sich irgendwo auf der Welt alleine fühlen würde …, ich da sein würde.

Doch das war gestern. Mit einem Schmerz in der Brust, der mich erahnen lässt, warum es »gebrochenes Herz« heißt, frage ich mich, ob ich mich wirklich nur deshalb sorge, weil er alleine ist.

Willem streicht über den dünnen Film aus weißem Tonstaub, der meine Haut bedeckt, und sagt: »Du bist wie ein Geist. Bald wirst du verschwunden sein.« Es klingt beiläufig, aber als ich seinen Blick suche, weicht er mir aus.

»Ich weiß.« Mir schnürt es den Hals zu. Wenn wir noch länger darüber reden, fange ich an zu weinen.

Willem wischt ein wenig vom Staub weg, so dass meine sonnengebräunte Haut darunter zum Vorschein kommt. Aber anderes, muss ich jetzt denken, wird sich nicht so einfach wegwischen lassen. Ich umfasse Willems Kinn und drehe sein Gesicht zu mir. Das schwache Licht der Straßenlaterne erhellt es gerade so viel, dass sich seine Züge scharf abheben. Jetzt sieht er mich an, lange und eindringlich, und in seinem Gesicht spiegeln sich Kummer, Bedauern, Zärtlichkeit und Sehnsucht wider. Damit sagt er mir alles, was ich wissen muss.

Meine Hand zittert, als ich sie zum Mund führe. Ich lecke meinen Daumen an und reibe ihn über mein Handgelenk, genau an der Stelle, wo das Muttermal ist. Als ich noch einmal darüber reibe, sehe ich ihm direkt in die Augen, die dunkel sind in dieser Nacht, von der ich mir wünschte, sie würde niemals enden.

Willem sieht mich erst fragend an und dann ganz ernst, so wie nach unserer Flucht. Dann reibt er über mein Muttermal. *Es geht nicht weg,* will er damit ausdrücken.

»Aber morgen fährst du«, sagt er.

Ich spüre das Hämmern meines Herzens in den Schläfen. »Ich muss nicht.«

Verwirrt sieht er mich an.

»Ich könnte noch einen Tag länger bleiben«, erkläre ich.

Noch einen Tag. Mehr verlange ich gar nicht. Nur einen Tag mehr. Weiter kann und will ich ohnehin nicht denken. Darüber hinaus wird es zu kompliziert. Verpasste Flüge, durchgedrehte Eltern. Aber einen Tag würde ich ziemlich problemlos hinkriegen, damit würde ich niemanden beunruhigen, außer Melanie. Die mich verstehen würde. Vielleicht.

Natürlich weiß ich tief im Inneren, dass ein weiterer Tag nichts ändern würde, nur den Schmerz um ein paar Stunden aufschieben würde. Andererseits könnte ein Tag alles verändern. Wir werden an einem Tag geboren. Wir sterben an einem Tag. Wir können uns an einem Tag verändern. Und wir können uns an einem Tag verlieben. Alles kann passieren an einem einzigen Tag.

»Was meinst du?«, frage ich Willem. »Noch ein Tag?«

Er antwortet nicht. Stattdessen zieht er mich unter sich. Ich sinke in den Zementboden, gebe unter seinem Gewicht nach. Bis sich etwas Scharfes in meine Rippen bohrt.

»Au!«

Willem fasst unter mich und zieht einen kleinen Metallmeißel hervor.

»Wir sollten uns eine andere Unterkunft suchen«, schlage ich vor. »Aber nicht bei Céline.«

»Psst!« Willem bringt mich mit seinen Lippen zum Schweigen.

Später, nachdem wir uns Zeit gelassen und jeden versteckten Winkel unserer Körper erforscht haben, nachdem wir geküsst, geleckt, geflüstert und gelacht haben, bis unsere Glieder schwer werden und sich der Himmel kurz vor Sonnenaufgang purpurrot verfärbt, deckt Willem eine Plane über uns.

»*Goedenacht,* Lulu«, sagt er, während ihm erschöpft die Augen zufallen.

Ich fahre mit einem Finger die Umrisse seines Gesichts nach. »*Goedenacht,* Willem«, erwidere ich, beuge mich zu seinem Ohr, schiebe die wirren Locken beiseite und flüstere: »Allyson. Ich heiße Allyson.« Doch er ist bereits eingeschlafen. Ich schmiege den Kopf in seine Armbeuge, zwischen Achsel und Ellbogen, und zeichne die Buchstaben meines richtigen Vornamens auf seinen Unterarm, wo in meiner Phantasie ihre Umrisse bis zum Morgen zurückbleiben werden.

Dreizehn

Nachdem es die letzten zehn Tage so heiß gewesen ist, bin ich daran gewöhnt, verschwitzt aufzuwachen, aber jetzt weht eine kühle Brise zum Fenster herein. Ich suche nach einer Decke, doch anstatt eines warmen Federbetts finde ich nur hartes, knittriges Plastik. Eine Segeltuchplane. In diesem verschwommenen Moment zwischen Schlaf und Wachsein fällt mir alles wieder ein. Wo ich bin. Mit wem ich hier bin. Glück wärmt mich von innen.

Ich strecke den Arm nach Willem aus, aber er ist nicht da. Ich öffne die Augen, blinzele im fahlen Licht und werde von den grellweißen Atelierwänden geblendet.

Instinktiv will ich auf die Uhr sehen, aber mein Handgelenk ist nackt. Ich trete ans Fenster und halte mir meinen Rock vor die nackte Brust. Die Straße liegt verlassen da, die Läden und Cafés sind geschlossen. Es ist noch früh.

Ich würde Willem am liebsten rufen, will aber die feierliche, kirchenartige Stille nicht stören. Er muss unten sein, vielleicht im Badezimmer. Ich müsste auch mal aufs Klo. Ich ziehe mich an und schleiche auf Zehenspitzen die Treppe hinunter. Doch Willem ist nicht im Bad. Ich pinkle schnell, spritze mir Wasser ins Gesicht und trinke große Schlucke aus dem Hahn gegen den einsetzenden Kater.

Bestimmt sieht er sich die Ateliers bei Tageslicht an. Oder er ist die Treppe wieder hinaufgegangen. *Beruhige dich,* sage ich mir. Bestimmt ist er schon längst wieder oben.

»Willem?«, rufe ich.

Keine Antwort.

Ich renne zurück hinauf in den Raum, in dem wir übernachtet haben. Es sieht chaotisch aus. Meine Tasche liegt auf dem Boden, der Inhalt ist halb rausgerutscht. Aber sein Rucksack und seine sämtlichen Sachen sind weg.

Das Herz klopft mir bis zum Hals. Ich renne zu meiner Tasche und sehe nach, ob alles da ist, checke Portemonnaie und Pass und zähle mein weniges restliches Bargeld. Sofort komme ich mir blöd vor. Willem hat mir die Fahrt nach Paris bezahlt, da wird er mich doch nicht beklauen. Ich erinnere mich an die Hysterie, in die ich mich gestern im Zug hineingesteigert habe.

Ich renne die Treppe rauf und runter, rufe nach ihm, doch nur mein Echo antwortet mir – Willem, *Willem!* Es ist, als lachten die Wände mich aus.

Panik erfasst mich. Ich versuche, sie mit Logik zu bekämpfen. Bestimmt holt er uns nur etwas zu essen oder sucht eine Unterkunft für uns.

Ich stelle mich ans Fenster und warte.

Allmählich erwacht Paris. Die Gitter vor den Geschäften werden hochgezogen, Bürgersteige gefegt. Autos hupen, Fahrräder klingeln, das Klappern der Schritte auf dem regennassen Pflaster vervielfacht sich.

Wenn die Geschäfte jetzt öffnen, ist es dann neun Uhr? Zehn? Bald kommen bestimmt die Künstler. Was die wohl denken, wenn sie mich hier finden wie eine obdachlose Einbrecherin?

Ich beschließe, draußen zu warten, ziehe die Schuhe an,

hänge mir meine Tasche über die Schulter und trete ans Fenster. Doch im hellen Tageslicht, ohne sorglos machenden Wein und Willems Hilfe, blicke ich ängstlich in die Tiefe und stelle mir vor, aus dem zweiten Stock hinunterzustürzen.

Du bist raufgekommen, also kommst du auch wieder runter, ermahne ich mich. Doch als ich hinaus auf den Sims trete und nach dem Gerüst greife, rutsche ich ab, und mir wird schwindelig. Ich stelle mir vor, wie meine Eltern die Nachricht erhalten, dass ich aus einem Haus in Paris zu Tode gestürzt bin. Ich taumele wieder zum Fenster hinein und hyperventiliere in meine hohlen Hände.

Wo ist er? Wo zum Teufel ist er? In meinem Verstand schnellen rationale Gründe für seine Verspätung hin und her wie Flipperkugeln. Er treibt Geld auf. Er holt meinen Koffer ab. Und wenn er beim Ausstieg aus dem Fenster gefallen ist? Ich springe auf, voller verdrehtem Optimismus, ihn unter dem Regenfallrohr liegend zu finden, angeschlagen, aber lebendig, so dass ich mein Versprechen einlösen kann, mich um ihn zu kümmern. Doch unterhalb des Fensters ist nichts zu sehen außer einer schmutzigen Pfütze.

Ich sinke wieder auf dem Boden des Ateliers zusammen, atemlos vor Angst, die inzwischen eine ganz andere Dimension angenommen hat als meine Nervosität gestern im Zug.

Mehr Zeit verstreicht. Zusammengesunken sitze ich da, die Knie mit beiden Armen umschlungen, und zittere in der feuchtkalten Morgenluft. Ich schleiche hinunter und versuche, die Haustür zu öffnen, doch sie ist verschlossen, und zwar von außen mit einer Kette. In meiner Phantasie male ich mir aus, dass ich für immer in diesem Haus gefangen bin und hier drinnen altern, verkümmern und sterben werde.

Wie lange schlafen Künstler normalerweise? Wie spät ist

es? Dabei brauche ich keine Uhr, um zu wissen, dass Willem schon zu lange fort ist. Mit jeder Minute klingen die Erklärungen, die ich mir zusammenreime, hohler.

Endlich höre ich die Kette klirren und einen Schlüsselbund klappern, doch als die Tür aufschwingt, betritt eine Frau mit zwei langen geflochtenen Zöpfen das Haus, ein Bündel zusammengerollter Leinwände im Arm. Als sie mich erblickt, spricht sie mich auf Französisch an, aber ich springe einfach an ihr vorbei auf die Straße.

Draußen halte ich Ausschau nach Willem, aber er ist nirgends zu sehen. Irgendwie kann er hier auch gar nicht sein, auf diesem hässlichen Straßenstück, gesäumt von billigen chinesischen Restaurants, Autowerkstätten und Wohnhäusern, alle grau im grauen Regen. Wie konnte ich diese Gegend jemals schön finden?

Ich renne die Straße hinunter. Autos hupen mich an, seltsam und fremdartig, als sprächen sogar sie eine andere Sprache. Ich drehe mich um die eigene Achse, habe nicht die geringste Ahnung, wo ich bin, wohin ich muss; ich weiß nur, dass ich unbedingt nach Hause will. In mein Bett. Dorthin, wo ich in Sicherheit bin.

Die Tränen vernebeln mir die Sicht, aber irgendwie stolpere ich über die Straße, den Bürgersteig entlang, weiter und immer weiter. Jetzt werde ich nicht verfolgt, aber jetzt habe ich Angst.

Ich renne mehrere Querstraßen weit, dann eine Treppe hinauf und gelange auf eine Art Platz mit einer Station für die grauen Mietfahrräder, einem Maklerbüro, einer Apotheke und einem Café, vor dem eine Telefonzelle steht. Melanie! Ich kann Melanie anrufen. Ich atme ein paarmal tief durch, schlucke meine Tränen hinunter und folge der Bedienungsanleitung, bis ich die internationale Vermittlung erreiche. Doch der Anruf wird sofort an die Mailbox weitergeleitet. Natürlich. Sie hat ihr Handy nicht eingeschaltet, damit meine Mutter sie nicht erreichen kann.

Eine Stimme erklärt, ich könne keine Nachricht hinterlassen, da es sich um ein R-Gespräch handele. Ich fange an zu weinen. Die Frau von der Vermittlung fragt, ob sie die Polizei für mich anrufen soll. Ich bringe mühsam ein Nein hervor, und dann fragt sie, ob ich vielleicht jemand anderen anrufen möchte. Da fällt mir Ms Foleys Visitenkarte ein.

Sie meldet sich mit einem kurzen »Pat Foley«. Die Vermittlerin muss dreimal nachfragen, ob sie das R-Gespräch annimmt, weil ich in dem Moment, als sie ans Telefon geht, laut angefangen habe zu weinen und sie die Frage nicht versteht.

»Allyson! Allyson! Was ist denn? Ist dir etwas passiert? Bist du verletzt?«, fragt sie.

Doch ich bin zu verängstigt und betäubt, um Schmerz zu empfinden. Das wird erst später kommen.

»Nein«, antworte ich mit kleiner Stimme. »Aber ich brauche Hilfe.«

Ms Foley gelingt es, mir die wichtigsten Fakten aus der Nase zu ziehen. Dass ich mit einem Jungen, den ich im Zug kennengelernt habe, nach Paris gefahren bin. Dass ich nicht weiß, wo ich bin, wie ich hier wegkommen soll, ganz ohne Geld und völlig durcheinander.

»Bitte!«, flehe ich sie an. »Ich will nur nach Hause!«

»Zuerst einmal müssen wir dich nach England bringen, nicht wahr?«, erwidert sie ruhig. »Hast du eine Fahrkarte?«

Ich glaube, Willem hat mir eine Hin- und Rückfahrkarte gekauft. Ich durchsuche meine Tasche und hole den Pass heraus. Darin liegt noch ordentlich zusammengefaltet die Karte. »Ich glaube schon«, antworte ich mit zittriger Stimme.

»Für welchen Zug?«

Ich betrachte die Fahrkarte, aber die Zahlen und Daten verschwimmen vor meinen Augen. »Ich weiß nicht.«

»Schau in der linken oberen Ecke nach. Da steht eine Uhrzeit.«

Ich finde sie. »Dreizehn Uhr dreißig.«

»Abfahrt dreizehn Uhr dreißig«, wiederholt Ms Foley in ihrem beruhigend nüchternen Tonfall. »Sehr gut. In Paris ist es jetzt kurz nach zwölf, also bleibt dir genügend Zeit, den Zug zu erwischen. Schaffst du es bis zum Bahnhof? Oder bis zu einer Metro-Station?«

Ich wüsste nicht wie, und ich habe kein Geld mehr. »Nein.«

»Kannst du nicht mit dem Taxi fahren? Ein Taxi zur Gare du Nord?«

Ich schüttele den Kopf und sage Ms Foley, dass ich nicht mehr genügend Geld für ein Taxi übrig habe. Ihr Schweigen drückt Missbilligung aus. So als hätte sie alles, was ich ihr vorher erzählt habe, irgendwie nachvollziehen können, nicht aber, dass ich ohne ausreichende Geldreserven nach Paris fahre. Sie seufzt. »Ich kann von hier aus ein Taxi bestellen und es im Voraus bezahlen, damit es dich zur Gare du Nord bringt.«

»Das können Sie machen?«

»Du musst mir nur sagen, wo du bist.«

»Ich weiß es nicht!«, schluchze ich. Ich habe überhaupt nicht darauf geachtet, wohin mich Willem gestern geführt hat. Ich bin ihm blind gefolgt.

»Allyson!«, blafft Ms Foley. Es klingt wie ein Schlag ins Gesicht und zeigt die beabsichtigte Wirkung. Ich höre auf zu heulen. »Beruhige dich! Leg den Hörer einen Augenblick beiseite, geh zur nächsten Kreuzung und schreib die Straßennamen auf.«

Ich suche in meiner Tasche nach meinem Stift, aber er ist verschwunden. Ich lege den Hörer ab, laufe schnell zur Ecke und merke mir die Namen. »Ich bin an der Ecke Avenue Simon Bolivar und Rue de l'Equerre.« Meine Aussprache ist katastrophal. »Ich stehe vor einer Apotheke.«

Ms Foley wiederholt die Informationen und befiehlt mir dann, mich nicht von der Stelle zu rühren. Innerhalb der nächsten halben Stunde würde ein Taxi eintreffen und wenn nicht, solle ich sie noch einmal anrufen. Wenn sie nichts von mir höre, würde sie davon ausgehen, dass ich den Zug um halb zwei erwischt hätte, und mich um Viertel vor drei in London am Bahnhof St. Pancras abholen. Sie würde mich am Bahnsteig erwarten, und ich solle den Bahnhof nicht ohne sie verlassen.

Eine Viertelstunde später hält ein schwarzer Mercedes an der Ecke, und der Fahrer hebt ein Schild hoch. Als ich meinen Namen lese – *Allyson Healey* –, fühle ich mich zugleich erleichtert und verlassen. Lulu ist jetzt endgültig fort, wo immer sie auch hergekommen war. Ich steige hinten ein, und schon nach zehn Minuten erreichen wir die Gare du Nord. Ms Foley hat arrangiert, dass mich der Fahrer in den Bahnhof begleitet und mir das richtige Gleis zeigt. Wie in Trance folge ich dem Mann, und erst, als ich auf meinem Sitz kauere und sehe, wie die anderen Reisenden Koffer und Taschen durch den Gang ziehen, fällt mir ein, dass ich meinen Koffer in Célines Club stehen gelassen habe, mit all meinen Kleidern und Reisesouvenirs. Doch das ist mir egal. Ich habe in Paris etwas weitaus Wertvolleres verloren.

Ich beherrsche mich, bis der Zug in den Tunnel einfährt. Vielleicht liegt es an der Dunkelheit, vielleicht an der Erinnerung an die gestrige Schifffahrt unter all den Brücken hindurch; jedenfalls löst sich meine Starre, und ich fange wieder leise an zu weinen, als wir Calais verlassen und die Fenster sich verdunkeln. Meine Tränen fließen salzig und unerschöpflich wie das Meer, unter dem ich mich gerade befinde.

In St. Pancras führt mich Ms Foley zu einem Café, setzt mich an einen Tisch in einer Ecke und bestellt mir einen Tee, der in der Tasse kalt wird. Ich erzähle ihr alles: Dass wir uns das Shakespeare-Stück der alternativen Theatergruppe angesehen haben. Dass ich Willem im Zug wiedergetroffen habe. Dass wir nach Paris gefahren sind. Von unserem perfekten Tag. Von seinem mysteriösen Verschwinden heute Morgen, das ich noch immer nicht begreifen kann. Von meiner panikartigen Flucht.

Ich rechne damit, dass sie enttäuscht von mir ist – böse, weil ich sie hintergangen habe und so gar kein nettes Mädchen gewesen bin –, doch stattdessen reagiert sie voller Mitgefühl.

»Ach, Allyson!«, seufzt sie.

»Ich kann mir einfach nicht vorstellen, was mit ihm passiert sein könnte. Ich habe lange auf ihn gewartet, stundenlang, und dann habe ich solche Angst bekommen, dass ich vollkommen durchgedreht bin. Ich weiß nicht, vielleicht hätte ich noch länger warten sollen.«

»Du hättest bis Weihnachten warten können, und es hätte dir vermutlich nichts genützt«, erwidert Ms Foley.

Ich sehe sie verzweifelt an.

»Er ist Schauspieler, Allyson. Schauspieler! Das sind die Schlimmsten von allen.«

»Glauben Sie, das war alles nur gespielt? Alles nur Theater?« Ich schüttele den Kopf. »Gestern, das war kein Theater«, sage ich bestimmt, obwohl ich gar nicht so genau weiß, wen ich eigentlich gerade zu überzeugen versuche.

»Ich würde es mal so ausdrücken: In dem Moment war alles echt«, wirft Ms Foley bedächtig ein. »Aber Männer ticken anders als Frauen. Ihre Gefühle sind wechselhaft. Schauspieler können sie nach Belieben ein- und ausschalten.«

»Das war nicht gespielt«, beharre ich, aber ich klinge wenig überzeugend.

»Hast du mit ihm geschlafen?«

Für einen Moment spüre ich ihn wieder auf mir. Ich verdränge das Gefühl, sehe Ms Foley an und nicke.

»Dann hat er bekommen, was er wollte.« Sie klingt nüchtern, aber nicht ohne Mitgefühl. »Ich denke, dass er nichts anderes geplant hat – eine kurze Affäre für einen Tag. Das war ja schließlich auch das, was er vorgeschlagen hat.«

Stimmt. Und auch wiederum nicht. Gestern Abend haben wir uns unsere Gefühle füreinander eingestanden. Ich will es Ms Foley schon erzählen, doch dann halte ich inne: Haben wir uns wirklich irgendetwas gestanden? Oder habe ich mir nur ein bisschen von meiner eigenen Spucke auf den Arm gerieben?

Ich denke an Willem. Denke über ihn nach. Was weiß ich eigentlich von ihm? Nur wenige Fakten – Alter, Größe, Gewicht, Staatsangehörigkeit – ja, vielleicht nicht einmal die, denn er hat mir erzählt, seine Mutter sei keine Niederländerin. Er ist ein Reisender. Im Grunde ein Herumtreiber. Zufälle sind die treibende Kraft in seinem Leben.

Ich kenne weder sein Geburtsdatum noch seine Lieblingsfarbe, weder sein Lieblingsbuch noch seine Lieblingsmusik.

Ich weiß nicht, ob er als Kind ein Haustier hatte, ob er sich je etwas gebrochen hat, wie er zu der Narbe an seinem Fuß gekommen ist oder warum er schon so lange nicht mehr zu Hause war. Ich kenne nicht einmal seinen Nachnamen! Aber das ist immerhin mehr, als er über mich weiß. Er kennt nicht einmal meinen richtigen Vornamen!

In diesem hässlichen kleinen Café, ohne den Glanz von Paris, der alles in ein rosafarbenes, romantisches Licht taucht, erkenne ich allmählich die Realität: Willem hat mich für einen Tag nach Paris eingeladen. Mehr hat er mir nie versprochen. Gestern Abend hat er sogar versucht, mich nach Hause zu schicken. Er wusste, dass Lulu nicht mein richtiger Name ist, und machte dennoch nicht den geringsten Versuch, herauszufinden, wer ich wirklich bin. Als ich sagte, dass ich ihm das Foto von uns beiden per SMS oder E-Mail schicken würde, hat er es geschickt vermieden, mir seine Kontaktdaten zu geben.

Nicht, dass er gelogen hätte. Er sagte, er sei schon oft verliebt gewesen, hätte aber nie richtig geliebt. Damit hat er sich verraten. Ich denke an die Mädchen im Zug, Céline, die Models, das Mädchen im Café. Und das alles an einem einzigen Tag! Wie viele von uns gibt es? Und anstatt mein Los zu akzeptieren, den einen Tag zu genießen und anschließend mein Leben ohne ihn weiterzuleben, habe ich versucht, ihn festzuhalten. Habe ich ihm gesagt, dass ich ihn liebe. Dass ich mich um ihn kümmern will. Habe ich um einen weiteren Tag gebettelt und dabei angenommen, dass er das auch möchte. Doch er hat mir nie wirklich etwas dazu gesagt. Er hat nie wirklich ja gesagt.

Oh, mein Gott! Jetzt ergibt alles einen Sinn. Wie konnte ich nur so naiv sein? *Mich verlieben? An einem Tag?* Alles gestern war nur Theater. Eine Illusion. Als sich die Wahrheit herauskristallisiert, wird mir übel. In meinem Kopf dreht sich alles, und ich verberge mein Gesicht in den Händen.

Ms Foley tätschelt mir den Kopf. »Schon gut, schon gut, Liebes. Lass es raus. Es war vorhersehbar, aber trotzdem brutal. Er hätte dich wenigstens zum Bahnhof begleiten, dir zum Abschied winken und sich dann niemals mehr melden können. Das wäre die zivilisiertere Art gewesen.« Sie drückt mir die Hand. »Es geht vorbei, du wirst sehen.« Sie schweigt einen Moment, beugt sich näher zu mir und fragt leise: »Wie ist das mit deinem Hals passiert?«

Sofort fasse ich an die Wunde. Die Kompresse hat sich gelöst, und der schorfige Schnitt fängt an zu jucken. »Nichts Schlimmes«, erwidere ich. »Es war nur ein …« Ich will schon Zufall sagen, unterbreche mich aber. »… Baum.«

»Und wo ist deine schöne Uhr?«, fragt sie weiter.

Ich blicke auf mein Handgelenk und sehe mein Muttermal, hässlich, nackt, auffällig. Ich ziehe den Ärmel meiner Strickjacke herunter, um es zu verbergen. »Die hat er.«

Ms Foley schnalzt mit der Zunge. »Das machen die manchmal. Nehmen eine Sache mit, als eine Art Trophäe. Wie Serienkiller.« Sie trinkt ein letztes Mal an ihrem Tee. »So, sollen wir dich jetzt mal zu Melanie bringen?«

Ich reiche Ms Foley den Zettel mit Veronicas Adresse, und sie zückt einen Stadtplan von London und sucht den Weg. In der U-Bahn schlafe ich ein. Ich habe keine Tränen mehr, und die Schwärze der Erschöpfung bleibt mir als einziger Trost. Ms Foley weckt mich an der Haltestelle, an der wir aussteigen müssen, und bringt mich zu dem viktorianischen Haus aus rotem Backstein, in dem sich Veronicas Wohnung befindet.

Melanie hüpft an die Tür, schon fertig angezogen für die

Theatervorstellung heute Abend. Ihr Gesicht glüht vor lauter Neugier auf eine gute Story. Doch dann erblickt sie Ms Foley und erstarrt. Auch ohne die Einzelheiten zu kennen, sagt ihr das alles. Gestern hat sie Lulu am Bahnhof verabschiedet, jetzt wird ihr Allyson zurückgebracht wie ein kaputter Gegenstand. Sie nickt fast unmerklich, als sei sie nicht weiter überrascht. Dann schlüpft sie aus ihren hochhackigen Schuhen, breitet die Arme aus, und als ich mich hineinfallen lasse, werde ich von der Demütigung und dem Schmerz so überwältigt, dass ich in die Knie gehe. Melanie lässt sich neben mir zu Boden sinken und hält mich fest in den Armen. Hinter mir höre ich, wie sich die Schritte von Ms Foley entfernen. Ich lasse sie gehen, ohne ein Wort zu sagen. Und schon jetzt weiß ich, dass ich mich nie wieder bei ihr melden werde und dass das angesichts all dessen, was sie in ihrer Freundlichkeit für mich getan hat, nicht richtig ist. Doch wenn ich überleben will, darf ich nie mehr wieder an diesen Tag denken.

TEIL ZWEI

Ein Jahr

Vierzehn

SEPTEMBER

College

»Allyson, Allyson, bist du da?«

Ich ziehe mir das Kissen über den Kopf, kneife die Augen zusammen und stelle mich schlafend.

Der Schlüssel dreht sich im Schloss, und meine Mitbewohnerin Kali öffnet die Tür. »Es wäre nett, wenn du nicht die Tür abschließen würdest, wenn du da bist. Und ich weiß, dass du nicht schläfst. Du stellst dich nur tot. Wie Buster.«

Buster ist Kalis Hund, ein Lhasa Apso. Sie hat Fotos von ihm an die Wand gepinnt, zusammen mit Dutzenden anderen. Sie hat mir letzten Juli bei unserem Telefonkennenlerngespräch vor dem College alles über Buster erzählt. Damals hörte sich Buster nach einem süßen Hund an, ich fand es irgendwie cool, das Kali nach ihrem Heimatstaat Kalifornien benannt war, und mir gefiel ihre Art zu sprechen, als stoße sie jedes Wort einzeln hervor. »Okay, Allyson, ist ja gut. Aber könntest du bitte deine Eltern zurückrufen? Deine Mutter hat schon auf meinem Handy angerufen, weil du dich nicht meldest.«

Ich blinzle unter dem Kissen hervor. Ich hatte mich schon gefragt, wie lange ich mein Handy unaufgeladen liegen lassen kann, bis so etwas passiert. Ich habe bereits eine mysteriöse UPS-Lieferung erhalten und rechne fast schon mit dem Eintreffen einer Brieftaube. Aber meine Mitbewohnerin anrufen? Was soll das denn?

Ich verstecke mich wieder unter dem Kissen, während sich Kali zum Ausgehen umzieht, Make-up auflegt und sich ihr aufdringliches Vanilleparfüm aufsprüht. Nachdem sie weg ist, nehme ich das Kissen vom Kopf und schwinge die Beine über den Bettrand. Ich schiebe mein Chemiebuch beiseite, in dem ein Textmarker zwischen den Seiten klemmt, ohne Kappe, in der Hoffnung, benutzt zu werden, bevor er aufgrund von Vernachlässigung austrocknet. Ich entdecke mein leeres Handy in der Sockenschublade und wühle in der Schmutzwäsche nach dem Ladegerät. Als der Akku genügend aufgeladen ist, meldet die Mailbox zweiundzwanzig neue Nachrichten. Ich scrolle durch die verpassten Anrufe. Achtzehn von meinen Eltern, zwei von meiner Großmutter, einer von Melanie und einer von der Collegeverwaltung.

»Hi, Allyson, hier spricht deine Mutter. Ich wollte mich nur mal erkundigen, wie es dir geht. Bitte ruf mich zurück.«

»Hi, Allyson, ich bin's, Mom. Ich habe den neuen Boden-Katalog bekommen und ein paar hübsche Röcke darin gesehen. Und warme Cordhosen. Ich bestelle einfach ein paar Sachen und bringe sie dir am Elternwochenende mit. Ruf mich mal an!«

Dann spricht mein Dad. »Deine Mutter möchte wissen, ob wir am Elternwochenende einen Tisch beim Italiener, Franzosen oder vielleicht beim Japaner bestellen sollen. Ich habe ihr gesagt, du würdest dich wahrscheinlich über alles freuen, denn ich kann mir nicht vorstellen, dass sich das Essen in der Mensa in den letzten fünfundzwanzig Jahren wesentlich verbessert hat.«

Dann wieder meine Mutter: »Allyson, ist dein Handy kaputt? Hoffentlich hast du das nicht auch schon wieder verloren! Würdest du dich bitte mal melden? Ich dachte, ich könnte vielleicht mal mit dir zusammen ein Seminar besuchen …«

»Hi, Ally, ich bin's, Grandma. Ich bin jetzt auf Facebook. Ich weiß aber noch nicht genau, wie es funktioniert, also füge mich bitte als Freundin hinzu. Mich interessiert es, was ihr jungen Leute so treibt.«

»Allyson, hier spricht dein Vater. Ruf deine Mutter an. Übrigens wollen wir versuchen, im Prezzo einen Tisch zu bekommen …«

»Allyson, bist du krank? Oder welche Gründe gibt es sonst für die absolute Funkstille?«

Von da an werden die Anrufe immer dringender und besorgter, als wären nicht drei Tage, sondern mehrere Monate seit unserem letzten Telefongespräch vergangen. Die letzten paar Anrufe lösche ich, ohne sie abzuhören, und nehme mir nur Zeit für Melanies wirren Bericht über das College, die heißen New Yorker Jungs und die beste Pizza der Welt.

Mein Handy zeigt sechs Uhr abends an. Wenn ich jetzt anrufe, könnte ich das Glück haben, meine Mutter knapp zu verpassen und auf den AB sprechen zu können. Dabei weiß ich gar nicht genau, wie sie jetzt ihre Tage ausfüllt. Als ich sieben war, hat sie ihren Job aufgegeben, obwohl das Baby nicht kam und sie keine Elternzeit brauchte. Sie hatte vorgehabt, wieder mit dem Arbeiten anzufangen, sobald ich auf dem College wäre, aber bis jetzt ist nicht viel daraus geworden.

Sie nimmt beim zweiten Klingeln ab. »Allyson, wo warst du denn?«, ruft sie etwas übertrieben und ungeduldig.

»Ich bin weggelaufen und habe mich einer Sekte angeschlossen.« Meine Mutter sagt erst mal nichts, ganz so, als zöge sie die Möglichkeit ernsthaft in Betracht. »Ich bin am College, Mom, und ich habe echt wahnsinnig viel zu tun.«

»Wenn du glaubst, das wäre viel, dann mach dich mal auf das Medizinstudium gefasst, und erst recht auf die Assistenzzeit! Ich habe deinen Vater damals kaum zu Gesicht bekommen.«

»Dann weißt du doch, wie es ist, und brauchst dich nicht so aufzuregen.«

Mom schweigt. Dass ich so abweisend reagiere, ist neu. Dad sagt, ich hätte aus Europa einen Fall von verspäteter Pubertät mitgebracht. Früher habe ich mich nie so benommen, aber inzwischen wird alles an mir als kritikwürdig betrachtet: meine Einstellung, meine Frisur, mein Hang zur Verantwortungslosigkeit, der sich im Verlust meines Koffers samt Inhalt und dazu noch meiner Uhr gezeigt hat. Und das, obwohl Melanie und ich einstimmig behauptet haben, Koffer und Uhr seien mir im Zug gestohlen worden. Was mich theoretisch von jeder Schuld freisprechen müsste. Tut es aber nicht. Vielleicht, weil ich wirklich schuld bin.

Mom wechselt das Thema und fragt: »Hast du das Päckchen bekommen? Es ist schlimm genug, dass du mich ignorierst, aber deine Großmutter hätte schon ein kleines Dankeschön verdient.«

Ich schiebe auf der Suche nach dem UPS-Karton mit einem Fuß die zusammengeknüllten, muffig riechenden Klamotten beiseite. Das Päckchen enthält einen in Luftpolsterfolie verpackten, antiken Betty-Boob-Wecker und eine Schachtel Schwarzweißplätzchen von Shriner's, einer Bäckerei bei uns zu Hause. Auf einem daraufgeklebten Post-it steht: *Die sind von Grandma.*

»Ich dachte, der Wecker würde gut zu deiner Sammlung passen.«

»Hm-hmm.« Ich betrachte die unausgepackten Kartons in

meinem Schrank, in denen sich meine Weckersammlung und der ganze unnötige Kram von zu Hause befinden. »Ich habe dir auch ein paar neue Sachen zum Anziehen bestellt. Soll ich sie dir schicken, oder soll ich sie lieber mitbringen?«

»Ach, bring sie einfach mit.«

»Dann lass uns doch endlich einmal das Elternwochenende besprechen. Die Termine stehen inzwischen fast alle. Am Samstagabend wollen wir versuchen, einen Tisch im Prezzo zu ergattern. Sonntag ist der Brunch, und danach, bevor wir nach Hause fliegen, hat dein Vater ein Ehemaligentreffen. Ich dachte, dann könnten wir beide uns schön im Spa verwöhnen lassen? Ach ja, und am Samstagvormittag treffe ich mich mit Kalis Mutter Lynn zum Kaffee. Wir schreiben uns ab und zu E-Mails.«

»Wieso mailst du mit der Mutter meiner Mitbewohnerin?«

»Wieso nicht?«, entgegnet Mom schnippisch, als hätte ich kein Recht, diese Frage zu stellen, sie hingegen jedes Recht der Welt, sich in alle Bereiche meines Lebens einzumischen.

»Kannst du bitte nicht mehr auf Kalis Handy anrufen. Das ist irgendwie komisch.«

»Es ist aber auch komisch, eine Tochter zu haben, die sich eine Woche lang nicht meldet.«

»Drei Tage, Mom.«

»Aha, du hast also auch mitgezählt.« Sie hält inne. Wahrscheinlich fühlt sie sich absolut im Recht. »Wenn du dich nicht so gegen einen Festnetzanschluss sträuben würdest, hätten wir das Problem gar nicht.«

»Mom, kein Mensch hat mehr Festnetz. Wir haben alle Handys. Jeder seine eigene, private Nummer. Bitte versuche nicht mehr, mich über Kali zu erreichen.«

»Nur, wenn du meine Anrufe beantwortest, Allyson.«

»Das tue ich doch. Ich hatte nur mein Ladegerät verlegt«, lüge ich.

An ihrem bedrückten Seufzen höre ich, dass das die falsche Ausrede war. »Müssen wir dir deine Sachen inzwischen um den Hals binden?«, fragt sie.

»Ich habe es meiner Mitbewohnerin geliehen, und die hat es verlegt.«

»Kali?«

Kali und ich haben bisher nicht mehr miteinander geteilt als höchstens mal die Seife. »Genau.«

»Ich freue mich darauf, sie und ihre Familie kennenzulernen. Sie machen alle einen sehr netten Eindruck. Sie haben uns nach La Jolla eingeladen.«

Beinahe hätte ich meine Mutter gefragt, ob sie sich wirklich mit Leuten anfreunden möchte, die ihre Tochter Kali nennen, nur weil sie in Kalifornien geboren ist. Meine Mutter hasst nämlich generell Spitznamen. Als ich jünger war, wies sie jeden zurecht, der es wagte, meinen Namen zu Ally oder Al abzukürzen. Grandma ignorierte das, aber alle anderen, sogar die Lehrer in der Schule, trauten sich nicht, sich ihr zu widersetzen. Ich habe mich immer gewundert, warum sie mir dann nicht einen Namen gegeben hat, den man nicht abkürzen kann, aber der Name Allyson ist nun mal eine Art Familientradition. Ich sage bewusst nichts über Kali, weil, wenn ich etwas Fieses sagen würde, meine Maske der fröhlichen College-Studentin Risse bekäme. Und für Mom, deren Eltern es sich nicht leisten konnten, ihre Tochter auf das College ihrer Wahl zu schicken, und die ihre gesamte Studienzeit hindurch arbeiten und die später auch meinen Vater während seines Medizinstudiums unterstützen musste, ist es absolut wichtig, dass ich eine fröhliche College-Studentin bin.

»Ich muss jetzt leider Schluss machen«, sage ich. »Ich will nämlich heute Abend noch mit meiner Mitbewohnerin ausgehen.«

»Ach, wie schön! Wohin geht ihr denn?«

»Auf eine Party.«

»Eine Gartenparty?«

»Vielleicht ins Kino.«

»Ich habe mir gerade den neuen Film mit Kate Winslet angeschaut. Der ist toll, den solltest du dir ansehen.«

»Okay, mach ich.«

»Ruf mich morgen an. Und lass dein Handy eingeschaltet.«

»Die Profs sind nicht gerade begeistert, wenn während ihrer Vorlesung die Handys klingeln.« Schon wieder dieser bissige Ton.

»Erstens ist morgen Samstag, und zweitens habe ich deinen Stundenplan, Allyson. Deine Veranstaltungen sind alle vormittags.«

Natürlich hat sie meinen Stundenplan. Sie hat ihn ja praktisch für mich zusammengestellt. Sie meinte, morgens seien die Veranstaltungen nicht so überfüllt, dann könnten die Dozenten mir auch mehr Aufmerksamkeit schenken, und ich hätte den ganzen Nachmittag frei zum Lernen. Oder, wie sich jetzt herausstellt, zum Schlafen.

Nach dem Telefonat stecke ich den Wecker in den Karton zu den anderen und nehme die Plätzchen mit in den Aufenthaltsraum, wo die anderen schon in Ausgehklamotten einen Sixpack in Angriff genommen haben.

Als das Semester anfing, waren die anderen alle voller Erwartungen. Sie waren wirklich fröhliche College-Studentinnen. Jenn backte Bio-Brownies zur Begrüßung, Kendra malte ein kleines Schild für die Tür zu unserem Flur mit unseren Namen und schrieb »Die fabelhaften Vier« darüber. Kali schenkte jeder von uns Gutscheine für die Sonnenbank, gegen die unvermeidlichen jahreszeitlich bedingten depressiven Verstimmungen.

Jetzt, einen Monat später, sind die anderen drei unzertrennlich. Ich bin eher der Klotz am Bein. Es wäre vollkommen okay für mich, wenn Kendra das Türschild in »Top Trio + Allyson« ändern würde.

Ich schlurfe in den Aufenthaltsraum. »Hier«, sage ich und gebe Kali die Kekse, obwohl ich weiß, dass sie sich kohlenhydratarm ernährt, und obwohl die Schwarzweißen meine Lieblingsplätzchen sind. »Tut mir echt leid, dass meine Mom dich genervt hat.«

Kendra und Jenn kichern mitfühlend, aber Kali sieht mich mit zusammengekniffenen Augen feindselig an. »Ich will ja nicht fies sein, aber es ist schon schwer genug, mir meine eigenen Eltern vom Hals zu halten, okay?«

»Sie leidet wohl unter dem Leeres-Nest-Syndrom oder so.« Auf jeden Fall sagt das mein Vater. »Sie macht es bestimmt nicht wieder«, verspreche ich, obwohl ich mir keineswegs sicher bin.

»Meine Mutter hat zwei Tage nach meiner Abreise mein Zimmer in einen Hobbyraum verwandelt«, erzählt Jenna. »Dich vermisst deine Mutter zumindest.«

»Hm-hmm.«

»Was für Plätzchen sind das?«, fragt Kali mit einem Blick auf die Schachtel.

»Schwarzweiße.«

»Genau wie wir«, scherzt Kendra. Sie ist Schwarze, oder Afro-Amerikanerin. Ich weiß nie, wie ich es nennen soll; sie selbst nutzt beide Ausdrücke.

»Die Plätzchen für das harmonische Miteinander von Schwarz und Weiß«, füge ich hinzu.

Jenn und Kendra lachen. »Komm doch heute Abend mit, Allyson«, sagt Jenn.

»Wir gehen erst zu einer Party rüber ins Henderson und dann in diese Bar drüben auf der Central. Die sollen es mit der Einlasskontrolle nicht so genau nehmen«, erzählt Kendra, dreht ihr frisch geglättetes Haar zu einem Knoten, überlegt es sich dann anders und lässt es wieder herunter. »Da hängen viele interessante Typen ab.«

»Viele interessante Frauen auch, wenn du mehr darauf stehst«, ergänzt Jenn.

»Das ist nicht mein Ding. Ich meine, weder das eine noch das andere.«

Kali bemerkt mit einem fiesen Grinsen: »Dann hast du dich wohl für das falsche College entschieden. Ich glaube, in Boston gibt es ein Kloster.«

Ich spüre ein Stechen in der Magengrube. »Die nehmen keine Jüdinnen.«

»Hört auf, ihr zwei!«, mahnt Kendra, diplomatisch wie immer. Sie sieht mich an: »Warum kommst du nicht auf einen Sprung mit?«

»Chemie. Physik.« Es wird still im Zimmer. Die anderen haben sich alle für Geisteswissenschaften oder BWL eingeschrieben; die Erwähnung von Naturwissenschaften lässt sie verstummen.

»Ich gehe jetzt lieber mal in mein Zimmer zurück. Ich habe ein Date mit dem Dritten Gesetz der Thermodynamik.«

»Klingt scharf«, meint Jenn.

Ich lächle, um ihr zu zeigen, dass ich den Witz bemerkt habe, und trotte dann wieder zurück ins Zimmer, wo ich brav die *Grundzüge der Chemie* aufschlage. Doch als das Top Trio aufbricht, sind meine Augenlider schon wieder schwer wie Blei, und ich schlafe unter einem Berg ungelesener Wissenschaft ein. Und so beginnt ein weiteres Wochenende im Leben der fröhlichen Collegestudentin.

Fünfzehn

OKTOBER
College

Ich verdränge den Gedanken an das Elternwochenende, solange ich kann, doch am Donnerstag, einen Tag vor der Ankunft von Mom und Dad, blicke ich mich in meinem Zimmer um und sehe es nicht mit meinen Augen – Wände, Bett, Schreibtisch, Kommode –, sondern mit ihren. Das ist nicht das Zimmer einer fröhlichen Collegestudentin. Aus jeder Schublade quillt schmutzige Wäsche, und überall liegen Unterlagen herum. Meine Mutter hasst Unordnung. Ich schwänze den Unterricht und verbringe den Tag mit Saubermachen und Aufräumen. Die Schmutzwäsche schleppe ich hinunter zu den Waschmaschinen und sehe zu, wie sie gedreht und herumgewirbelt wird. Ich wische Staub. Im Schrank verstecke ich meine gesamten Arbeitsunterlagen – die Mandarin-Arbeitsblätter, die sich stapeln wie ungelesene Zeitungen, die Multiple-Choice-Fragebögen für Chemie und Physik mit ihren bedrohlich schlechten, in Rot gekritzelten Noten, die Laborberichte mit Kommentaren wie: »Sorgfältiger arbeiten!« und »Berechnungen überprüfen!« sowie dem gefürchteten »Bitte in meine Sprechstunde kommen«. Stattdessen lege ich einige trügerische Notizen und Graphiken vom Semesterbeginn aus, als noch nicht alles aus dem Ruder gelaufen war. Ich packe den Bettbezug aus, den wir letzten Sommer bei Bed, Bath & Beyond gekauft haben, und beziehe damit die Decke, unter der ich bisher einfach so geschlafen habe. Dann hole ich ein paar Fotos aus den Kartons und verteile sie. Ich gehe sogar in den Buchladen auf dem Campus, kaufe eines von diesen blöden Bannern mit dem Schullogo drauf und hänge es über mein Bett. Voilà. Studentin mit Leib und Seele.

Aber ich vergesse die Wecker. Und das verrät mich.

Nachdem Mom unseren winzigen, schäbigen Aufenthaltsraum ausufernd gelobt hat, betritt sie unser Zimmer, bewundert sofort verzückt die Fotos von Buster, wirft dann einen Blick auf meine relativ nackten Wände und schnappt nach Luft. Ihrem entsetzten Gesichtsausdruck nach könnte man meinen, ich hätte Fotos von Leichen aufgehängt. »Wo ist deine Sammlung?«

Ich zeige auf die ungeöffneten Kartons im Schrank.

»Warum stehen sie im Schrank?«

»Sie sind zu laut«, lüge ich rasch. »Ich will Kali nicht stören.« Dass Kali bereits morgens um sieben ihr Radio aufdreht, braucht Mom ja nicht zu wissen.

»Du könntest sie aufstellen, ohne sie aufzuziehen«, schlägt meine Mutter vor. »Die Wecker sind ein Teil von dir.«

Ach, wirklich? Ich weiß gar nicht mehr, wann ich angefangen habe, sie zu sammeln. Mom ist früher gerne auf Flohmärkte gegangen, und irgendwann sammelte ich dann Wecker. Eine Weile lang habe ich mich wirklich dafür interessiert, aber ich kann mich nicht erinnern, einen alten Wecker gesehen und gedacht zu haben: *Solche möchte ich sammeln.*

»Deine Hälfte sieht schrecklich karg aus im Vergleich zu Kalis«, bemerkt meine Mutter.

»Du hättest mal mein Zimmer sehen müssen«, sagt Dad voller Nostalgie. »Mein Mitbewohner hat die Fenster mit Alufolie beklebt. Es sah aus wie in einem Raumschiff. Er nannte es ›Wohnheim Enterprise‹.«

»Ich mag es lieber schlicht.«

»Na ja, es hat einen gewissen Zellencharme«, sagt mein Vater.

»Mich erinnert euer Zimmer an eine von diesen Einrichtungssendungen mit Vorher-nachher-Bildern.« Mom zeigt auf Kalis Zimmerhälfte, wo jeder Quadratzentimeter Wand mit Postern, Kunstdrucken oder Fotos bedeckt ist. »Deine Hälfte ist vorher«, sagt sie. Als hätte ich das nicht längst begriffen.

Wir besuchen gemeinsam einen dieser Spezialworkshops, eine sterbenslangweilige Veranstaltung über den Wandel der Unterrichtsmethodik im Klassenraum. Mom macht sich tatsächlich Notizen, und Dad weist auf jede Kleinigkeit hin, die noch genauso wie früher oder anders als früher ist. Das hatte er auch so gemacht, als wir letztes Jahr das College besichtigten. Er und Mom waren hellauf begeistert von der Vorstellung, dass ich hierher gehen und damit in Dads Fußstapfen treten würde. Irgendwie bin ich damals auch begeistert gewesen.

Nach dem Seminar trifft sich Dad mit einigen anderen Ehemaligen, und Mom geht zum Kaffeetrinken mit Kalis Mutter Lynn. Sie scheinen sich wunderbar zu verstehen. Entweder hat Kali ihrer Mutter nicht erzählt, was für eine Versagerin ich bin, oder falls doch, besitzt ihre Mom den Anstand, es für sich zu behalten.

Vor dem offiziellen Essen mit der Collegeleitung treffen sich die vier Mitglieder der Fabelhaften Vier und ihre Familien im Wohnheim, damit sich alle kennenlernen können. Die Eltern bedauern uns wegen der kleinen Zimmer, loben uns dafür, was wir aus unserem winzigen Aufenthaltsraum gemacht haben, und fotografieren das Schild DIE FABELHAFTEN VIER BEGRÜSSEN DIE FABELHAFTEN ACHT, das die anderen gemalt haben. Dann gehen wir hinaus auf den Innenhof und führen die Eltern über den Campus. Wir nehmen den längeren Weg außen herum, um ihnen die älteren, ehrwürdigen Gebäude zu zeigen, wo rötlich verfärbter Efeu an Backsteinen hinaufwuchert. Wir geben ein hübsches Bild ab, in unseren Flanellröcken, hohen schwarzen Stiefeln, Kaschmirpullovern und Lammfelljacken, als wir durch das Herbstlaub rascheln. Wir gleichen tatsächlich den fröhlichen Collegestudentinnen aus den Werbebroschüren.

Das Mittagessen ist ganz okay, aber langweilig, Gummihühnchen und Gummireden in einer großen, kalten, hallenden Aula. Und erst nach dem Essen offenbart sich die Wahrheit hinter dem Mythos der Fabelhaften Vier. Ganz unauffällig lösen sich Kendras, Jenns und Kalis Familien von uns und lassen uns zurück. Bestimmt reden sie über Weihnachten, Thanksgiving, Frühlingsferien, Partys, bei denen jeder etwas mitbringt und so weiter. Mom blickt ihnen nach, sagt aber nichts.

Sie und Dad kehren zum Hotel zurück, um sich zum Abendessen umzuziehen. Mom betont, dass wir in ein schickes Restaurant gehen, und rät mir, mein rot-schwarzes Wickelkleid anzuziehen. Und die Haare zu waschen, die ziemlich fettig aussehen.

Als meine Eltern mich abholen, entsteht eine peinliche Situation, denn als wir auf die anderen treffen, stellt sich heraus, dass der Rest der Fabelhaften Vier mit ihren fabelhaften Familien zum gemeinsamen Abendessen in einem bekannten Bostoner Fischrestaurant verabredet ist. Niemand der Eltern weiß so recht, was er sagen soll, und meine Mitbewohnerinnen stehen mit roten Köpfen daneben und heucheln großes Interesse an dem grauen Industrieteppichboden. Schließlich ergreift Jenns Vater die Initiative und lädt uns nachträglich ein, sie zum Abendessen zu begleiten. »Sicher haben sie noch für drei weitere Personen Platz.«

»Vielen Dank, nicht nötig«, erwidert meine Mutter in ihrem hochmütigsten Tonfall. »Wir haben bei Prezzo in Back Bay reserviert.«

»Wow! Wie haben Sie das denn geschafft?«, fragt Lynn. »Wir haben es versucht, aber uns wurde gesagt, sie hätten erst nächsten Monat wieder Plätze frei.« Laut meiner Mom ist das Prezzo das angesagteste Restaurant der ganzen Stadt.

Mom lächelt nur geheimnisvoll und sagt kein Wort. Dad hat mir aber erzählt, einer seiner Golfpartner sei mit einem Arzt in einem Bostoner Krankenhaus befreundet und der habe seine Beziehungen spielen lassen, um uns einen Tisch zu verschaffen. Mom hatte sich riesig gefreut, aber ich sehe ihr an, dass ihr der Triumph vergällt ist.

»Genießen Sie Ihre Fischsuppe«, sagt sie, den Dialekt der anderen verhöhnend, doch nur Dad und mir fällt das Ausmaß ihrer Arroganz auf.

Das Abendessen ist die reinste Tortur. Obwohl wir zusammen mit der Hautevolee Bostons im feinsten Restaurant speisen, fühlen sich meine Eltern wie Ausgestoßene. Dabei geht es gar nicht um sie. Ich bin die Außenseiterin.

Sie fragen mich nach meinen Veranstaltungen, und ich erzähle gehorsam von Chemie, Physik, Biologie und Mandarin, ohne zu erwähnen, wie schwer es mir fällt, während des Unterrichts die Augen offen zu halten, egal, wie früh ich abends zu Bett gehe oder wie schlecht meine Noten sind, sogar in den Fächern, in denen ich auf der Highschool glänzte. Darüber zu reden oder besser nicht zu reden ermüdet mich dermaßen, dass ich am liebsten den Kopf in meinen Dreißig-Dollar-Salat gebettet hätte.

Als die Hauptgerichte serviert werden, bestellt Mom ein Glas Chardonnay und Dad einen Shiraz. Ich kann es kaum ertragen, wie das Kerzenlicht im Rotwein schimmert. Es schmerzt mich zu sehr. Ich senke den Kopf und richte den Blick auf meinen Teller Ravioli. Sie duften herrlich, aber ich habe keinen Appetit.

»Wirst du krank?«, fragt mich Mom.

Für den Bruchteil einer Sekunde überlege ich, ihnen die Wahrheit zu sagen. Nämlich, dass es am College kein bisschen so ist, wie ich es mir vorgestellt habe. Dass ich ganz und gar nicht wie die Mädchen in den Prospekten bin. Dass ich keine fröhliche Collegestudentin bin. Dass ich eigentlich gar nicht weiß, wer ich bin. Oder dass ich es vielleicht weiß, so aber nicht mehr sein will.

Doch das kommt nicht in Frage. Mom würde nur bekümmert und enttäuscht reagieren und meine Niedergeschlagenheit als persönliche Kritik an ihrem elterlichen Verhalten auffassen. Sie würde mir vorhalten, wie froh ich sein könne, unbeschwert meine Collegezeit genießen zu können. Die Collegezeit, die ihr versagt geblieben war. Das war ja auch ein Grund dafür gewesen, warum sie mich wie ein General durch die Highschoolzeit manövrierte, meine AGs auswählte, mir in meinen schwächeren Fächern Nachhilfeunterricht erteilen ließ und mich in Vorbereitungskurse für die Hochschulaufnahmeprüfung schickte.

»Ich bin nur müde«, antworte ich, und das immerhin entspricht der Wahrheit.

»Wahrscheinlich sitzt du zu viel in der Bibliothek«, mischt

sich mein Vater ein. »Bekommst du genügend frische Luft? Und Tageslicht, das ist wichtig für den Tag-Nacht-Rhythmus.«

Ich schüttele den Kopf. Auch das ist nicht gelogen.

»Gehst du ab und zu joggen? Hier gibt es viele schöne Strecken, und es ist nicht weit bis zum Fluss.«

Ich glaube, das letzte Mal, dass ich gelaufen bin, war mit Dad, ein paar Tage vor dem Beginn meiner Europarundreise.

»Komm, wir joggen morgen zusammen, vor dem Brunch, um das Abendessen abzutrainieren und die Lungen mal richtig durchzupusten.«

Schon bei dem Gedanken daran fühle ich mich erschöpft, aber Dad duldet kein Nein, und alles ist ausgemacht, bevor ich auch nur nach meiner Meinung gefragt werde.

Am nächsten Morgen sitzen meine Mitbewohnerinnen im Aufenthaltsraum, trinken Kaffee und plaudern munter über das gestrige Abendessen, zu dem offenbar ein Zwischenfall mit einem süßen Kellner und einer Hummerzange gehörte. Sie haben auch schon einen Titel für ihre Anekdote gefunden: »Der Hummer und der Knackarsch«. Als sie mich in Jogginghose und Fleeceshirt auf der Suche nach meinen Laufschuhen entdecken, machen sie große Augen. Zu unserem Wohnheim gehört ein erstklassig ausgestatteter Fitnessraum, den Kendra und Kali ausgiebig nutzen. Jenn schleppen sie manchmal mit; mich konnten sie bisher noch nicht überreden.

Ich erwarte nur meinen Dad, aber meine Mom ist auch dabei, putzmunter in schwarzen Wollhosen und einem Kaschmircape. »Ich dachte, wir würden uns erst zum Brunch treffen«, bemerke ich.

»Ach, ich wollte einfach ein bisschen Zeit bei euch im

Wohnheim verbringen. Dann kann ich mir besser vorstellen, wo du bist, wenn ich nicht bei dir bin.« An Kali gewandt fährt sie fort: »Falls ihr nichts dagegen habt.« Sie klingt so höflich, dass Kali die Bissigkeit in ihrer Stimme vermutlich gar nicht bemerkt.

»Nein, ich finde das *süß*«, antwortet sie.

»Bist du fertig, Allyson?«, fragt mein Dad.

»Fast. Ich kann nur meine Laufschuhe nicht finden.«

Mom sieht mich an, als wolle sie sagen: Du verlierst aber auch wirklich alles in letzter Zeit.

»Wo hast du sie denn zum letzten Mal gehabt?«, fragt mein Vater. »Stell es dir bildlich vor. So findest du alles, was du suchst.« Das ist sein typischer Ratschlag, und er funktioniert in der Regel. Und tatsächlich, als ich mir meine Schuhe noch eingepackt im Koffer unter meinem Bett vorstelle, finde ich sie genau dort.

Als wir hinunterkommen, macht mein Vater ein paar halbherzige Dehnübungen. »Mal sehen, ob ich noch weiß, wie das geht«, scherzt er. Mein Vater ist kein passionierter Läufer, aber da er seinen Patienten immer zu Bewegung rät, fühlt er sich verpflichtet, mit gutem Beispiel voranzugehen.

Wir schlagen einen Weg hinunter zum Fluss ein. Es ist ein typischer Herbsttag, klar und kalt, schon mit den ersten frostigen Vorboten des Winters in der Luft. Ich laufe nicht besonders gerne, aber normalerweise schalte ich nach ungefähr zehn Minuten auf Autopilot um. Doch jedes Mal, wenn ich heute an diesen Punkt komme, blendet meine Erinnerung jenen anderen Lauf ein, den besten von allen, den Lauf meines Lebens, den um mein Leben. In dem Moment verwandeln sich meine Beine in bleischwere Klötze, und die bunten Farben des Herbstes verblassen zu einheitlichem Grau.

Nach etwa anderthalb Kilometern muss ich aufhören. Ich schütze einen Krampf vor. Ich will umkehren, aber mein Vater möchte sehen, was sich in der Innenstadt verändert hat, also gehen wir weiter. Wir setzen uns auf einen Cappuccino in ein Café, und Dad fragt mich nach meinen Seminaren und schwelgt in nostalgischen Erinnerungen an sein Studium der Organischen Chemie. Dann erzählt er mir, wie viel er in letzter Zeit um die Ohren hatte und dass es meiner Mutter nicht besonders gutgehe und ich deswegen ein bisschen nett zu ihr sein solle.

»Wollte sie nicht wieder anfangen zu arbeiten?«, frage ich.

Anstatt zu antworten, schaut Dad auf die Uhr und sagt: »Wir müssen los.«

Er begleitet mich zum Wohnheim, wo ich mich vor dem Brunch noch frischmachen und umziehen soll. Sobald ich mein Zimmer betrete, merke ich, dass irgendetwas nicht stimmt. Ich höre Ticken. Und als ich mich umschaue, bin ich für einen Moment irritiert, weil mein Zimmer gar nicht mehr so aussieht wie mein Zimmer im Wohnheim, sondern mein Zimmer zu Hause. Mom hat all meine Poster aus dem Schrank ausgegraben und sie in der gleichen Anordnung wie früher aufgehängt. Meine Fotos hat sie neu arrangiert, damit auch sie nun dastehen wie früher. Das Bett hat sie gemacht und einen Haufen Dekokissen darauf verteilt – die Dekokissen, die ich absichtlich nicht mitgenommen habe, weil ich Dekokissen hasse. Jeden Abend muss man sie runternehmen und am nächsten Tag neu drapieren. Auf dem Bett liegen Kleider, die Mom gerade fein säuberlich faltet, stapelt und für mich zurechtlegt wie damals in der Grundschule.

Und auf dem Fensterbrett und den Bücherregalen stehen meine Wecker, alle aufgezogen und tickend.

Mom blickt auf. Sie hat gerade das Etikett von einer Hose abgeschnitten, die ich nicht einmal anprobiert habe. »Du hast gestern Abend so trübsinnig ausgesehen. Ich dachte, es würde dich aufmuntern, wenn es hier ein bisschen mehr wie zu Hause wäre. So ist es doch viel gemütlicher«, erklärt sie.

Ich will protestieren, weiß aber gar nicht recht, wogegen eigentlich.

»Ich habe Kali gefragt, und sie hat gesagt, sie findet Weckerticken beruhigend. Wie eine Art weißes Rauschen.«

Für mich klingt es keineswegs beruhigend, sondern wie hundert Zeitbomben kurz vor der Explosion.

Sechzehn

NOVEMBER

College

Als ich Melanie das letzte Mal gesehen habe, hatte sie eine rosafarbene Strähne im Haar und trug ihre knappen, modischen Topshop-Klamotten und dazu schwindelerregend hohe Plateausandalen aus dem Schlussverkauf von Macy's. Als sie sich jetzt in New York an einer belebten Ecke in Chinatown auf mich stürzt, als ich den Bus verlasse, erkenne ich sie kaum wieder. Die rosa Strähne ist verschwunden; stattdessen hat sie ihr Haar dunkelbraun mit rötlichem Schimmer gefärbt. Ein dichter Pony fällt in ihr Gesicht, und der Knoten im Nacken wird von Lack-Essstäbchen gehalten. Sie trägt ein ziemlich schräges, flippiges, geblümtes Kleid und dazu ausgelatschte Cowboystiefel und eine Brille in Schmetterlingsform. Ihre Lippen sind blutrot geschminkt. Sie sieht phantastisch aus, wenn auch nicht wie meine Melanie.

Doch als sie mich umarmt, riecht sie wenigstens noch nach Melanie: Haarspülung und Babypuder. »Mein Gott, bist du dünn geworden«, sagt sie. »Du solltest eigentlich ein paar Erstsemesterkilos zulegen, anstatt abzunehmen.«

»Hast du schon mal in der Mensa gegessen?«

»Klar. Besonders an der All-you-can-eat-Eistheke. Schon dafür lohnen sich die Studiengebühren!«

Ich weiche zurück und sehe sie mir noch einmal an. Alles

an ihr ist neu, einschließlich der Brille. »Seit wann brauchst du eine Brille?«

»Brauche ich eigentlich nicht, da sind keine Gläser drin, schau!« Sie piekt mit dem Finger durch die Öffnung, um es mir zu zeigen. »Die ist nur ein Accessoire zu meinem Punkrock-Bibliothekarinnen-Look. Die Musikertypen stehen total drauf!« Sie setzt die Brille ab und löst den Haarknoten. Sie lacht.

»Und keine blonden Haare mehr.«

»Nein. Ich will ernst genommen werden.« Sie setzt die Brille wieder auf und nimmt meinen Koffer. »Und, wie ist es da unten, in fast-Boston?«

Als ich mich für mein College entschied, hatte Melanie sich darüber lustig gemacht, dass es sieben Kilometer außerhalb von Boston liegt, ähnlich wie unsere Heimatstadt dreißig Kilometer von Philadelphia entfernt ist. Sie behauptete, ich würde das urbane Leben immer nur umkreisen, mich nicht hineinwagen. Sie dagegen hat sich mittenhinein gestürzt – ihr College liegt in Downtown Manhattan.

»Fast gut. Und wie ist New York?«

»Besser als gut! Man kann so viel unternehmen! Heute Abend haben wir zum Beispiel folgende Möglichkeiten: eine Wohnheimparty, ein Ü-18-Abend in einem ziemlich guten Club auf der Lafayette oder eine Loftparty beim Freund eines Freundes drüben in Greenpoint, wo eine tolle Band spielt. Oder wir gehen zum Last-Minute-Ticketschalter am Times Square und sehen uns eine Broadway-Show an.«

»Mir ist es egal. Ich bin hier, um dich zu sehen.«

Ich spüre einen leichten Stich, als ich das sage. Auch wenn es stimmt, dass ich sie sehen will, ist es nicht die ganze Wahrheit. Ich hätte Melanie sowieso in ein paar Tagen an Thanksgiving zu Hause getroffen, aber als meine Eltern mir meine Tickets kauften, erklärten sie mir, ich müsse mit der Bahn fahren, weil die Flüge am Thanksgiving-Wochenende zu teuer und zu unzuverlässig seien. Bei der Vorstellung, sechs Stunden im Zug zu sitzen, wurde mir fast übel. Sechs Stunden, in denen ich mit meinen Erinnerungen zu kämpfen hätte. Dann erzählte Melanie, dass ihre Eltern am Dienstag vor Thanksgiving zum Einkaufen nach New York kämen und sie auf dem Rückweg mifahren würde. Und so kam ich auf die brillante Idee, mit dem billigen Chinatown-Bus nach New York und dann mit Melanie zusammen nach Hause zu fahren. Auch zurück nach Boston werde ich den Bus nehmen.

»Ach, ich freue mich auch, dich wiederzusehen. Haben wir uns schon mal so lange am Stück nicht gesehen?«

Ich schüttele den Kopf. Niemals, seitdem wir uns kennen.

»Okay, also: Wohnheimparty, Broadway-Show, Club oder geile Band in Brooklyn?«

Eigentlich würde ich am liebsten in ihrem Zimmer bleiben, mir mit ihr zusammen Filme ansehen und gemütlich abhängen, so wie früher, aber wahrscheinlich würde Melanie mich wieder als abenteuerfeindlich bezeichnen, wenn ich ihr das vorschlüge. Die Party in Brooklyn hört sich für mich am wenigsten verlockend an, aber offensichtlich möchte Melanie gerne hin, deswegen sollte ich mich wohl dafür entscheiden. Also tue ich es.

Es ist, als hätte ich die richtige Antwort bei einem Test gegeben, so leuchten ihre Augen auf. »Super! Ein paar Freundinnen aus dem College gehen auch hin. Lass uns erst etwas essen, dann laden wir unsere Sachen ab, machen uns zurecht und ziehen zusammen los. Einverstanden?«

»Ja, klar!«

»Wo wir schon mal in Chinatown sind – mein Lieblingsvietnamese ist ganz in der Nähe.«

Als wir uns durch die gewundenen, überfüllten Straßen voller roter Laternen, Papierschirme und künstlicher Pagoden drängeln, versuche ich, meine Augen auf den Bürgersteig zu heften. Überall sieht man Schriftzeichen, und garantiert ist das für doppeltes Glück auch darunter. Paris liegt über viertausendfünfhundert Kilometer entfernt, aber die Erinnerungen … Eine kommt hoch, ich dränge sie zurück. Sofort folgt die nächste. Ich weiß nie, wann sie mich überfallen. Sie lauern überall, heimtückisch wie Landminen.

Wir betreten ein winziges Restaurant mit Neonbeleuchtung und Resopaltischen und setzen uns in eine Ecke. Melanie bestellt Frühlingsrollen, ein Gericht mit Huhn und Tee, setzt die Brillenattrappe ab und legt sie in ein Etui (um die nicht vorhandenen Gläser zu schützen?). Nachdem sie uns beiden eine Tasse Tee eingeschenkt hat, sieht sie mich an und fragt: »Geht es dir wieder besser?«

Eigentlich ist es weniger eine Frage als eine Aufforderung. Melanie hat mich am absoluten Tiefpunkt erlebt. Als ich aus Paris zurückkehrte, völlig verzweifelt die ganze Nacht weinte, blieb sie an meiner Seite und beschimpfte Willem als dreckigen Mistkerl, wie sie es sich von Anfang an gedacht habe. Auf dem Heimflug warf sie jedem giftige Blicke zu, der es wagte, mich komisch anzugucken, weil ich während der gesamten acht Stunden im Flugzeug heulte. Als ich irgendwo über Grönland zu hyperventilieren begann, weil ich plötzlich befürchtete, einen Riesenfehler begangen zu haben, weil ihm vielleicht doch etwas zugestoßen war, weil ihm womöglich jemand aufgelauert hatte –, rückte Melanie mir den Kopf zurecht.

»Ja klar hat ihm jemand aufgelauert. Du nämlich. Und er hat kalte Füße bekommen und sich blitzschnell aus dem Staub gemacht.«

»Aber wenn doch …«, erwiderte ich.

»Allyson! Denk doch mal nach! An einem Tag hast du erlebt, wie er von einem Mädchen ausgezogen wurde, von einem anderen einen geheimen Zettel zugesteckt bekommen hat, und wer weiß, was diese Mädchen im Zug mit ihm angestellt haben. Oder was glaubst du, wie der Fleck wirklich auf seine Hose gekommen ist?«

Daran hatte ich überhaupt nicht gedacht.

Melanie ging mit mir in das winzige Flugzeugbad und warf das Sous-ou-Sur-T-Shirt in den Müll. Anschließend spülten wir Willems Münze in der Toilette weg, und ich stellte mir vor, wie sie Tausende Meter tiefer ins Meer fiel und versank.

»So, jetzt haben wir alle Spuren von ihm beseitigt«, sagte sie.

Aber das stimmte nicht ganz. Ich hatte ihr nichts von dem Foto auf meinem Handy erzählt, das Agnethe auf dem Boot von uns aufgenommen hatte. Ich habe es immer noch nicht gelöscht, obwohl ich es mir nie wieder angesehen habe, nicht ein einziges Mal.

Als wir nach Hause kamen, war Melanie bereit, die Reise hinter sich zu lassen und ihre Aufmerksamkeit dem nächsten Lebensabschnitt zuzuwenden: dem Collegestudium. Ich konnte das verstehen. Auch ich hätte aufgeregt sein sollen. Aber ich war es nicht. Jeden Tag unternahmen wir mit unseren Müttern Einkaufstrips zu Ikea, Bed, Bath & Beyond, American Apparel und J. Crew. Doch es war, als hätte ich einen permanenten Jetlag – am liebsten hätte ich mich in die Betten der Ausstellungen zum Schlafen gelegt. Als Melanie sich zwei

Tage vor mir zum College aufmachte, brach ich in Tränen aus. Alle anderen dachten, ich würde wegen der bevorstehenden Trennung von meiner besten Freundin weinen, aber Melanie wusste es besser. Vielleicht flüsterte sie mir deshalb beim Abschied ein wenig ungeduldig ins Ohr: »Es war nur ein Tag, Allyson. Du wirst darüber hinwegkommen.«

Als mich Melanie jetzt fragt, ob es mir bessergeht, antworte ich also: »Ja, es geht mir gut.«

»Prima!« Sie klatscht in die Hände, zückt ihr Telefon und schreibt blitzschnell eine SMS. »Heute Abend kommt ein Typ mit, ein Freund von meinem Freund Trevor, der wird dir bestimmt gefallen.«

»O nein, ich glaube nicht.«

»Aber du hast doch gerade gesagt, du wärst über den holländischen Schwachkopf hinweg.«

»Bin ich ja auch.«

Sie starrt mich an. »Die ersten drei Monate im College sollten eigentlich die aufregendste Zeit deines Lebens sein. Hast du in der Zwischenzeit irgendeinen Typen auch nur eines Blickes gewürdigt?«

»Nein, ich habe bei den wilden Orgien die ganze Zeit die Augen zugekniffen.«

»Ha, netter Versuch! Du vergisst, dass ich dich besser kenne als irgendjemand sonst. Ich wette, du hast bisher nicht mal einen Typen geküsst.«

Ich ziehe das suspekte Innenleben der Frühlingsrolle heraus und wische das überschüssige Fett an einer Papierserviette ab. »Na und?«

»Also, der Typ, der heute Abend mitkommt, der passt bestimmt viel besser zu dir.«

»Was soll das denn heißen?«, frage ich, obwohl ich es genau

weiß. Es war absurd, zu glauben, dass *er* jemals zu mir gepasst hätte. Oder ich zu ihm.

»Er ist nett. Normal. Ich habe ihm ein Bild von dir gezeigt, und er fand dich düster und mysteriös.« Sie berührt mein Haar. »Ich finde, du solltest dir wieder einen Bob schneiden lassen. Im Moment sieht es mehr nach Topf aus.«

Seit London bin ich nicht mehr beim Friseur gewesen, und die Haare hängen mir formlos und fransig in den Nacken.

»Mir gefällt es so.«

»Na, bravo. Aber egal, jedenfalls ist er sehr nett, er heißt Mason …«

»Mason? Was ist denn das für ein Name?«

»Was stört dich denn an dem Namen? Du klingst schon genau wie deine Mutter.«

Für die Bemerkung hätte ich ihr am liebsten mit einem Essstäbchen ins Auge gepiekt.

»Aber egal. Vielleicht heißt er in Wirklichkeit Jason und nennt sich nur Mason«, fährt Melanie fort. »Apropos Name, niemand hier nennt mich Melanie. Alle nennen mich Mel oder Lainie.«

»Zwei Namen zum Preis von einem.«

»Das ist College, Allyson. Hier weiß keiner, wer du vorher warst. Es gibt keinen besseren Zeitpunkt, sich neu zu erfinden. Du solltest es auch mal versuchen.« Sie sieht mich vielsagend an.

Ich würde ihr gern erzählen, dass ich genau das getan habe. Es hat nur nicht funktioniert.

Es stellt sich heraus, dass Mason gar nicht so übel ist. Er ist klug und etwas besserwisserisch und stammt aus dem Süden, was wohl seinen Namen erklärt. Er spricht mit einem breiten

Südstaatenakzent und macht selbst Witze darüber. Als wir bei der Party ankommen, an einer öden, windigen Straße, meilenweit entfernt von der nächsten U-Bahn-Haltestelle, scherzt er, dass er von der Hipster-Polizei sei und ob ich genügend Tattoos habe, um mich in diesem Teil der Stadt aufhalten zu dürfen. Daraufhin zeigt Trevor sein Tribal-Tatoo, das sich wie ein Band um seinen Unterarm windet, und Melanie erzählt, dass sie gern eines am Fußknöchel, auf dem Hintern oder an einer anderen typisch weiblichen Stelle hätte. Mason sieht mich an und verdreht die Augen.

Der Aufzug öffnet sich, unmittelbar hinein in ein riesiges, heruntergekommenes Loft mit überdimensionalen Gemälden an den Wänden. Es riecht nach Ölfarbe und Terpentin, genau wie in dem besetzten Haus in Paris. Wieder eine Landmine. Ich kicke sie beiseite, bevor sie explodiert.

Melanie und Trevor erzählen endlos von dieser wahnsinnig coolen Band und zeigen mir deren körniges Video auf Melanies Handy. Sie sind ganz begeistert, die Band an einem Ort wie diesem sehen zu können, bevor sie weltbekannt wird. Als die Jungs loslegen, drängen sich Melanie – oder Mel, oder Lainie, oder wer auch immer – und Trevor nach vorne und fangen wie verrückt an zu tanzen. Ich halte mich im Hintergrund, und Mason bleibt an meiner Seite. Es ist zu laut, um sich zu unterhalten, worüber ich froh bin, aber zugleich bin ich froh, dass man mich nicht ganz allein gelassen hat. Ich weiß, wie sehr man mir ansieht, dass ich eigentlich nicht hierher gehöre – eine Touristin im eigenen Land.

Nach einer halben Ewigkeit macht die Band endlich eine Pause, doch durch das Klingeln in meinen Ohren merke ich kaum einen Unterschied.

Mason fragt mich, ob ich etwas trinken möchte.

»Was?« Ich bin immer noch halb taub.

Er tut so, als setze er ein Glas an die Lippen.

»Ja, aber keinen Alkohol.«

»Ich. Bin. Gleich. Zurück«, sagt er übertrieben deutlich, als würden wir einander von den Lippen ablesen.

In der Zwischenzeit lesen sich auch Melanie und Trevor von den Lippen ab, aber auf ihre eigene Art. Sie knutschen auf einem Sofa in einer Ecke, als wären sie alleine hier. Ich will ihnen nicht dabei zusehen, aber ich kann meinen Blick nicht von ihnen abwenden. Mir wird fast übel dabei, ihnen beim Küssen zuzusehen, und die Erinnerung an jene Nacht in Paris drängt sich so mächtig auf, dass ich sie nur mit Mühe unterdrücken kann. Sie ist die schmerzlichste von allen, deswegen habe ich sie am tiefsten verborgen.

Mason kehrt mit einem Bier für sich und einem Wasser für mich zurück. Mit einem Blick auf Melanie und Trevor bemerkt er: »Das musste ja passieren. Die beiden umkreisen sich seit Wochen. Ich habe mich die ganze Zeit gefragt, was den Funken zum Überspringen bringen wird.«

»Alkohol und geile Musik«, antworte ich und deute Anführungszeichen in der Luft an.

»Außerdem sind bald Ferien. Es ist leichter, etwas mit jemandem anzufangen, wenn man weiß, dass man sich danach eine Zeitlang nicht sieht. Das nimmt den Druck raus.« Er schaut die beiden an. »Ich gebe ihnen zwei Wochen, allerhöchstens.«

»Zwei Wochen? Wie großzügig. Manche Typen bleiben nicht mal länger als eine Nacht.« Trotz des Lärmpegels höre ich die Bitterkeit in meinen Worten, schmecke sie in meinem Mund.

»Bei dir würde ich länger als eine Nacht bleiben«, erwidert Mason.

Das hat er schön gesagt. Und wer weiß? Vielleicht ist er sogar ehrlich, obwohl mir inzwischen klar ist, dass man sich nicht auf mich verlassen kann, wenn es darum geht, Ehrlichkeit von Heuchelei zu unterscheiden.

Trotzdem will ich endlich über mein Trauma hinwegkommen. Ich will, dass all diese Erinnerungen verschwinden oder von etwas anderem verdrängt werden, damit sie mich nicht länger quälen. Als sich Mason also zu mir beugt, um mich zu küssen, schließe ich die Augen und lasse es zu. Ich versuche, mich ihm hinzugeben und mir keine Gedanken darüber zu machen, ob die Bitterkeit in meinem Mund mir einen schlechten Atem verleiht. Ich versuche, mich von einem anderen küssen zu lassen und eine andere zu sein.

Doch dann berührt Mason meinen Hals, genau an der Stelle, an der der Schnitt von jenem Abend inzwischen verheilt ist, und ich ziehe mich zurück.

Willem hat letztendlich recht behalten; die Wunde hat keine Narbe hinterlassen, obwohl ich mir irgendwie wünschte, sie hätte es getan. Dann hätte ich wenigstens einen Beweis, einen Grund für meinen Zustand. Flecken sind am schlimmsten, wenn man der Einzige ist, der sie sehen kann.

Siebzehn

DEZEMBER

Cancún, Mexiko

Für Melanie und mich ist es zu einer Tradition geworden, gleich nach der Ankunft in der Ferienwohnung unsere Bikinis anzuziehen, zum Strand zu rennen und den Urlaub mit einem Bad im Meer einzuläuten – eine Art Ferientaufe. In jedem der neun Jahre, die wir jetzt schon gemeinsam hierherkommen, haben wir es so gemacht.

Doch als Melanie dieses Jahr auf der Suche nach ihrem Bikini in ihrem Koffer wühlt, setze ich mich stattdessen an den kleinen Tisch neben der Küche, auf dem normalerweise die Kochbücher stehen, und öffne eines meiner Lehrbücher. Jeden Tag von vier bis sechs muss ich lernen. An Neujahr darf ich Pause machen, aber das war's. Das sind meine Bewährungsauflagen.

Während des ganzen Semesters hatte ich meine Noten geheim gehalten, so dass das Zeugnis am Ende ein ziemlicher Schock gewesen war. Ich hatte es versucht. Das hatte ich wirklich. Nachdem das Halbjahreszeugnis unterirdisch schlecht gewesen war, hatte ich mich sogar noch mehr angestrengt. Aber meine schlechten Noten kamen nicht von meiner Schlamperei, dem Schwänzen oder Feiern.

Doch genauso gut hätte ich auch auf Partys gehen können, so müde wie ich die ganze Zeit war. Ich war die ganze Zeit müde, selbst wenn ich in der Nacht zuvor zehn Stunden geschlafen hatte – sobald ich den Hörsaal betrat und der Professor mit monotoner Stimme über Wellenlängen zu dozieren begann und Gleichungen an die Tafel schrieb, tanzten die Zahlen vor meinen Augen, meine Lider wurden schwer, und ich wachte erst auf, wenn meine Kommilitonen auf dem Weg in den nächsten Hörsaal über meine Beine stolperten.

Während der Lernwoche trank ich so viel Espresso, dass ich überhaupt nicht mehr schlafen konnte. Es war, als würde ich die Schlafreserven aus den Veranstaltungen aufbrauchen. Ich lernte, so viel ich konnte, aber zu diesem Zeitpunkt hinkte ich bereits derartig hinterher, dass es nicht mehr half.

So gesehen war es das reinste Wunder, dass ich das Semester mit einem Notendurchschnitt von 2,3 abschloss.

Ich muss wohl nicht erwähnen, dass meine Eltern alles andere als begeistert waren.

Als meine Noten letzte Woche bekannt wurden, sind sie ausgeflippt. Doch wenn meine Eltern ausflippen, schreien sie nicht etwa herum – sie schweigen. Aber ihre Enttäuschung und ihr Zorn sind dennoch ohrenbetäubend.

»Was sollen wir deiner Meinung nach jetzt unternehmen, Allyson?«, fragten sie mich am Esszimmertisch, als wären sie tatsächlich an meiner Meinung interessiert. Dann stellten sie mich vor die Wahl: Entweder würden sie die Reise stornieren, was allen anderen gegenüber schrecklich unfair wäre, oder ich würde mich bereit erklären, unter vorgegebenen Bedingungen mitzufahren.

Melanie wirft mir mitleidige Blicke zu, als sie verschwindet, um sich den Bikini anzuziehen. Ich hätte mich gefreut, wenn sie aus Solidarität ebenfalls den Strand boykottiert hätte, obwohl ich weiß, dass das egoistisch ist, aber die alte Melanie hätte so etwas vermutlich sogar getan.

Aber nicht die neue Melanie. Die schon wieder neue Melanie. Thanksgiving ist erst ein paar Wochen her, und schon sieht sie wieder ganz anders aus. Sie hat sich das Haar asymmetrisch und fransig schneiden lassen und trägt einen Nasenring, worüber sich ihre Eltern fürchterlich aufgeregt haben, bis sie ihnen sagte, entweder das oder eine Tätowierung. Als sie im Bikini erscheint, sehe ich, dass sie ihre Achselhaare hat wachsen lassen, obwohl ihr Haar so zart und blond ist, dass man es kaum erkennen kann.

»Tschüs«, flüstert sie, als sie zur Haustür hinausschlüpft und ihre Mutter Susan ihr noch schnell eine Tube Sonnencreme mit Lichtschutzfaktor vierzig in die Hand drückt. Meine Mutter sucht in ihrem Koffer nach ihrem Spezialvergrößerungsglas, damit sie alle Matratzen auf Bettwanzen untersuchen kann. Als sie die Lupe gefunden hat und an mir vorbeigeht, tut sie so, als inspiziere sie damit mein Chemiebuch. Ich schlage das Buch zu, und sie schaut mich beleidigt an.

»Glaubst du, ich habe Lust, dich zu beaufsichtigen? Ich dachte, nachdem du aufs College gewechselt bist, hätte ich jede Menge Freizeit, dabei ist es praktisch ein Vollzeitjob, dich in der Spur zu halten.«

Wer hat dich darum gebeten, mich in der Spur zu halten?, denke ich und koche innerlich. Doch ich beiße mir auf die Unterlippe, öffne mein Chemiebuch und lese mir brav die ersten Kapitel noch einmal durch, ganz so wie meine Mutter mir geraten hat. Doch ich verstehe auch jetzt nicht mehr als beim ersten Lesen.

Am Abend gehen wir alle sechs zum Mexikaner essen, in einem der acht Restaurants, die zur Anlage gehören. Jedes Jahr gehen wir an unserem ersten Abend dorthin. Die Kellner tragen überdimensionale Sombreros, und es spielt eine Mariachi-Band, aber das Essen schmeckt genauso wie zu Hause bei El Torrito. Als der Kellner unsere Getränkebestellungen aufnimmt, ordert Melanie ein Bier. Ihre Eltern starren sie entsetzt an.

»In Mexiko darf man in unserem Alter Alkohol trinken«, erklärt Melanie beiläufig.

Meine Mutter wirft Susan einen Seitenblick zu und bemerkt: »Ich halte das nicht für klug.«

»Warum nicht?«, frage ich herausfordernd.

»Ich finde, es geht hier weniger um das Alter als um die Erwartungshaltung. Ihr seid mit dem Wissen aufgewachsen, dass ihr erst ab einundzwanzig Alkohol trinken dürft, daher seid ihr jetzt noch nicht unbedingt darauf vorbereitet«, lautet Susans Antwort, ganz die Therapeutin.

»Entschuldigung, aber wart ihr nicht auch auf dem College?«, frage ich. »Ich kann mir nicht vorstellen, dass sich seit damals so viel verändert hat. Könnt ihr euch nicht erinnern, dass ständig getrunken wurde?«

Meine Eltern sehen erst einander und dann Susan und Steve an.

»Ist es das, was mit dir los ist? Hast du in letzter Zeit zu viel getrunken?«, fragt Dad.

Melanie muss so sehr lachen, dass das besondere Mineralwasser, das meine Mutter ins Restaurant mitgebracht hat, ihr aus der Nase spritzt. »Tut mir leid, Frank, aber kennst du deine Tochter so schlecht?« Wortlos starren die Erwachsenen sie weiter an. »Auf der Europatour letzten Sommer haben alle Alkohol getrunken.« Es folgt ein Moment schockierten Schweigens. »Ach, hört schon auf! Überall in Europa darf man spätestens mit achtzehn Alkohol trinken! Jedenfalls haben alle welchen getrunken – alle, außer Allyson. Sie ist absolut brav und vernünftig. Und jetzt fragt ihr, ob sie im College säuft? Das ist doch lächerlich.«

Mein Vater sieht erst mich, dann Melanie an. »Wir versuchen nur zu begreifen, was mit ihr los ist. Warum sie derart schlechte Noten hat. Sie hat einen Schnitt von zwei Komma drei.«

Jetzt starrt Melanie mich an. »*Wie bitte, zwei Komma drei?*« Entsetzt schlägt sie die Hand vor den Mund und murmelt dann rasch: »Tut mir leid.« Halb mitleidig, halb überrascht sieht sie mich an.

»Melanie hat eine eins Komma drei«, verkündet Mama.

»Ja, Melanie ist ein Genie und ich ein Idiot. Jetzt ist es endlich raus.«

Melanie ist sichtlich verletzt: »Ich gehe auf die Gallatin School, da kriegen alle Einser«, sagt sie entschuldigend.

»Und Melanie trinkt sehr wahrscheinlich Alkohol«, sage ich. Selbstverständlich weiß ich genau, dass sie es tut.

Melanie wirkt kurz nervös, dann sagt sie: »Natürlich trinke ich. Nicht bis zum Umfallen, das ist klar. Aber wir sind schließlich am College! Ich trinke. Jeder trinkt.«

»Ich nicht«, erwidere ich. »Und Melanie hat den Einserschnitt und ich nur den Zweierschnitt, also sollte ich vielleicht einfach auch ein bisschen über die Stränge schlagen und alles wird gut. Das wäre vielleicht eine bessere Idee, als mich in den Ferien zum Pauken zu verdonnern.«

Ich bin jetzt richtig in Fahrt, was irgendwie verrückt ist, denn ich will nicht mal ein Bier haben. Eines der wenigen Dinge, die ich an diesem Restaurant mag, sind die alkoholfreien Margaritas – sie werden mit frischen Früchten zubereitet.

Meine Mom dreht sich zu mir um, den Mund so weit geöffnet, als wolle sie Fliegen fangen. »Allyson, hast du ein Alkoholproblem?«

Ich schlage mir mit der flachen Hand vor die Stirn. »Mutter, hast du ein Verständnisproblem? Denn es scheint, als hättest du kein Wort von dem verstanden, was ich gesagt habe.«

»Ich glaube, sie hat gemeint, du solltest ein bisschen lockerer werden und den Mädchen ein Bier zum Abendessen erlauben«, mischt sich Susan ein.

»Danke!«, sage ich zu Susan.

Meine Mutter sieht meinen Vater an. »Dann sollen die Mädchen ein Bier haben«, sagt er großzügig, winkt den Kellner zurück und bestellt zwei Tecates.

Es ist eine Art Sieg. Allerdings mag ich leider gar kein Bier und muss am Ende so tun, als nippe ich an meinem Glas, während sein Inhalt langsam schal wird. Und mir entgeht die alkoholfreie Margarita, die ich eigentlich viel lieber getrunken hätte.

Am nächsten Tag sitzen Melanie und ich zusammen am riesigen Swimmingpool. Zum ersten Mal seit unserer Ankunft haben wir es hingekriegt, für uns allein zu sein.

»Ich glaube, wir sollten dieses Jahr mal etwas anderes machen«, sagt sie.

»Das finde ich auch«, stimme ich zu. »Jedes Jahr unternehmen wir dieselben Dinge. Wir besuchen sogar die gleichen dämlichen Ruinen. Tulum ist schön, aber ich glaube, es reicht. Komm, wir überreden unsere Eltern, was anderes zu machen.«

»So was wie mit Delphinen zu schwimmen?«, fragt Melanie.

Mit Delphinen zu schwimmen wäre wirklich etwas anderes, aber daran habe ich nicht gedacht. Gestern habe ich mir die Karte von der Halbinsel Yucatan in der Lobby angesehen. Einige historische Stätten liegen weiter im Landesinneren, etwas abseits der ausgetretenen Pfade. Vielleicht könnten wir dort das ursprüngliche Mexiko entdecken. »Ich dachte, wir könnten vielleicht einmal nach Coba oder Chichén Itzá fahren und zur Abwechslung andere Ruinen besichtigen.«

»Ach, du bist ja richtig wild«, neckt mich Melanie und trinkt einen Schluck von ihrem Eistee. »Aber egal. Ich rede von Silvester.«

»Ach so. Willst du etwa damit sagen, dass du nicht noch einmal die Macarena mit Johnny Maximo tanzen willst?« Johnny Maximo ist ein abgehalfterter mexikanischer Schauspieler, der jetzt hier im Resort arbeitet. Alle Mütter lieben ihn, weil er gut aussieht und machomäßig drauf ist und immer behauptet, sie für die Schwestern ihrer Töchter zu halten.

»Alles lieber als die Macarena!« Melanie legt ihr Buch hin, einen Roman von Rita Mae Brown, der wie eine Collegelektüre aussieht, obwohl sie behauptet, sie lese ihn zum Vergnügen. »Einer von den Barkeepern hat mir von einer großen Party am Strand von Puerto Morelos erzählt. Eigentlich ist es etwas für Einheimische, aber er sagt, auch viele Touristen kämen hin. Weißt du, Leute wie wir, junge Leute. Eine mexikanische Reggaeband soll da auftreten. Hört sich ziemlich speziell an, aber spannend.«

»Du suchst doch nur einen Typen unter sechzig, mit dem du um Mitternacht knutschen kannst.«

Achselzuckend erwidert Melanie: »Unter sechzig garantiert. Aber ein Typ muss es nicht unbedingt sein.« Dabei sieht sie mich vielsagend an.

»Was?«

»Na ja, ich habe mich in letzter Zeit eher für Frauen interessiert.«

»Was?!«, schreie ich fast. »Entschuldige. Seit wann?«

»Seit kurz nach Thanksgiving. Da war so ein Mädchen bei mir im Filmseminar, wir waren befreundet und so, und eines Abends sind wir zusammen ausgegangen, und da ist es eben passiert.«

Ich mustere Melanies neue Frisur, den Nasenring, die behaarten Achseln. Jetzt ergibt das Ganze einen Sinn. »Also bist du jetzt lesbisch?«

»Ich hab den Ausdruck bisher nicht benutzt«, erwidert sie und tut so, als würde ich allem gleich einen Stempel aufdrücken wollen. Dabei ist sie diejenige, die sich ständig neue Bezeichnungen gibt: Mel, Mel 2.0, Punkrock-Bibliothekarin. Ich frage sie nach dem Namen ihrer Freundin, und sie antwortet, dass sie sie zwar noch nicht als ihre Freundin bezeichnen würde, ihr Name aber Zanne sei.

»Wie schreibt sich das?«

»Mit Z am Anfang, eine Abkürzung für Suzanne.«

Benutzt denn niemand mehr seinen richtigen Namen?

»Bitte sag es nicht meinen Eltern, ja? Du kennst doch meine Mutter. Sie würde darauf bestehen, endlos darüber zu reden, und es als eine Entwicklungsphase abtun. Ich möchte mir erst sicher sein, dass es mehr als nur eine Phase ist, bevor ich das über mich ergehen lasse.«

»Bitte, mir brauchst du nichts zu erzählen. Ich hab selbst Eltern, die permanent alles bis ins Letzte analysieren wollen.«

Melanie schiebt sich die Sonnenbrille höher auf die Nase und dreht sich zu mir um. »Ach, worum geht's denn?«

»Wie jetzt? Du kennst doch meine Eltern. Gibt es irgendetwas in meinem Leben, in das sie sich nicht einmischen? Es muss sie wahnsinnig machen, dass sie nicht bei allem, was ich tue, ihre Finger drin haben.«

»Ich weiß. Als ich gehört habe, dass du in den Ferien pauken musst, habe ich mir gleich so was gedacht. Allerdings habe ich geglaubt, du hättest vielleicht eine schlechte Eins minus, aber eine Zwei minus? Ist das wirklich wahr?«

»Jetzt fang du nicht auch noch an.«

»Tue ich ja gar nicht. Ich bin nur überrascht. Du warst immer so eine Wahnsinnsschülerin. Ich kann das einfach nicht glauben.« Sie schlürft laut ihren Tee, in dem das Eis inzwischen fast geschmolzen ist. »Die Therapeutin meint, du wärst depressiv.«

»Deine Mutter? Das hat sie gesagt?«

»Ich habe gehört, wie sie es zu deiner Mutter gesagt hat.«

»Und was hat meine Mutter geantwortet?«

»Du seist nicht depressiv. Du würdest nur schmollen, weil du es nicht gewöhnt seist, bestraft zu werden. Manchmal könnte ich deine Mom ohrfeigen.«

»Ich bin dabei.«

»Jedenfalls hat meine Mom mich später gefragt, ob ich glauben würde, dass du depressiv bist.«

»Und, was hast du geantwortet?«

»Nur, dass viele Leute im ersten Jahr am College Schwierigkeiten haben.« Hinter der dunklen Brille wirft sie mir einen forschenden Blick zu. »Ich hätte ihr ja schlecht die Wahrheit sagen können, oder? Dass du immer noch einem Typen nachweinst, mit dem du einen One-Night-Stand in Paris hattest.«

Ich schweige für einen Moment, während ein kleines Kind mit lautem Kreischen vom Sprungbrett hüpft. Als wir klein waren, sind Melanie und ich immer Hand in Hand ins Wasser gesprungen. Wir konnten gar nicht genug davon bekommen.

»Und wenn es gar nichts mit ihm zu tun hat? Mit Willem?« Es ist seltsam, seinen Namen laut auszusprechen. Ausgerechnet hier und jetzt. Nachdem ich es so lange vermieden habe. *Willem.* Dabei wage ich normalerweise nicht einmal, an ihn zu denken.

»Jetzt erzähl mir nicht, dass dich schon wieder der nächste Typ reingelegt hat!«

»Nein! Ich rede von mir.«

»Von dir?«

»Ja. Es geht darum, wie ich an dem Tag war. Ich war irgendwie anders.«

»Anders? Wie denn?«

»Ich war Lulu.«

»Aber das war doch nur ein Name, ein Spiel.«

Kann schon sein. Aber dennoch: Einen ganzen Tag mit Willem zu verbringen und Lulu zu sein, hat mich erkennen lassen, dass ich bis dahin in einem kleinen, quadratischen Raum ohne Fenster und Türen gelebt hatte. Damit war es mir gutgegangen, ja, ich war sogar glücklich gewesen. Dachte ich. Doch dann kam einer und zeigte mir, dass der Raum eine Tür hatte. Eine, die vorher unsichtbar für mich gewesen war. Er öffnete sie für mich, hielt mich an der Hand, als ich hindurchging. Und für einen wunderbaren Tag war ich auf der anderen Seite. War ich an einem anderen Ort. War ich eine andere Person. Und dann war er fort, und ich wurde wieder in meinen kleinen Raum zurückgeworfen. Und sosehr ich mich auch anstrenge, ich kann die Tür einfach nicht mehr wiederfinden.

»Es hat sich nicht angefühlt wie ein Spiel«, gestehe ich Melanie.

Melanie sieht mich betont mitleidig an. »Ach, Schätzchen. Du warst einfach nur berauscht von Verliebtheit. Und von

Paris. Aber Menschen ändern sich nicht über Nacht. Und du schon gar nicht. Du bist und bleibst Allyson. Du bist so grundsolide. Das ist etwas, was ich an dir liebe – dass du dir selbst so treu bist.«

Ich will protestieren. Was ist mit Veränderungen? Was mit dem Sich-neu-Erfinden, wovon sie doch ständig redet? Darf nur sie das? Gelten für mich andere Regeln?

»Weißt du, was du brauchst? Ein bisschen Ani DiFranco.« Melanie steckt mir die Kopfhörer ihres iPhones in die Ohren, und als Ani davon singt, dass man seine Stimme finden und sich Gehör verschaffen soll, erreicht meine Frustration einen Höhepunkt. Am liebsten würde ich meine Haut aufreißen und hinausschlüpfen. Ich schabe mit den Fußsohlen über den heißen Betonboden, seufze und wünschte, es gäbe jemanden, dem ich mich anvertrauen könnte. Jemand, der vielleicht versteht, was ich empfinde.

Und für einen kleinen Moment stelle ich mir die Person vor, mit der ich reden könnte, darüber, wie ich die Tür gefunden und wieder verloren habe. Er würde mich verstehen.

Aber das ist die Tür, die verschlossen bleiben muss.

Achtzehn

Mit derselben Wir-sind-schon-erwachsen-und-ihr-müsst-uns-auch-so-behandeln-Argumentation wie bei der Biersache im Restaurant und dem Versprechen, ein vom Hotel vermitteltes Taxi für die ganze Nacht zu mieten, gelingt es uns irgendwie, unsere Eltern dazu zu überreden, uns zu der Silvesterparty gehen zu lassen. Sie findet in einer schmalen, mit Fackeln erleuchteten Bucht statt. Schon um zehn Uhr ist es rappelvoll. Auf einer niedrigen Bühne soll später die angekündigte mexikanische Reggaeband auftreten,und bis dahin legt ein DJ Technomusik auf.

Alle haben ihre Schuhe auf einen Haufen geworfen. Auch Melanie schleudert ihre grellorangefarbenen Flipflops weg. Ich zögere einen Moment, bevor ich meine weniger auffälligen schwarzen Ledersandalen ausziehe. Hoffentlich werde ich sie später wiederfinden, denn wenn ich jetzt noch irgendetwas verliere, wird man mir das bis in alle Ewigkeit vorhalten.

»Hier ist ja richtig was los«, ruft Melanie begeistert und deutet mit dem Kinn auf die Jungs in Badehosen, die Tequilaflaschen kreisen lassen, und auf die Mädchen in Sarongs mit frisch geflochtenen Cornrow-Frisuren. Ja, sogar Einheimische sind hier. Die Männer tragen weiße Hemden und glatt zurückgekämmtes Haar, die Mädchen Partykleider, hoch geschlitzt, so dass man ihre langen braunen Beine sehen kann.

»Erst tanzen oder erst was trinken?«

Ich habe keine Lust zu tanzen, also bin ich für trinken. Wir stellen uns in die Schlange an der überfüllten Bar. Hinter uns ist eine Gruppe französischsprachiger Jugendlicher, was mich aufhorchen lässt. In unserem Hotel wohnen fast nur Amerikaner, aber natürlich kommen von überall her Menschen nach Mexiko.

»Hier.« Melanie drückt mir eine halbe Ananas in die Hand, in der sich der Cocktail befindet. Ich atme den Geruch ein. Der Cocktail riecht nach Sonnenmilch, schmeckt süß und warm und brennt ein wenig in der Kehle. »Braves Mädchen.«

Ich denke an Ms Foley. »Bitte nenn mich nicht so.«

»Böses Mädchen.«

»Bin ich auch nicht.«

Genervt sagt sie: »Gar-nichts-Mädchen.«

Schweigend trinken wir und beobachten die wachsende Menge feiernder Leute. »Komm, lass uns tanzen«, sagt Melanie und zieht mich zu dem Kreis im Sand, der als Tanzfläche freigehalten wird.

Ich schüttle den Kopf. »Später vielleicht.«

Wieder dieses Seufzen. »Hast du vor, den ganzen Abend so zu sein?«

»Wie denn?« Ich denke daran, wie sie mich auf der Rundreise genannt hat – *abenteuerfeindlich* –, und an das, was sie am Swimmingpool gesagt hat. »Ich dachte, das liebst du so an mir. Dass ich mir selbst treu bin.«

»Was ist mit dir los? Schon den ganzen Urlaub bist du mies drauf! Es ist doch nicht meine Schuld, dass deine Mutter dich zum Lernen zwingt.«

»Nein, aber es ist deine Schuld, dass ich mich beschissen fühle, nur weil ich nicht tanzen will. Ich hasse Techno. Ich habe Techno schon immer gehasst, und das solltest du wissen, du kennst doch meine grundsolide Art.«

»Na schön. Dann sei halt solide und bleib am Rand sitzen, während ich tanze.«

»Einverstanden.« Sie lässt mich stehen und tanzt mit irgendwelchen Leuten. Erst tanzt sie mit einem Typen mit Dreadlocks, und dann dreht sie sich um und tanzt mit einem Mädchen mit kurzen Haaren weiter. Sie scheint richtig Spaß zu haben, zappelt und hüpft herum, und ich muss denken, dass, wenn ich sie nicht schon so lange kennen würde, wir nichts miteinander zu tun haben würden.

Ich beobachte sie mindestens zwanzig Minuten lang. In den Pausen zwischen den monotonen Technostücken redet sie mit anderen Leuten und lacht. Nach einer halben Stunde bekomme ich Kopfschmerzen. Ich versuche, sie auf mich aufmerksam zu machen, gebe aber irgendwann auf und dränge mich durch die Menge.

Die Party erstreckt sich über die ganze Bucht, nicht nur am Strand, sondern auch im Wasser. Einige Leute baden nackt im vom Mondlicht beschienenen Meer. Ein Stück weiter hinten ist es ruhiger, Leute sitzen um ein Lagerfeuer und spielen Gitarre. Am Rande des Kreises bleibe ich stehen, nah genug am Feuer, um die Hitze zu spüren und das Knistern des Holzes zu hören. Ich vergrabe die Füße im Sand; die obere Schicht ist kühl, aber darunter ist er noch immer warm vom Sonnenschein des Tages.

Hinter mir verstummt der Technosound und die Reggaeband betritt die Bühne. Der weiche Reggaebeat ist angenehm. Im Wasser beginnt ein Mädchen, auf den Schultern eines Jungen zu tanzen, streift ihr Bikinitop ab und ragt halb nackt wie eine Meerjungfrau im Mondschein auf, bevor sie mit leisem Platschen ins Wasser springt. Hinter mir stimmt der Typ mit der Gitarre *Stairway to Heaven* an. Die Klänge mischen sich seltsam harmonisch mit dem Reggae.

Ich lege mich in den Sand und blicke hinauf in den Himmel. Von dieser Stelle aus ist es, als hätte ich den ganzen Strand für mich allein. Die Band spielt den Schlussakkord, und der Sänger verkündet, dass in einer halben Stunde das neue Jahr beginnt. »Ein neues Jahr. *Año nuevo.* Tabula rasa. Zeit für *hacer borrón y cuenta nueva*«, intoniert er. »Die Chance, einen Schlussstrich zu ziehen, alles zu vergessen.«

Geht das? Alles vergessen? Würde ich das überhaupt wollen? Würde ich das ganze letzte Jahr vergessen wollen, wenn ich es könnte?

»Tabula rasa«, wiederholt der Sänger. »Eine Chance zum Neubeginn, Baby. Für Wiedergutmachung. Fang ganz von vorne an. Sei, wer du sein möchtest. Bevor du um Mitternacht deine *amor* küsst, bewahre *un beso para tí.* Schließe die Augen, denke an das kommende Jahr. Das ist deine Chance. Heute könnte der Tag sein, an dem sich alles verändert.«

Wirklich? Eine nette Idee, aber warum ausgerechnet der erste Januar? Genauso gut könnte man den neunzehnten April als den Tag auswählen, an dem sich alles verändert. Ein Tag ist ein Tag ist ein Tag. Er bedeutet nichts.

»Wenn die Uhr Mitternacht schlägt, wünsch dir etwas. Was wünschst du dir? Für dich selbst. Für die Welt.«

Es ist Silvester. Keine Geburtstagsfeier mit Kerzen auf dem Kuchen. Ich bin nicht mehr acht Jahre alt. Ich glaube nicht mehr daran, dass Wünsche wahr werden. Aber wenn doch, was würde ich mir wünschen? Jenen Tag ungeschehen machen zu können? *Ihn* wiederzusehen?

Normalerweise bin ich extrem willensstark! Wie jemand

auf Diät, der selbst dem kleinsten Plätzchen widersteht, erlaube ich mir nicht, auch nur an ihn zu denken. Doch für einen ganz kurzen Moment lasse ich mich gehen und stelle mir vor, er wäre hier, käme den Strand entlang, das Haar im Feuerschein glänzend, die Augen dunkel, lebendig, voller Ironie – ich lasse meiner Phantasie freien Lauf. Für einen Augenblick kann ich ihn fast sehen.

Während ich mich dieser Phantasie hingebe, warte ich auf den unausweichlichen schmerzlichen Stich. Doch er bleibt aus. Stattdessen atme ich plötzlich ruhiger, und in mir wird es warm. Ich lasse alle Vorsicht außer Acht, ignoriere meinen gesunden Menschenverstand und tauche in die Erinnerungen an ihn ein. Ich umarme mich selbst, so, als hielte er mich fest, und für einen Augenblick fühlt sich alles so richtig an.

»Ich dachte schon, ich würde dich nie wiederfinden!«

Ich blicke auf. Melanie kommt auf mich zu. »Ich war die ganze Zeit hier.«

»Ich habe dich mindestens eine halbe Stunde lang gesucht! Ich habe den ganzen Strand abgegrast! Ich hatte keine Ahnung, wo du bist.«

»Ich war hier.«

»Ich habe überall nach dir Ausschau gehalten. Die Party ist das reinste Chaos, alle sind stockbesoffen. Ein Mädchen hat mir gerade vor die Füße gekotzt, und alle möglichen Typen haben mich mit den dämlichsten Anmachsprüchen der Welt belästigt. Ich wurde öfter in den Hintern gekniffen, als ich zählen kann, und ein besonders charmanter Typ hat mich gerade gefragt, ob ich in sein Sandwich beißen will – und er meinte nichts zu essen!« Sie schüttelt den Kopf, als wolle sie die Erinnerung loswerden. »Wir sollten besser zusammenbleiben!«

»Das tut mir leid. Ich dachte, du hättest Spaß, und ich habe wohl einfach die Zeit vergessen.«

»Du hast die Zeit vergessen?«

»Ja, ich glaube schon. Es tut mir wirklich sehr leid, dass du dir Sorgen gemacht hast. Aber es geht mir gut. Möchtest du zurück zur Party gehen?«

»Nein! Ich habe die Nase voll. Lass uns gehen.«

»Von mir aus müssen wir noch nicht weg.« Ich blicke zum Lagerfeuer. Die Flammen tanzen, und es fällt mir schwer, den Blick davon abzuwenden. »Ich hätte nichts dagegen, noch zu bleiben.« Zum ersten Mal seit langer Zeit fühle ich mich wohl. Fühle ich mich wohl, da wo ich bin.

»Ich aber. Ich war die letzte halbe Stunde außer mir vor Sorge, und jetzt bin ich nüchtern, und mir geht das alles nur noch auf die Nerven. Das ist ja wie eine Verbindungsparty auf mexikanisch.«

»Oh! Okay, dann lass uns gehen.« Ich folge ihr zurück zu dem Schuhhaufen, wo sie ewig braucht, um ihre Flipflops wiederzufinden, und dann steigen wir in das wartende Taxi. Als ich auf die Uhr im Armaturenbrett schaue, ist es schon zwanzig nach zwölf. Ich glaube zwar nicht wirklich an das, was der Sänger über Mitternachtswünsche gesagt hat, aber nachdem ich verpasst habe, mir etwas zu wünschen, habe ich das Gefühl, eine Möglichkeit vergeben zu haben.

Melanie und ich schweigen, und nur der Fahrer singt leise zur Musik im Radio. Als wir durch die Tore in das Resort einbiegen und Melanie dem Fahrer einige Geldscheine reicht, kommt mir plötzlich eine Idee.

»Melanie! Wie wäre es, wenn wir diesen Typen für ein, zwei Tage anheuern und irgendwohin fahren würden, weg von den Touristen?«

»Warum denn das?«

»Ich weiß nicht. Einfach, um zu sehen, was passieren würde, wenn wir mal etwas Neues ausprobieren. Entschuldigen Sie, Señor, was würde es kosten, wenn Sie uns einen ganzen Tag lang fahren?«

»*Lo siento. No hablo inglés.*« Er zuckt entschuldigend mit den Schultern.

Melanie schaut mich an und verdreht die Augen. »Scheint, als müsstest du dich mit deinem einen großen Abenteuer zufrieden geben.«

Erst glaube ich, sie meint die Party, aber dann wird mir klar, dass sie die Ruinen meint. Denn mir ist es tatsächlich gelungen, unsere Eltern zu überreden, einmal eine andere Ruine zu besichtigen. Anstatt nach Tulum sind wir also nach Coba gefahren, und genau wie ich gehofft hatte, hielten wir unterwegs in einem kleinen Dorf an. Ich war ganz aufgeregt, weil ich glaubte, endlich das echte Mexiko kennenzulernen. Zwar hatte ich meine ganze Familie im Schlepptau, aber es war ein richtiges Maya-Dorf. Nur dass dann Susan und meine Mutter in einen Perlenschmuck-Kaufrausch gerieten, die Dorfbewohner aus ihren Häusern kamen und für uns trommelten, wir alle eingeladen wurden, im Kreis herumzutanzen, und es sogar eine traditionelle spirituelle Reinigung gab. Dabei wurde fleißig gefilmt und nach der Reinigung spendete mein Vater zehn Dollar in einen Hut, der wie zufällig vor uns aufgetaucht war. Ich musste erkennen, dass es hier nicht anders war als auf meiner Tour durch Europa.

In der Ferienwohnung herrscht Stille. Unsere Eltern sind schon zu Bett gegangen. Doch sobald sich die Tür hinter uns schließt, taucht Mom aus ihrem Schlafzimmer auf. »Ihr seid aber früh zurück«, sagt sie.

»Ich war müde«, lügt Melanie. »Gute Nacht. Gutes neues Jahr.« Sie tappt in Richtung unseres Zimmers, und meine Mutter gibt mir einen Neujahrskuss und kehrt in ihres zurück.

Ich bin kein bisschen müde, also setze ich mich auf den Balkon und lausche den gedämpften Klängen der Hotelparty. Am Horizont braut sich ein Gewitter zusammen. Ich ziehe mein Handy aus der Tasche und öffne zum ersten Mal seit Monaten die Fotogalerie.

Sein Gesicht ist so schön, dass sich mein Magen zusammenkrampft. Aber er sieht unwirklich aus, wie einer, den ein Mädchen wie ich niemals kennenlernen würde. Doch dann betrachte ich mich, die Person auf dem Foto, und erkenne sie kaum wieder. Nicht nur weil die Frisur anders ist, sondern weil diese Person eine ganz andere Ausstrahlung hat. Das bin nicht ich. Das ist Lulu. Und sie ist genauso verschwunden wie er.

Tabula rasa. Das hat der Reggaesänger gesagt. Vielleicht habe ich verpasst, mir etwas zu wünschen, aber ich kann noch immer einen Schlussstrich ziehen und versuchen, über die Sache hinwegzukommen. Ich erlaube es mir, das Bild von Willem und Lulu in Paris mit aller Ruhe zu betrachten.

»Gutes neues Jahr«, wünsche ich den beiden.

Und dann lösche ich sie.

Neunzehn

JANUAR

College

Während ich in Mexiko war, ist in Boston ein halber Meter Schnee gefallen, und es herrschten die ganze Zeit frostige Temperaturen. Als ich nach zwei Wochen zurückkehre, gleicht der Campus einer bedrückenden grauen Tundra. Ich treffe einige Tage vor Vorlesungsbeginn ein, unter dem Vorwand, mich auf das neue Semester vorbereiten zu wollen, doch in Wirklichkeit habe ich es zu Hause, unter den wachsamen Augen meiner Gefängniswärterin, nicht einen Tag länger ausgehalten. In Mexiko war es schon schlimm genug gewesen, aber zu Hause, ohne Melanie, die mich immer wieder aufmunterte, wurde es unerträglich. Melanie ist schon gleich am Tag nach unserer Rückkehr weiter nach New York City gefahren, ohne dass wir noch die Möglichkeit gehabt hätten, diese seltsame Spannung zwischen uns aus der Welt zu schaffen.

Das Top Trio kehrt voller Anekdoten und Insiderwitze aus den Ferien zurück. Sie haben Silvester gemeinsam bei Kendras Familie in deren Ferienhaus in Virginia Beach verbracht, sind trotz des Schnees draußen schwimmen gewesen und bestellen sich jetzt alle Polar-Bear-Club-T-Shirts. Sie sind so freundlich, mich nach meinem Urlaub zu fragen, aber ihre Höflichkeit raubt mir den Atem, also ziehe ich mehrere Pullis und Parkas übereinander und gehe rüber zum Unibuchladen, um mir ein neues Mandarin-Arbeitsbuch zu besorgen.

Ich stehe gerade vor dem Fremdsprachenregal, als mein Handy klingelt. Ich brauche nicht einmal nachzusehen, um zu wissen, wer es ist. Mom hat mich, seitdem ich wieder hier bin, mindestens zweimal täglich angerufen.

»Hey, Mom.«

»Allyson Healey?« Die Stimme am Telefon klingt hoch und angenehm, ganz anders als die meiner Mutter.

»Ja, hier ist Allyson.«

»Hallo, Allyson. Ich bin Gretchen Price, die Vertrauenslehrerin.«

Ich sage erst einmal nichts, atme tief durch und versuche, das mulmige Gefühl im Magen zu unterdrücken. »Ja?«

»Ich wollte fragen, ob Sie nicht auf einen Sprung bei mir im Büro vorbeischauen möchten. Einfach mal hallo sagen.«

Ich habe das Gefühl, mich gleich auf den hohen Stapel von *Buon Giorno Italiano* zu übergeben. »Hat meine Mutter Sie angerufen?«

»Ihre Mutter? Nein, hat sie nicht.« Ich höre, wie etwas polternd umfällt. »Mist! Bleiben Sie kurz dran.« Ich höre es rascheln, und dann meldet sie sich wieder. »Bitte entschuldigen Sie, dass ich mich so spontan melde, aber irgendwie klappt es bei mir momentan nicht anders. Ich würde mich jedenfalls freuen, wenn Sie vor Semesterbeginn mal reinschauen würden.«

»Semesterbeginn ist übermorgen.«

»Stimmt. Wie wäre es also mit heute?«

Sie werden mich rausschmeißen. Ich habe es innerhalb von nur einem Semester vermasselt. Sie wissen, dass ich keine fröhliche Collegestudentin bin. Ich entspreche nicht dem Ideal der jungen Frauen in den Hochglanzbroschüren. Ich gehöre nicht hierher. »Ist es was Schlimmes?«

»Nein, das würde ich so nicht sagen. Warum kommen Sie nicht … Augenblick mal.« Papier raschelt. »Wie wäre es um vier?«

»Sind Sie ganz sicher, dass meine Mutter nicht angerufen hat?«

»Ja, Allyson, ich bin ganz sicher. Also um vier?«

»Worum geht's denn?«

»Ach, ich möchte Sie einfach mal kennenlernen. Wir sehen uns um vier.«

Das Büro von Gretchen Price befindet sich am äußeren Ende des mit Efeu überwucherten Verwaltungstrakts. Überall liegen Stapel von Büchern, Papieren und Zeitschriften herum: auf dem runden Tisch und den Sesseln am Fenster, auf der Chaiselongue, auf dem Schreibtisch.

Sie telefoniert gerade, als ich hereingeführt werde, also bleibe ich in der Tür stehen. Sie winkt mich zu sich. »Sie müssen Allyson sein. Räumen Sie sich einfach einen Stuhl frei und setzen Sie sich. Ich bin in einer Sekunde für Sie da.«

Ich räume eine schmutzige Stoffpuppe, der ein geflochtener Zopf abgeschnitten wurde, sowie einen Stapel Mappen von einem der Stühle. Einige der Mappen sind mit Klebezetteln versehen: *Ja. Nein. Vielleicht.* Aus einer rutschen Papiere heraus, eine Collegebewerbung. Genau so eine, wie ich sie vor einem Jahr eingeschickt habe. Ich schiebe die Seiten zurück in die Mappe und lege alles auf den Stuhl neben mir.

Gretchen beendet das Telefonat. »Also, Allyson, wie geht es Ihnen?«

»Gut, danke.« Ich werfe einen Blick auf die vielen Bewerbungsmappen, all die jungen Leute, die auch gerne so einen Studienplatz hätten wie ich. »Sehr gut sogar.«

»Wirklich?« Sie nimmt einen Ordner zur Hand, und mich beschleicht das Gefühl, als sei die Sache bereits gelaufen.

»Klar!«, antworte ich, so munter ich kann.

»Die Sache ist nämlich die, ich habe mir nämlich mal Ihre Noten im ersten Semester angesehen.«

Ich spüre, wie mir die Tränen in die Augen schießen. Sie hat mich unter einem falschen Vorwand hierhergelockt. Sie hat gesagt, es sei nichts Schlimmes, dass sie mich nur kennenlernen wolle. Und ich bin doch auch nicht durchgefallen! Ich stehe einfach nur zwei minus!

Sie sieht mir meine Besorgnis an und macht eine beruhigende Handbewegung. »Ganz locker, Allyson«, sagt sie mit sanfter Stimme. »Ich will Ihnen nichts. Ich möchte nur wissen, ob Sie vielleicht Hilfe brauchen, und sie Ihnen anbieten, wenn das der Fall ist.«

»Es war mein erstes Semester. Ich musste mich noch eingewöhnen.« Diese Ausrede habe ich schon so oft benutzt, dass ich allmählich fast selbst daran glaube.

Gretchen lehnt sich in ihrem Stuhl zurück. »Wissen Sie, oft wird gesagt, das Auswahlverfahren für die Studienplätze sei unfair und nicht aussagekräftig, weil man Menschen nicht anhand von Unterlagen bewerten könne. In Wahrheit verraten einem diese Unterlagen jedoch sehr viel.« Sie trinkt einen Schluck aus einer von Kindern bemalten Tasse. Sie ist verziert mit pastellfarbenen Daumenabdrücken. »Zwar haben wir uns noch nie getroffen, aber anhand Ihrer Unterlagen vermute ich, dass Sie ein bisschen zu kämpfen haben.«

Sie fragt mich nicht, ob ich zu kämpfen habe. Sie fragt nicht, warum ich zu kämpfen habe. Sie weiß es einfach. Die Tränen fließen jetzt, und ich halte sie nicht zurück. Die Erleichterung ist größer als die Scham.

»Um eines ganz klarzustellen: Ich sorge mich nicht um Ihren Notendurchschnitt. Dass die Noten im ersten Semester schlechter werden, ist genauso normal, wie an Gewicht zuzulegen, die sprichwörtlichen Freshman Fifteen. Meine Güte, Sie hätten mal meinen Schnitt im ersten Semester sehen sollen.« Sie schüttelt den Kopf und lacht. »Im Großen und Ganzen gliedern sich die Studenten, die zu kämpfen haben, in zwei Gruppen: diejenigen, die sich erst an die Freiheit gewöhnen müssen und vielleicht etwas zu viel Zeit auf Partys und zu wenig Zeit in der Bibliothek verbringen. Die haben das normalerweise nach ein, zwei Semestern wieder im Griff.« Sie sieht mich an. »Trinken Sie zu viel, Allyson?«

Ich schüttle den Kopf, obwohl ich an ihrem Tonfall höre, dass es sowieso nur eine rhetorische Frage war und sie die Antwort bereits kennt.

Sie nickt. »Das Muster der zweiten Gruppe ist heimtückischer und leider ein typisches Anzeichen für Studienabbrecher. Und deswegen wollte ich Sie gerne sehen.«

»Glauben Sie, dass ich das Studium abbrechen werde?«

Sie starrt mich eindringlich an. »Nein. Aber wenn ich Ihre Noten von der Highschool mit denen vom ersten Semester vergleiche, kann ich ein Muster erkennen.« Sie zeigt auf den Ordner, der offenbar Informationen über meine gesamte Schullaufbahn enthält. »Studentinnen wie Sie, junge Frauen, sind auf der Highschool exzellente Schülerinnen gewesen. Schauen Sie mal Ihre Noten an: hervorragend in allen Fächern. Fremdsprachen, Naturwissenschaften, Gesellschaftslehre, überall Einser. Außergewöhnlich gute Ergebnisse bei den Aufnahmetests. Dann kommen Sie aufs College, wofür Sie ja schließlich auch so hart gearbeitet haben, stimmt's?«

Ich nicke.

»Nun, dann sind Sie hier und lassen auf einmal nach. Sie wären überrascht, wenn Sie wüssten, wie viele meiner hervorragenden, braven und eifrigen Studentinnen das Studium abbrechen.« Bekümmert schüttelt sie den Kopf. »Es tut mir jedes Mal so leid. Ich bin für die Auswahl unserer Studierenden mitverantwortlich, und es fällt auf mich zurück, wenn sie versagen und aufgeben.«

»Wie eine Ärztin, die einen Patienten verliert.«

»Guter Vergleich. Sehen Sie, wie klug Sie sind?«

Ich lächle niedergeschlagen.

»Wissen Sie, Allyson, das College sollte für Sie eigentlich …«

»Die beste Zeit meines Lebens sein?«

»Ich wollte sagen, eine Bereicherung sein. Ein Abenteuer. Eine Entdeckungsreise. Doch wenn ich Sie mir so ansehe, scheint das für Sie nicht zuzutreffen. Und wenn ich mir dazu Ihren Stundenplan betrachte …« Sie wirft einen Blick auf ihren Computerbildschirm. »Biologie, Chemie. Physik. Mandarin. Praktische Übungen im Labor. Das ist sehr ehrgeizig für das erste Semester.«

»Ich will Medizin studieren«, antworte ich. »Ich brauche die Scheine.«

Sie sagt nichts, sondern trinkt noch einen Schluck Kaffee. Dann fragt sie: »Sind das die Veranstaltungen, die Sie wirklich gerne belegen wollen?«

Ich überlege einen Moment. Das hat mich noch nie jemand gefragt. Als uns das Vorlesungsverzeichnis per E-Mail zugeschickt wurde, war es von vornherein eine abgemachte Sache, dass ich alle für Medizin wichtigen Veranstaltungen belegen würde. Meine Mutter wusste genau, was ich wann zu besuchen hätte. Ich hatte mir einige Wahlfächer angesehen und erwähnt, dass ich Töpfern cool fände, aber genauso gut hätte ich sagen können, ich wolle meinen Abschluss in Unterwasserkorbflechten machen.

»Ich weiß nicht, was ich wirklich gerne belegen will.«

»Warum werfen Sie nicht noch einmal einen Blick ins Vorlesungsverzeichnis? Vielleicht ändern Sie Ihren Stundenplan ein wenig. Die Nachmeldefrist ist noch nicht abgelaufen, und ich könnte auch ein gutes Wort für Sie einlegen.« Schweigend schiebt sie mir das Vorlesungsverzeichnis über den Tisch. »Selbst wenn Sie Medizin studieren wollen, bleiben Ihnen noch vier Jahre, um die nötigen Scheine zu erwerben, und außerdem brauchen Sie zusätzliche Qualifikationen in Gesellschaftswissenschaften. Sie müssen nicht den ganzen Stoff in die ersten Semester packen, wir sind hier nicht an der medizinischen Fakultät.«

»Und was ist mit meinen Eltern?«

»Was ist denn mit Ihren Eltern?«

»Ich kann sie doch nicht enttäuschen.«

»Auch dann nicht, wenn das bedeutet, dass Sie unglücklich sind? Das würden Ihre Eltern doch sicher nicht wollen.«

Wieder fließen die Tränen, und Gretchen reicht mir ein weiteres Taschentuch.

»Ich verstehe, dass Sie es Ihren Eltern recht machen möchten und wollen, dass sie stolz auf Sie sind. Das ist sehr ehrenwert, und ich kann Sie dafür nur bewundern. Aber letzten Endes geht es hier um Ihre Ausbildung, Allyson. Es ist Ihre Sache. Und es ist Ihr Spaß.« Sie hält inne und trinkt noch einen Schluck Kaffee. »Außerdem könnte ich mir vorstellen, dass Ihre Eltern sich darüber freuen, wenn sich Ihr Notendurchschnitt verbessert.«

Da hat sie absolut recht. Ich nicke. Sie sieht auf ihren Computerbildschirm. »Also, tun wir doch einfach mal so, als ob wir einige Veranstaltungen austauschen würden. Irgendeine Idee, was Sie gerne nehmen würden?«

Ich schüttle den Kopf.

Gretchen nimmt das Vorlesungsverzeichnis und blättert es durch. »Ach, kommen Sie schon! Hier wird Ihnen ein intellektuelles Büfett vom Feinsten geboten – bedienen Sie sich! Archäologie. Salsa tanzen. Kindesentwicklung. Malerei. Einführung in die Finanzwirtschaft. Journalismus. Anthropologie. Keramisches Gestalten.«

»Ist das wie Töpfern?«, unterbreche ich sie.

»Ja, das ist es.« Sie kneift die Augen zusammen und tippt etwas auf der Tastatur ein. »Keramik für Anfänger, dienstags um elf. Es sind noch Plätze frei. Oh, das kollidiert mit den praktischen Übungen in Physik. Sollen wir die praktischen Übungen, ja vielleicht überhaupt die Physik, auf ein späteres Semester verschieben?«

»Streichen Sie die.« Das zu sagen fühlt sich wunderbar an, als ließe ich eine Traube gasgefüllter Ballons fliegen und sähe ihnen nach, wie sie am Himmel verschwinden.

»Sehen Sie? Und schon haben Sie den ersten Schritt gemacht«, sagt Gretchen. »Wie wäre es mit ein bisschen Gesellschaftswissenschaften, so als Gegengewicht? Die brauchen Sie sowieso, die sind Pflicht. Interessieren Sie sich mehr für alte oder für neuere Geschichte? Es gibt eine wunderbare Überblicksvorlesung zu Europa, und wir bieten ein tolles Seminar über die russische Revolution an. Hier sehe ich auch ein faszinierendes Seminar über die Zeit vor der amerikanischen Revolution, das gerade hier für die Gegend um Boston interessant ist. Sie können auch schon mal mit Literatur anfangen. Lassen Sie uns mal sehen. Wir könnten es durchaus wagen, Sie in eines der interessanteren Seminare einzuschmuggeln.« Sie scrollt die Liste auf dem Bildschirm herunter. »Beatpoesie. Holocaust-Literatur. Politik in Prosa. Mittelalterliche Poesie. Shakespeare lautstark.«

Ein elektrischer Schock fährt mir die Wirbelsäule hinauf. Ein alter Schalter, ewig nicht benutzt, der ausprobiert wird und in der Dunkelheit Funken schlägt.

Gretchen muss meinen Gesichtsausdruck beobachtet haben, denn sie erzählt mir, dass es sich nicht um irgendein Shakespeare-Seminar handele, sondern um das von Professor Glenny, der sehr dezidierte Vorstellungen davon habe, wie man Shakespeare unterrichten solle, und dass seine Veranstaltungen am College Kultstatus besäßen.

Ich kann nicht anders, als an *ihn* zu denken. Und dann denke ich an Tabula rasa und den Entschluss, den ich an Silvester gefasst habe, und die Tatsache, dass ich Medizin studieren will. »Ich glaube nicht, dass ich diese Veranstaltung belegen sollte.«

Das bringt sie zum Lächeln. »Manchmal findet man am besten heraus, was man tun sollte, wenn man das tut, was man eigentlich nicht tun sollte.« Sie klappert auf der Tastatur herum. »Es ist voll, wie immer, also müssen Sie versuchen, über die Warteliste reinzukommen. Warum probieren Sie es nicht einfach aus? Überlassen Sie es dem Schicksal.«

Schicksal. Ich glaube, das ist ein anderes Wort für Zufall.

An den ich nicht mehr glaube.

Trotzdem lasse ich mich auf die Warteliste setzen.

Zwanzig

Als ich in den Raum komme, in dem das Seminar »Shakespeare lautstark« stattfindet, kommt es mir so vor, als betrete ich ein vollkommen anderes College als das, an dem ich die letzten vier Monate studiert habe. Anstatt in einen riesigen Hörsaal wie bei den Naturwissenschaften oder einen großen Vorlesungsraum wie bei Mandarin gelange ich in ein kleines, intimes Klassenzimmer, wie es sie auch an der Highschool gab. Etwa fünfundzwanzig Tische stehen in U-Form um ein Dozentenpult in der Mitte. Auch die Studenten sehen anders aus: Sie haben Lippenpiercings und ihre Haare Farben, die man normalerweise so nicht auf menschlichen Köpfen findet – eine Inszenierung gepflegter Entfremdung. Künstlertypen, denke ich. Als ich mich nach einem Sitzplatz umsehe – es ist keiner mehr frei –, würdigt mich niemand auch nur eines Blickes.

Ich setze mich auf den Boden in der Nähe der Tür, um den Raum schneller wieder verlassen zu können. Vielleicht gehöre ich nicht in die Chemie, aber hier bin ich auch fehl am Platz. Als Professor Glenny fünf Minuten zu spät hereinstürmt, stelle ich fest, dass er wie ein Rockstar aussieht – buschiges, ergrauendes Haar, ausgelatschte Lederstiefel, ja, sogar wulstige Lippen wie Mick Jagger. Er stolpert über mich und tritt mir auf die Hand. Meine anderen Veranstaltungen waren ja schon schlimm, aber noch nie ist jemand auf mir herumgetrampelt. Kein gutes Vorzeichen! Beinahe wäre ich sofort aufgesprungen und wieder gegangen, doch inzwischen wird mir der Weg von einer Flut weiterer Studenten versperrt.

»Bitte melden«, beginnt Professor Glenny, nachdem er seine Shabby-Chic-Ledertasche auf das Pult hat fallen lassen. »Wie viele von Ihnen haben jemals ein Shakespearestück nur so zum Vergnügen gelesen?« Er spricht mit britischem Akzent, aber bei ihm klingt es nicht hochnäsig.

Ungefähr die Hälfte der Klasse hebt die Hand. Beinahe hätte ich mich auch gemeldet, aber es wäre gelogen und außerdem unnötig, denn warum sollte ich heucheln, wenn ich sowieso nicht bleiben will?

»Ausgezeichnet. Nächste Frage: Wie viele von Ihnen sind bei dem Versuch, ein Shakespearestück zu lesen, eingeschlafen?«

Die Klasse schweigt. Niemand hebt die Hand. Professor Glenny schaut mich an, und ich frage mich, woher er das weiß, doch dann merke ich, dass er nicht mich, sondern den Kommilitonen hinter mir ansieht, der als Einziger die Hand gehoben hat. Ebenso wie alle anderen in der Klasse drehe ich mich um und starre ihn an. Er ist einer von zwei schwarzen Studenten im Raum. Sein Haar in einem üppigen Afrolook wird von strassbesetzten Spangen zusammengehalten, und auf seinen Lippen schimmert kaugummirosa Gloss. Ansonsten ist er gekleidet wie eine typische Fußballmom mit Jogginghose und pinkfarbenen UGG-Boots. Auf diesem Feld sorgfältig kultivierter Schrillheit ist er eine Wildblume oder vielleicht ein Unkraut.

»Welches Stück hat Sie dermaßen gelangweilt?«, will Professor Glenny wissen.

»Sie können es sich aussuchen: *Hamlet. Macbeth. Othello.* Selbst bei den besten bin ich weggedöst.«

Die Leute kichern, als sei es echt das Letzte, beim Lernen einzuschlafen.

Professor Glenny nickt. »Also warum ... Bitte entschuldigen Sie, Ihr Name ...?«

»D'Angelo Harrison, aber meine Freunde nennen mich Dee.«

»Dann bin ich so frei und nenne Sie Dee. Dee, warum haben Sie sich für dieses Seminar entschieden? Sofern Sie nicht nur hier sind, um ein wenig Schlaf nachzuholen.«

Gelächter.

»Wenn ich richtig gerechnet habe, kostet dieses Seminar ungefähr fünftausend Dollar pro Semester«, antwortet Dee. »Schlafen kann ich anderswo umsonst.«

Ich rechne nach. Kostet ein Seminar wirklich so viel?

»Gutes Argument«, antwortet Professor Glenny. »Also, noch einmal, warum besuchen Sie dieses Seminar, obwohl es kostspielig ist und Shakespeare auf Sie einschläfernd wirkt?«

»Genau genommen bin ich noch gar nicht im Seminar. Ich stehe auf Ihrer Warteliste.«

Mir ist nicht klar, ob Dee den Professor hinhält oder ihm Paroli bietet, aber jedenfalls bin ich beeindruckt. Alle anderen hier scheinen sich größte Mühe zu geben, sich anzupassen und alles richtig zu machen, aber dieser Typ versucht es gar nicht erst. Zu seiner Ehre muss man sagen, dass Professor Glenny eher amüsiert als verärgert wirkt. »Worauf ich hinauswill, Dee: Warum wollen Sie versuchen teilzunehmen?«

Eine lange Pause tritt ein. Man hört die Neonröhren summen, und einige Studenten, die sich offenbar bereits eine Antwort zurechtgelegt haben, räuspern sich. Dann sagt Dee:

»Weil mich die Verfilmung von *Romeo und Julia* mehr als alles andere auf der Welt zum Weinen bringt. Jedes Mal, wenn ich sie sehe.«

Wieder lacht die Klasse. Es ist kein nettes Lachen. Professor Glenny wendet sich zum Pult und zieht ein Blatt Papier und einen Stift aus seiner Tasche. Es ist eine Liste. Er starrt sie nachdenklich an und streicht dann einen Namen durch. Hat es dieser Dee womöglich gerade geschafft, sich von der Warteliste streichen zu lassen? In was für ein Seminar hat mich Gretchen Price hier gesteckt? Gladiator-Shakespeare?

Dann wendet sich Professor Glenny einer Kommilitonin zu, die aussieht wie ein knallbuntes Kaubonbon. Sie steckt die Nase in eine Ausgabe der gesammelten Werke von Shakespeare – die Art von Mädchen, die sich wahrscheinlich niemals die moderne Version von *Romeo und Julia* mit Leonardo di Caprio und Claire Danes angesehen hat oder beim Lesen von *Macbeth* eingeschlafen ist. Der Professor bleibt einen Moment lang vor ihr stehen, bis sie aufblickt und verlegen lächelt mit diesem Oje-Sie-haben-mich-dabei-erwischt-wie-ich-in-meinem-Buch-lese-Blick. Er grinst sie mit einem Tausend-Watt-Lächeln an und schlägt dann das Buch zu. Es ist ein dickes Buch. Es gibt einen lauten Knall.

Professor Glenny kehrt zu seinem Platz zurück. »Shakespeare ist eine geheimnisvolle Figur. Es wurde viel geschrieben über diesen Mann, über den wir in Wahrheit sehr wenig wissen. Manchmal glaube ich, dass nur für Jesus mehr Tinte mit einem weniger fruchtbaren Ergebnis vergeudet wurde. Daher sehe ich davon ab, den Mann in irgendeiner Weise zu charakterisieren. Doch ich werde mich so weit vorwagen, dass ich behaupte: Shakespeare hat seine Stücke nicht geschrieben, damit die Leute in den Bibliotheken hocken und still darin lesen.« Er legt eine Kunstpause ein, bevor er fortfährt. »Stückeschreiber sind keine Romanautoren. Sie erschaffen Werke, die aufgeführt und interpretiert werden müssen, ja, im Laufe der Zeit immer wieder neu interpretiert werden müssen. Es spricht für Shakespeares Genie, dass er uns so großartiges Rohmaterial hinterlassen hat, dass es tatsächlich die Zeit überdauern und die unzähligen Neuinterpretationen überstehen konnte, mit denen wir es zugeschüttet haben. Doch um Shakespeare wahrhaft schätzen zu lernen und zu verstehen, warum er überdauert hat, müssen wir seine Werke laut hören oder, noch besser, sie aufgeführt sehen, ob in historischen Kostümen oder splitterfasernackt – ein zweifelhaftes Vergnügen, das ich einmal hatte. Obwohl eine gute Filmproduktion ebenfalls ihren Zweck erfüllen kann, wie unser Freund Dee so eindrucksvoll demonstriert hat. Und, Mister Harrison«, wieder sieht er Dee an. »Danke für Ihre Ehrlichkeit. Ich bin auch schon beim Lesen von Shakespeare eingeschlafen. Die Speichelflecken sind heute noch in meiner Collegeausgabe zu sehen. Sie stehen übrigens nicht mehr auf der Warteliste. Sie sind im Kurs aufgenommen.«

Professor Glenny geht zur Tafel und schreibt *Englisch 317 – Shakespeare lautstark* darauf. »Der Name dieses Seminars ist Programm, denn wir werden Shakespeare nicht allein im stillen Kämmerlein oder leise in der Bibliothek lesen. Wir werden ihn aufführen. Wir werden uns ansehen, wie er aufgeführt wird. Wir lesen seine Stücke laut, allein oder zu zweit. Sie alle werden ohne Ausnahme zu Schauspielern und Schauspielerinnen werden, die Shakespeare-Texte für die anderen und vor den anderen interpretieren. Für diejenigen unter Ihnen, die dazu nicht bereit sind oder die einen konservativeren Ansatz bevorzugen, bietet diese ehrwürdige Institution zahlreiche andere Shakespeare-Veranstaltungen, zu denen ich Ihnen dann eher raten würde.«

Er hält inne, als wolle er den Unschlüssigen eine Chance zum Verlassen des Seminars bieten. Ich könnte jetzt rausgehen, aber aus irgendeinem Grund bleibe ich wie angewurzelt sitzen.

»Wie Sie vielleicht schon gehört haben, richte ich meine Unterrichtsvorbereitung an den Shakespeare-Stücken aus, die während dieses Semesters aufgeführt werden, sei es von einer Laientheatergruppe oder einem professionellen Ensemble. Ich erwarte Ihre Anwesenheit bei jedem Stück, wobei ich sehr günstige Gruppentarife für uns aushandeln werde. Wie es der Zufall will, wird uns in den kommenden Monaten eine erfreuliche Vielfalt von Aufführungen geboten.«

Er teilt den Terminplan aus, und noch bevor ich ihn in Händen halte, noch bevor er die Reihenfolge der Stücke an die Tafel geschrieben hat, weiß ich instinktiv, dass *es* dabei sein wird, obwohl Shakespeare über dreißig Stücke verfasst hat. Ich weiß, dass es auf der Liste stehen wird.

Es steht in der Mitte des Plans, nach *Heinrich V.* und *Das Wintermärchen* und vor *Wie es euch gefällt, Cymbeline* und *Maß für Maß.* Es scheint mich anzuspringen wie die Leuchtschrift einer Werbetafel: *Was ihr wollt.* Und jetzt ist es irrelevant, ob ich an dem Seminar teilnehmen möchte oder nicht. Ich kann mich hier nicht hinstellen und daraus vorlesen. Das wäre das Gegenteil von Tabula rasa.

Professor Glenny redet noch eine Zeitlang über die Stücke, deutet der Reihe nach auf jedes einzelne und verwischt in seinem Enthusiasmus die Schrift. »Am meisten gefällt mir an diesem Seminar, dass sich die Themen uns aussuchen. Nicht wir wählen die Stücke aus, sondern die Stücke uns. Der Dekan war zunächst skeptisch, ob man den Zufall über akademische Inhalte entscheiden lassen sollte, aber bisher war es jedes Mal ein Erfolg. Sehen wir uns einmal diese Auswahl an.« Wieder zeigt er auf die Liste. »Kann irgendjemand anhand dieser speziellen Stücke das Thema dieses Seminars ableiten?«

»Es sind alles Komödien?«, rät die Kommilitonin, die aussieht wie ein Bonbon.

»Nicht schlecht. *Das Wintermärchen, Maß für Maß* und *Cymbeline* werden jedoch trotz ihrer humorvollen Züge eher als Problemstücke, also Romanzen betrachtet, eine Kategorie, die wir später näher betrachten werden. Und *Heinrich V.* ist trotz einiger komischer Passagen ein sehr ernstes Stück. Weitere Vorschläge?«

Stille.

»Ich gebe Ihnen einen Tipp. Am deutlichsten erkennt man es in *Was ihr wollt* und *Wie es euch gefällt*, wobei es sich tatsächlich um Komödien handelt – was nicht bedeutet, dass es nicht auch sehr bewegende Stücke wären.«

Noch größere Stille.

»Na los! Sie sind doch ausgezeichnete Studenten. Einer von Ihnen muss doch eines der beiden Stücke kennen. Wer hat schon einmal *Was ihr wollt* gesehen?«

Ich merke gar nicht, dass ich die Hand gehoben habe, bis es zu spät ist. Bis Professor Glenny es sieht, mir zunickt und mich mit seinen neugierigen Augen anstrahlt. Am liebsten würde ich jetzt sagen, dass ich mich vertan habe, dass nicht ich mich gemeldet habe, sondern eine andere Version von Allyson, die nur für einen kurzen Moment hier aufgetaucht ist. Doch es gibt kein Zurück, und ich platze damit heraus, dass ich letzten Sommer *Was ihr wollt* gesehen habe.

Professor Glenny sieht mich an, als warte er darauf, dass ich meine Gedanken weiter ausführe. Aber das war's, mehr habe ich nicht zu sagen. Ein peinliches Schweigen entsteht, als hätte ich mich gerade als Alkoholikerin geoutet.

Doch Professor Glenny lässt nicht locker: »Und, woraus entstehen hauptsächlich Spannung und Humor speziell in diesem Stück?«

Für einen Moment sitze ich nicht mehr an einem Wintermorgen in diesem überheizten Unterrichtsraum, sondern bin wieder in England, an einem schwülen Sommerabend am Canal Basin in Stratford-upon-Avon. Und dann in einem Pariser Park. Und dann wieder hier. An allen drei Orten lautet die Antwort gleich: »Keiner ist der, der er vorgibt zu sein.«

»Vielen Dank ...?«

»Allyson«, ergänze ich. »Allyson Healey.«

»Allyson. Vielleicht ist das ein klein wenig zu allgemein ausgedrückt, aber es trifft den Kern der Sache, und genau darum geht es uns hier.« Er dreht sich zur Tafel um und schreibt *wechselnde Identität, wechselnde Realität* an. Dann streicht er wieder etwas auf seinem Blatt Papier durch.

Professor Glenny fährt fort: »Bevor sich unsere Wege für heute trennen, noch eine letzte organisatorische Sache. Wir werden keine Zeit haben, jedes Stück im Unterricht ganz zu lesen, obwohl wir schon einiges schaffen werden. Ich glaube, ich habe meine Ansichten über das stille Lesen deutlich gemacht, daher möchte ich, dass Sie die restlichen Passagen zusammen mit einem Partner oder einer Partnerin laut lesen. Daran führt kein Weg vorbei. Bitte bilden Sie jetzt Zweiergruppen. Wenn Sie auf der Warteliste stehen, suchen Sie sich jemanden, der oder die ebenfalls auf der Liste steht. Allyson, Sie stehen nicht mehr auf der Warteliste. Sie sind im Kurs. Wie Sie sehen, wird Mitarbeit hier belohnt.«

Ein Rumoren entsteht, während sich Paare bilden. Ich sehe mich um. Neben mir sitzt eine relativ normal aussehende Kommilitonin mit Brille. Ich könnte sie fragen.

Ich könnte aber auch einfach aufstehen und den Raum verlassen. Obwohl ich nicht mehr auf der Warteliste stehe, könnte ich das Seminar vergessen und einem anderen meinen Platz überlassen.

Doch aus unerfindlichen Gründen tue ich weder das eine noch das andere. Ich wende mich von dem Mädchen mit der Brille ab und drehe mich um. Dort sitzt dieser Typ, Dee, wie ein unbeliebtes, unsportliches Kind, das immer als Letztes übrig bleibt, wenn in der Schule die Kickball-Mannschaften gewählt werden. Er trägt eine amüsierte Miene zur Schau, als wüsste er, dass ihn keiner zum Partner haben will und er so niemanden in eine peinliche Situation bringt. Als ich ihn frage, ob er mit mir zusammenarbeiten möchte, fällt für einen Moment seine Maske, und er wirkt ehrlich überrascht.

»Ganz zufällig ist meine Tanzkarte im Moment nicht allzu voll.«

»Heißt das ja?«

Er nickt.

»Gut. Allerdings hätte ich eine Bedingung oder eher eine Bitte. Eigentlich zwei.«

Er runzelt die Stirn und zieht dann die Augenbrauen so hoch, dass sie unter seinen vielen Haaren verschwinden.

»Ich möchte *Was ihr wollt* nicht laut lesen. Du kannst sämtliche Partien übernehmen, wenn du willst, und ich lese dann ein anderes Stück allein. Oder wir leihen uns eine Verfilmung aus und lesen mit. Ich will den Text nur nicht aussprechen müssen. Nicht ein einziges Wort.«

»Und wie willst du damit im Seminar durchkommen?«

»Das werde ich schon irgendwie hinkriegen.«

»Was hast du denn gegen *Was ihr wollt*?«

»Das ist die andere Sache. Ich will nicht darüber reden.«

Er seufzt, als denke er darüber nach. »Bist du eine Bekloppte oder eine Diva? Mit einer Diva komme ich klar, für Bekloppte habe ich keine Zeit.«

»Ich glaube, ich bin weder noch«, erwidere ich. Dee wirkt skeptisch. »Es geht nur um dieses eine Stück, ich schwöre. Und ich bin mir sicher, dass es eine DVD davon gibt.«

Er starrt mich lange an, als wolle er per Röntgenblick mein wahres Ich ergründen. Dann beschließt er entweder, dass ich in Ordnung bin, oder er erkennt, dass er keine andere Wahl hat – jedenfalls verdreht er die Augen und seufzt theatralisch. »Es gibt tatsächlich mehrere DVDs von *Was ihr wollt.*« Seine Stimme und seine Ausdrucksweise sind plötzlich wie ausgewechselt. Sogar sein Gesichtsausdruck wirkt professorenhaft. »Es gibt eine Verfilmung mit der wunderbaren Helena Bonham Carter. Aber wenn wir schon schummeln, sollten wir auf jeden Fall die Bühnenversion nehmen.«

Einen Augenblick lang starre ich ihn verblüfft an. Er erwidert mein Starren und verzieht dann den Mund zu einem ganz leichten Grinsen. Und ich erkenne, dass das, was ich eben gesagt habe, durchaus zutreffend ist: *Keiner ist der, der er vorgibt zu sein.*

Einundzwanzig

FEBRUAR
College

In den ersten Wochen nach Semesterbeginn haben Dee und ich uns in der Bibliothek getroffen, aber dort machten wir uns schnell unbeliebt, vor allem dann, wenn Dee in einer seiner Stimmen deklamierte. Und davon hat er viele: eine feierlich britische, wenn er den Heinrich spricht, eine mit schrägem irischen Akzent – seine Version eines walisischen Akzents – als Fluellen, eine mit übertriebenem französischem Akzent, wenn er französische Charaktere übernimmt. Ich versuche es erst gar nicht mit den Akzenten, ich bin schon froh, wenn ich mich nicht verhaspele.

Nachdem man uns in der Bibliothek zu oft wütend angezischt hatte, waren wir ins Studentenwerk übergesiedelt, dort aber konnte Dee mich wegen des Lärms nicht verstehen. Er setzt die Stücke so hervorragend um, als würde er im Hauptfach Theaterwissenschaft studieren, obwohl ich eher glaube, dass er für Geschichte oder Politik eingeschrieben ist. Nicht, dass er mir das erzählt hätte; wir lesen nur die Stücke, ansonsten unterhalten wir uns nicht. Aber ich habe ein paar seiner Lehrbücher gesehen, und sie handelten alle von der Geschichte der Arbeiterbewegung oder dem Staatswesen.

Bevor wir also das zweite Stück – *Das Wintermärchen* – in Angriff nehmen, schlage ich vor, dass wir in mein Zimmer umziehen, da nachmittags im Wohnheim meistens Ruhe herrscht. Dee sieht mich lange an und stimmt dann zu. Ich schlage ihm vor, um vier rüberkommen.

Am diesem Nachmittag stelle ich einen Teller von den Plätzchen hin, die Grandma mir weiterhin regelmäßig schickt, und koche Tee. Ich habe keine Ahnung, welche Erwartungen Dee hat, aber jedenfalls ist es das erste Mal, dass ich überhaupt jemanden in meinem Zimmer empfange – falls man das, was ich mache, überhaupt so nennen kann. Vielleicht kommt Dee aber auch einfach nur vorbei.

Aber als Dee die Plätzchen sieht, schenkt er mir ein seltsames kleines Lächeln. Dann zieht er seinen Mantel aus und hängt ihn in den Schrank, und das, obwohl ich meinen über einen Stuhl geworfen habe. Er streift die Stiefel ab, blickt sich im Zimmer um und fragt: »Hast du einen Wecker? Mein Handy ist nämlich kaputt.«

Ich stehe auf und zeige ihm den Karton mit den Weckern, die ich nach dem Besuch meiner Eltern wieder weggeräumt habe. »Such dir einen aus.«

Er lässt sich viel Zeit und wählt schließlich eine dekorative Mahagoni-Tischuhr aus den 1940er Jahren. Ich zeige ihm, wie man sie aufzieht. Er fragt, wie man die Weckzeit einstellt. Ich zeige ich ihm auch das. Er stellt den Wecker auf zehn vor sechs und erklärt, er müsse um sechs zur Arbeit in der Mensa erscheinen. Da das Lesen normalerweise nicht länger als eine halbe Stunde dauert, wundere ich mich, warum er den Wecker stellt. Aber ich sage nichts. Und ich frage ihn auch nicht nach seinem Job, obwohl ich neugierig bin.

Er setzt sich auf meinen Schreibtischstuhl, ich setze mich aufs Bett. Er nimmt ein Glas mit Fruchtfliegen vom Schreibtisch und mustert es leicht amüsiert. »Das sind Drosophilae«, erkläre ich. »Ich züchte sie für ein Bioseminar.«

Kopfschüttelnd erwidert er: »Wenn du noch mehr brauchst, kann ich dir aus der Küche meiner Mama welche besorgen.«

Ich würde ihn gerne fragen, wo diese Küche ist. Wo er herkommt. Aber er wirkt so zurückhaltend. Oder vielleicht bin ich das. Vielleicht ist Freundschaft zu schließen eine besondere Kunst, die ich nie erlernt habe. »Okay, an die Arbeit. Bis später, meine kleinen Dropsillas.« Ich berichtige ihn nicht.

Wir lesen eine echt gute Szene am Anfang von *Das Wintermärchen,* in der Leontes ausflippt, weil er befürchtet, dass Hermione ihn betrügt. Nachdem wir fertig sind, packt Dee sein Buch ein, und ich glaube schon, er will gehen, doch stattdessen zieht er ein Buch von einem gewissen Marcuse heraus. Er wirft mir einen ganz kurzen Blick zu.

»Ich setze noch mal Teewasser auf«, sage ich.

Schweigend sitzen wir zusammen und lesen. Es ist eine sehr angenehme Atmosphäre. Um zehn vor sechs klingelt der Wecker, und Dee packt zusammen, um zur Arbeit zu gehen.

»Mittwoch?«, fragt er.

»Geht klar.«

Zwei Tage später spielt sich genau die gleiche Szene ab, Plätzchen, Tee, Begrüßung der »Dropsillas«, Shakespeare lautstark und stilles Lesen. Wir unterhalten uns nicht. Wir arbeiten einfach. Am Freitag kommt Kali ins Zimmer. Es ist das erste Mal, dass sie Dee sieht, überhaupt jemanden bei mir im Zimmer sieht. Sie schaut ihn lange an. Ich stelle die beiden einander vor.

»Hi, Dee. Nett, dich kennenzulernen«, sagt sie in seltsam kokettem Tonfall.

»Oh, das Vergnügen ist ganz meinerseits«, erwidert Dee übertrieben munter.

Kali sieht ihn an und lächelt. Dann holt sie einen Kamelhaarmantel und ein Paar dunkelbraune Wildlederstiefel aus ihrem Schrank. »Dee, kann ich dich mal was fragen? Findest du, dass die Stiefel zum Mantel passen, oder ist das zu sehr Ton-in-Ton?«

Ich sehe Dee an. Er trägt eine himmelblaue Jogginghose und ein T-Shirt, auf dem in Glitzerschrift *I BELIEVE* steht. Ich kapiere nicht, wieso Kali ihn für einen Modeexperten hält.

Doch Dee steigt voll darauf ein. »Wow! Die Stiefel sind toll! Ich glaube, ich muss sie dir wegnehmen!«

Ich sehe ihn an, fast schockiert. Mir ist zwar klar, dass Dee schwul ist, aber ich habe ihn vorher noch nie so tuntig reden gehört.

»Nein, nein, nein!« Sie droht ihm mit dem Zeigefinger und stößt nicht nur wie sonst die Wörter einzeln hervor, sondern klingt zusätzlich auch noch affektiert. »Die haben mich fast vierhundert Dollar gekostet. Du darfst sie dir aber mal ausleihen.«

»Ach, du bist ja ein Schatz! Aber du hast Aschenputtel-Füße und ich die Quadratlatschen der hässlichen Stiefschwester.«

Kali lacht, und sie plaudern noch eine Weile weiter über Mode. Ich fühle mich irgendwie mies. Nie hätte ich geahnt, dass Dee sich für so etwas interessiert, Kali dagegen hat es sofort erkannt. Es ist, als besitze sie eine Art Radar, mit dem sie instinktiv erfasst, wie man zu anderen Kontakt knüpft und Freundschaft schließt. Ich interessiere mich nicht besonders für Mode, doch als an jenem Abend der Wecker klingelt und Dee zusammenpackt, zeige ich ihm den neuen Rock, den meine Mutter mir gekauft hat, und frage ihn, ob er ihn zu brav findet. Doch er wirft nur einen desinteressierten Blick darauf und sagt: »Nein, ist schon okay.«

Seitdem kommt Kali immer mal wieder vorbei, um mit Dee

über Mode zu plaudern, und die beiden haben dann sofort ihr Topmodel-Ding, und Dee kriegt diese spezielle Stimme. Ich schiebe es auf das Modethema, doch ein paar Tage später kommt Kendra herein, als wir gerade gehen wollen. Ich stelle die beiden einander vor. Kendra mustert Dee von Kopf bis Fuß, wie es ihre Art ist, setzt ihr Stewardessenlächeln auf und fragt ihn, wo er herkommt.

»New York«, antwortet er. Gut zu wissen. Ich kenne ihn jetzt schon seit drei Wochen und hab nichts über ihn rausgekriegt.

»Wo in New York?«

»New York City.«

»Wo genau?«

»Bronx.«

Das Stewardessenlächeln verschwindet und weicht einer verkniffenen Linie, die wie aufgemalt aussieht.

»South Bronx etwa? Na, dann musst du ja froh sein, hier sein zu können.«

Jetzt ist es Dee, der Kendra von Kopf bis Fuß mustert. Sie starren einander an wie Hunde, und ich frage mich, ob es daran liegt, dass sie beide schwarz sind. Dann fragt Dee in einer Stimme, die wieder ganz anders klingt als die, in der er mit Kali oder mir redet: »Kommst du auch aus der South Bronx?«

Kendra weicht ein wenig zurück. »Nein! Ich bin aus Washington.«

»Wo ständig Scheißwetter ist und so?«

Scheißwetter und so?

»Nein, nicht aus dem Staat Washington, aus DC.«

»Ah. Ich habe ein paar Cousins und Cousinen in DC. Unten in Anacostia. Scheiße, die sind echt abgedreht da! Schlimmer als da, wo ich herkomme. Bei denen an der Schule gibt's jede verdammte Woche 'ne Schießerei.«

Kendra sieht ihn entsetzt an. »Ich bin noch nie in Anacostia gewesen. Wir wohnen in Georgetown. Ich bin auf die Sidwell Friends gegangen, dieselbe Schule, die die Obama-Töchter besuchen.«

»Ich war auf der South Bronx High. Die durchgeknallteste Schule in ganz Amerika. Schon mal davon gehört?«

»Nein, ich fürchte nicht.« Kendra wirft mir einen schnellen Seitenblick zu. »Ich muss jetzt los. Ich bin gleich mit Jeb verabredet.« Jeb ist ihr neuer Freund.

»Bis später, Schwester!«, ruft Dee Kendra hinterher, als diese in ihrem Zimmer verschwindet. Als er seinen Rucksack nimmt und sich zum Gehen bereitmacht, schüttelt er sich vor Lachen.

Ich beschließe, ihn in die Mensa zu begleiten und vielleicht zur Abwechslung mal dort zu essen. Dort allein zu essen ist doof, aber Burritos aus der Mikrowelle kann man auch nicht andauernd vertragen. Auf dem Weg die Treppe hinunter frage ich Dee, ob er wirklich auf die South-Bronx-Highschool gegangen ist.

Als er antwortet, klingt er wieder wie Dee. Jedenfalls wie der Dee, den ich kenne. »Die South-Bronx-Highschool ist vor einem Jahr geschlossen worden. Nicht, dass ich je hingegangen wäre. Ich war zwar auf einer öffentlichen Schule, aber auf einer guten. Dann bin ich in Prep for Prep, dieses Exzellenzprogramm gerutscht und hab ein Stipendium für eine Privatschule bekommen, die sogar noch exklusiver ist als die Sidwell Friends. So sieht's nämlich aus, Miss Ich-bin-was-Besseres.«

»Warum hast du ihr nicht einfach gesagt, welche Schule du besucht hast?«

Er sieht mich an und erwidert in der Stimme, in der er mit

Kendra gesprochen hat: »Wenn sie meint, ich wär Ghetto-Trash«, er hält inne und redet dann tuntig näselnd weiter, »oder ein typischer kleiner Schwuler«, jetzt wechselt er zu seinem gravitätischen Shakespeare-Tonfall, »dann ist es nicht an mir, sie eines Bess'ren zu belehren.«

Als wir die Mensa erreichen, habe ich das Gefühl, ich sollte irgendetwas sagen, aber ich weiß nicht genau, was. Schließlich frage ich ihn nur, ob er beim nächsten Mal lieber Schokoladenkekse oder Butterplätzchen haben möchte. Meine Oma hat mir beides geschickt.

»Nächstes Mal bringe ich die Plätzchen mit. Meine Mama hat mir selbstgebackene Melasse-Gewürzkekse geschickt.«

»Wie nett von ihr.«

»Das hat nichts mit nett zu tun. Sie nimmt die Herausforderung an. Sie will sich keinesfalls von irgendeiner Oma ausstechen lassen.«

Ich lache. Es klingt merkwürdig, wie ein altes Auto, das nach langer Zeit in der Garage wieder gestartet wird. »Das erzählen wir aber nicht meiner Oma. Wenn sie das erfährt und anfängt, die Plätzchen selbst zu backen, droht uns eine Lebensmittelvergiftung. Sie ist die schlechteste Bäckerin der Welt.«

Es wird unser festes Ritual. Jeden Montag, Mittwoch und Freitag: Plätzchen und Tee, Wecker, Shakespeare, Lernen. Wir reden noch immer nicht viel über Persönliches, aber hin und wieder lässt Dee nebenbei doch etwas raus. Seine Mutter arbeitet in einem Krankenhaus. Er hat keine Geschwister, aber Trilliarden Cousins. Er bekommt ein volles Stipendium. Er ist total verliebt in Professor Glenny. Er studiert Geschichte und Literatur im Hauptfach und – aber da bin ich nicht ganz sicher – Politik im Nebenfach. Wenn er sich langweilt, summt er vor sich hin, und wenn er vollkommen in seine Lektüre vertieft ist, wickelt er eine Haarsträhne so fest um seinen Zeigefinger, dass der rot anläuft. Und er ist intelligent, was ich gleich seit dem ersten Tag im Seminar vermutet habe. Das braucht er mir nicht zu erzählen, das sehe ich. Er hat als Einziger von uns eine glatte Eins in der ersten Hausarbeit bei Professor Glenny geschrieben. Thema war *Heinrich V.*, und Professor Glenny las Passagen daraus im Unterricht vor, damit wir uns ein Beispiel nehmen können. Dee sah aus, als würde er am liebsten im Erdboden versinken, und er tat mir ein bisschen leid, doch der blanke Neid in den Augen der Glenny-Groupies war es fast schon wert. Ich kriege eine solide Zwei für meine Hausarbeit über Perdita und das Thema vom Verlieren und Wiederfinden.

Ich erzähle Dee auch Kleinigkeiten über mich, halte mich aber sehr zurück. Ich mag ihn. Ganz ehrlich. Aber ich versuche, mich an meinen Tabula-rasa-Vorsatz zu halten. Dennoch würde ich Dee gerne fragen, was er von Melanie hält. Ich habe ihr mein erstes Werk aus dem Keramik-Seminar geschickt und dazu einen Brief, in dem ich ihr erzählt habe, dass ich meinen ganzen Stundenplan umgeschmissen habe. Um sicherzugehen, dass es gut ankommt, hatte ich ihr das Päckchen mit der UPS-Priority-Mail geschickt. Eine Woche verging, ohne dass ich etwas von ihr hörte, und schließlich rief ich an, um mich zu überzeugen, dass sie meine Sendung erhalten hatte. Es war zwar nur eine stinknormale, handgetöpferte Schüssel, aber mit einer hübschen, türkisfarbenen Craquelé-Glasur. Sie entschuldigte ihr Schweigen damit, dass sie viel zu tun hätte.

Ich erzählte ihr alles von meinen neuen Seminaren und davon, was ich alles Verrücktes tat, damit meine Eltern nichts darüber herausfanden: dass ich ihnen Biologietests mit jetzt schon deutlich besseren Noten schickte (Dees und meine langen Lernnachmittage zahlen sich aus), aber auch Tests von meinen alten Chemiekommilitonen, mit meinem Namen drauf. Ich hatte gehofft, dass sie darüber lachen würde, aber stattdessen warnte sie mich nur mit flacher Stimme, dass ich großen Ärger bekommen könne, wenn ich erwischt würde. Als wüsste ich das nicht selbst. Dann wechselte ich das Thema und erzählte ihr alles von Professor Glenny und Dee und vom Lautlesen und dass ich dachte, dass es total unangenehm sein würde, vor der ganzen Seminargruppe zu lesen, aber dass es alle machten und es gar nicht so schlimm sei. Ich hatte erwartet, dass sie sich mit mir freuen würde, aber ihre Stimme zeigte keinerlei Regung, und ich merkte, wie ich allmählich wütend wurde. Seitdem haben wir weder gesprochen noch uns E-Mails geschrieben, und ich bin gleichzeitig traurig und erleichtert darüber.

Ich würde irgendwie gerne Dee davon erzählen, aber ich weiß nicht, wie ich es anstellen soll. Außer mit Melanie war ich noch nie mit jemandem eng befreundet. Und ich hab keine Ahnung, wie das mit dem Anfreunden geht. Das ist albern, ich weiß. Ich hab gesehen, wie andere Leute es machen. Es sieht einfach aus: Sie haben Spaß zusammen, öffnen sich, erzählen sich ihre Geschichten. Aber wie soll ich das machen, wenn die einzige Geschichte, die ich wirklich gerne erzählen möchte, die ist, die ich versuche zu vergessen? Und außerdem, das letzte Mal, dass ich mich einem Menschen geöffnet habe … ist genau der Grund dafür, warum ich jetzt Tabula rasa machen muss. Vielleicht ist es sicherer mit Dee, alles so zu lassen, wie es ist: freundlich, höflich, nett und einfach.

Ende Februar, zum Feiertag anlässlich George Washingtons Geburtstag, kommen meine Eltern für ein paar Tage. Es ist ihr erster Besuch seit dem Elternwochenende, und da ich aus der Erfahrung klug geworden bin, gebe ich alles, um ihren Erwartungen zu entsprechen. Ich stelle meine Wecker wieder auf. Ich streiche Seiten in meinem unbenutzten Chemiebuch mit Textmarker an und kopiere mir Übungen aus dem Buch meines früheren Laborpartners. Ich plane mehrere Ausflüge nach Boston, um uns vom Campus und damit von belastendem Beweismaterial und dem Top Trio fernzuhalten (das inzwischen zum dynamischen Duo geschrumpft ist, weil Kendra ständig mit ihrem Freund zusammen ist). Und Dee, mit dem ich jetzt auch manchmal an den Wochenenden zusammen lerne, sage ich, dass ich weg wäre und mich deswegen am Freitag und am Montag nicht mit ihm treffen könne.

»Lässt du mich wegen Drew fallen?« Drew ist der zweitbeste Shakespeare-Sprecher im Seminar.

»Nein, natürlich nicht«, erwidere ich gespielt entrüstet. »Am Freitag geht mein Keramikseminar auf Exkursion.« Das ist nicht ganz gelogen. Mein Keramikseminar unternimmt hin und wieder Exkursionen. Wir experimentieren mit Glasuren, verwenden verschiedene Arten organischen Materials zum Befeuern des Ofens und brennen manchmal sogar unsere Keramiken in selbstgebauten Lehmöfen im Freien. Ich gehe also tatsächlich auf Exkursionen, nur nicht in den nächsten paar Tagen.

»Außerdem muss ich dieses Wochenende wahrscheinlich an einer Hausarbeit sitzen.« Noch eine Lüge; das Shakespeare-Seminar ist das einzige, für das ich Hausarbeiten schreiben muss. Es ist erstaunlich, wie gut ich inzwischen lügen kann.

»Wir sehen uns dann am Mittwoch, okay? Ich bringe die Plätzchen mit.«

»Frag deine Großmutter, ob sie uns noch ein paar von den Hörnchen mit Mohn schicken kann.«

»Rugelach.«

»Ich kann das nicht aussprechen, nur essen.«

»Ich sage es ihr.«

Das Wochenende mit meinen Eltern verläuft einigermaßen reibungslos. Wir besuchen das Kunstmuseum und das Wissenschaftsmuseum. Wir gehen Schlittschuh laufen (ich stehe ziemlich wacklig auf dem Eis). Wir gehen ins Kino. Wir schießen jede Menge Fotos. Es kommt ein, zwei Mal zu unangenehmen Situationen, als meine Mutter das Vorlesungsverzeichnis für das nächste Semester zückt, das Kursangebot mit mir durchgeht und mich dann nach meinen Plänen für die Sommerferien fragt, doch ich höre mir lediglich ihre Vorschläge an, wie ich es immer getan habe, und sage nichts dazu. Gegen Ende des Wochenendes fühle ich mich ausgelaugt, wie nach einer Marathonsitzung ›Shakespeare lautstark‹, wenn ich in die unterschiedlichsten Charaktere schlüpfen musste.

Am Sonntagnachmittag sind wir vor dem Abendessen noch kurz auf meinem Zimmer, als Dee vorbeischaut. Und obwohl ich ihm nicht das Geringste über meine Familie erzählt habe, ja, nicht einmal, dass meine Eltern zu Besuch kommen, geschweige denn, wie sie mich sehen und was sie von mir erwarten, erscheint er in einer schlichten Jeans und einem Pulli, einem Outfit, das ich noch nie zuvor an ihm gesehen habe. Das Haar trägt er zurückgekämmt unter einer Kappe verborgen, und er hat auf den Lipgloss verzichtet. Ich erkenne ihn kaum wieder.

»Und, wie habt ihr beiden euch kennengelernt?«, fragt Mom, nachdem ich sie nervös einander vorgestellt habe.

Ich erstarre vor Panik.

»Wir sind Laborpartner in Biologie«, antwortet Dee, ohne mit der Wimper zu zucken. »Wir züchten gemeinsam Drosophila melanogaster.« Zum ersten Mal höre ich ihn den lateinischen Namen richtig aussprechen. Er nimmt das Glas mit den Fliegen zur Hand. »Genetik. Wir untersuchen die Vererbungsmechanismen verschiedener äußerer Merkmale.«

Mein Vater lacht. »Schon als ich damals hier studiert habe, haben wir das gemacht.« Er schaut Dee an. »Wollen Sie auch Mediziner werden?«

Dee zieht kurz die Augenbrauen hoch, eine kleine Welle des Erstaunens. »Ich weiß noch nicht genau, ich bin noch unentschlossen.«

»Na ja, es hat ja auch keine Eile«, sagt Mom. Fast hätte ich laut aufgelacht.

Mein Vater stellt das Glas mit den Fruchtfliegen neben eine Keramikschale, die ich vergessen habe zu verstecken. »Was ist das denn?«

»Oh, das habe ich gemacht«, sagt Dee und nimmt das Stück in die Hand. Dann erklärt er, er habe ein Töpferseminar gewählt, in dem sie dieses Semester mit verschiedenen Glasuren und Brennmethoden experimentierten. Diese Schale hätten sie in einem Lehmofen gebrannt, den sie mit Kuhfladen geheizt hätten.

»Kuhfladen?«, fragt Mom. »Sie meinen … Exkremente?«

Dee nickt. »Ja wir sind zu Bauernhöfen in der Gegend gegangen und haben gefragt, ob wir Kuhmist mitnehmen dürfen. Der Geruch ist gar nicht so schlimm. Die Kühe werden ausschließlich mit Gras gefüttert.«

In dem Moment trifft mich die Erkenntnis, dass Dee eine andere Stimme benutzt und dass die Person, die er spielt, dieses Mal ich bin. Ich habe ihm alles über die Kuhfladen, den erdigen Geruch und das Einsammeln auf den Höfen erzählt … Er hat sich bei der Vorstellung kaputtgelacht, dass wir Reiche-Leute-Kinder, die sich ein College leisten können, das vierzigtausend Dollar pro Jahr kostet, für ein Seminar bezahlen, um an Bauernhöfe zu gehen und Kuhscheiße einzusammeln. Offenbar habe ich Dee mehr von mir erzählt, als mir selbst bewusst war. Und er hat aufmerksam zugehört, ja sogar einen Teil von mir verinnerlicht. Und jetzt rettet er mir damit meinen Arsch.

»Exkremente. Wie faszinierend«, sagt meine Mutter angewidert.

Am nächsten Tag reisen meine Eltern ab, und am Mittwoch beginnt unser Shakespeare-Seminar mit *Was ihr wollt.* Dee hat in der Mediathek zwei verschiedene Filmversionen ausgeliehen, die wir uns ansehen wollen. Er findet, dass wir uns zur Strafe für die Vernachlässigung unserer Hausaufgaben zumindest mehrere Filme ansehen sollten. Er reicht mir die Bühnenversion, während ich meinen Laptop starte.

»Danke, dass du die Filme ausgeliehen hast«, sage ich. »Das hätte ich doch machen können.«

»Ich war sowieso in der Mediathek.«

»Trotzdem danke. Und danke auch noch mal dafür, dass du bei meinen Eltern so großartig warst.« Ich schweige einen Moment, mehr als nur ein wenig verlegen. »Woher hast du gewusst, dass sie kommen würden?«

»Von meiner Freundin Kali. Sie hat es mir erzählt. Sie erzählt mir alles, weil wir beste Freundinnen sind.« Er kneift die

Augen zusammen. »Siehst du? War gar nicht nötig, Miss Dee vor den lieben Eltern zu verstecken. Ich kann ein artiges Mädchen sein.«

»Du hast recht. Tut mir wirklich leid.«

Dee starrt mich an. Er erwartet mehr.

»Weißt du, das waren doch nur meine Eltern. Aber es gibt so viele … Na ja, es ist kompliziert.«

»So kompliziert auch wieder nicht. Ich hab's schon kapiert. Es ist okay, mit dem schwulen Dee abzuhängen, aber ihn Mama und Papa vorzustellen, das geht gar nicht.«

»Nein! Das hast du ganz falsch verstanden!«, erwidere ich verzweifelt. »Ich hänge nicht nur mit dir ab. Ich mag dich wirklich gerne!«

Er verschränkt die Arme, starrt mich an und fragt mit beißendem Sarkasmus in der Stimme: »Und, wie war deine Exkursion?«

Ich würde ihm wirklich gerne alles erklären. Aber wie? Wie soll ich das tun, ohne mich zu verraten? Ich gebe mir doch so große Mühe, hier ein neuer Mensch zu sein, eine andere Person, eine Tabula rasa. Aber wenn ich ihm das mit meinen Eltern, mit Melanie und Willem erkläre, wenn ich ihm eröffne, wie ich wirklich bin, wäre das nicht wieder ein riesiger Schritt in die falsche Richtung?

»Bitte entschuldige, dass ich gelogen habe. Aber ich schwöre dir, dass es nichts mit dir zu tun hat. Ich kann dir gar nicht sagen, wie dankbar ich für all das bin, was du für mich getan hast.«

»Kein Problem.«

»Nein, ich meine das ernst. Du warst toll. Meine Eltern waren von dir begeistert. Du warst so perfekt, dass sie kein bisschen misstrauisch geworden sind.«

Er zieht den Lipgloss aus der Hosentasche und trägt ihn mit peinlicher Genauigkeit erst auf die Oberlippe, dann auf die Unterlippe auf. Dann schmatzt er ein paarmal laut und vorwurfsvoll. »Was gibt es denn da misstrauisch zu werden? Ich weiß nichts über niemanden. Ich wollte nur behilflich sein.«

Ich will alles richtigstellen. Ich will, dass er weiß, dass er mir wichtig ist. Dass ich mich nicht für ihn schäme. Dass er sich bei mir sicher fühlen kann. »Weißt du«, beginne ich, »du musst dich mir gegenüber nicht so verhalten. Mit verschiedenen Stimmen sprechen und so. Du kannst einfach du selbst sein.«

Ich meine das als Kompliment, damit er weiß, dass ich ihn so mag, wie er ist. Aber so fasst er es nicht auf. Er schürzt die Lippen und schüttelt den Kopf. »Aber so bin ich nun mal, Baby. Das sind alles meine Ichs. Jedes einzelne ist ein Teil von mir. Ich weiß, wer ich vorgebe zu sein und wer ich bin.« Skeptisch sieht er mich an. »Und du?«

Ich habe bewusst versucht, all das vor ihm zu verbergen, aber Dee – der kluge, scharfsinnige Dee – hat es gemerkt. Alles. Er weiß, was für ein fetter Schwindel ich bin. Ich schäme mich so sehr, dass ich nicht weiß, was ich sagen soll. Nach einer Weile schiebt er die DVD von *Was ihr wollt* in meinen Computer. Schweigend sehen wir uns den Film an, kein Wort, kein Kommentar, kein Lachen, nur vier Augen, die einen Bildschirm anstarren. Und ich weiß, dass ich es mir mit Dee verdorben habe.

Ich bin so unglücklich darüber, dass ich vergesse, wegen Willem traurig zu sein.

Zweiundzwanzig

MÄRZ

College

Der Winter nimmt kein Ende, egal, was die Murmeltiere prophezeien. Dee kommt nachmittags nicht mehr vorbei, angeblich, weil wir *Was ihr wollt* nicht laut lesen, aber ich weiß, dass das nicht der wahre Grund ist. Die Plätzchen meiner Großmutter stapeln sich. Ich ziehe mir eine heftige Erkältung zu, die ich einfach nicht loswerde; das erspart mir zumindest, irgendetwas aus *Was ihr wollt* laut vortragen zu müssen. Professor Glenny, der selbst eine verstopfte Nase hat, gibt mir irgendwelche Paracetamoltabletten und sagt, ich solle wieder auf die Beine kommen, damit ich eine Doppelschicht als Rosalinde in *Wie es euch gefällt* übernehmen könne, einem seiner Lieblingsstücke.

Wir beenden *Was ihr wollt.* Ich dachte, ich würde erleichtert sein, weil ich noch einmal davongekommen bin. Aber ohne Dee fühle ich mich richtig mies, auch wenn ich das Stück nicht vorlesen musste. Tabula rasa war die richtige Entscheidung; dieses Seminar zu belegen war die falsche. Jetzt muss ich mich halt irgendwie durchbeißen. Allmählich gewöhne ich mich daran.

Wir beginnen mit *Wie es euch gefällt.* In seiner Einführung erklärt Professor Glenny, es sei eines von Shakespeares romantischsten Stücken und sehr erotisch, was seine Groupies in der ersten Bank in Verzückung geraten lässt. Ich mache mir willkürliche Notizen, während er die Handlung skizziert: Rosalinde, die Tochter eines Herzogs in der Verbannung, und ein Gentleman namens Orlando begegnen und verlieben sich auf den ersten Blick. Doch dann wirft Rosalindes Onkel sie aus dem Haus, und sie flüchtet sich mit ihrer Cousine Celia in den Wald von Arden. Dort nimmt Rosalinde die Identität eines jungen Mannes namens Ganymed an. Orlando, der ebenfalls in den Wald von Arden geflohen ist, trifft Ganymed, und die beiden schließen Freundschaft. Rosalinde nutzt ihre Verkleidung als Ganymed und ihre Freundschaft mit Orlando dazu, dessen Liebe zu Rosalinde auf die Probe zu stellen. Zugleich nehmen auch alle möglichen anderen Leute falsche Identitäten an und verlieben sich. Wie immer bittet uns Professor Glenny, auf bestimmte Themen und Passagen zu achten, besonders darauf, wie mutig Rosalinde in der Rolle als Ganymed wird und wie das sowohl sie selbst als auch ihre Beziehung zu Orlando verändert. Das alles klingt wie eine Sitcom, und ich muss mich anstrengen, um den Überblick zu behalten.

Dee und ich fangen wieder an, gemeinsam zu lesen, aber neuerdings im Studentenwerk, und er packt seine Sachen zusammen, sobald wir unsere Aufgabe beendet haben. Er spricht nicht mehr mit all diesen verrückten Stimmen, was mich erst jetzt richtig erkennen lässt, wie hilfreich sie dabei waren, die Stücke richtig zu verstehen. Jetzt, wo wir beide mit monotoner Stimme vorlesen, erreichen mich die Worte nicht mehr, sondern rauschen an mir vorbei wie eine Fremdsprache. Das Lesen ist so langweilig geworden, dass wir es genauso gut allein und im Stillen tun könnten. Dee benutzt seine Stimmen jetzt nur noch, wenn er zwingend mit mir sprechen muss. Jeden Tag sind es eine, zwei oder drei verschiedene Stimmen. Die Botschaft ist deutlich: Ich wurde ausgestoßen.

Ich will das ungeschehen machen. Ich will es wiedergutmachen. Aber ich habe keine Ahnung, wie. Ich weiß einfach nicht, wie ich es anstellen soll, mich anderen gegenüber zu öffnen, ohne dass mir irgendwann die Tür vor der Nase zugeknallt wird. Also mache ich nichts.

»Heute werden wir eine meiner Lieblingsszenen aus *Wie es euch gefällt* lesen, nämlich den Anfang des vierten Akts«, verkündet Professor Glenny an einem so eisig kalten Märztag, dass man meinen könnte, der Winter würde gerade erst richtig anfangen und nicht endlich vorbei sein. »Orlando und Ganymed-Rosalinde treffen sich wieder im Wald von Arden, und die Spannung zwischen ihnen erreicht ihren Höhepunkt. Das ist umso verwirrender und amüsanter, als Orlando glaubt, mit Ganymed zu sprechen, also einem Mann. Doch für Rosalinde ist es ebenso verwirrend, da sie in einem delikaten Zwiespalt steckt – hin- und hergerissen zwischen zwei Identitäten, der männlichen und der weiblichen, sowie einerseits dem Wunsch, sich selbst zu schützen und Orlando ebenbürtig zu sein, und andererseits dem sehnlichen Verlangen, sich einfach hinzugeben.« Die Groupies in der ersten Reihe scheinen kleine Seufzer auszustoßen. Wenn Dee und ich noch Freunde wären, würden wir uns jetzt ansehen und die Augen verdrehen. Doch wir sind es nicht mehr, daher schaue ich ihn nicht einmal an.

»Orlando trifft also Ganymed im Wald, und die beiden führen zusammen eine Art Kabuki-Theater auf. Währenddessen verlieben sie sich immer mehr ineinander, obwohl keiner genau weiß, in wen er sich eigentlich verliebt«, fährt Professor Glenny fort. »Die Grenze zwischen dem wahren und dem vorgetäuschten Ich verwischt. Wie ich finde, eine ziemlich treffende Beschreibung des Sich-Verliebens. Also, heute ist ein guter Tag zum Lesen. Wer möchte?« Er lässt den Blick durch den Raum schweifen, und tatsächlich recken sich einige Hände in die Luft. »Drew, warum lesen Sie nicht den Orlando?« Einige klatschen, als Drew nach vorne geht. Er ist einer der besten Leser des Seminars. Normalerweise teilt ihn Professor Glenny mit Nell oder Kaitlin ein, zwei der besten Leserinnen. Aber heute nicht. »Allyson, ich glaube, Sie schulden mir eine Rosalinde.«

Ich schleppe mich nach vorne, zusammen mit den anderen, die der Professor ausgewählt hat. Diesen Part des Seminars fand ich noch nie besonders prickelnd, aber bisher hatte ich wenigstens immer Dee, der mir das Gefühl gab, ich würde das schon schaffen. Als wir alle versammelt sind, nimmt Professor Glenny die Rolle des Regisseurs ein, was er wohl früher auch tatsächlich war, bevor er ans College gegangen ist. Er gibt uns Anweisungen: »Drew, in diesen Szenen tritt Orlando feurig und unerschütterlich auf, von Liebe entbrannt. Allyson, Ihr Ganymed ist innerlich zerrissen: einerseits verliebt, andererseits spielt er mit Orlando Katz und Maus. Ich finde die Szene deswegen so faszinierend, weil man spürt, wie Rosalinde immer mehr mit Ganymed eins wird, als sie in Männergestalt Orlando provoziert und ihn dazu auffordert, seine Liebe zu beweisen. Ich liebe diesen Moment in Shakespeares Stücken, wenn die echten und falschen Identitäten in einem Sumpf der Emotionen verschmelzen. Das spüren die beiden Charaktere hier. Die Atmosphäre ist extrem aufgeladen. Gut, dann wollen wir mal sehen, was Sie beide daraus machen.«

Die Szene beginnt damit, dass Rosalinde/Ganymed/ich Orlando/Drew fragt, wo er gewesen sei, warum er so lange auf sich habe warten lassen. Ich tue so, als sei ich Rosalinde, das ist der Witz an der Sache. Rosalinde hat sich als Ganymed ausgegeben, der jetzt so tun muss, als sei er Rosalinde. In dieser Gestalt versucht sie Orlando davon abzubringen, Rosalinde zu lieben, obwohl sie ja eigentlich Rosalinde ist und sie ja Orlando eigentlich auch liebt. Bei dem Versuch, die vielen Identitäten zu entwirren, dreht sich mir der Kopf.

Drew/Orlando erwidert, er habe sich nicht einmal um eine Stunde verspätet. Ich entgegne, wer ein Versprechen in der Liebe auch nur um eine Stunde breche, lasse bezweifeln, dass seine Liebe wahrhaftig sei. Orlando fleht mich um Vergebung an. So geht das Geplänkel noch ein wenig weiter, und dann frage ich als Rosalinde – also als Ganymed, der sich als Rosalinde ausgibt: »Was würdet Ihr zu mir sagen, wenn ich Eure rechte, rechte Rosalinde wäre?«

Drew macht eine Pause, und ich merke, dass ich gespannt, ja, mit angehaltenem Atem seine Antwort erwarte.

Dann erwidert er: »Ich würde küssen, ehe ich spräche.«

Drews Augen sind blau, nicht so blau wie *seine*, doch für einen Augenblick sind es seine dunklen Augen, die ich sehe. Voller Gefühl, unmittelbar bevor er mich geküsst hat.

Ich bin ganz aus der Fassung, als ich meine nächsten Zeilen aufsage und Orlando rate, dass er sprechen solle, bevor er küsse. So geht es hin und her, und als wir an die Stelle kommen, an der Orlando sagt, er würde mich heiraten – sie natürlich –, weiß ich zwar nicht, wie sich Rosalinde fühlt, aber mir ist schwindelig. Glücklicherweise hat Rosalinde mehr Charakterstärke als ich. Sie, in Gestalt von Ganymed, sagt: »Gut, und in ihrer Person sage ich: Ich will Euch nicht.«

Dann sagt Drew: »So sterbe ich in meiner eignen Person.«

Da bin ich plötzlich vollkommen außer mir. Ich kann weder die richtige Zeile noch die richtige Seite finden. Irgendetwas habe ich verloren. Die Kontrolle über mich selbst, über meine Anwesenheit an diesem Ort. Über die Zeit. Ich bin nicht sicher, wie viel davon vergeht, während ich wie erstarrt dastehe. Ich höre, wie Drew sich räuspert, während er darauf wartet, dass ich weiterspreche. Ich höre, wie Professor Glenny auf seinem Stuhl hin und her rutscht. Drew flüstert mir meine Zeile zu, ich wiederhole sie und gewinne irgendwie die Fassung zurück. Ich fahre fort, Orlando zu befragen, ihn herauszufordern, seine Liebe zu beweisen. Doch ich spiele nicht mehr, tue nicht länger so als ob.

»Nun sagt mir: wie lange wollt Ihr sie haben, nachdem Ihr ihren Besitz erlangt?«, frage ich als Rosalinde, und meine Stimme klingt nicht mehr wie meine eigene, sondern erwartungsvoll und vor Gefühlen bebend – erfüllt von all den Fragen, die ich damals hätte stellen sollen, als ich die Gelegenheit dazu gehabt hätte.

Er antwortet: »Immerdar und einen Tag.«

Alle Luft entweicht aus meinen Lungen. Dies ist die Antwort, die ich brauche, auch wenn sie nicht der Wahrheit entspricht.

Ich versuche, die nächste Zeile zu lesen, aber ich kann nicht sprechen. Ich kann nicht atmen. Ich höre Wind in meinen Ohren rauschen und blinzele, weil die Wörter über die ganze Seite tanzen. Nach einigen Augenblicken schaffe ich es, den nächsten Satz hervorzuwürgen: »Sagt einen Tag und lasst immerdar weg«, bevor mir die Stimme versagt.

Denn Rosalinde weiß Bescheid. *Sagt einen Tag und lasst immerdar weg*. Denn nach einem Tag folgt ein gebrochenes Herz. Kein Wunder, dass Rosalinde nicht sagen will, wer sie wirklich ist.

Heiße Tränen brennen mir in den Augen, und wie durch

einen Schleier sehe ich, dass mich meine Kommilitonen schweigend angaffen. Ich lasse das Buch zu Boden fallen und renne zur Tür, hinaus in den Flur, an den Hörsälen vorbei und in die Damentoilette. Dort verkrieche ich mich in einer Eckkabine, atme keuchend tief ein und lausche dem Summen der Neonbeleuchtung in dem verzweifelten Versuch, mich gegen die Leere zu wehren, die mich bei lebendigem Leibe zu verschlingen droht.

Ich habe ein erfülltes Leben. Wie kann ich nur so leer sein? Wegen eines Typen? Wegen eines Tages? Doch während ich gegen die Tränen ankämpfe, sehe ich die Tage wieder vor mir, die Tage vor Willem. Ich sehe mich mit Melanie in der Schule, sicher und selbstzufrieden, wie wir über Mädchen tratschen, die wir nicht mal richtig kennenlernen wollen, und später, auf der Tour, den Abklatsch unserer Freundschaft, kurz vor ihrem Ende. Ich sehe mich mit meinen Eltern am Esstisch, meine Mutter mit ihrem stets präsenten Kalender, wie sie Tanzstunden, Vorbereitungskurse für die Universität und andere bereichernde Aktivitäten für mich plant oder Kataloge auf der Suche nach einem neuen Paar Schneestiefeln durchblättert. Wir reden, aber nicht miteinander. Ich sehe mich mit Evan, nachdem wir zum ersten Mal miteinander geschlafen haben, und wie er sagt, dass das bedeuten würde, dass wir uns jetzt die nächsten Menschen seien. Ich fand das süß von ihm, aber es hörte sich an wie ein Zitat aus einem Roman. Vielleicht lag es auch nur daran, dass ich nicht so fühlte und ich sowieso den Verdacht hatte, dass wir nur zusammengekommen waren, weil Melanie mit seinem besten Freund ging. Als ich anfing zu weinen, dachte er, es wären Freudentränen, was die Sache noch schlimmer machte. Trotzdem war ich mit ihm zusammengeblieben.

Ich bin lange Zeit leer gewesen. Schon lange bevor Willem so abrupt in mein Leben getreten ist und es wieder verlassen hat.

Ich weiß nicht, wie lange ich so sitze, bevor ich die Tür quietschen höre. Dann sehe ich unter dem Türspalt hindurch Dees rosa UGG-Boots.

»Bist du da drin?«, fragt er leise.

»Nein.«

»Kann ich reinkommen?«

Ich schließe die Tür auf. Da steht Dee mit all meinen Sachen.

»Es tut mir so furchtbar leid!«, schluchze ich.

»Es tut dir leid? Du warst umwerfend. Du hast tosenden Applaus bekommen.«

»Nein, es tut mir leid, dass ich dir nichts von dem Besuch meiner Eltern gesagt habe. Es tut mir leid, dass ich dich angelogen habe. Es tut mir leid, dass ich alles ruiniert habe. Ich weiß nicht, wie man eine Freundin ist. Ich weiß nicht, wie man irgendetwas ist.«

»Du weißt, wie man Rosalinde ist«, entgegnet er.

»Ja, ich bin eben eine gute Schauspielerin.« Mit einer Hand wische ich mir eine Träne weg. »Ich bin so gut, dass ich nicht mal mehr weiß, wann ich schauspielere.«

»Ach, Schätzchen, hast du denn bei Shakespeare gar nichts gelernt? Es liegt gar kein so großer Unterschied zwischen Theater und Wirklichkeit.« Er breitet die Arme aus, und ich sinke hinein. »Mir tut es auch leid«, sagt er. »Vielleicht habe ich ein klitzekleines bisschen übertrieben. Ich kann manchmal eine Dramaqueen sein, falls es dir noch nicht aufgefallen ist.«

Ich lache. »Ach, wirklich?«

Dee hält mir den Mantel hin, und ich schlüpfe hinein. »Ich mag es nicht, wenn man mich anlügt, aber ich finde es gut, dass du versucht hast, es mir zu erklären. Die Leute haben noch nie gewusst, was sie mit mir anfangen sollen – weder in unserer Nachbarschaft noch auf der Highschool noch hier –, daher versuchen sie immer wieder, mich in eine Form zu pressen.«

»Ich weiß genau, wovon du redest.«

Wir sehen einander lange an, und unser Schweigen sagt mehr als irgendwelche Worte. Dann fragt Dee: »Möchtest du mir erzählen, worum es da eben eigentlich ging?«

Ja, das möchte ich, so sehr, dass meine Brust schmerzt. Schon seit Wochen will ich ihm das und überhaupt alles über mich erzählen. Ich nicke nur.

Dee bietet mir seinen Arm an, und ich hake mich unter. Als wir die Toilette verlassen wollen, kommen ein paar Mädchen herein und gucken uns komisch an.

»Weißt du, letztes Jahr hab ich diesen Typen kennengelernt …«, beginne ich.

Dee schüttelt den Kopf und schnalzt leise mit der Zunge wie eine sanft tadelnde Großmutter. »Immer diese Typen.«

Dee und ich gehen in mein Zimmer, und ich setze ihm einen Berg Plätzchen vor. Und dann erzähle ich ihm alles. Als ich fertig bin, haben wir alle Schwarzweißen und die Erdnussplätzchen vertilgt. Dee wischt sich die Krümel vom Schoß und fragt mich, ob ich schon einmal über *Romeo und Julia* nachgedacht hätte.

»Nicht alles lässt sich auf Shakespeare zurückführen.«

»Doch. Hast du dir mal überlegt, wie es gelaufen wäre, wenn die beiden nicht so verdammt ungeduldig gewesen wären, wenn Romeo vielleicht erst mal einen Moment nachgedacht und einen Arzt geholt oder darauf gewartet hätte, dass Julia aufwacht, anstatt sofort die falschen Schlüsse zu ziehen und sich zu vergiften, weil er geglaubt hat, dass sie tot ist, obwohl sie nur geschlafen hat?«

»Ich sehe, du hast darüber nachgedacht.« Ich kann sehen, wie aufgewühlt er ist.

»Ich habe den Film schon so oft gesehen, und jedes Mal würde ich die beiden am liebsten anschreien wie das Mädchen im Horrorfilm. *Bleib stehen! Geh nicht in den Keller! Der Mörder lauert da unten!* Bei *Romeo und Julia* brülle ich: ›Zieh keine voreiligen Schlüsse! Denk nach!‹ Aber hört einer der Bekloppten auf mich?« Entrüstet schüttelt er den Kopf. »Ich stelle mir immer vor, was passiert wäre, wenn sie gewartet hätten. Julia wäre aufgewacht. Sie wären bereits verheiratet gewesen. Sie hätten fortgehen können, weg von den Montagues und den Capulets und sich irgendwo ein nettes Schlösschen suchen und es hübsch einrichten können. Vielleicht wäre es dann wie in *Das Wintermärchen* gewesen. Weil er dachte, dass Hermione tot sei, konnte Leontes aufhören, sich wie ein Narr aufzuführen, und später war er überglücklich, als er feststellte, dass sie am Leben war. Vielleicht hätten die Montagues und Capulets später herausgefunden, dass ihre geliebten Kinder nicht tot waren. Sie hätten festgestellt, wie dämlich es ist, sich zu bekriegen, und alle wären glücklich geworden. Vielleicht hätte das die ganze Tragödie in eine Komödie verwandelt.«

»*Das Wintermärchen* ist keine Komödie, es ist ein Problemstück.«

»Ach, ist doch egal. Du weißt aber, was ich meine.«

Natürlich. Und obwohl ich vielleicht nicht an *Romeo und*

Julia gedacht hatte, hatte ich mir natürlich insgeheim ein Was-wäre-wenn mit Willem und mir ausgemalt. Im Zug zurück nach England und auf dem Flug nach Hause waren mir Zweifel gekommen. Angenommen, ihm war etwas zugestoßen? Aber jedes Mal, wenn ich meine Zweifel geäußert hatte – erst Ms Foley und dann Melanie gegenüber –, war mir der Kopf zurechtgerückt worden. Willem war nicht Romeo. Er war ein Romeo. Und ich bin nicht Julia. Das sage ich Dee. Ich zähle alle Situationen auf, in denen sich Willem als Aufreißer erwiesen hat, angefangen mit der Tatsache, dass er irgendein Mädchen im Zug aufgegabelt und eine Stunde später für einen Tag nach Paris eingeladen hat.

»Normale Leute tun so etwas nicht«, stelle ich fest.

»Normal? Was heißt denn schon normal? Und vielleicht warst du gar nicht irgendein Mädchen. Vielleicht hast auch du ihm etwas bedeutet.«

»Aber er hat *mich* doch gar nicht gekannt. Ich war an diesem Tag eine andere. Ich war Lulu. Und die hat er gemocht. Und selbst angenommen, dass ihm etwas zugestoßen ist und er mich nicht abserviert hat: Ich weiß nur, wie er mit Vornamen heißt, aber er weiß nicht einmal das von mir. Er lebt auf einem anderen Kontinent. Er ist für immer verloren. Wie soll man denn so jemanden auch finden?«

Dee sieht mich an, als sei das doch sonnenklar. »Indem man sucht!«

Dreiundzwanzig

NAME: Willem
NATIONALITÄT: niederländisch
ALTER: 20, letztes Jahr im August
AUFGEWACHSEN IN AMSTERDAM.
ELTERN: Yael und Bram. Mutter stammt nicht aus den Niederlanden, arbeitet als Heilpraktikerin
1,90 m groß, 75 Kilo
Auf Tour mit der Theatergruppe Guerilla Will im Sommer letzten Jahres

Dies ist die komplette Auflistung konkreter biographischer Daten, die ich über Willem habe. Sie nehmen kaum eine Drittelseite in einem meiner alten Laborhefte in Anspruch. Als ich mit dem Aufschreiben fertig bin, kommt mir die Liste wie ein Hohn vor, eine Ohrfeige der Realität. *Du glaubst, dich in jemanden verliebt zu haben, und das ist* alles, *was du über ihn weißt? Acht Punkte?* Und wie soll ich ihn mit Hilfe dieser acht Punkte finden? Eine Stecknadel im Heuhaufen aufzuspüren ist nichts dagegen. Eine Nadel würde immerhin auffallen. Aber ich suche nach einer ganz bestimmten Nadel in einer Nadelfabrik. Acht Punkte. Es ist niederschmetternd. Ich starre die Heftseite an und bin kurz davor, sie herauszureißen und zusammenzuknüllen.

Aber stattdessen blättere ich um und lege eine neue Liste an, diesmal mit meinen subjektiven Erinnerungen. Sein amüsierter Gesichtsausdruck, als ich ihm gestand, ich hätte ihn für einen Entführer gehalten, oder wie er mich im Café angesehen hat, als er erfuhr, dass ich Einzelkind bin, und er mich fragte, ob ich einsam sei. Wie er voller Freude mit Käpt'n Jack auf dem Kahn herumgesprungen ist. Wie gut ich mich gefühlt habe, zu wissen, dass ich ihm diese Freude bereiten kann. Wie sich Paris unter den Brücken anhört. Wie die Stadt aussieht, wenn man auf einem Fahrrad sitzt. Die Berührung seiner Hand auf meiner Hüfte. Seine blitzenden Augen, als er aufsprang, um den jungen Mädchen im Park zu helfen. Wie sicher ich mich fühlte, als ich an seiner Hand durch die Straßen von Paris rannte. Sein verletzter Gesichtsausdruck, als ich ihn im Restaurant fragte, warum er mich mit nach Paris genommen habe. Und wie mich später, vor dem besetzten Haus, sein Blick so groß, stark, geschickt und mutig werden ließ.

Ich lasse die Erinnerungen fließen, während ich erst eine Seite fülle und dann die nächste. Irgendwann schreibe ich nicht mehr über ihn, sondern über mich. Über alles, was ich an jenem Tag empfunden habe, einschließlich der Angst und der Eifersucht, hauptsächlich aber über das Gefühl zu merken, dass das Leben unendlich viele Möglichkeiten bereithält.

Ich schreibe drei Seiten voll. Nichts von all dem wird mir helfen, ihn zu finden, aber während des Schreibens geht es mir irgendwie gut – ja, mehr noch, ich fühle mich eins mit mir selbst. Mit mir im Reinen. Dieses Gefühl hatte ich schon seit langer, langer Zeit nicht mehr, und es bestärkt mich mehr als alles andere in meinem Entschluss, ihn zu suchen.

Der konkreteste Anhaltspunkt auf meiner Liste ist Guerilla Will, also fange ich damit an. Sie haben eine schlichte Website, nur mit den allernötigsten Informationen, und ich bin schon ganz aufgeregt, bis ich sehe, wie veraltet sie ist. Die Aufführungen, die hier angekündigt werden, haben bereits vor zwei Jahren stattgefunden. Doch es gibt eine Kontakt-E-Mail-Adresse. Stundenlang sitze ich an zehn verschiedenen Entwürfen, bis ich alle lösche und mich für eine ganz simple Version entscheide:

> Hallo,
> ich bin auf der Suche nach Willem, dem Niederländer, 20 Jahre alt, der letzten Sommer in »Was ihr wollt« mitgespielt hat. Ich habe im August die Aufführung in Stratford-upon-Avon gesehen und bin anschließend mit ihm nach Paris gefahren. Falls zufällig jemand weiß, wo er ist, richtet ihm bitte aus, dass er sich mit Lulu, eigentlich Allyson Healy, in Verbindung setzen soll. Es ist sehr wichtig!

Ich füge meine ausführlichen Kontaktdaten hinzu, halte einen Moment inne und stelle mir vor, wie die Einsen und Nullen oder woraus auch immer E-Mails bestehen, über Ozeane und Gebirge reisen und irgendwo in jemandes Postfach landen. Wer weiß? Vielleicht sogar in seinem.

Dann klicke ich auf Senden.

Dreißig Sekunden später meldet sich mein Postfach. Kann das sein? Ist das möglich? Dass es so leicht ist? Irgendjemand weiß, wo er steckt, oder vielleicht hat er mich die ganze Zeit gesucht.

Meine Hand zittert, als ich mein Postfach öffne. Leider erwartet mich nur meine eigene Nachricht, als unzustellbar zurückgeschickt. Ich überprüfe die Adresse. Ich schicke die Mail noch einmal ab. Wieder kommt sie zurück.

»Strike one. Schlagfehler beim ersten Versuch«, sage ich zu Dee am nächsten Tag, bevor das Seminar beginnt, und erzähle von meinem missglückten E-Mail-Versuch.

»Normalerweise vermeide ich Sportmetaphern, aber gehen Baseballspiele nicht normalerweise über neun Runden?«

»Ja, und was willst du mir damit sagen?«

»Mach weiter.«

Professor Glenny stürmt herein. Er beginnt mit seinen Ausführungen über *Cymbeline*, unser nächstes Theaterstück. Er bietet zum letzten Mal Theaterkarten für *Wie es euch gefällt* an und ermahnt uns schließlich, uns Gedanken über die mündlichen Präsentationen am Ende des Semesters zu machen. »Sie können entweder alleine oder mit Ihren Partnern arbeiten und sich zwischen einem normalen Vortrag und etwas eher Schauspielerischem entscheiden.«

»Wir machen was Schauspielerisches«, flüstert Dee.

»Na klar, ganz nach Glennys Geschmack.«

Dann sehen wir einander an, als dächten wir beide im selben Moment an das Gleiche. Nach dem Unterricht gehen wir zum Pult, um das sich die übliche Traube von einfältig lächelnden Groupies versammelt hat.

»Hallo, Rosalinde, möchten Sie noch Karten für *Wie es euch gefällt* kaufen?«

Ich erröte. »Danke, ich hab schon eine. Nein, es geht um etwas anderes. Ich versuche jemanden zu finden, zu dem ich die Verbindung verloren habe. Leider habe ich nicht viele Anhaltspunkte, außer einer bestimmten Shakespeare-Theatergruppe, die ich letztes Jahr in Stratford-upon-Avon gesehen habe. Sie haben eine Website, aber die E-Mail, die ich ihnen geschrieben habe, ist zurückgekommen, obwohl ich noch letzten Sommer eine Aufführung von ihnen gesehen habe …«

»In Stratford-upon-Avon?«

»Ja, aber nicht auf der Bühne. Es war eher eine Art Straßentheater, und die Gruppe nannte sich Guerilla Will. Sie sind am Canal Basin aufgetreten und waren sehr, sehr gut. Ich hab sogar die *Hamlet*-Aufführung der Royal Shakespeare Company sausen lassen, um mir die alternative Version von *Was ihr wollt* anzusehen.«

Professor Glenny gefällt das. »Ich verstehe. Und Sie haben wohl einen Sebastian verloren, kann das sein?« Ich schnappe nach Luft und erröte, bevor mir klar wird, dass er sich nur auf das Theaterstück bezieht. »Ich habe einen alten Freund im Fremdenverkehrsamt von Stratford-upon-Avon. Guerilla Will, haben Sie gesagt?« Ich nicke.

»Mal sehen, was ich rausfinden kann.«

In der Woche darauf, in der letzten Stunde vor den Frühlingsferien, händigt mir Professor Glenny eine Adresse aus. »Die hier hat mein Freund gefunden. Sie stammt aus den Polizeiakten. Offenbar haben Ihre Freunde von Guerilla Will die Angewohnheit, ohne Erlaubnis aufzutreten. Die Adresse stammt von einer Verhaftung. Wie aktuell die ist, weiß ich allerdings nicht.« Ich sehe mir die Adresse an. Sie befindet sich in einer englischen Stadt namens Leeds.

»Vielen Dank«, sage ich.

»Gern geschehen. Lassen Sie mich wissen, wie die Sache ausgegangen ist.«

An jenem Abend drucke ich eine Kopie der E-Mail aus, die ich an Guerilla Will geschickt habe, überlege es mir dann aber anders und schreibe von Hand einen Brief an Willem.

Lieber Willem,
neun Monate lang habe ich jetzt schon versucht, Dich und unseren Tag in Paris zu vergessen, aber wie Du siehst, funktioniert es nicht besonders gut. Ich glaube, mehr als alles andere möchte ich gerne wissen, ob Du wirklich einfach so gegangen bist. Wenn ja, ist es okay. Nein, ist es natürlich nicht, aber wenn ich die Wahrheit wüsste, könnte ich darüber hinwegkommen. Wenn Du nicht einfach weggegangen bist, weiß ich nicht, was ich sagen soll. Außer, es tut mir leid, dass ich es getan habe.
Ich weiß nicht, wie Du auf diesen Brief reagieren wirst, der wie ein Gespenst aus Deiner Vergangenheit auftaucht. Doch ganz egal, was geschehen ist: Ich hoffe, dass es Dir gutgeht.

Ich unterschreibe mit Lulu und Allyson, gefolgt von meinen sämtlichen Kontaktdaten. Dann stecke ich den Brief in einen Umschlag, adressiere ihn an Guerilla Will und schreibe dazu: *Bitte an Willem weiterleiten.* An dem Abend, bevor ich über die Ferien nach Hause fahre, bringe ich ihn zur Post.

Ich verlebe langweilige Tage zu Hause. Melanies Ferien fallen nicht mit meinen zusammen, und einerseits vermisse ich sie, andererseits bin ich erleichtert, ihr nicht begegnen zu müssen. Ich igele mich in meinem Zimmer ein, baue meine alten naturwissenschaftlichen Lehrbücher um mich herum auf und schlage die Zeit damit tot, auf Facebook, Twitter und jedem erdenklichen sozialen Netzwerk nach Willem zu suchen. Doch das ist alles andere als einfach, wenn man nur einen Vornamen hat. Besonders, weil Willem ein ziemlich geläufiger niederländischer Name ist. Dennoch arbeite ich mich durch Hunderte von Seiten und betrachte Fotos der unterschiedlichsten Willems, aber keiner von ihnen ist der richtige.

Ich lege ein Facebook-Profil als Lulu an mit Bildern von Louise Brooks und mir. Jeden Tag ändere ich den Status auf eine Art und Weise, die nur er verstehen kann: *Glaubst du an Unfälle des Universums? Ist Nutella Schokolade? Ist sich zu verlieben dasselbe wie zu lieben?* Ich erhalte Freundschaftsanfragen von New-Age-Freaks. Ich werde von Perversen angeschrieben. Ein Nutella-Fanclub aus Minnesota versucht mich anzuwerben (so was gibt es?). Aber keine Nachricht von ihm.

Ich weite die Suche auf seine Eltern aus und kombiniere ihre Namen: Willem, Bram, Yael und dann nur Bram, Yael. Doch ohne einen Nachnamen kommt nichts dabei heraus. Ich durchsuche jede einzelne niederländische Heilpraktikerseite nach einer mit dem Vornamen Yael – auch das bleibt erfolglos. Ich google den Namen Yael und stelle fest, dass es ein hebräischer Name ist. Ist Willems Mutter Jüdin? Israelin? Warum bin ich nicht auf die Idee gekommen, ihm irgendeine dieser Fragen zu stellen, als ich die Möglichkeit dazu hatte? Doch ich weiß, warum. Weil ich, als ich mit ihm zusammen war, das Gefühl hatte, ihn bereits zu kennen.

Vierundzwanzig

Nach den Frühlingsferien beginnen wir im Shakespeare-Seminar, *Cymbeline* zu lesen. Dee und ich haben das Stück schon zur Hälfte durch und kommen zu der pikanten Stelle, an der Posthumus, Imogens Ehemann, Iachimo mit dem Armband sieht, das er Imogen geschenkt hat. Er hält es für den Beweis, dass Imogen ihn betrogen hat. Dabei hat Iachimo das Armband gestohlen, um die Wette mit Posthumus zu gewinnen, in der es darum ging, dass er Imogen dazu bringen könne, ihren Mann zu betrügen.

»Noch so eine voreilige Schlussfolgerung«, bemerkt Dee und schaut mich vielsagend an.

»Na ja, er hatte ja auch einen guten Grund, sie zu verdächtigen«, erwidere ich. »Iachimo wusste viele intime Dinge über sie, etwa, wie ihr Schlafzimmer aussieht und dass sie ein Muttermal auf dem Busen hat.«

»Weil er sie heimlich beobachtet hat, als sie schlief«, entgegnet Dee. »Es gibt also eine gute Erklärung.«

»Ich weiß. Ich weiß. Du meinst ja auch, es gebe einen guten Grund dafür, warum Willem verschwunden ist. Aber weißt du, manchmal musst du einfach die Tatsachen als solche akzeptieren. An einem einzigen Tag habe ich beobachtet, wie Willem nacheinander mit einer Frau flirtete, von einer zweiten ausgezogen wurde und von einer dritten eine Telefonnummer zugesteckt bekommen hat. Und da hab ich mich noch gar nicht mitgezählt! Das alles weist darauf hin, dass er ein Aufreißer ist. Und auf den bin ich reingefallen.«

»Für einen Aufreißer hat der Junge aber ziemlich viel übers Verlieben geredet.«

»Übers Sich-Verlieben, aber nicht übers Lieben«, erwidere ich. »Und dabei ging es um Céline.« Doch als er von seinen Eltern und dem Beflecktsein gesprochen hat, sah er richtig sehnsüchtig aus, das weiß ich noch ganz genau. Und dann spüre ich eine Wärme auf meinem Handgelenk, als sei sein Speichel dort noch immer feucht.

»Céline«, sagt Dee und schnippt mit den Fingern. »Die sexy Französin!«

»So sexy war sie nun auch wieder nicht.«

Dee verdreht die Augen. »Warum haben wir bloß noch nicht daran gedacht? Wie heißt der Club, in dem sie gearbeitet hat? Wo du deinen Koffer hast stehen lassen?«

»Ich habe keine Ahnung.«

»Mist. Und wo war er?«

»In der Nähe des Bahnhofs.«

»In der Nähe welches Bahnhofs?«

Ich zucke mit den Achseln. Irgendwie habe ich das alles verdrängt.

Dee nimmt mir den Laptop ab. »Jetzt stellst du dich aber dümmer an, als du bist.« Er bearbeitet die Tastatur. »Wenn du aus London gekommen bist, bist du an der Gare du Nord ausgestiegen.« Er spricht es Gary du Nord aus.

»Bist du aber schlau.«

Dee ruft Google Maps auf und gibt einen Befehl ein. Eine Ansammlung von roten Flaggen erscheint. »Da!«

»Was?«

»Das sind die Nachtclubs in der Nähe der Gare du Nord. Ruf sie an. Wahrscheinlich arbeitet Céline in einem von ihnen. Finde sie, und du findest ihn.«

»Klar. Womöglich im selben Bett.«

»Allyson, du hast selbst gesagt, du würdest in alle Richtungen suchen.«

»Mach ich auch. Ich will nur Céline niemals mehr wiedersehen.«

»Wie sehr willst du ihn finden?«

»Ich weiß nicht. Ich glaube, mehr als alles andere möchte ich wissen, was geschehen ist.«

»Umso mehr Gründe gibt es, diese Céline anzurufen.«

»Ich soll also in all diesen Clubs anrufen und nachfragen? Du vergisst, dass ich kein Französisch spreche.«

»Wie schwer kann das sein?« Er hält inne und schürzt die Lippen. *»Bon lacroix monsieur oui, très chic, chic croissant französische Froschfresser.«* Feixend sieht er mich an. »Siehst du? Total einfach, easy peasy.«

»Ist das auch Französisch?«

»Nein, das ist Latein. Du könntest auch nach dem großen Typen fragen, dem Afrikaner.«

Dem Riesen. Mit ihm zu reden würde mir nichts ausmachen, aber ich weiß nicht einmal seinen Namen.

»Du machst das. Du kannst so was viel besser als ich.«

»Was soll das denn heißen? Ich habe nur Spanisch gelernt.«

»Nein, ich meine, du kannst besser Stimmen nachahmen und dich für jemand anderen ausgeben.«

»Ich habe gesehen, wie du Rosalinde gespielt hast, du warst einen Tag lang Lulu, und momentan spielst du deinen Eltern die angehende Medizinstudentin vor.«

Ich senke den Blick und zupfe an meinem Fingernagel herum. »Das macht mich bloß zur Lügnerin.«

»Nein, das stimmt nicht. Du probierst nur verschiedene Identitäten aus, wie die Charaktere in Shakespeares Theaterstücken. Außerdem sind die Personen, die wir nach außen hin verkörpern, bereits alle in uns vorhanden. Deswegen können wir sie ja überhaupt nur spielen.«

Da Kali Französisch studiert, frage ich sie so beiläufig wie möglich, wie man nach Céline oder nach einem senegalesischen Barkeeper fragen könnte, dessen Bruder in Rochester lebt. Zunächst sieht sie mich verwundert an. Das ist wahrscheinlich das erste Mal, dass ich sie, seit wir zusammen wohnen, etwas Tiefergehendes frage als: »Sind das deine Socken?«

»Na ja, das kommt ganz darauf an«, antwortet sie. »Wer sind diese Leute? In welcher Beziehung stehst du zu ihnen? Französisch ist die Sprache der feinen Unterschiede.«

»Hm, sagen wir, es sind einfach irgendwelche Leute, mit denen ich am Telefon sprechen möchte.«

Kali sieht mich mit zusammengekniffenen Augen an und widmet sich wieder ihrer Arbeit. »Dann versuch's doch mal mit einem Online-Übersetzungsprogramm.«

Ich atme tief ein und dann heftig wieder aus. »Na schön. Also, es geht erstens um eine superzickige Schönheit und zweitens um einen sehr netten Typen, die ich beide nur kurz kennengelernt habe. Sie arbeiten in einem Pariser Nachtclub, und ich habe das Gefühl, sie könnten der Schlüssel zu meinem … Glück sein. Sind das genug Details?«

Kali schließt ihr Lehrbuch und dreht sich zu mir um. »Ja und nein.« Sie nimmt ein Blatt Papier und tippt sich damit gegen das Kinn. »Weißt du zufällig, wie der Bruder des Barkeepers in Rochester heißt?«

Ich schüttle den Kopf. »Nein, er hat es nur nebenbei erwähnt. Warum?«

Kali antwortet achselzuckend: »Wenn du seinen Namen wüsstest, könnten wir ihn in Rochester ausfindig machen und über ihn seinen Bruder suchen.«

»Du hast recht! Daran habe ich überhaupt nicht gedacht. Vielleicht fällt er mir wieder ein. Dann könnte ich auch das versuchen. Vielen Dank!«

»Tja, erstaunliche Dinge können passieren, wenn man um Hilfe bittet.« Sie sieht mich vielsagend an.

»Soll ich dir erzählen, worum es geht?«

Ihre hochgezogenen Augenbrauen sagen so viel wie: *Mögen Schweine Matsch?*

Also erzähle ich Kali, die ich nie zuvor als Vertraute auch nur in Betracht gezogen hätte, eine Kurzversion meiner Geschichte.

»Ach du meine Güte, deswegen also!«

»Deswegen was?«

»Deswegen bist du so still und zurückgezogen und willst nichts mit uns machen. Wir haben immer gedacht, du kannst uns nicht ausstehen!«

»Nein! Das stimmt doch gar nicht. Ich habe mich einfach als Außenseiterin gefühlt und wollte euch nicht zur Last fallen.«

Kali verdreht die Augen. »Ich habe mit meinem Freund Schluss gemacht, unmittelbar bevor ich hierhergekommen bin, und Jenn hat sich von ihrer Freundin getrennt. Was glaubst du wohl, warum ich so viele Fotos von meinem Hund aufgehängt habe? Wir waren alle traurig und krank vor Heimweh. Deswegen haben wir so viel gefeiert.«

Ich schüttele den Kopf. Das habe ich nicht gewusst. Es wäre mir nicht im Traum eingefallen. Dann muss ich lachen. »Ich habe eine beste Freundin, seit ich sieben bin. Sie ist meine einzige Freundin und mit ihr habe ich immer alles gemacht. Deswegen habe ich wohl die entscheidenden Jahre verpasst, in denen man lernt, wie man sich mit anderen anfreundet.«

»Du hast gar nichts verpasst. Es sei denn, du bist nicht mal in den Kindergarten gegangen.«

Fragend starre ich sie an. Natürlich war ich im Kindergarten.

»Wenn du im Kindergarten warst, musst du gelernt haben, wie man sich mit anderen anfreundet. Das ist das Erste, was sie einem dort beibringen.« Sie starrt mich an. »Um einen Freund zu gewinnen …«, beginnt sie.

»… musst du ein Freund sein«, ergänze ich und erinnere mich daran, wie unsere Erzieherin uns das immer wieder vorgesagt hat. Vielleicht habe ich es auch im Fernsehen gehört.

Lächelnd nimmt Kali ihren Stift zur Hand. »Ich glaube, es ist einfacher, wenn du dich nach dieser Tussi Céline und dem Barkeeper erkundigst. Um den Bruder brauchst du dich nicht zu kümmern, denn wie viele Barkeeper aus dem Senegal kann es schon geben? Wenn du ihn findest, kannst du ihn ja fragen, ob er einen Bruder in Rochester hat.«

»Roché Estair«, korrigiere ich. »So hat er es ausgesprochen.«

»Klar, so klingt es viel schicker. Hier.« Sie reicht mir ein Blatt Papier. *Je voudrais parler à Céline ou au barman qui vient du Sénégal, s'il vous plaît* … Sie hat es sowohl in der französischen Übersetzung als auch in Lautschrift aufgeschrieben. »So fragst du auf Französisch nach ihnen. Wenn du beim Anrufen Hilfe brauchst, sag Bescheid. Dazu sind Freundinnen da.«

Je voudrais parler à Céline ou au barman qui vient du Sénégal, s'il vous plaît. Ich möchte bitte mit Céline oder dem Barkeeper sprechen, der aus dem Senegal kommt. Eine Woche später habe ich diesen Satz so oft gesagt – erst zum Üben, dann bei einer Reihe von zunehmend entmutigenden Anrufen –, dass ich ihn im Schlaf aufsagen könnte. Ich rufe in dreiundzwanzig Bars an. *Je voudrais parler à Céline ou au barman qui vient du Sénégal, s'il vous plaît* ... Das ist, was ich sage. Dann geschieht Folgendes: Entweder, es wird sofort aufgelegt. Oder ich erhalte irgendeine Art ablehnender Antwort – und dann wird aufgelegt. Diese Bars streiche ich sofort von der Liste, weil sie garantiert nicht in Frage kommen. Oder aber die Leute überschütten mich mit einem Schwall Französisch, und ich kann nichts anworten. *Céline? Barman? Sénégal?* Ich wiederhole meinen Satz in den Hörer, und die Worte versinken wie löchrige Lebensrettungsinseln. Ich habe keine Ahnung, was die Leute am anderen Ende der Leitung sagen. Vielleicht sagen sie, dass Céline und der Riese Mittagessen gegangen sind und bald zurück sein werden. Vielleicht sagen sie auch, dass Céline im Haus ist, aber gerade Sex mit einem großen Holländer hat.

Ich komme auf Kalis Angebot zurück, mir zu helfen, und ab und zu kann sie herausfiltern, dass es weder eine Céline noch einen senegalesischen Barkeeper gibt, aber in den meisten Fällen ist sie nach den Gesprächen genauso schlau wie ich. Außerdem googeln sie und Dee jeden potentiellen senegalesischen Namen in Rochester und tätigen einige peinliche Anrufe, erreichen aber nichts. Nach dem vierundzwanzigsten deprimierenden Anruf habe ich alle Bars in der Nähe der Gare du Nord abtelefoniert. Dann erinnere ich mich an den Bandnamen auf den T-Shirts, von denen Céline Willem und mir eines geschenkt hat. Ich google die Band und versuche, ihre Tourdaten zu recherchieren. Doch falls sie in Célines Nachtclub aufgetreten sind, muss es lange her sein, denn inzwischen haben sie sich offenbar aufgelöst.

Zu diesem Zeitpunkt sind über drei Wochen vergangen, seitdem ich meinen Brief verschickt habe, also verliere ich auch an dieser Front langsam die Hoffnung. Die Chance, Willem wiederzufinden, die niemals besonders groß war, wird immer kleiner. Doch merkwürdigerweise ändert das nichts an meinem Gefühl, das Richtige zu tun. Wenn überhaupt, wird es stärker.

»Wie steht es mit der Suche nach Sebastian?«, ruft mir Professor Glenny eines Tages nach dem Unterricht zu, während wir anstehen, um unsere Hausarbeiten über *Cymbeline* abzuholen. Die Groupies werfen mir neidische Blicke zu. Seitdem ich Professor Glenny von Guerilla Will erzählt habe, ist sein Interesse für mich irgendwie neu erwacht. Von Dee war er natürlich von Anfang an begeistert.

»Bisher sind alle Spuren im Sande verlaufen«, antworte ich. »Es gibt keine neuen Anhaltspunkte.«

Er grinst. »Anhaltspunkte gibt es immer. Wie heißt es in den Krimis immer so schön? ›Wir müssen noch mal ganz neu an die Sache rangehen!‹« Letzteres sagt er in einem fürchterlichen New Yorker Slang. Dann überreicht er mir meine Hausarbeit. »Gute Leistung.«

Mein Blick fällt auf eine dicke rote Eins minus, und eine Welle des Stolzes durchläuft mich. Als ich mit Dee zu unseren nächsten Veranstaltungen laufe, schaue ich mir die Note immer wieder an, als könne sie womöglich zu einer Drei verschwimmen. Andauernd sehe ich hin und grinse dabei von einem Ohr zum anderen. Dee erwischt mich dabei und lacht.

»Wir sind eben nicht alle an Einser gewöhnt«, bemerke ich.

»Heul doch. Sehen wir uns nachher um vier?«

»Ich zähle die Sekunden.«

Als Dee um vier Uhr eintrudelt, ist er vor Aufregung ganz zappelig. »Professor Glenny hat recht, wir sollten noch einmal ganz neu an die Sache rangehen – sieh dir mal das an!« Er hält zwei DVDs aus der Mediathek in die Luft. Eine trägt den Titel *Die Büchse der Pandora*, und den Umschlag ziert das Bild einer schönen Frau mit traurigen, dunklen Augen und glattem schwarzen Pagenschnitt. Ich weiß sofort, wer sie ist.

»Wie sollen uns die denn weiterhelfen?«

»Weiß ich noch nicht. Aber wenn man die Büchse der Pandora öffnet, weiß man nie, was rausflattert. Wir können uns die Filme auf jeden Fall heute Abend anschauen, wenn ich mit der Arbeit fertig bin.«

Ich nicke. »Ich mache Popcorn.«

»Und ich bringe die Reste vom Kuchen aus der Mensa mit.«

»Wir wissen, wie man es am Freitagabend richtig krachen lässt.«

Später, als ich alles für den Abend mit Dee vorbereite, treffe ich Kali im Aufenthaltsraum. Mit einem Blick auf das Popcorn fragt sie: »Hast du eine Fressattacke?«

»Nein, Dee und ich machen einen Filmabend.« Noch nie habe ich Kali eingeladen, und am Wochenende geht sie auch meistens abends aus. Aber ich muss daran denken, dass sie uns geholfen hat, und daran, was sie über Freundschaft gesagt hat, daher lade ich sie ein mitzugucken. »Es wird eine Art kriminalistischer Filmabend. Dabei könnten wir deine Hilfe gut gebrauchen. Du bist doch auch auf die geniale Idee gekommen, den Bruder des Barkeepers in Rochester zu suchen.«

Sie schaut mich mit großen Augen an. »Ich würde dir gerne helfen. Die Partys hängen mir echt zum Hals raus. Jenn, hast du Lust auf einen Filmeabend mit Allyson und Dee?«

»Ich muss euch allerdings warnen: Es sind Stummfilme«, bemerke ich.

»Cool«, antwortet Jenn. »Ich habe noch nie einen gesehen.«

Ich auch nicht, und es stellt sich heraus, dass es so ähnlich ist, als sehe man ein Shakespearestück auf der Bühne. Man muss sich darauf einlassen, sich dem Rhythmus anpassen. Zwar wird nicht gesprochen, aber es ist trotzdem nicht so, als würde man einen fremdsprachigen Film mit Untertiteln gucken. Nur Kernpassagen der Dialoge sind untertitelt; die übrige Handlung muss man über die Mimik der Schauspieler, den Kontext und die Orchestermusik herausbekommen. Man muss sich schon etwas anstrengen.

Zunächst sehen wir uns die *Büchse der Pandora* an. Der Film handelt von einem schönen, leichtlebigen Mädchen namens Lulu, das von Mann zu Mann flattert. Erst heiratet sie ihren Geliebten, dann erschießt sie ihn am Abend ihrer Hochzeit. Sie wird des Mordes angeklagt, entgeht aber ihrer Gefängnisstrafe und folgt dem Sohn ihres ermordeten Ehemannes ins Exil. Schließlich wird sie als Prostituierte verkauft. Am Ende wird sie am Weihnachtsabend getötet, und zwar ausgerechnet von Jack the Ripper. Gebannt sehen wir zu, als würden wir ein Zugunglück in Zeitlupe verfolgen.

Gleich danach legt Dee die nächste DVD ein, *Tagebuch einer Verlorenen.* »Das hier ist eine Komödie«, scherzt er.

Dieser Film ist nicht ganz so tragisch. Lulu – die allerdings in diesem Film anders heißt – stirbt am Ende nicht. Doch sie wird verführt, bringt ein uneheliches Kind zur Welt, das Baby wird ihr weggenommen, und sie landet ausgestoßen aus der Gesellschaft in einer schrecklichen Besserungsanstalt. Auch sie versucht sich als Prostituierte.

Es ist fast zwei Uhr morgens, als wir das Licht einschalten. Mit kleinen, geröteten Augen sehen wir einander an.

»Und?«, fragt Jenn.

»Ich fand die Klamotten toll«, sagt Kali.

»Die Kostüme waren tatsächlich außergewöhnlich, aber sie helfen uns nicht wirklich weiter«, erwidert Dee und fragt mich: »Und, irgendwelche Anhaltspunkte?«

Ich blicke mich um. »Nein, nichts.« Und tatsächlich haben mir die Filme kein bisschen weitergeholfen. Die ganze Zeit habe ich geglaubt, ich wäre wie Lulu. Aber ich bin ganz und gar nicht wie das Mädchen in diesen Filmen. Und ich würde es auch nicht gerne sein.

Jenn gähnt, öffnet den Laptop und ruft eine Seite über Louise Brooks auf, die offenbar ein ebenso bewegtes Leben wie Lulu geführt hat. Nachdem ihr Stern in Hollywood gesunken war, arbeitete sie als Verkäuferin für Damenmode bei Saks an der Fifth Avenue, heiratete einen Millionär und lebte zum Schluss vollkommen zurückgezogen. »Aber hier heißt es, sie sei immer eine Rebellin gewesen. Sie hat immer nach ihren eigenen Maßstäben gelebt und hatte sogar eine lesbische Affäre mit Greta Garbo!« Das lässt Jenn lächeln.

Kali übernimmt den Computer und liest vor. »Außerdem hat sie den Bubikopf modern gemacht.«

»Als ich Willem getroffen habe, hatte ich einen Pagenschnitt. Das hätte ich vielleicht erwähnen sollen.«

Kali stellt den Computer weg, zieht das Haargummi von

meinem Pferdeschwanz ab und hält meine Haare an mein Kinn. »Also, mit der Frisur würdest du ihr tatsächlich ähneln.«

»Ja, das hat er auch gesagt. Dass ich aussähe wie sie.«

»Wenn er dich so gesehen hat«, bemerkt Jenn, »bedeutet das, dass er dich sehr schön fand.«

»Ja. Kann schon sein. Vielleicht war für ihn aber auch alles nur ein Spiel. Oder er hat mich Lulu genannt, um mich auf Distanz halten zu können, um mich nie richtig kennenlernen zu müssen.« Doch während ich die weniger romantischen Optionen zur Debatte stelle – die ja auch ehrlich gesagt die wahrscheinlichsten sind –, empfinde ich nicht wie sonst den üblichen Stich der Scham und Erniedrigung. Mit den dreien an meiner Seite fühlt sich alles nur noch halb so schlimm an.

Da Kendra bei Jep übernachtet, bietet Kali Dee an, in ihrem Bett zu schlafen, und haut sich drüben bei Kendra aufs Ohr. Als wir uns unter unsere Decken kuscheln und uns eine gute Nacht zurufen, fast wie im Sommerlager, habe ich mehr denn je das Gefühl, auf dem richtigen Weg zu sein.

Dee fängt sofort an zu schnarchen, aber ich kann noch lange nicht einschlafen, weil ich über Lulu nachdenke. Vielleicht war es nur ein Name, nur ein Spiel. Doch an irgendeinem Punkt hörte es auf, ein Spiel zu sein. An jenem Tag wurde ich wirklich zu Lulu. Vielleicht nicht zur Lulu aus dem Film oder zur echten Louise Brooks, aber zu der Idee, die Lulu für mich verkörperte. Von Freiheit. Wagemut. Abenteuerlust. Spontanität.

Jetzt weiß ich, dass ich nicht nur nach Willem suche. Ich suche auch nach Lulu.

Fünfundzwanzig

APRIL
Miami Beach

Meine Eltern erwarten mich bei meiner Ankunft am Flughafen von Miami Beach vor dem Gate. Mom hat ihren Flug so gebucht, dass sie eine halbe Stunde vor mir eingetroffen sind. Ich hatte gehofft, mich dieses Jahr vor dem Sederabend zum Auftakt des Passahfestes drücken zu können. Schließlich habe ich Mom und Dad erst vor ein paar Wochen in den Frühlingsferien gesehen, und nur wegen Seder hier runterfliegen zu müssen bedeutet, dass ich einen Tag an der Uni verpasse. Aber es gab kein Entkommen. Tradition ist Tradition, und dieser Feiertag ist der einzige Tag im Jahr, an dem wir meine Oma besuchen.

Ich liebe meine Oma, und auch wenn der Sederabend jedes Mal tödlich langweilig ist und man sein Leben riskiert, weil man so viel von Omas selbstgekochtem Essen vertilgen muss, graut mir nicht deswegen vor diesem Tag.

Grandma macht Mom verrückt, weshalb Mom wiederum uns bei jedem Besuch verrückt macht. Wenn Grandma uns zu Hause besucht, kann man es irgendwie aushalten. Dann hat Mom zwischendurch auch die Möglichkeit, rauszukommen, bei Susan Dampf abzulassen, Tennis zu spielen, Pläne zu schmieden oder ins Einkaufszentrum zu fahren, um mir neue Klamotten zu kaufen, die ich nicht brauche. Wenn wir aber Grandma in ihrem Alte-Leute-Apartment in Miami besuchen, ist es, als seien wir auf einer geriatrischen Insel gefangen.

Schon am Gepäckband beginnt Mom, auf mir herumzuhacken, weil ich mich nicht für meine Geburtstagsgeschenke bedankt habe, was bedeutet, dass sie Grandma und Susan gefragt haben muss, ob ich ihnen geschrieben habe. Außer an sie und natürlich meine Eltern gab es dieses Jahr niemanden, an den ich Dankeskarten hätte verschicken müssen. Jenn und Kali haben mir einen Kuchen gebacken, und Dee hat mich in Boston an seiner Lieblingsfrittenbude zum Abendessen eingeladen. Melanie hat mir kein Geschenk geschickt, sondern nur einen Glückwunsch auf Facebook gepostet.

Als wir ins Taxi steigen (das zweite, weil meine Mutter das erste wegen einer zu schwachen Klimaanlage weggeschickt hat – keiner ist vor meiner Mutter sicher, wenn sie unterwegs zu Grandma ist), fängt sie von meinen Plänen für den Sommer an.

Als sie das Thema im Februar zum ersten Mal zur Sprache brachte, erwiderte ich, ich hätte noch keine Ahnung. Ein paar Wochen später, am Ende der Frühlingsferien, verkündete sie, sie hätte sich erkundigt und ein paar Beziehungen spielen lassen und hätte jetzt zwei vielversprechende Angebote für mich. Entweder könne ich in einem Labor in einer der Pharmafirmen in der Nähe von Philadelphia arbeiten oder in der Praxis eines Kollegen meines Vaters, eines Proktologen namens Dr. Baumgartner, ein Praktikum machen. Keines von beiden sei bezahlt, erklärte sie, aber sie sei mit meinem Vater übereingekommen, mir zum Ausgleich ein großzügiges Urlaubsgeld zu geben. Sie wirkte äußerst zufrieden mit sich. Beide Jobs würden sich ausgezeichnet in meinem Lebenslauf machen und wenigstens zu einem kleinen

Teil das Debakel – wie sie es nannte – meines ersten Semesters wettmachen.

Ich war so genervt, dass ich ihr beinahe gesagt hätte, ich könne beides nicht machen, weil ich dafür nicht qualifiziert sei, schließlich nähme ich nicht mehr an den vormedizinischen Seminaren teil. Nur um sie zu schocken. Nur um ihren Gesichtsausdruck zu sehen. Doch dann bekam ich es mit der Angst zu tun. Ich würde eine Eins für »Shakespeare lautstark« erhalten, eine Eins minus in Mandarin – so gut war ich noch nie –, eine gute Zwei in Biologie und Labor und eine Eins in Keramischem Gestalten. Mir wurde klar, dass ich tatsächlich stolz darauf war, wie gut ich in meinen Seminaren abschnitt, und ich wollte einfach nicht, dass mir meine Mutter mit ihrer unvermeidlichen und permanenten Enttäuschung die Freude daran verdarb. Obwohl das früher oder später unweigerlich geschehen würde, selbst wenn ich meiner Absicht treu blieb, ihr meine Endnoten erst dann zu zeigen, wenn ich ihr meine Entscheidung verkündete.

Doch die Abschlusszeugnisse gibt es erst in drei Wochen, und Mom geht mir mit diesen Praktika auf die Nerven. Als wir also vor Grandmas Apartmenthochhaus anhalten, behaupte ich, ich hätte mich immer noch nicht entschieden, und springe dann aus dem Taxi, um Dad mit dem Gepäck zu helfen.

Es ist schon merkwürdig. Meine Mutter ist die respekteinflößendste Person, die ich kenne, doch sobald meine Großmutter die Tür öffnet, scheint sie zu schrumpfen, als sei Grandma eine Art Ungeheuer und keine eins sechzig kleine, wasserstoffblonde ältere Dame im gelben Jogginganzug und einer Schürze mit der Aufschrift »Küss die meschuggene Köchin«. Grandma begrüßt mich mit einer innigen Umarmung, die nach Shalimar und Hühnerfett riecht. »Ally! Lass dich ansehen! Du trägst dein Haar anders! Ich habe es schon auf den Fotos auf Facebook gesehen.«

»Du bist auf Facebook?«, fragt Mom.

»Ja, Ally und ich sind Freunde auf Facebook, nicht wahr?« Sie zwinkert mir zu.

Mom verzieht angewidert das Gesicht, entweder weil Grandma und ich Freunde auf Facebook sind oder weil Grandma stur meinen Namen abgekürzt.

Wir gehen hinein. Großmutters Freund Phil liegt auf der großen geblümten Couch und schläft. Auf dem riesigen Flachbildfernseher läuft in voller Lautstärke ein Basketballspiel.

Grandma berührt mein Haar, das mir inzwischen bis auf die Schultern fällt. Ich war seit letztem Sommer nicht mehr beim Friseur. »Es war vorher kürzer«, sage ich. »Die Frisur ist mittlerweile etwas rausgewachsen.«

»So sieht es aber besser aus. Dieser Bob war fürchterlich!«, kommentiert Mom.

»Es war doch nur ein Bob, Mom. Kein Irokesenschnitt.«

»Ich weiß genau, was es war. Aber du hast ausgesehen wie ein Junge.«

An Grandma gewandt frage ich: »Ist sie in ihrer Kindheit durch einen missglückten Haarschnitt traumatisiert worden? Wenn ja, scheint sie nicht darüber hinweggekommen zu sein.«

Grandma klatscht in die Hände. »Du könntest recht haben. Mit zehn hat sie *Rosemaries Baby* gesehen und mich danach angefleht, mit ihr zum Friseur zu gehen. Sie wollte, dass die Frau immer weiter schnitt, bis das Haar richtig kurz war und sie schließlich aussah wie Mia Farrow. Als wir den Salon verließen, hat eine andere Mutter auf Ellie gedeutet und zu ihrem Sohn gesagt: ›Warum lässt du dir nicht die Haare so wie dieser nette kleine Junge schneiden?«« Lächelnd blickt sie Mom an. »Ich wusste gar nicht, dass dich das immer noch bedrückt, Ellie.«

»Es bedrückt mich deswegen nicht, weil es nicht so gewesen ist, Mutter. Ich habe *Rosemaries Baby* nie gesehen, und wenn, wäre ich mit zehn jedenfalls viel zu jung dafür gewesen.«

»Ich kann dir die Fotos zeigen!«

»Danke, das ist nicht nötig.«

Mit einem Blick auf Moms Frisur bemerkt Grandma: »Du könntest dir ruhig noch einmal so einen Pixie schneiden lassen. Wie lange hast du jetzt schon dieselbe Frisur? Seit Bill Clinton Präsident war?« Dabei grinst sie boshaft.

Mom scheint erneut um einige Zentimeter zu schrumpfen, als sie ihr Haar berührt – glatt, braun, im Nacken zum Pferdeschwanz gebunden. Grandma lässt sie stehen und schleppt mich mit in die Küche. »Möchtest du ein paar Plätzchen? Ich habe Makronen da.«

»Makronen sind keine Plätzchen, Grandma. Sie sind Kokosnussplätzchenersatz und ekelhaft.«

Jetzt zum Passahfest hat Grandma nichts mehr mit Mehl im Haus.

»Mal sehen, was ich sonst noch so dahabe.« Grandma schenkt mir etwas von ihrer zuckerfreien Limonade ein. »Deine Mutter hat es wirklich schwer«, bemerkt sie. Sobald Mom außer Hörweite ist, tritt sie für sie ein, verteidigt sie fast, als sei ich diejenige, die sie in Rage bringt.

»Warum? Sie führt ein sorgenfreies Leben.«

»Komisch, das sagt sie auch jedes Mal über dich, wenn sie dich für undankbar hält.« Grandma öffnet die Ofenklappe und schaut prüfend hinein. »Ich meine, dass sie sich erst daran gewöhnen muss, dass du jetzt aus dem Haus bist. Du bist ihr ein und alles.«

Mein Magen krampft sich zusammen. Noch etwas, womit ich Mom enttäuscht habe.

Grandma zaubert einen Teller mit den dicken Weingummis hervor, denen ich nicht widerstehen kann. »Ich habe ihr gesagt, dass sie noch ein Kind bekommen soll, damit sie etwas zu tun hat.«

Ich pruste vor Schreck meine Limonade aus. »Aber sie ist doch schon siebenundvierzig!«

»Sie könnte eines adoptieren.« Großmutter winkt ab. »So ein chinesisches Waisenkind. Lucy Rosenbaum hat ein ganz süßes als Enkelin bekommen.«

»Das sind doch keine Hundewelpen, Grandma!«

»Ich weiß. Aber sie könnte ja auch ein älteres nehmen. Das wäre eine echte Mitzwa, eine gute Tat, wie die Thora sie vorschreibt.«

»Hast du mit Mom darüber gesprochen?«

»Natürlich habe ich das.«

Meine Großmutter spricht oft Themen an, die wir anderen tunlichst vermeiden. Beispielsweise zündet sie für das Kind, das Mutter verloren hat, an jedem Jahrestag eine Kerze an. Auch das macht Mom verrückt.

»Sie braucht eine Aufgabe, falls sie nicht wieder arbeiten geht.« Oma blickt hinüber ins Wohnzimmer. Ich weiß, dass Mom und Grandma sich darüber streiten, dass Mom nicht arbeitet. Einmal hat Grandma ihr einen Zeitschriftenausschnitt geschickt, in dem es darum ging, wie schlechtgestellt Arztfrauen im Falle einer Scheidung seien. Anschließend hat meine Mutter monatelang nicht mit ihr gesprochen.

Mom kommt in die Küche und wirft einen Blick auf die

Weingummis. »Mutter, könntest du ihr bitte etwas Vernünftiges zu essen geben?«

»Komm, jetzt beruhige dich mal. Mit neunzehn kann sie langsam selbst entscheiden, was sie isst.« Sie zwinkert mir zu, wendet sich an Mom und sagt: »Stell doch schon mal etwas Aufschnitt auf den Tisch.«

Mom späht in Grandmas Kühlschrank. »Wo ist denn die Rinderbrust? Es ist schon fast zwei. Wir sollten sie bald in den Ofen schieben.«

»Oh, sie ist schon drin«, erwidert Grandma.

»Wann hast du sie reingetan?«

»Keine Sorge, ich habe ein schönes Rezept aus der Zeitung.«

»Wie lange ist sie jetzt schon drin?« Mom wirft einen Blick in den Backofen. »Sie ist nicht sehr groß, du solltest sie nicht länger als drei Stunden drinlassen. Und du musst sie mit Alufolie abdecken. Außerdem ist der Ofen viel zu heiß. Rinderbrust muss langsam garen. Fangen wir nicht um fünf Uhr mit dem Sederabend an? Wann hast du sie reingetan?«

»Lass das nur meine Sorge sein.«

»Sie wird zäh wie Leder sein.«

»Komme ich in deine Küche und sage dir, wie du zu kochen hast?«

»Ja, das tust du jedes Mal. Aber ich höre nicht auf dich. Und nur deswegen haben wir schon viele Fälle von Lebensmittelvergiftung verhindert.«

»Jetzt reicht's aber mit deiner Besserwisserei.«

»Ich glaube, ich gehe mich jetzt mal umziehen«, verkünde ich, aber keine der beiden Frauen achtet noch auf mich.

Als ich ins Gästezimmer komme, treffe ich auf Dad, der sich dorthin verzogen hat und sehnsüchtig auf ein Golfhemd schaut. »Wie stehen die Chancen, dass ich für eine Runde verschwinden kann?«

»Erst müsstest du dem Pharao ein paar Plagen an den Hals wünschen.« Ich schaue zum Fenster hinaus auf den silbrig blauen Streifen Meer.

Mein Vater legt das Golfhemd wieder in den Koffer. Wie schnell wir alle bereit sind, es meiner Mutter recht zu machen! Der Sederabend bedeutet ihm nichts. Dad ist nicht einmal Jude, aber er begeht alle jüdischen Feiertage zusammen mit meiner Mutter. Es heißt, Grandma sei stinksauer gewesen, als Mom sich mit meinem Vater verlobte, obwohl sie nach Grandpas Tod mit Phil zusammengekommen ist, der genauso wenig ein Jude ist.

»Ich hab nur Spaß gemacht«, sage ich, obwohl es natürlich kein Scherz war. »Warum gehst du nicht einfach?«

Dad schüttelt den Kopf. »Deine Mom braucht Unterstützung.«

Ich stoße einen verächtlichen Laut aus. Als bräuchte meine Mutter irgendetwas von irgendjemandem.

Dad wechselt das Thema. »Letztes Wochenende haben wir Melanie gesehen.«

»Ach, wirklich?«

»Ihre Band hatte einen Auftritt in Philadelphia, deswegen hat sie sich ausnahmsweise mal bei ihren Eltern blicken lassen.«

Sie ist jetzt in einer Band? Also ist sie mittlerweile dabei, sich in Mel 4.0 zu verwandeln – und ich soll weiterhin mein altes verlässliches Selbst bleiben? Ich ringe mir ein Lächeln ab und tue so, als wüsste ich Bescheid.

»Frank, ich finde meinen Sederteller nicht«, ruft Grandma. »Ich hatte ihn rausgeholt, um ihn zu polieren.«

»Stell dir einfach vor, wo du ihn zuletzt gehabt hast«, antwortet Dad. Er sieht mich an, zuckt leicht mit den Achseln und macht sich auf den Weg, um suchen zu helfen. Nachdem der Sederteller gefunden ist, hilft er Grandma, Servierschüsseln aus dem Schrank zu holen, und dann höre ich Mom zu ihm sagen, er solle Phil Gesellschaft leisten, deswegen setzt er sich aufs Sofa und schaut Basketball mit dem schlafenden Phil. So viel zum Golfspielen. Ich gehe hinaus auf den Balkon und lausche den wetteifernden Stimmen von Moms und Omas Gezänk und dem Spiel im Fernsehen. Mein Leben fühlt sich so klein an, dass es juckt wie ein zu enger Wollpullover.

»Ich gehe ein bisschen spazieren«, verkünde ich, obwohl niemand außer mir auf dem Balkon ist. Ich ziehe die Schuhe an, schlüpfe zur Tür hinaus und gehe hinunter zum Strand. Dort ziehe ich die Schuhe wieder aus und renne am Wasser hin und her. Meine rhythmischen Schritte auf dem nassen Sand scheinen etwas aus mir hinaussprudeln zu lassen, das zusammen mit dem Schweiß durch die Poren meiner klebrigen Haut sickert. Nach einer Weile halte ich inne, setze mich und blicke übers Wasser. Jenseits des Ozeans liegt Europa. Irgendwo dort drüben ist er. Und irgendwo dort drüben gibt es eine andere Version meiner selbst.

Als ich zurückkehre, drängt mich meine Mutter, zu duschen und den Tisch zu decken. Um fünf nehmen wir Platz und machen uns für eine lange Nacht bereit, in der wir den Auszug der Juden aus Ägypten und damit ihre Befreiung aus der Sklaverei nachempfinden. Eigentlich sollte es ein Akt der Befreiung sein, doch durch die finsteren Blicke, die Mom und Grandma einander zuwerfen, herrscht eine eher bedrückte Atmosphäre. Die Erwachsenen können sich wenigstens betrinken; schließlich sieht das Ritual vor, im Laufe des Abends vier Gläser Wein zu leeren. Ich erhalte natürlich nur Traubensaft in meiner eigenen Kristallkaraffe. So war es jedenfalls früher. Doch als ich diesmal nach dem ersten Segen einen Schluck trinke, muss ich beinahe husten. Es ist Wein. Erst halte ich es für ein Versehen, bis Grandma mir zuzwinkert.

Der Sederabend verläuft wie immer. Mom, die sich ansonsten in jeder Hinsicht stets respektvoll verhält, mutiert wieder zum rebellischen Teenager. Als Grandma die Stelle über die vierzigjährige Wanderung der Juden durch die Wüste vorliest, fällt Mom ihr ins Wort, um zu sagen, dass Moses ein Mann gewesen sei, der auch nicht nach dem Weg gefragt habe. Als das Gespräch auf Israel kommt, doziert meine Mutter über Politik, obwohl sie weiß, dass Grandma das hasst. Als wir Suppe mit Matzeknödel essen, streiten sie über den Cholesteringehalt von Matzeknödel.

Mein Vater schweigt wohlweislich, und Phil spielt mit seinem Hörgerät und döst zwischendurch immer wieder weg. Ich schenke mir sehr, sehr oft von meinem »Saft« nach.

Nach zwei Stunden schneiden wir den Braten an, was bedeutet, dass wir für eine ganze Weile nicht mehr über den Exodus sprechen werden. Das ist eine Wohltat, der Braten jedoch nicht. Er ist so trocken wie Dörrfleisch und schmeckt verbrannt. Ich schiebe mein Stück auf dem Teller hin und her, während Grandma von ihrem Bridgeclub und der Kreuzfahrt erzählt, die Phil und sie unternehmen werden. Dann erkundigt sie sich nach unserem alljährlichen Sommerurlaub in Rehoboth Beach, den sie üblicherweise zu einem Teil mitfinanziert.

»Was hast du in den Sommerferien sonst noch vor?«, fragt sie mich beiläufig.

Es ist im Grunde eine ähnlich bedeutungslose Frage wie »Was gibt's Neues?« oder »Wie geht es dir?«. Ich will schon antworten: »Ach, dies und das«, als Mom einwirft, ich würde in einem Labor arbeiten. Dann erzählt sie Grandma ausführlich davon, dass ich in einem Forschungslabor bei einem Pharmaunternehmen ein Praktikum machen würde. Offenbar habe ich die Stelle heute angenommen.

Nicht, dass ich nicht damit gerechnet hätte. Nicht, dass sie das nicht schon mein Leben lang so gemacht hätte. Nicht, dass ich es nicht zugelassen hätte.

Doch die Wut, die mich jetzt packt, heiß und kalt, flüssig und metallisch, füllt mein Inneres aus wie ein zweites Skelett, stärker als mein eigenes. Vielleicht ist es das, was mir ermöglicht zu sagen: »Ich werde in diesem Sommer nicht in einem Labor arbeiten.«

»Nun, dafür ist es jetzt zu spät«, erwidert Mom spitz. »Ich habe bereits bei Dr. Baumgartner angerufen und sein Angebot abgelehnt. Du hattest drei Wochen lang Zeit, dich zu entscheiden.«

»Ich werde auch nicht bei Dr. Baumgartner arbeiten.«

»Hast du etwas anderes gefunden?«, fragt Dad.

Mom schnauft verächtlich, als sei das undenkbar. Und vielleicht ist es das auch. Ich hatte noch nie einen Ferienjob. Ich brauchte nie einen. Ich musste nie etwas selbst tun. Ich bin hilflos. Ich bin ein Nichts. Eine Enttäuschung. Ich habe das Gefühl, dass sich meine Hilflosigkeit, meine Abhängigkeit und meine Passivität zu einem kleinen, wütenden Ball zusammenrollen und sich verhärten, wobei ich mich frage, wie etwas aus Schwäche Gemachtes sich so stark anfühlen kann. Und dabei wird der Ball immer heißer, so heiß, dass ich ihn schleudern muss. Auf sie.

»Ich glaube nicht, dass dein Labor mich noch würde haben wollen, angesichts der Tatsache, dass ich die meisten meiner naturwissenschaftlichen Seminare gestrichen habe und im nächsten Semester auch noch die übrigen aufgeben werde«, stoße ich voller Gehässigkeit hervor. »Denn weißt du, ich will gar nicht mehr Medizin studieren. Tut mir leid, dass ich dich enttäuschen muss.«

Mein Sarkasmus hängt in der schwülen Luft – und schwebt dann davon wie ein Nebelschleier, als ich erkenne, dass es mir zum ersten Mal in meinem Leben nicht leidtut, meine Mutter zu enttäuschen. Vielleicht liegt es an der Gehässigkeit oder an Grandmas heimlicher Weinration, aber ich bin fast froh darüber. Ich bin es so satt, das Unvermeidliche zu umgehen, denn ich habe ohnehin das Gefühl, dass ich schon seit unendlich langer Zeit bloß noch eine Enttäuschung für meine Mutter bin.

»Du hast deine Vorbereitungskurse für Medizin aufgegeben?« Sie spricht ganz leise, mit dieser tödlichen Mischung aus Wut und Verletztheit, die mich immer wie eine Kugel mitten ins Herz getroffen hat.

»Das ist doch auch immer *dein* Traum gewesen, Ellie«, wirft Grandma ein, um mich zu schützen. An mich gewandt fragt sie wieder: »Du hast immer noch nicht meine Frage beantwortet, Ally. Was hast du diesen Sommer vor?«

Meine Mutter sieht so zerbrechlich und wütend aus, dass ich spüre, wie mein Wille schwindet und ich schon fast wieder zum Nachgeben bereit bin. Doch dann höre ich eine Stimme – meine Stimme –, die verkündet: »Ich gehe zurück nach Paris.«

Es klingt, als sei diese Idee schon ganz und gar ausgereift, als würde ich das seit Monaten planen, dabei ist sie mir einfach nur rausgerutscht, genauso wie all die Geständnisse, die ich Willem gemacht habe. Doch in dem Moment, als ich sie ausspreche, fällt mir ein tonnenschwerer Stein vom Herzen. Meine Wut ist jetzt verraucht und einer Aufregung gewichen, die mich durchflutet wie Sonnenlicht und Luft.

So habe ich mich an jenem Tag in Paris mit Willem gefühlt. Und deshalb weiß ich, dass es das Richtige ist.

»Und vorher mache ich einen Französischkurs«, füge ich hinzu, und aus irgendeinem Grund verwandelt diese Ankündigung den Raum in ein Pandämonium. Mom schreit mich an, ich hätte sie angelogen und würde meine ganze Zukunft wegwerfen. Dad brüllt, was mir einfiele, einfach die Hauptfächer zu wechseln, und wer mein Austauschprogramm nach Paris wohl bezahlen solle. Grandma schreit Mom an, weil sie schon wieder den Sederabend verdirbt.

Bei all der Aufregung ist es fast verwunderlich, dass irgendjemand Phil hört, der seit der Suppe kaum ein Wort gesagt hat. Er wirft ein: »Zurück nach Paris, Allyson? Ich dachte, Helen hätte gesagt, dein Abstecher nach Paris sei ausgefallen, weil das Flugpersonal gestreikt hat.« Er schüttelt den Kopf. »Die scheinen da drüben ja ständig zu streiken.«

Es herrscht Totenstille. Phil nimmt sich ein Stück Matzebrot und beginnt, darauf herumzukauen. Mom, Dad und Grandma starren mich an.

Ich könnte mich jetzt ganz leicht herausreden und behaupten, dass Phil sein Hörgerät abgestellt und mich bestimmt falsch verstanden hätte. Ich könnte sagen, dass ich nach Paris reisen will, weil ich es beim letzten Mal verpasst habe. Ich habe schon so oft gelogen, also warum jetzt nicht?

Aber ich will nicht mehr lügen. Ich will nichts mehr verheimlichen. Ich will niemandem mehr etwas vorspielen. Vielleicht habe ich an jenem Tag mit Willem so getan, als sei ich jemand namens Lulu, aber ich bin in meinem ganzen Leben nie aufrichtiger gewesen.

Vielleicht gehört es zu einem Akt der Befreiung, dass man einen Preis dafür bezahlen muss. Entweder man muss vierzig Jahre lang durch die Wüste irren oder den Zorn stinksaurer Eltern ertragen.

Ich hole tief Luft und wappne mich.

»*Zurück* nach Paris«, sage ich.

Sechsundzwanzig

MAI

Zu Hause

Ich lege erneut eine Liste an:

• Flug nach Paris:	$ 1200
• Französischkurs an der Volkshochschule:	$ 400
• Kosten für zwei Wochen Aufenthalt in Europa:	$ 1000

Das macht insgesamt 2600 Dollar. So viel Geld muss ich zusammensparen, um nach Europa reisen zu können. Mom und Dad haben offenbar nicht vor, mir etwas dazuzugeben, und sie verbieten mir, Geld von meinem Sparkonto abzuheben, auf das ich über die Jahre meine Geldgeschenke eingezahlt habe. Es sei für meine Ausbildung gedacht. Und da sie die Treuhänder sind, bin ich machtlos. Im Übrigen habe ich es nur Grandmas Intervention zu verdanken, ergänzt von meiner Drohung, andernfalls bei Dee unterzukommen, dass Mom mich überhaupt noch zu Hause wohnen lässt. So wütend ist sie. So wütend ist sie, obwohl sie nicht einmal die ganze Geschichte kennt. Ich habe meiner Familie nur erzählt, dass ich nach Paris gefahren bin, aber nicht, warum. Oder mit wem. Oder warum ich zurückkehren muss. Ich habe nur erwähnt, ich hätte etwas Wichtiges dort gelassen – sie denken, es sei mein Koffer.

Ich weiß nicht, was meine Mutter mehr in Rage bringt – die Tatsache, dass ich sie letzten Sommer belogen habe, oder dass ich ihr nichts weiter darüber erzählen will. Seit dem Sederabend hat sie nicht mehr mit mir geredet. Vier Wochen lang haben wir kaum ein Wort gewechselt. Jetzt, da ich anlässlich der Semesterferien zu Hause bin, meidet sie mich, wenn sie kann. Das ist einerseits eine Erleichterung und andererseits ein wenig gespenstisch, weil sie so etwas bislang noch nie gemacht hat.

Dee meint, zweitausendsechshundert Dollar in zwei Monaten verdienen zu wollen sei ziemlich ehrgeizig, aber nicht unmöglich. Er hat vorgeschlagen, den Französischkurs zu streichen. Aber ich habe das Bedürfnis, mir wenigstens die Grundlagen anzueignen. Ich wollte schon immer Französisch lernen, und ich werde nicht nach Paris zurückkehren – und Céline unter die Augen treten –, ohne mich vorzubereiten.

Zweitausendsechshundert also. Machbar. Wenn ich einen Job finde. Das Problem ist, dass ich noch nie zuvor gearbeitet habe, bis auf gelegentliches Babysitten und Aktenablage in Dads Büro. Das macht natürlich auf meinem nagelneuen Lebenslauf nicht viel her, den ich im Übrigen auf gutem, festem Papier ausgedruckt habe. Vielleicht erklärt das, warum ich auf meine Bewerbungen für alle in der Stadt angebotenen offenen Stellen bisher null Reaktion bekommen habe.

Ich beschließe, meine Weckersammlung zu verkaufen, und bringe sie zu einem Antiquitätenhändler nach Philadelphia. Er bietet mir fünfhundert Dollar. Ich habe im Laufe der Jahre mindestens das Doppelte dafür ausgegeben, aber er sieht mich nur an und meint, wenn ich mehr Geld wolle, solle ich sie einzeln bei eBay verkaufen. Aber das würde Monate dauern, und ich will sie einfach nur loswerden. Also übergebe ich ihm die Sammlung, bis auf den Betty-Boop-Wecker, den ich Dee schicke.

Als Mom herausfindet, was ich getan habe, schüttelt sie nur den Kopf, dermaßen angewidert, als hätte ich nicht einen Haufen alter Wecker, sondern meinen Körper verkauft. Ihre Ablehnung wird immer intensiver und verteilt sich im ganzen Haus wie eine radioaktive Wolke. Nirgendwo ist man vor ihr sicher.

Ich *muss* einen Job finden. Nicht nur, um das Geld zu verdienen, sondern auch, um aus dem Haus zu kommen. Mich zu Melanies Familie zu flüchten kommt nicht in Frage. Erstens haben Melanie und ich zurzeit keinen Kontakt, und zweitens nimmt sie in der ersten Hälfte der Sommerferien an einem Musikworkshop in Maine teil – das weiß ich von meinem Dad.

»Du darfst nicht aufgeben«, ermutigt mich Dee, als ich ihn von unserem Festnetztelefon aus anrufe und um Rat frage. Als Teil meiner Bestrafung wurde mein Handy ausgeschaltet und das Familieninternet mit einem Passwort geschützt, so dass ich entweder meine Eltern bitten muss, mich einzuloggen, oder in die Bibliothek ausweichen muss. »Gib deine Bewerbung bei jedem Geschäft in der ganzen Stadt ab, nicht nur da, wo ausdrücklich jemand gesucht wird, denn Läden, die verzweifelt genug sind, jemanden wie dich einzustellen, haben in der Regel keine Zeit für Ausschreibungen.«

»Vielen Dank auch.«

»Du willst einen Job? Dann komm runter von deinem hohen Ross. Und gib deine Bewerbung überall ab.«

»Sogar bei der Autowaschanlage?«, scherze ich.

»Sogar bei der Autowaschanlage.« Das ist Dees voller Ernst. »Und sag, dass du mit dem Chef sprechen willst, und behandle ihn wie den König aller Autowaschanlagen.«

Ich stelle mir vor, wie ich Kühlerhauben schrubbe. Doch

dann denke ich an Dee, der diesen Sommer in einer Kissenfabrik schuftet und während des Semesters in der Mensaküche Geschirr abspült. Er tut, was er tun muss. Also drucke ich am nächsten Tag fünfzig weitere Bewerbungen aus und gehe einfach von Tür zu Tür, vom Buchladen zum Schneideratelier und zum Supermarkt, vom Steuerberater zum Getränkeladen und ja, auch zur Autowaschanlage. Und ich werfe meine Bewerbungen nicht nur ein, sondern bitte auch um ein Gespräch mit dem Manager oder Chef. Manchmal kommt der Chef raus und fragt mich nach meinen bisherigen Joberfahrungen und wie lange ich bleiben will. Ich höre mich antworten, dass ich keine nennenswerte Erfahrung habe und nur Arbeit für zwei Monate suche. Natürlich stellt mich niemand ein.

Ich habe fast keine Bewerbungen mehr übrig, als ich am Café Finlay vorbeikomme. Das kleine Restaurant am Stadtrand ist ganz im Stil der 1950er Jahre gehalten, mit schwarzweißem Fliesenboden und bunt zusammengewürfelten Resopaltischen. Bisher war es jedes Mal geschlossen, wenn ich daran vorbeikam.

Heute jedoch dröhnt so laute Musik heraus, dass die Scheiben klirren. Ich drücke probehalber gegen die Tür, und sie lässt sich öffnen. Ich rufe »Hallo!«, aber niemand antwortet. Die Stühle stehen auf den Tischen, und in einer der Sitzecken liegt ein Stapel frischer Wäsche. Die Tagesangebote von gestern sind mit Kreide auf eine Wandtafel gekritzelt – Gerichte wie Heilbutt mit Tequila-Jalapeño-Beurre blanc an Kiwifrüchten. Mom bezeichnet die Speisekarte hier als »eklektisch«, ihr Ausdruck für seltsam, weshalb wir hier noch nie gewesen sind. Ich kenne auch niemanden sonst, der hier essen geht.

»Bringst du uns das Brot?«

Ich wirble herum. Vor mir steht eine Frau mit amazonenhaftem Körperbau. Rotes Haar quillt widerspenstig unter einem blauen Kopftuch hervor.

»Nein«, antworte ich.

»Verdammte Scheiße!« Sie schüttelt den Kopf. »Was willst du dann hier?« Ich halte ihr meine Bewerbung unter die Nase. Sie winkt ab. »Schon mal in einer Küche gearbeitet?« Ich schüttle den Kopf.

»Dann tut's mir leid«, sagt sie.

Sie schaut auf die Uhr mit Marilyn-Monroe-Motiv. »Ich bring dich um, Jonas!«, flucht sie und schüttelt die Faust in Richtung Tür.

Ich wende mich zum Gehen, bleibe dann aber stehen und frage: »Was brauchen Sie denn an Brot? Ich könnte es für Sie holen.«

Wieder wirft die Frau einen Blick auf die Uhr und stößt einen dramatischen Seufzer aus. »Gut. Geh zu Grimaldi. Ich brauche achtzehn französische Baguettes und sechs Mehrkornbrote. Dazu ein paar Brioches vom Vortag. Kannst du dir das merken?«

»Ich glaube schon.«

»Vom Glauben wird man nicht satt, Schätzchen.«

»Achtzehn Baguettes, sechs Mehrkornbrote und ein paar Brioches vom Vortag.«

»Und achte darauf, dass die Brioches auch wirklich trocken sind. Mit frischen kann ich keinen Brotpudding machen. Frage nach Jonas. Sag, es ist für Babs, er soll mir die Brioches umsonst dazulegen und mir zwanzig Prozent Rabatt auf den Rest geben, weil sein verdammter Brotlieferant schon wieder nicht aufgekreuzt ist. Und ich will auf keinen Fall irgendwas mit Sauerteig! Das Zeug kann ich nicht ausstehen.«

Sie holt ein Bündel Banknoten aus der Kasse. Ich nehme sie an mich und sprinte, so schnell ich kann, los, frage in der Bäckerei nach Jonas, belle ihm die Bestellung zu und renne wieder zurück, was – bepackt mit dreißig Broten – nicht gerade ein Kinderspiel ist.

Keuchend stehe ich daneben, während Babs die Brotlieferung überprüft. »Kannst du Geschirr spülen?«

Ich nicke. Das schaffe ich bestimmt.

Resigniert schüttelt sie den Kopf. »Geh nach hinten und sag Nathaniel, er soll dich mit Hobart bekannt machen.«

»Hobart?«

»Genau. Ihr zwei werdet gute Freunde werden.«

Hobart ist die Marke des Industriegeschirrspülers, und sobald das Restaurant öffnet, verbringe ich Stunden an seiner Seite. Ich spüle das Geschirr mit einem dicken Schlauch vor, stelle es in den Hobart, räume es aus, während es noch glühend heiß ist, und wiederhole den ganzen Vorgang. Wie durch ein Wunder schaffe ich es, den unerschöpflichen Geschirrberg zu bewältigen und weder irgendetwas fallen zu lassen noch mir zu sehr die Finger zu verbrennen. Sobald eine kurze Flaute herrscht, lässt Babs mich Brot schneiden oder Sahne von Hand schlagen (sie behauptet, so schmecke sie besser), den Boden wischen oder Steaks aus einem der Kühlräume holen. Den ganzen Abend treibt mich die adrenalinbefeuerte Angst, irgendetwas falsch zu machen.

Nathaniel, der Hilfskoch, unterstützt mich, so gut er kann. Er erklärt mir, wo ich alles finde, und hilft mir beim Schrubben der Pfannen, wenn mir die Spülberge über den Kopf zu wachsen drohen. »Warte nur bis zum Wochenende«, warnt er mich.

»Ich dachte, hier ginge nie jemand essen.« Erschrocken

schlage ich die Hand vor den Mund, denn ich kann mir denken, dass Babs sauer wäre, wenn sie das hören würde.

Aber Nathaniel lacht nur. »Machst du Witze? Die Gourmets aus Philadelphia liegen Babs zu Füßen. Ihretwegen nehmen sie den langen Weg hierher in Kauf. Sie könnte mehr verdienen, wenn sie nach Philadelphia ziehen würde, aber sie sagt, die Stadt sei nichts für ihre Hunde. Und ich glaube beinahe, mit ihren Hunden meint sie uns.«

Nachdem die letzten Gäste gegangen sind, scheinen Küchen- und Servicepersonal gleichermaßen durchzuschnaufen. Irgendjemand dreht eine alte Rolling-Stones-Nummer laut auf, mehrere Tische werden zusammengeschoben, und alle setzen sich. Es ist schon weit nach Mitternacht, und ich habe noch einen langen Fußweg bis nach Hause vor mir. Doch als ich meine Sachen zusammenpacke, winkt mich Nathaniel zu sich. Ich setze mich an den Tisch, verlegen, obwohl ich den ganzen Abend Ellbogen an Ellbogen mit diesen Leuten gearbeitet habe.

»Möchtest du ein Bier?«, fragt der Koch. »Wir müssen zwar dafür bezahlen, aber nur den Einkaufspreis.«

»Du kannst auch Wein haben. Die Händler überlassen uns manchmal ein paar Flaschen, die sie wieder zurückbekommen haben«, sagt eine Kellnerin namens Gillian.

»Ja, danke, ich nehme gerne ein Glas Wein.«

»Du siehst aus, als wäre dir jemand weggestorben«, sagt einer der Kellner. Ich blicke an mir herunter. Meine gutes Bewerbungsoutfit, ein hübscher Rock mit passendem Top, ist mit Soßenflecken bedeckt, die entfernt an Körperflüssigkeiten erinnern.

»Ich fühle mich eher so, als wäre ich gestorben«, erwidere ich. Ich glaube, ich bin noch niemals so müde gewesen.

Meine Muskeln schmerzen und meine Hände sind vom beinah kochend heißen Wasser gerötet. Und meine Füße? Davon fange ich gar nicht erst an.

Gillian lacht. »So spricht eine wahre Küchensklavin.«

Babs kommt mit großen Schüsseln dampfender Nudeln und Platten mit kleinen Stücken von übriggebliebenem Fisch und Steak herein. Mein Magen knurrt. Die Schüsseln und Platten werden herumgereicht. Keine Ahnung, ob Babs Küche »eklektisch« ist, aber das Essen schmeckt großartig. Die Tequila-Jalapeño-Sauce ist nur ganz leicht orange gefärbt und schmeckt eher ein wenig rauchig als besonders scharf. Ich esse meinen Teller leer und sauge dann die letzten Saucenreste mit einem Stück von Jonas' garantiert ungesäuertem Brot auf.

»Und?«, fragt mich Babs, als ich fertig bin.

Alle Augen sind auf mich gerichtet. »Das ist das Zweitbeste, was ich jemals gegessen habe«, sage ich. Was der Wahrheit entspricht.

Die anderen reagieren mit Buhrufen, als hätte ich Babs gerade beleidigt. Doch die verzieht das Gesicht zu einem Grinsen. »Ich wette, am besten hast du mit einem Typen zusammen gegessen«, sagt sie mir auf den Kopf zu, und ich laufe so dunkelrot an wie ihr Haar.

Babs sagt, ich solle am nächsten Tag um fünf wiederkommen, und alles beginnt von vorn. Ich arbeite härter, als ich es jemals getan habe, vertilge ein köstliches Mal und falle halbtot ins Bett. Ich habe keine Ahnung, ob ich für jemanden einspringe oder gerade in der Probezeit bin. Babs schreit mich ständig an, weil ich ihre gusseiserne Bratpfanne mit Spülmittel reinige oder die Lippenstiftspuren nicht ordentlich genug von den Kaffeetassen entferne, bevor ich sie in die Spülmaschine stelle, weil ich die Sahne zu steif oder nicht steif genug geschlagen oder nicht die exakt richtige Menge Vanilleextrakt hinzugegeben habe. Doch am vierten Abend habe ich gelernt, ihr Geschrei nicht allzu persönlich zu nehmen.

Am fünften Abend, kurz vor dem großen Ansturm der Gäste, ruft mich Babs nach hinten in ihr Büro neben dem Kühlraum. Sie trinkt aus einer Wodkaflasche, wie jedes Mal vor dem großen Ansturm. Ihr Lippenstift hinterlässt Spuren am Flaschenrand. Im ersten Moment befürchte ich, das war's, sie will mich feuern. Doch stattdessen reicht sie mir einen Stapel Formulare.

»Für die Steuer«, erklärt sie. »Ich zahle nur den Mindestlohn, aber dazu erhältst du Trinkgeld. Ach, das hätte ich beinahe vergessen, du hast deines bisher liegengelassen.« Sie greift unter den Schreibtisch und holt einen Umschlag mit meinem Namen hervor.

Ich öffne den Umschlag und finde ein Bündel Scheine darin. Mindestens hundert Dollar. »Ist das wirklich für mich?«

Babs nickt. »Wir sammeln die Trinkgelder und teilen sie untereinander auf.«

Ich fahre mit den Fingern über das Geld, und die Scheine bleiben an meinen aufgesprungenen Fingerkuppen hängen. Meine Hände sind mehr als ruiniert, aber es ist mir egal, weil es vom Arbeiten kommt. Und meine Arbeit hat mir dieses Geld eingebracht. In mir wallt ein Gefühl auf, das nichts mit Flugtickets, einer Reise nach Paris oder Geld im Allgemeinen zu tun hat.

»Im Herbst wird es noch mehr werden«, verspricht Babs. »Im Sommer herrscht eher Flaute.«

Ich zögere. »Klingt gut. Nur werde ich im Herbst nicht mehr hier sein.«

Sie zieht ihre rötlichen Augenbrauen hoch. »Aber ich habe dich gerade erst angelernt.«

Ich fühle mich schlecht, schuldig, aber es hat in meiner Bewerbung gestanden, gleich in der ersten Zeile – Ziel: befristete Einstellung. Natürlich hat Babs meine Bewerbung nie gelesen.

»Ich muss zurück aufs College«, erkläre ich.

»Wir könnten dich dann einteilen, wenn du frei hast. Gillian studiert und Nathaniel auch, mal mehr, mal weniger.«

»Ich gehe in Boston aufs College.«

»Oh.« Sie überlegt. »Ach, was soll's. Ich glaube, nach Labor Day kommt Gordon wieder.«

»Wenn alles klappt, werde ich Ende Juli gehen. Aber nur, wenn es mir gelingt, bis dahin zweitausend Dollar zu sparen.« Noch während ich den Satz ausspreche, rechne ich nach. Über hundert Dollar pro Woche Trinkgeld plus Lohn – ich könnte es tatsächlich schaffen.

»Sparst du auf ein Auto?«, fragt Babs geistesabwesend und trinkt noch einen Schluck von ihrem Wodka. »Du kannst meines kaufen. Das Drecksding bringt mich noch ins Grab.« Babs fährt einen uralten Thunderbird.

»Nein. Ich spare für Paris.«

Babs stellt die Flasche hin. »Paris?«

Ich nicke.

»Was willst du in Paris?«

Ich sehe sie an. Seit einer ganzen Weile habe ich nicht mehr an *ihn* gedacht. In der Hektik der Küche ist er ein wenig abstrakt geworden. »Antworten.«

Sie schüttelt ihren Kopf so heftig, dass ihre kastanienroten Locken unter ihrem Kopftuch hervorkommen. »Du kannst nicht nach Paris reisen und dort nach Antworten suchen.

Du musst nach Fragen suchen – oder zumindest nach Macarons.«

»Makronen? Diese Kokosdinger?« Ich denke an das ekelhaft klebrige Zeug, das wir am Sederabend essen.

»Nein, nicht Makronen. Macarons. Das sind Baiserplätzchen in Pastellfarben. Essbare Engelsküsse!« Sie fragt mich: »Bis wann musst du die zweitausend Mäuse zusammenhaben?«

»August.«

Aus zusammengekniffenen Augen sieht sie mich an. Sie sind immer ein wenig blutunterlaufen, merkwürdigerweise stärker zu Beginn einer Schicht als am Ende, wenn sie eine Art manischen Glanz annehmen. »Ich schlage dir einen Deal vor. Wenn es dir nichts ausmacht, am Wochenende beim Brunch ein paar Doppelschichten zu übernehmen, helfe ich dir dabei, bis zum fünfundzwanzigsten Juli deine Zweitausend zusammenzukriegen. Dann ist das Restaurant nämlich zwei Wochen lang zu, weil ich selbst Urlaub mache. Aber es gibt eine Bedingung.«

»Und die wäre?«

»An jedem Tag in Paris isst du ein Macaron. Aber es muss frisch sein, du darfst also kein Paket kaufen und davon eins pro Tag essen.« Sie hält inne und schließt die Augen. »Ich habe meine ersten Macarons gegessen, als ich auf Hochzeitsreise in Paris war. Ich bin inzwischen geschieden, aber manche Lieben überdauern. Besonders, wenn sie in Paris beginnen.«

Ein kleines eiskaltes Kribbeln läuft mir den Nacken hinunter. »Glaubst du das wirklich?«

Sie trinkt einen Schluck Wodka, und ihre Augen glänzen wissend. »Aha, nach dieser Art Antworten suchst du also.

Nun, dabei kann ich dir leider nicht helfen, aber wenn du jetzt schnell in den Kühlraum läufst und Buttermilch und Sahne holst, kann ich dir die wichtige Frage beantworten, wie man die perfekte Crème fraîche zubereitet.«

Siebenundzwanzig

JUNI
Zu Hause

Der Französisch-Anfängerkurs geht über anderthalb Monate und findet an drei Tagen in der Woche jeweils von 11.30 Uhr bis 13.00 Uhr statt. Er bietet mir einen weiteren willkommenen Anlass, mich der vergifteten Atmosphäre zu Hause zu entziehen. Obwohl ich derzeit an fünf Abenden und am Wochenende auch tagsüber im Café Finlay arbeite, beginne ich in der Woche nicht vor siebzehn Uhr, und das Restaurant ist montags und dienstags geschlossen, daher bleibt viel Zeit übrig, in der Mom und ich einander aus dem Weg gehen müssen.

Am ersten Kurstag komme ich eine halbe Stunde zu früh, hole mir noch einen Eistee am kleinen Kiosk, suche den Unterrichtsraum auf und beginne, in meinem Buch herumzublättern. Es enthält zahlreiche Bilder von Frankreich, viele davon in Paris aufgenommen.

Die anderen Kursteilnehmer treffen nach und nach ein. Ich habe mit Collegestudentinnen und -studenten gerechnet, aber alle außer mir sind im Alter meiner Eltern. Eine Frau mit mattblondem Haar setzt sich an den Tisch neben mich, stellt sich als Carol vor und bietet mir einen Kaugummi an. Ich schüttle ihr die Hand, lehne den Kaugummi aber ab – im Unterricht Kaugummi zu kauen halte ich für nicht sehr französisch.

Eine vogelartige Frau mit kurzgeschnittenem grauen Haar betritt den Raum. Sie sieht aus wie frisch aus einem Modemagazin entsprungen, in ihrem enggeschnittenen Bleistiftrock und der schmalen Seidenbluse, beides makellos glattgebügelt, was angesichts der neunzig Prozent Luftfeuchtigkeit draußen ein Ding der Unmöglichkeit scheint. Und sie trägt ein Halstuch, was genauso seltsam ist, wenn man die hohe Luftfeuchtigkeit bedenkt.

Sie ist offensichtlich Französin, und wenn nicht schon das Halstuch sie verraten hätte, hätten wir es spätestens gemerkt, als sie sich vor die Klasse stellt und zu reden beginnt. Auf Französisch.

»*Sitzen wir im falschen Kurs*?«, flüstert mir Carol zu. Dann geht die Lehrerin an die Tafel und schreibt ihren Namen an, Madame Lambert, und dann den Titel des Kurses, Französisch für Anfänger. Sie schreibt es auf Französisch daneben. »O nein, leider doch nicht«, seufzt Carol.

Madame Lambert dreht sich zu uns um und erklärt uns mit dem stärksten Akzent, den man sich überhaupt nur vorstellen kann, auf Englisch, dass dies der Anfängerkurs Französisch sei. Und die beste Methode, eine Sprache zu lernen, sei es, sie zu sprechen und zu hören. Das ist so ungefähr das letzte Englisch, was ich in den nächsten anderthalb Stunden höre.

»*Je m'appelle Thérèse Lambert*«, sagt sie, und ihr Name klingt wie Tee-räs Lom-bär. »*Comment vous appellez-vous?*«

Alle Kursteilnehmer starren sie an. Sie wiederholt die Frage, zeigt auf sich selbst und dann auf uns. Noch immer antwortet keiner. Sie verdreht die Augen und schnalzt mit der Zunge. Dann zeigt sie auf mich, schnalzt wieder und bedeutet mir aufzustehen. »*Je m'appelle Thérèse Lambert*«, wiederholt sie langsam und betont und klopft sich auf die Brust. »*Comment t'appelles-tu?*«

Einen Moment lang stehe ich da wie erstarrt, mit dem gleichen Gefühl wie damals, als Céline so verächtlich auf mich eingeredet hatte. Madame Lambert wiederholt die Frage, und ich begreife, dass sie mich nach meinem Namen fragt. Aber ich spreche kein Französisch. Wenn ich es täte, wäre ich nicht hier, im Anfängerkurs Französisch.

Aber sie steht vor mir, wartet und erlaubt nicht, dass ich mich wieder setze.

»*Je m'appelle Allyson*«, versuche ich es.

Sie strahlt, als hätte ich ihr gerade die Gründe für die Französische Revolution auf Französisch erklärt. »*Bravo! Enchantée, Allyson!*«

Sie geht durch den Raum und fragt alle auf diese Weise nach ihrem Namen. Das war Runde eins. Dann folgt Runde zwei: »*Pourquoi voulez-vous apprendre le français?*«

Sie wiederholt die Frage, schreibt sie an die Tafel, kreist einige Wörter ein und schreibt die englischen Übersetzungen daneben. *pourquoi:* warum. *apprendre:* lernen. *voulez-vous:* möchten Sie. Ah, ich verstehe. Sie fragt uns, warum wir Französisch lernen wollen.

Ich habe keine Ahnung, wie ich das beantworten soll. Wenn ich es wüsste, wäre ich nicht hier.

Doch dann fährt sie fort.

»*Je veux apprendre le français parce-que …*« Sie umkreist *je veux*: ich möchte. *parce-que:* weil. Sie wiederholt es drei Mal und zeigt dann auf uns.

»Das kann ich. Das Wort kenne ich aus dem Kino«, flüstert Carol und hebt die Hand. »*Je veux apprendre le français parce-que …*« Sie stolpert über die Wörter, und ihr Akzent ist haarsträubend, aber Madame sieht sie nur erwartungsvoll an. *»… parce-que le divorce!«*

»*Excellent*«, sagt Madame Lambert, allerdings auf Französisch, wodurch es noch viel exzellenter klingt. *Le divorce*, schreibt sie an die Tafel. »*le divorce:* die Scheidung«, sagt sie und schreibt es daneben. Dann schreibt sie *le mariage* an und erklärt, das sei das Antonym. Carol neigt sich zu mir. »Nach der Scheidung von meinem Mann habe ich mir vorgenommen, dick zu werden und Französisch zu lernen. Wenn es mit dem Französischlernen genauso gut klappt wie mit dem Dickwerden, kann ich bis September fließend sprechen!«

Madame Lambert wandert im Raum umher, und die Kursteilnehmer mühen sich damit ab, ihr zu erklären, warum sie Französisch lernen wollen. Zwei wollen in Frankreich Urlaub machen, einer will Kunstgeschichte studieren und braucht dafür französische Sprachkenntnisse, eine andere findet die Sprache einfach schön. In jedem Fall schreibt Madame das Wort, seine Übersetzung und das jeweilige Gegenteil an die Tafel. Urlaub: *vacances.* Arbeit: *travail.*

Bei der ersten Frage bin ich als Erste drangekommen, diesmal bin ich die Letzte. Ich gerate etwas ins Schwitzen, weil ich nicht genau weiß, was ich sagen soll. Wie sagt man Zufall auf Französisch? Oder weil ich glaube, dass ich einen Fehler gemacht habe. Oder wegen *Romeo und Julia.* Oder weil ich etwas Verlorenes wiederfinden will. Oder weil ich mich nicht hervortun möchte, sage ich einfach, dass ich Französisch sprechen möchte. Doch ich weiß nicht, wie man das auf Französisch sagt. Wenn ich es wüsste, wäre ich nicht hier.

Dann denke ich an Willem. An Nutella. Sich verlieben gegenüber lieben. Wie hat er es ausgedrückt? Was heißt noch mal Fleck auf Französisch? *Sash? Tache?*

»Allyson«, spricht mich die Lehrerin an. *»Pourquoi veux-tu apprendre le français?«* Warum möchtest du Französisch lernen?

»Je veux apprendre le français parce-que …«, plappere ich nach, was ich alle anderen habe sagen hören. So viel ist hängengeblieben. *»Parce-que …«* Ich höre auf zu denken. *»Le tache«*, sage ich schließlich.

Das zu sagen ist natürlich absolut seltsam, aber es ist mir einfach so rausgerutscht. Der Fleck. Das ergibt überhaupt keinen Sinn. Doch Madame Lambert nickt ernsthaft und schreibt *la tâche* an die Tafel und »Aufgabe« daneben. Ich frage mich, ob ich mir das Wort falsch gemerkt habe. Sie schaut mich an und sieht meine Verwirrung. Dann schreibt sie ein anderes Wort an die Tafel. *La tache*: Fleck.

Ich nicke. Ja, das ist es. Sie schreibt nicht das Gegenteil an. Es gibt kein Antonym von Fleck.

Als wir alle einmal dran waren, lächelt Madame und klatscht in die Hände. *»C'est courageux d'aller dans l'inconnu«*, sagt sie und schreibt den Satz an die Tafel. Wir müssen ihn abschreiben und mit Hilfe eines Wörterbuchs entschlüsseln. *Courageux* bedeutet mutig. *Dans* heißt hinein. *L'inconnu:* das Unbekannte. *Aller:* gehen. Wir brauchen zwanzig Minuten, bis wir es endlich begreifen: Es ist mutig, sich ins Unbekannte aufzumachen. Nachdem wir das herausgefunden haben, sind wir alle mächtig stolz. Madame ist angetan.

Dennoch verbringe ich die übrige Woche in der ständigen Angst, aufgerufen zu werden, was allerdings auch andauernd passiert, denn wir sind nur zu sechst, und Madame beharrt auf reger Beteiligung im Unterricht. Wann immer wir uns zu drücken versuchen, erinnert sie uns an das Credo: *»C'est cou-*

rageux d'aller dans l'inconnu.« Irgendwann lege ich meine Hemmungen einfach ab. Zwar mache ich ständig Fehler beim Sprechen, und ich weiß, dass meine Grammatik und meine Aussprache furchtbar sind, aber wir sitzen alle im selben Boot. Je mehr ich übe, desto mehr verliere ich meine Scheu und desto leichter fällt es mir, es einfach zu versuchen.

»Ich komme mir zwar richtig dämlich vor, aber es könnte vielleicht doch klappen«, stellt Carol eines Nachmittags nach dem Unterricht fest.

Wir treffen uns seit kurzem ab und zu mit einigen der anderen Teilnehmer nach dem Kurs zum Kaffee oder zum Mittagessen, um zu üben, uns von Madame Lamberts verbalen Überfällen zu erholen und zu analysieren, was sie meint, wenn sie *»pff«* macht und die Luft durch ihre Zähne ausstößt. Sie ist in der Lage, mit diesem Laut eine ganze Bandbreite von Bedeutungen auszudrücken.

»Ich glaube, ich habe auf Französisch geträumt«, erzählt Carol. »Ich habe in perfektem Französisch schreckliche Sachen zu meinem Ex gesagt.« Sie grinst bei der Erinnerung.

»Ich weiß nicht, ob ich schon so weit bin, aber ich finde mich wirklich allmählich rein«, erwidere ich. »Vielleicht finde ich mich aber auch nur allmählich damit ab, mich wie eine Idiotin zu fühlen.«

»*Une idiote*«, wiederholt Carol auf Französisch. »Vieles braucht man doch einfach nur mit einem französischen Akzent auszusprechen. Wenn man sich dann noch darüber hinwegsetzt, dass man sich wie *une idiote* vorkommt, hat man fast gewonnen.«

Ich stelle mir vor, wie ich allein in Paris bin. Ich werde so viele Hindernisse überwinden müssen: allein unterwegs zu sein, Céline gegenüberzutreten, Französisch zu sprechen – es ist eine so große Herausforderung, dass ich an manchen Tagen ungläubig davorstehe. Doch ich neige dazu, Carol recht zu geben, und je mehr ich im Unterricht lerne, mir nichts mehr aus meinen Fehlern zu machen, umso besser vorbereitet fühle ich mich für die Reise. Das liegt nicht nur an meinen Französischkenntnissen, sondern auch an allem anderen. *C'est courageux d'aller dans l'inconnu.*

Im Restaurant erzählt Babs der gesamten Belegschaft, dass ich spare, um nach Paris zu reisen und dort meinen Freund wiederzutreffen, und dass ich Französisch lerne, weil er kein Englisch spricht. Gillian und Nathaniel haben es sich daraufhin zur Aufgabe gemacht, mich zu drillen. Babs trägt ihren Teil dazu bei, indem sie viel Französisches mit auf die Karte setzt, einschließlich Macarons, deren Herstellung Stunden in Anspruch nimmt. Als ich sie jedoch koste, verstehe ich, was das Besondere an ihnen ist. Sie sind einfach köstlich! Zart rosa, außen hart, aber schaumig, zart und delikat im Inneren mit einer umwerfend leckeren Himbeerfüllung.

In der Zeit zwischen dem Unterricht, dem Abhängen mit den anderen Kursteilnehmern und der Arbeit denke ich, wenn ich sie gerade nicht spreche, viel über die französische Sprache nach. Während Gillian Geschirr abräumt, fragt sie mich lauthals französische Verben ab. »Essen«, ruft sie zum Beispiel. »*Je mange, tu manges, il mange, nous mangeons, vous mangez, ils mangent*«, rufe ich zurück. Nathaniel, der zwar kein Französisch spricht, aber einmal eine französische Freundin hatte, bringt mir das Fluchen bei. Insbesondere, wie man sich mit seiner Freundin zankt.

T'es toujours aussi salope? Bist du immer so zickig?

T'as tes règles ou quoi? Hast du deine Tage, oder was?

Und: *Ferme ta gueule!* Er behauptet, das bedeute: Halt die Fresse!

»Die sagen bestimmt nicht Fresse in Frankreich«, entgegne ich.

»Na ja, es ist vielleicht keine wörtliche Übersetzung, aber es kommt der Sache ziemlich nahe«, erwidert er.

»Aber das ist so krass! Die Franzosen drücken sich doch so gewählt aus.«

»Ach was. Die haben Jerry Lewis heiliggesprochen. Es sind Menschen wie du und ich.« Er hält inne und grinst dann. »Außer die Frauen. Die sind übermenschlich.«

Ich denke an Céline und spüre ein Ziehen im Magen.

Einer der Kellner leiht mir seine französischen Lern-CDs, und ich fange an, auch mit ihnen zu üben. Nach ein paar Wochen stelle ich fest, dass sich mein Französisch tatsächlich verbessert, und als Madame Lambert mich aufruft und fragt, was ich zu Mittag gegessen hätte, kann ich es ihr erklären. Ich beginne, erst in kurzen und dann immer längeren Sätzen zu reden, die ich mir vorher nicht mal ganz genau zurechtgelegt habe, anders als ich es in Mandarin tun muss. Plötzlich läuft es. Ich krieg's hin!

Eines Morgens gegen Ende des Monats komme ich runter, und Mom sitzt am Küchentisch. Vor ihr liegen das Kursprogramm der Volkshochschule und ihr Scheckbuch. Ich sage »Guten Morgen« und gehe zum Kühlschrank, um mir Orangensaft zu holen. Mom sieht mich wortlos an. Ich will schon mit meinem Orangensaft hinaus auf die Terrasse verschwinden, was ich in letzter Zeit immer tue, wenn Dad nicht als Puffer zu Hause ist. Wenn Mom im Zimmer ist, gehe ich in ein anderes. Doch sie bittet mich, mich zu setzen.

»Dein Vater und ich sind übereingekommen, dir den Französischkurs zu bezahlen«, sagt sie und reißt einen Scheck heraus. »Das bedeutet nicht, dass wir in irgendeiner Weise für deine Reise bezahlen oder dich für deine Hinterhältigkeit auch noch belohnen. Das bedeutet es absolut nicht. Aber der Französischkurs gehört zu deiner Ausbildung, und du nimmst ihn offenbar sehr ernst, daher solltest du ihn nicht aus eigener Tasche bezahlen müssen.«

Sie reicht mir einen Scheck über vierhundert Dollar. Das ist sehr viel Geld. Doch ich habe schon fast tausend Dollar zusammengespart, obwohl ich den Kurs schon bezahlt und gerade ein Flugticket nach Paris angezahlt habe, das ich mit Hilfe eines Lohnvorschusses von Babs nächste Woche ganz bezahlen kann. Und mir bleibt noch ein ganzer Monat zum Sparen. Die vierhundert Dollar würden den Druck rausnehmen, aber die Sache ist die – das will ich gar nicht.

»Ist schon gut«, sage ich zu Mom und gebe ihr den Scheck zurück. »Trotzdem vielen Dank.«

»Was denn, willst du das Geld nicht?«

»So würde ich es nicht sagen. Ich brauche es einfach nicht.«

»Natürlich brauchst du's«, erwidert sie. »Paris ist teuer.«

»Ich weiß, aber ich verdiene genügend Geld durch meinen Job und gebe kaum etwas aus. Ich brauche ja nicht mal Geld für Benzin.« Ich versuche, es scherzhaft klingen zu lassen.

»Darüber wollte ich auch mit dir reden. Wenn du bis spät in der Nacht arbeitest, solltest du das Auto nehmen.«

»Ist schon okay. Ich will euch nicht in eurer Bewegungsfreiheit einschränken.«

»Dann ruf mich an, und ich hol dich ab.«

»Aber meistens wird es wirklich sehr spät, und normalerweise kann mich ja auch irgendjemand mitnehmen.«

Meine Mutter nimmt den Scheck und zerreißt ihn mit einer Heftigkeit, die mich überrascht. »Tja, dann kann ich wohl gar nichts mehr für dich tun, oder?«

»Was soll das denn heißen?«

»Du willst weder mein Geld noch mein Auto noch, dass ich dich abhole. Ich habe versucht, dir einen Job zu besorgen, und auch das wolltest du nicht.«

»Ich bin neunzehn Jahre alt«, erwidere ich.

»Ich weiß, wie alt du bist, Allyson. Ich habe dich zur Welt gebracht!« Sie stößt es so hart hervor, dass es klingt wie ein Peitschenknall. Sie scheint selbst erschrocken darüber.

Manchmal bemerkt man etwas erst, wenn es nicht mehr da ist. Wenn es eine leere Stelle hinterlässt. Als ich meine Mutter ansehe, so wütend und verkniffen, begreife ich endlich, dass sie nicht nur zornig ist. Sie ist verletzt. Eine Welle des Mitleids überspült mich und schwemmt ein wenig von meiner Wut hinweg. Das zeigt mir wiederum, wie groß mein Zorn in Wahrheit ist. Wie sauer ich auf sie bin. Schon das ganze letzte Jahr über und vielleicht sogar schon viel länger.

»Ich weiß, dass du mich zur Welt gebracht hast«, antworte ich.

»Ich habe neunzehn Jahre darauf verwandt, dich großzuziehen, und jetzt werde ich aus deinem Leben ausgeschlossen. Ich weiß gar nichts mehr über dich. Ich weiß nicht, was du studierst. Ich weiß nicht, wer deine Freunde sind. Ich weiß nicht, warum du nach Paris fliegst.« Sie stößt einen zittrigen Seufzer aus.

»Aber ich weiß es«, erwidere ich. »Reicht das nicht fürs Erste?«

»Nein, das tut es nicht«, erwidert sie barsch.

»Das muss es aber«, fauche ich zurück.

»Du bestimmt jetzt die Regeln, oder?«

»Es gibt keine Regeln, und ich bestimme auch nichts. Ich bitte dich nur, dich damit zufriedenzugeben, dass du mich nach bestem Wissen und Gewissen großgezogen hast.«

»Hast. Vergangenheit. Ich wünschte, du würdest nicht so reden, als hättest du mir den Job gekündigt.«

Es trifft mich – weniger, dass sie mich als Job betrachtet als ihre Auffassung, ich sei in einer Position, sie zu feuern. »Ich dachte, du wolltest wieder anfangen zu arbeiten und dir einen Job in der PR suchen.«

»Tja, das habe ich wohl gesagt.« Sie lacht laut auf. »Ich habe es mir vorgenommen, als du in die Mittelstufe gekommen bist, als du mit der Highschool angefangen hast, als du deinen Führerschein gemacht hast.« Sie reibt sich die Augen mit den Handballen. »Glaubst du nicht, dass ich längst wieder arbeiten würde, wenn ich es wirklich gewollt hätte?«

»Aber warum wolltest du es denn nicht?«

»Es war nicht das Richtige für mich.«

»Aber was willst du denn?«

»Ich will, dass alles so bleibt, wie es war.«

Aus irgendeinem Grund macht mich das wütend. Denn einerseits entspricht es der Wahrheit – ich soll für immer ihr Kind bleiben – und andererseits ist es eine solche Heuchelei. »Auch wenn es so bliebe, wie es war, war ich doch nie gut genug für dich. Ich habe dir nie genügt.«

Mom blickt auf, müde und überrascht zugleich. »Natürlich hast du das«, entgegnet sie. »Du hast mir immer genügt.«

»Weißt du, was mich ärgert? Dass Dad und du immer sagt, man solle zum richtigen Zeitpunkt aufhören. Es gibt keinen richtigen Zeitpunkt! Man hört auf, wenn es nicht mehr geht, so ist das!«

Mom runzelt verärgert die Stirn und sieht mich mit diesem Ich-hab-es-mit-einem-durchgeknallten-Teenager-zu-tun-Blick an. An diesen Blick habe ich mich im Laufe des letzten Jahres gewöhnt – dem Jahr, in dem ich tatsächlich ein Teenager war. Vorher brauchte meine Mutter mich fast nie so anzusehen. Was wohl, wie mir jetzt klar wird, auch ein Teil des Problems ist. »Du wolltest mehr Kinder haben«, fahre ich fort. »Aber du musstest dich mit mir zufriedengeben. Und so hast du mein ganzes Leben lang versucht, mich so zu formen, dass ich dir genüge.«

Sie horcht auf. »Was redest du denn da? Natürlich genügst du mir.«

»Nein, das stimmt nicht. Wie könnte ich je deine Erwartungen erfüllen? Ich bin die eine Chance, ich bin eure Erbin und eure Absicherung, also musst du ganz sichergehen, dass sich deine Investition auszahlt, denn du hast keinen zweiten Versuch.«

»Das ist doch lächerlich! Du bist doch keine Investition!«

»So behandelst du mich aber. Du hast deine gesamten Erwartungen in mich gesetzt. Es ist, als müsse ich die ganze Last der Hoffnungen und Träume tragen, die für mehrere Kinder bestimmt waren.«

Sie schüttelt den Kopf und sagt leise: »Du weißt ja nicht, was du redest.«

»Ach, wirklich? Medizinkurse mit dreizehn. Komm schon! Welche Dreizehnjährige würde bitte freiwillig Medizinkurse besuchen?«

Einen Augenblick lang sieht meine Mutter aus, als hätte ich ihr einen Schlag in die Magengrube versetzt. Dann legt sie die Hand auf den Bauch, als wolle sie die Stelle schützen. »Ich wollte das damals.«

»Wie bitte?« Jetzt bin ich vollkommen verwirrt. Doch dann erinnere ich mich daran, wie mich mein Vater immer an meine Mutter verwies, wenn ich auf der Highschool Hilfe in Chemie oder Bio brauchte, obwohl er der Arzt ist. Ich höre wieder, wie meine Mutter die Pflichtkurse für das Vormedizinstudium auswendig aufsagen konnte, sobald das Vorlesungsverzeichnis für das College eingetroffen war. Und ich denke daran, was sie früher gemacht hat, nämlich Öffentlichkeitsarbeit für einen Pharmakonzern. Mir fällt auch wieder ein, was Grandma an jenem verhängnisvollen Sederabend zu ihr gesagt hat: *Das ist immer dein Traum gewesen.*

»Du?«, frage ich. »Du wolltest Ärztin werden?«

Sie nickt. »Ich habe mich auf die Aufnahmeprüfung für die medizinische Fakultät vorbereitet, als ich deinen Vater kennenlernte. Er war im zweiten Semester Medizin und hat es irgendwie geschafft, in seinem bisschen Freizeit noch als Repetitor zu arbeiten. Ich habe an allen Tests teilgenommen, mich bei zehn Universitäten beworben, aber keinen Studienplatz bekommen. Dein Vater meinte, es läge daran, dass ich keine Laborerfahrung hätte. Deswegen habe ich angefangen, bei Glaxo zu arbeiten, immer mit dem Ziel vor Augen, mich noch einmal zu bewerben, aber dann haben dein Vater und ich geheiratet, und ich bekam eine Stelle in der PR-Abteilung. Nach ein paar Jahren beschlossen wir, eine Familie zu gründen, und ich wollte nicht, dass dein Vater und ich mit einem kleinen Baby mitten im Studium oder in der Assistenzzeit wären, und außerdem hat es am Anfang mit dem Schwangerwerden nicht geklappt. Als wir den Gedanken an ein zweites Kind aufgegeben haben, habe ich aufgehört zu arbeiten, weil wir es uns leisten konnten, vom Einkommen deines Vaters zu leben. Eigentlich wollte ich mich immer noch einmal bewerben, aber dann stellte ich fest, dass ich gerne Zeit mit dir verbrachte. Ich wollte nicht weg von dir.«

Mir schwirrt der Kopf. »Du hast mir immer erzählt, ihr wärt verkuppelt worden, du und Dad.«

»Das sind wir auch. Von der Tutorenstelle auf dem Campus. Ich habe dir nie die ganze Wahrheit erzählt, weil ich nicht wollte, dass du glaubst, ich hätte deinetwegen alles aufgegeben.«

»Du wolltest mir verheimlichen, dass du zum besten Zeitpunkt aufgehört hast«, stelle ich klar. Denn war es nicht genau das, was sie getan hatte?

Mom fasst mich an beiden Handgelenken. »Nein! Allyson, du hast das ganz falsch verstanden. Zum besten Zeitpunkt aufzuhören bedeutet, dann aufzuhören, wenn man erkennt, dass einem das genügt, was man hat.«

Ich kann ihr nicht ganz glauben. »Wenn das stimmt, dann solltest du vielleicht jetzt aufhören – bevor unser Verhältnis ganz zerstört ist.«

»Soll ich etwa aufhören, eine Mutter zu sein?«

Erst glaube ich, die Frage sei rein rhetorisch, doch als sie mich mit großen, angstvollen Augen ansieht, bricht mir fast das Herz bei dem Gedanken, dass sie es tatsächlich so meinen könnte.

»Nein«, sage ich leise. Ein kurzes Schweigen tritt ein, und ich wappne mich, bevor ich weiterspreche. Mom erstarrt, so, als wappne sie sich auch. »Aber ich bitte dich, eine andere Art von Mutter zu sein.«

Sie sackt auf ihrem Stuhl zusammen; ich weiß nicht, ob vor Erleichterung oder Niedergeschlagenheit. »Und was habe ich davon?«

Einen Moment lang stelle ich mir vor, wie wir zusammen

Tee trinken und ich erzähle, was wirklich letztes Jahr in Paris geschehen ist und was ich mir für die Reise erhoffe, die ich bald antreten werde. Eines Tages. Jetzt ist es noch zu früh.

»Eine andere Art von Tochter«, antworte ich.

Achtundzwanzig

JULI

Zu Hause

Obwohl ich mein Flugticket und meinen Französischkurs bereits bezahlt habe, bleiben mir nach dem vierten Juli fünfhundert Dollar. Da der Nationalfeiertag diesmal auf ein Wochenende fiel und besonders großer Andrang herrschte, gab es entsprechend viel Trinkgeld. Das Café Finlay schließt am 25. Juli, aber es müsste schon mit dem Teufel zugehen, wenn ich bis dahin nicht genügend Geld beisammen hätte.

Unmittelbar nach dem vierten Juli kommt Melanie nach Hause. Meine Eltern haben mir erzählt, dass sie nach dem Musikworkshop für eine Woche hier sein wird, bevor sie zu einer Raftingtour nach Colorado aufbricht. Wenn sie von dort zurückkehrt, bin ich schon weg, und wenn ich aus Europa zurückkomme, fängt auch gleich das College wieder an. Ich frage mich, ob der gesamte Sommer genauso vorübergehen wird wie die letzten sechs Monate, nämlich so, als hätte unsere Freundschaft nie existiert. Als ich Melanies Auto vor dem Haus stehen sehe, sage ich nichts. Mum auch nicht, woraus ich schließe, dass sie und Susan über unser Zerwürfnis geredet haben.

Der Französischkurs geht zu Ende. In der letzten Woche müssen alle Kursteilnehmer einen Vortrag über ein typisch französisches Thema halten. Ich spreche über Macarons, erkläre ihre Herkunft und Herstellung. Ich trage eine von Babs'

Kochschürzen und eine Baskenmütze, und als ich fertig bin, verteile ich Macarons, die Babs extra dafür gebacken hat, zusammen mit Postkarten vom Café Finlay.

Ich komme mit Mums Auto nach Hause, das ich mir geliehen habe, um das ganze Zeug für meinen Vortrag transportieren zu können, als ich Melanie auf der Auffahrt vor ihrem Haus stehen sehe. Sie sieht mich auch, und wir schauen einander für einen Moment an. Es ist, als würden wir einander fragen: Wollen wir jetzt so tun, als existiere die andere nicht? Als existierten wir beide nicht? Aber wir existieren. Jedenfalls bis gerade eben. Also winke ich ihr zu, gehe ihr entgegen und warte auf dem Bürgersteig auf sie, auf neutralem Boden. Melanie geht mir entgegen. Als sie näher kommt, sieht sie mich erstaunt an. Ich blicke an mir herunter, an meiner lächerlichen Aufmachung.

»Das war für den Französischkurs«, erkläre ich. »Hier, möchtest du ein Macaron?« Ich halte ihr eines von den übriggebliebenen hin, die ich für meine Eltern mit nach Hause genommen habe.

»Oh, danke.« Sie beißt ein Stück ab und reißt die Augen auf. Fast will ich sagen: *Ich wusste, dass sie dir schmecken.* Aber nach all den Monaten, die vergangen sind, sage ich lieber nichts. Denn vielleicht weiß ich es gar nicht. Nicht mehr.

»Ein Französischkurs?«, bemerkt sie. »Dann haben wir wohl beide diesen Sommer gelernt?«

»Stimmt, du warst ja in Portland. Bei einem Musikworkshop?«

Ihre Augen leuchten auf. »Ja! Es war toll. Wir haben nicht nur gespielt, sondern auch komponiert und verschiedene Facetten der Musikindustrie kennengelernt. Wir wurden von Profis unterrichtet. Ich habe ein experimentelles Stück komponiert, das ich nächstes Jahr auf dem College aufführen werde.« Sie strahlt über das ganze Gesicht. »Ich glaube, ich wähle Musiktheorie als Hauptfach. Und du?«

Ich schüttele den Kopf. »Ich weiß es noch nicht genau. Ich glaube, Sprachen machen mir Spaß.« Neben Mandarin werde ich im Herbst Französisch, ein weiteres Shakespeare-Seminar bei Professor Glenny, Einführung in die Semiotik und afrikanischen Tanz belegen.

Melanie blickt auf und zögert für einen Moment. »Also, kein Urlaub in Rehoboth Beach diesen Sommer?«

Wir haben im selben Ferienhaus Urlaub gemacht, seitdem ich fünf Jahre alt war. Dieses Jahr nicht. »Nein, mein Vater ist zu einer Konferenz in Hawaii eingeladen und hat meine Mutter dazu überredet, ihn zu begleiten. Ich glaube, um mir einen Gefallen zu tun.«

»Weil du nach Paris fliegst.«

»Genau. Ich fliege nach Paris.«

Eine Pause entsteht. Bei den Nachbarn plantschen die Kinder unter dem Rasensprenger. Genauso, wie Melanie und ich es früher getan haben.

»Du willst ihn suchen.«

»Ja. Ich muss es wissen. Ob ihm etwas zugestoßen ist. Ich muss es einfach herausfinden.«

Ich rechne damit, dass Melanie mich verspottet, abfällig reagiert oder mich auslacht. Doch stattdessen denkt sie einen Augenblick nach und erwidert dann nicht sarkastisch, sondern ganz nüchtern: »Selbst wenn du ihn findest, selbst wenn er dich nicht vorsätzlich verlassen hat, musst du dich auf eine Enttäuschung gefasst machen. Er wird niemals dem Bild gerecht werden können, das du dir von ihm gemacht hast.«

Es ist nicht so, als wäre mir dieser Gedanke noch nicht gekommen. Ich weiß, wie unwahrscheinlich es ist, ihn zu finden. Und ich weiß, dass es noch unwahrscheinlicher ist, ihn so vorzufinden, wie ich mich an ihn erinnere. Aber mir will der Spruch meines Vaters nicht aus dem Kopf, dass, wenn man etwas verloren hat, man sich genau vorstellen muss, wo man es zuletzt gehabt hat. Und ich habe in Paris so vieles gefunden und dann wieder verloren.

»Ich weiß«, entgegne ich und habe dabei seltsamerweise gar nicht das Gefühl, in der Defensive zu sein. Ich bin sogar ein wenig erleichtert, weil es fast so scheint, als mache sich Melanie wieder Sorgen um mich. Und auch erleichtert, weil ich merke, dass ich mir keine Sorgen um mich mache. Jedenfalls nicht in dieser Hinsicht. »Aber ich bin nicht sicher, ob das so wichtig ist.«

Sie sieht mich mit großen Augen an, kneift sie dann zusammen und mustert mich von Kopf bis Fuß. »Du hast dich verändert.«

Ich lache. »Ach was. Ich sehe noch genauso aus wie früher. Das liegt nur an den Klamotten.«

»Nein, es sind nicht die Klamotten«, erwidert Melanie fast barsch. »Du wirkst ganz anders.«

»Oh. Nun ja …?«

Als ich nun Melanie betrachte, fällt mir erst auf, wie sie auf mich wirkt. Nämlich sehr vertraut. Wieder wie Melanie. Die Farbe ist rausgewachsen, und ihre Haare haben wieder ihren natürlichen Glanz. Sie trägt abgeschnittene Jeans und ein hübsches, besticktes T-Shirt. Keine Nasenringe, keine Tätowierungen, keine quietschbunten Strähnen. Keine aufreizenden Klamotten. Dennoch bedeutet ihr vertrautes Äußeres nicht automatisch, dass sie auch noch dieselbe Person wie früher ist. Zum ersten Mal kommt mir der Gedanke, dass das vergangene Jahr für Melanie wahrscheinlich genauso aufwühlend war wie für mich und dass ich das genauso wenig wie sie begriffen habe.

Melanie starrt mich noch immer an und sagt schließlich: »Es tut mir leid.«

»Was?«

»Dass ich dich in London dazu gedrängt habe, dir deine Haare abschneiden zu lassen, obwohl du es eigentlich gar nicht wolltest. Ich habe mich so schlecht gefühlt, als du danach geweint hast.«

»Ist schon gut. Ich bin froh, dass ich es gemacht habe.« Das stimmt tatsächlich. Vielleicht hätte er mich nie angesprochen, wenn ich nicht den Luise-Brooks-Pagenschnitt gehabt hätte. Oder vielleicht hätte er es getan und meinen richtigen Namen erfahren. Ich werde es niemals wissen. Wenn sich Zufälle einmal ereignet haben, kann man die Uhr nicht mehr zurückdrehen.

Und so stehen wir uns auf dem Bürgersteig gegenüber, die Hände in die Taille gestützt, und wissen nicht, was wir sagen sollen. Ich höre die Nachbarskinder unter den Rasensprengern quietschen. Ich denke an Melanie und mich, als wir jünger waren, auf dem Sprungbrett am Swimmingpool in Mexiko. Wir haben uns immer an den Händen gehalten, wenn wir gesprungen sind, doch wenn wir hinauf zur Oberfläche schwammen, mussten wir einander loslassen. Egal, wie oft wir auch versuchten, uns festzuhalten, bei den ersten Schwimmzügen unter Wasser ließen wir jedes Mal los. Doch nachdem wir wieder aufgetaucht waren, kletterten wir aus dem Swimmingpool, die Leiter zum Sprungbrett hinauf, fassten uns an den Händen und sprangen wieder.

Jetzt schwimmt jede für sich allein. So sehe ich es. Vielleicht muss man das einfach tun, um über Wasser zu bleiben. Aber wer weiß? Vielleicht werden wir eines Tages hinausklettern, uns an den Händen fassen und erneut gemeinsam springen.

Neunundzwanzig

New York City

Meine Eltern hätten mich gern zum JFK-Flughafen nach New York gebracht, aber ich wollte den Tag vor meiner Abreise gerne mit Dee verbringen. Also begleiten sie mich nur zum Bahnhof an der 30. Straße in Philadelphia. Ich fahre mit dem Zug nach Manhattan, meine erste Zugfahrt seit einem Jahr, und Dee holt mich an der Penn Station ab. Morgen Abend fliege ich nach London und von dort aus weiter nach Paris.

Als die Einfahrt meines Zuges angekündigt wird, gehen wir zum Bahnsteig. Dad tippt ungeduldig mit den Fußspitzen und ist mit seinen Gedanken bereits bei den Wellen von Hawaii. Meine Eltern fliegen am Montag. Mum wandert auf und ab. Als mein Zug in der Ferne auftaucht, holt sie eine Schachtel aus ihrer Handtasche.

»Ich dachte, diesmal gibt es keine Geschenke«, bemerke ich. Letztes Jahr sind wir vor meiner Abreise essen gegangen, und es hagelte Abschiedsgeschenke. Gestern ging es ruhiger zu. Selbstgemachte Lasagne zu Hause im Esszimmer. Sowohl Mum als auch ich stocherten nur darin herum.

»Es ist weniger für dich als für mich.«

Ich öffne die Schachtel. Drinnen finde ich ein kleines Handy mit Ladegerät und einem Adapter für europäische Steckdosen.

»Du hast mir ein neues Handy gekauft?«

»Nein. Ich meine, ja. Ich meine, dein altes Handy bekommst du zurück, wenn du wieder da bist. Aber dieses ist ein Quad-Band-Gerät, das in Europa garantiert funktioniert. Du musst dir nur eine … Wie heißt das noch mal?«, fragt sie Dad.

»SIM-Karte.«

»Genau, du musst dir eine SIM-Karte dafür kaufen.« Etwas umständlich öffnet sie die hintere Klappe des Gerätes. »Wie ich gehört habe, sind diese Karten gar nicht teuer. Du kannst damit überall eine nationale Nummer bekommen und hast so immer ein Handy, wenn du eines brauchst. Damit kannst du uns im Notfall anrufen oder per SMS benachrichtigen – natürlich nur, wenn du möchtest. Auf jeden Fall hast du damit eine Möglichkeit, uns zu erreichen. Falls es nötig sein sollte. Aber du musst nicht …«

»Mum«, unterbreche ich sie, »ist schon gut. Ich schick dir eine SMS.«

»Im Ernst?«

»Klar doch! Und du kannst mir von Hawaii aus zurückschreiben. Kann man damit fotografieren?« Schon entdecke ich die Kamera. »Dann schicke ich dir auch Fotos.«

»Wirklich?«

»Natürlich!«

Sie strahlt, so als hätte ich ihr ein Geschenk gemacht.

Penn Station ist brechend voll, aber trotz des Gedränges entdecke ich Dee sofort. Er steht unter der Anzeigetafel im Durchgang zur Bahnhofshalle und trägt zitronengelbgestreifte Nylonshorts und ein Tanktop mit der Aufschrift EINHÖRNER SIND REAL. Er begrüßt mich mit einer dicken Umarmung.

»Wo ist dein Koffer?«, fragt er.

Ich drehe mich um und zeige ihm den olivfarbenen Rucksack, den ich mir in einem Outdoorladen in Philadelphia gekauft habe.

Dee pfeift. »Wie hast du dein Ballkleid da reingekriegt?«

»Es lässt sich ganz klein zusammenfalten.«

»Ich dachte, du hättest mehr Gepäck dabei, und habe meiner Mama gesagt, wir kämen erst einmal nach Hause, bevor wir losziehen. Sie hat Mittagessen vorbereitet.«

»Ich freu mich schon drauf.«

Dee wirft die Hände in die Luft. »Ehrlich gesagt hat meine Mama eine Überraschungsparty für dich geplant. Sag ja nicht, dass ich es dir verraten habe.«

»Eine Party? Sie kennt mich doch gar nicht.«

»Sie glaubt, dass sie dich kennt, weil ich ihr ja schon so viel von dir erzählt habe, und außerdem nutzt sie jede Gelegenheit, um ihre Kochkünste zu demonstrieren. Meine ganze Familie kommt, einschließlich meiner Cousine Tanja. Habe ich dir von ihr erzählt?«

»Ist das diejenige, die als Friseurin arbeitet?«

Dee nickt. »Ich habe sie gefragt, ob sie dir die Haare schneiden kann. Sie macht auch weißen Frauen die Haare. Sie arbeitet in einem schicken Salon in Manhattan. Ich dachte, vielleicht hättest du gerne wieder einen Bob, damit du wie Luise Brooks aussiehst. Genauso wie damals, als du ihm begegnet bist. Irgendetwas musst du jedenfalls mit deinem Kopf machen.« Er befühlt mein Haar, das ich wie üblich mit einer Spange hochgesteckt habe.

Wir nehmen die U-Bahn bis hinauf nach Uptown zur Endhaltestelle. Dort steigen wir in einen Bus um. Ich blicke zum Fenster hinaus und erwarte, die heruntergekommenen Straßen der South Bronx zu sehen, doch stattdessen passieren wir Reihen hübscher, von alten Bäumen beschatteter Backsteingebäude.

»Ist das die South Bronx?«, frage ich Dee.

»Ich habe nie gesagt, dass ich in der South Bronx wohne.«

Ich starre ihn an. »Wie bitte? Ich habe dich mehrmals sagen hören, dass du daher kommst.«

»Ich habe nur gesagt, dass ich aus der Bronx stamme, und das hier ist die Bronx. Riverdale gehört noch dazu.«

»Aber du hast doch zu Kendra gesagt, du kämst aus der South Bronx. Du hast behauptet, du wärst auf die South-Bronx-Highschool gegangen ...« Ich halte inne und denke an diese erste Unterhaltung. »Die nicht einmal existiert.«

»Ich habe ihr doch nur gesagt, was sie hören wollte. Ich habe ihre Vorurteile bestätigt.« Er grinst mich verschmitzt an und drückt dann auf den Halteknopf. Wir steigen an einer belebten Straße mit hohen Wohnhäusern aus. Nicht schick, aber nett.

»Du bist ein Meisterblender, D'Angelo Harrison.«

»Du hast mich durchschaut. Außerdem stamme ich tatsächlich aus der Bronx, und ich bin wirklich arm. Wer in mir deswegen den Ghetto-Jungen sehen will, kann das meinetwegen tun.« Er lächelt. »Besonders dann, wenn er mir deshalb Stipendiengeld hinterherwirft.«

Wir erreichen ein hübsches Backsteingebäude mit bröckeligen Wasserspeiern über dem Eingang. Dee klingelt – »damit sie wissen, dass wir kommen« –, und wir fahren in einem dieser uralten Metallkäfig-Aufzüge hinauf in den fünften Stock. Vor der Wohnungstür sieht er mich an und streicht mir einige lose Haarsträhnen hinter das Ohr.

»Tu überrascht«, flüstert er mir zu und öffnet die Tür.

Eine große Gruppe von Leuten erwartet uns, es sind mindestens zwölf. Alle drängen sich in dem kleinen Wohnzimmer zusammen, wo ein Spruchband mit der Aufschrift BON VOYAGE, ALLYSON über dem mit Essen beladenen Tisch hängt. Mit weit aufgerissenen Augen sehe ich Dee an.

»Überraschung!«, ruft er und wedelt mit den Händen.

Dees Mutter Sandra kommt auf mich zu und schließt mich in eine herzliche, nach Jasmin duftende Umarmung. »Er hat es dir gesagt, nicht wahr? Das war der unglaubwürdigste Überraschungsgesichtsausdruck, den ich je gesehen habe. Mein Baby könnte nicht mal ein Geheimnis für sich behalten, wenn es an ihm festgetackert wäre! So, und jetzt komm rein, wir freuen uns schon alle, dich kennenzulernen. Hoffentlich hast du Hunger.«

Sandra stellt mich diversen Tanten, Onkeln und Cousinen vor, drückt mir einen Teller mit gegrilltem Hähnchen, Käsenudeln und Gemüse in die Hand und platziert mich an einem Tisch. »Und jetzt kannst du Hof halten.«

Dee hat praktisch jedem von Willem erzählt, daher bekomme ich jede Menge Ratschläge, wie und wo ich ihn suchen soll. Dann löchern sie mich mit Fragen zur Reise. Wie ich nach Paris komme – ich fliege von New York nach London und dann weiter nach Frankreich –, wo ich wohnen werde – in einer Jugendherberge in dem Stadtteil, wo ich mit Willem war, fünfundzwanzig Dollar pro Nacht im Mehrbettzimmer – und wie ich herumkommen werde – mit Hilfe eines Reiseführers und indem ich tapfer die U-Bahn benutze. Sie fragen mich auch über Paris aus, und ich erzähle ihnen von meinen Eindrücken im letzten Jahr. Es interessiert sie sehr, zu erfahren, wie vielfältig es ist und dass es Gegenden gibt, in denen hauptsächlich Afrikaner leben. Dann beginnt eine große Debatte darüber, welche afrikanischen Länder Frankreich kolonisiert hat, bis jemand einen Atlas holt, um genau nachzusehen.

Während sich alle über den Atlas beugen, bringt Sandra ein Tablett mit Pfirsichpasteten herein. »Ich habe eine Kleinigkeit für dich«, sagt sie zu mir und überreicht mir ein dünnes Päckchen.

»Aber das wäre doch nicht nötig gewesen …«

Sie winkt ab, und ich öffne das Geschenk. Es ist ein laminierter Stadtplan von Paris. »Der Verkäufer im Buchladen hat gesagt, den würdest du auf jeden Fall brauchen. Alle Metrostationen sind darauf verzeichnet, und es gibt ein Register der wichtigsten Straßen.« Sie öffnet den Stadtplan und zeigt es mir. »D'Angelo und ich haben so viele Stunden draufgeschaut, dass unsere guten Wünsche dich jetzt überallhin begleiten.«

»Dann kann ich mich ja unmöglich verlaufen.«

Sandra faltet den Plan zusammen und drückt ihn mir in die Hand. Sie hat die gleichen Augen wie Dee. »Ich danke dir, dass du meinem Jungen so sehr geholfen hast.«

»Ich soll Dee geholfen haben?« Ich schüttle den Kopf. »Es war eher andersherum.«

»Ich meine es so, wie ich es sage«, erwidert sie.

»Nein, im Ernst. Dee hat mir so sehr geholfen, dass es fast schon peinlich ist.«

»Ach, so ein Unsinn. D'Angelo ist brillant, und es ist ein Segen, dass er aufs College gehen kann. Aber es war nicht leicht für ihn. Weder auf der Highschool noch in der ersten Zeit auf dem College hat er je von einem Freund oder einer Freundin erzählt, bis er dich kennenlernte. Geschweige denn, dass er mal jemanden mit nach Hause gebracht hätte.«

»Ihr beiden redet über mich, stimmt's?«, fragt Dee und nimmt uns beide rechts und links in den Arm. »Preist ihr mich für meine Brillanz?«

»Wir preisen dich für alles Mögliche«, erwidere ich.

»Ich glaube euch kein Wort!« Er dreht sich um und stellt mir eine hochgewachsene, schmale junge Frau vor, deren Haar zu einer komplizierten Frisur geflochten ist. »Das ist Tanja. Ich habe dir von ihr erzählt.«

Wir begrüßen einander, und Sandra geht in die Küche, um weitere Fruchtpasteten zu holen. Tanja befreit meine Haare von der Spange, befühlt die Spitzen, schüttelt den Kopf und schnalzt abfällig mit der Zunge, so wie Dee es oft tut.

»Ich weiß. Ich weiß. Ich war seit einem Jahr nicht beim Friseur«, gestehe ich, und erst in diesem Moment wird es mir richtig klar. Es ist tatsächlich ein Jahr her!

»War es kurz oder lang?«, fragt Dee und sagt dann an Tanja gewandt: »Sie muss genauso aussehen wie damals, wenn sie ihn findet.«

»Falls ich ihn finde«, berichtige ich. »Ich hatte einen kurzen Bob, bis hier.« Mit der Handkante deute ich eine Länge bis in den Nacken und zum Kinn an, bis wohin der Friseur in London mir das Haar damals abgeschnitten hat. Doch dann lasse ich die Hand sinken. »Aber ich habe es mir anders überlegt, ich möchte gar keinen Bob mehr.«

»Du möchtest nicht, dass ich dir die Haare schneide?«, fragt Tanja.

»Doch, ich möchte wirklich gerne eine neue Frisur haben«, erwidere ich. »Aber ich möchte keinen Bob. Ich möchte etwas ganz Neues ausprobieren.«

Dreißig

Paris

Nach einer Reise von über dreizehn Stunden über sechs Zeitzonen hinweg erwartet mich ein Schock.

Er trifft mich, als ich die Ankunftshalle des Charles-de-Gaulle-Flughafens betrete. Rings um mich herum werden Reisende von wartenden Verwandten in die Arme genommen oder von Fahrern, die Schilder in die Luft halten, erwartet. Mich beachtet niemand. Ich weiß, dass es anderswo auf der Welt Menschen gibt, die mich lieben, aber ich habe mich noch nie so allein gefühlt. Wie damals habe ich das Gefühl, dass über meinem Kopf das Leuchtschild TOURISTIN aufflammt, diesmal ergänzt von WAS HAST DU GETAN?

Ich ziehe den Riemen meines Rucksacks über der Brust fester, als könnte er mich schützen. Dann atme ich tief durch und setze einen Fuß vor den anderen. Ein Schritt. Dann noch einer und noch einer. Ich hefte den Blick auf die Liste, die ich im Flugzeug zusammengestellt habe. Ganz oben steht: Geld wechseln.

In einer der vielen Wechselstuben frage ich in gebrochenem Französisch, ob ich hier Dollar gegen Euros eintauschen könne. »Natürlich. Das ist eine Bank«, antwortet der Mann am Schalter auf Französisch. Ich reiche ihm hundert Dollar und bin zu erleichtert, um den Eurobetrag nachzuzählen, den ich dafür erhalte.

Nächster Punkt auf der Liste: Jugendherberge aufsuchen. Ich habe mir den Weg dorthin bis ins Kleinste zurechtgelegt: mit dem Zug in die Stadt, dann weiter mit der Metro zur Haltestelle in der Nähe meiner Unterkunft. Ich folge den Schildern zum Zug nach Paris Central, aber es stellt sich heraus, dass ich erst mit dem Flughafenzug zum RER-Bahnhof fahren muss. Ich biege falsch ab, gelange in ein anderes Terminal und muss noch einmal umkehren. Ich brauche fast eine Stunde, bis ich den Flughafenbahnhof gefunden habe.

Ich stehe dem Fahrkartenautomaten gegenüber wie einem feindlichen Wesen. Selbst als ich als Sprache Englisch wähle, sind die Anweisungen für mich verwirrend. Brauche ich ein Ticket für die Metro? Eine Fahrkarte für den RER-Zug? Zwei Fahrkarten? Ich spüre, dass das Neonschild über meinem Kopf noch heller leuchtet. Jetzt steht darauf: WAS ZUM TEUFEL HAST DU GETAN?

Ich suche im Reiseführer nach Informationen, wie ich vom Flughafen in die Pariser Innenstadt gelange. Aha, ich komme also mit einer Zugfahrkarte nach Paris und kann damit in der Metro weiterfahren. Ich sehe mir die Karte des Pariser Metro-Netzes an. Die verschiedenen Linien sind ineinander verschlungen wie Schlangen. Endlich finde ich meine Haltestelle *Jaurès*. Ich fahre mit dem Finger die RER-Linie vom Flughafen bis in die Stadt nach und stelle mit Schrecken fest, dass ich an der Gare du Nord umsteigen muss. Ein vertrauter Ort, den ich mit jenem Tag verbinde.

»Okay, Allyson, Augen zu und durch«, sage ich mir. Mit gestrafften Schultern baue ich mich vor dem Fahrkartenautomaten auf, als seien wir Kontrahenten in einem Duell. Ich tippe auf den Touchscreen, füttere den Automaten mit einem Zehneuroschein, und er spuckt ein wenig Wechselgeld und eine winzige Karte aus. Ein kleiner Sieg gegen einen ungerührten Gegner, der mich jedoch mit tiefer Befriedigung erfüllt.

Ich folge dem Strom der Reisenden zu den automatischen Türen, die genauso wie in der Londoner U-Bahn funktionieren, durch die man jedoch wesentlich einfacher kommt, wenn man nicht gerade einen Riesenkoffer mitschleppt. Ha! Ein weiterer Feind besiegt.

Im U-Bahnhof unter der Gare du Nord verlaufe ich mich wieder auf der Suche nach der richtigen Metro-Linie und dann finde ich erst meine kleine Fahrkarte nicht, die man nicht nur am Ausgang des Bahnhofs, sondern auch am Eingang der Metrostation benötigt. Dann steige ich beinahe in eine Metro, die in die falsche Richtung fährt, bemerke es aber glücklicherweise kurz vor dem Schließen der Türen und springe schnell wieder hinaus. Als ich endlich meine Haltestelle erreiche, bin ich vollkommen erschöpft und desorientiert. Ich muss etwa eine Viertelstunde auf den Stadtplan starren, nur um herauszufinden, wo ich gerade bin. Ich irre umher, bis ich endlich auf den Kanal stoße, ein erstes Anzeichen dafür, dass ich in der richtigen Gegend gelandet bin.

Doch ich habe immer noch keine Ahnung, wo sich die Jugendherberge befindet. Ich bin erschöpft, frustriert und den Tränen nahe. Ich kann nicht mal die Jugendherberge finden. Und das, obwohl ich die Adresse habe. Und einen Stadtplan. Wie kann ich da überhaupt auf die Idee kommen, *ihn* wiederzufinden?

Ich bin kurz vor einem Nervenzusammenbruch, doch dann halte ich inne, blicke über den Kanal und atme einfach tief durch. Meine Panik verfliegt, denn dieser Ort fühlt sich vertraut an. Er ist vertraut, denn ich bin schon einmal hier gewesen.

Ich falte den Stadtplan zusammen und stecke ihn weg. Ich atme noch ein paarmal tief durch und schaue mich um. Dort sind die grauen Fahrräder und die schicken Frauen, die auf hochhackigen Schuhen über die Pflastersteine balancieren. Die Cafés, so rappelvoll, als würde keiner hier jemals arbeiten. Noch einmal atme ich tief durch, meine Erinnerungen kehren zurück, und plötzlich weiß ich genau, wo ich bin. Links ist der Park mit dem See, wo wir Jacques und die Dänen getroffen haben. Rechts, ein paar Straßen weiter, liegt das Café, in dem wir die Crêpes gegessen haben. Ich ziehe den Stadtplan wieder raus. Jetzt weiß ich, wo ich bin. Fünf Minuten später erreiche ich die Jugendherberge.

Mein Zimmer liegt im sechsten Stock, und der Aufzug funktioniert nicht, also laufe ich die gewundene Treppe nach oben. Ein Typ mit einer Tätowierung von irgendeinem griechischen Gott auf dem Arm zeigt mir den Frühstücksraum, die Waschräume (für Frauen und Männer zusammen) und dann mein Zimmer mit sieben Betten. Er gibt mir ein Vorhängeschloss und zeigt mir, wo ich meine Sachen lassen kann, wenn ich die Jugendherberge verlasse. Dann wünscht er mir noch *bonne chance*, was so viel bedeutet wie ›Viel Glück‹, und ich frage mich, ob er das zu allen sagt oder ob er spürt, dass ich es gebrauchen kann.

Ich setze mich auf mein Bett und schnalle den Schlafsack von meinem Rucksack ab, und als ich mich auf die federnde Matratze lege, frage ich mich, ob Willem auch hier übernachtet hat. Ob er vielleicht sogar in diesem Bett geschlafen hat. Es ist nicht gerade wahrscheinlich, aber auch nicht unmöglich. Dieses Stadtviertel hat er mir gezeigt. Alles scheint jetzt möglich, und dieses Gefühl, auf dem richtigen Weg zu sein, pulsiert im gleichen Rhythmus wie mein Herzschlag und lullt mich in den Schlaf.

Ich erwache einige Stunden später mit Spucke auf dem Kissen und einem Summen im Kopf. Ich dusche lauwarm und wasche mir den Jetlag aus den Haaren. Dann rubbele ich sie trocken und verteile das Gel so darin, wie Tanja es mir gezeigt hat – *wash and wear* hat sie gesagt. Meine Frisur ist jetzt ganz anders, viel kürzer und ganz stufig geschnitten, und ich mag sie.

Die Uhr unten in der Lobby hinter dem riesigen aufgesprühten Peacezeichen steht auf sieben. Nach dem harten Brötchen und dem Joghurt im Flieger von London aus habe ich nichts mehr gegessen, und mir ist ganz schwindlig vor Hunger. In dem kleinen Café in der Lobby gibt es nur Getränke. Ich weiß, dass Alleinreisen auch bedeutet, allein zu essen und auf Französisch bestellen zu müssen. Letzteres habe ich besonders intensiv mit Madame Lambert geübt. Außerdem habe ich während des letzten Jahres oft allein in der Mensa gegessen. Doch für heute beschließe ich, dass ich für einen Tag schon genug bewältigt habe. Heute Abend kaufe ich mir ein Sandwich und esse es in meinem Zimmer.

Vor dem Eingang der Jugendherberge steht eine Gruppe junger Leute im Nieselregen. Sie sprechen Englisch mit einem Akzent, den ich für australisch halte. Ich hole tief Luft, gehe zu ihnen hinüber und frage sie, ob sie wissen, wo man in der Nähe ein gutes Sandwich bekommt.

Ein muskulöses Mädchen mit fettigen braunen Haaren und rötlichem Gesicht dreht sich zu mir um und lächelt mich strahlend an. »Drüben am anderen Kanalufer gibt es einen Imbiss, wo man leckere Baguettes mit Räucherlachs bekommt«, antwortet sie, erklärt mir den Weg und unterhält sich dann weiter mit ihrer Freundin über ein Bistro, das angeblich ein Menü für zwölf Euro oder alternativ mit einem Glas Wein für fünfzehn Euro anbietet.

Schon bei dem Gedanken daran läuft mir das Wasser im Mund zusammen, das Essen, die Gesellschaft. Doch mich selbst einzuladen kommt mir unglaublich aufdringlich vor, und normalerweise würde ich so etwas niemals tun.

Andererseits bin ich ganz allein in Paris und bewege mich in jeder Hinsicht auf unbekanntem Terrain. Ich berühre die junge Australierin an der sonnenverbrannten Schulter und frage, ob ich vielleicht mit ihnen essen gehen könnte. »Heute ist mein erster Tag in Paris, und ich weiß nicht so recht, wohin ich gehen soll«, erkläre ich.

»Hast du ein Glück«, erwidert sie. »Wir sind schon ewig unterwegs auf unseren AAs.«

»AAs?«

»Auslandsabenteuern. Es ist so wahnsinnig teuer, überhaupt aus Australien rauszukommen, dass wir meist eine ganze Weile wegbleiben und herumreisen, wenn wir es erst mal geschafft haben. Ich bin übrigens Kelly. Das ist Mick, das ist Nick, das ist Nico, Abkürzung für Nicola, und das ist Shazzer. Sie kommt aus England, aber wir lieben sie trotzdem.«

Shazzer streckt Kelly die Zunge heraus und lächelt mich an.

»Ich bin Allyson.«

»So heißt meine Mutter!«, ruft Kelly. »Und, was habe ich gerade gesagt? Dass ich meine Mum vermisse! Stimmt's? Das ist Karma!«

»Kismet«, verbessert Nico.

»Das auch.«

Kelly sieht mich an, und für einen Augenblick stehe ich einfach nur da, weil sie nicht ja gesagt hat und ich mich wie ein Idiot fühlen werde, wenn sie nein sagt. Und trotzdem, vielleicht auch, weil ich im Französischkurs ausgiebig geübt habe, diesem Gefühl zu trotzen, macht es mir nicht mehr viel aus, mich wie ein Idiot zu fühlen. Die Gruppe läuft los, und ich mache mich auf den Weg zum Imbiss in die entgegengesetzte Richtung. Da dreht Kelly sich um.

»Na, komm schon! Ich weiß nicht, wie's dir geht, aber ich könnte ein ganzes Pferd verspeisen.«

»Kannst du machen. In Frankreich essen sie Pferdefleisch«, kommentiert Shazzer.

»Nein, tun sie nicht«, erwidert einer der Jungs, Mick oder Nick, ich kann sie noch nicht auseinanderhalten.

»In Japan isst man Pferd«, erklärt Nico. »Dort gilt es als Delikatesse.«

Unterwegs höre ich zu, wie sie darüber diskutieren, ob in Frankreich Pferdefleisch gegessen wird oder nicht, und während ich nebenhertrotte, wird mir plötzlich bewusst, was ich hier tue. Ich gehe zum Abendessen. In Paris. Mit Leuten, die ich erst vor fünf Minuten kennengelernt habe. Irgendwie haut mich das um, mehr als alles, was ich im vergangenen Jahr erlebt habe.

Auf dem Weg zum Restaurant halten wir kurz an, damit ich mir eine SIM-Karte kaufen kann. Nach kurzem Umherirren finden wir das Restaurant und warten auf einen Tisch, der groß genug für uns alle ist. Die Speisekarte ist auf Französisch, aber ich verstehe fast alles. Ich bestelle einen köstlichen Salat mit Roter Beete, so hübsch arrangiert, dass ich ihn fotografiere und meiner Mom ein Bild davon schicke. Sie antwortete mir sofort mit einem Foto von dem weniger kunstvollen Loco Moco – Reis mit Frikadelle und Soße –, den mein Vater zum Frühstück isst. Als Hauptspeise bekomme ich einen mir unbekannten Fisch in einer pfeffrigen Soße. Ich amüsiere mich so gut, hauptsächlich über die vielen verrückten Reiseabenteuer der anderen, dass ich mich erst beim Dessert an mein Versprechen erinnere, das ich Babs gegeben habe. Leider stehen keine Macarons auf der Karte. Inzwischen ist es zehn Uhr, und die Geschäfte haben geschlossen. Schon am ersten Tag habe ich mein Versprechen gebrochen!

»Shit!«, fluche ich. »Oder besser *merde*!«

»Was ist?«, fragt Mick/Nick.

Ich erkläre die Sache mit den Macarons, und die anderen hören aufmerksam zu.

»Frag doch einfach mal den Kellner«, rät Nico. »Ich habe eine Zeitlang in einem Restaurant in Sidney gearbeitet, und wir hatten ein ganzes Menü in petto, das nicht auf der Speisekarte stand. Für VIPs.« Wir sehen sie ungläubig an. »Nachfragen schadet nie.«

Also höre ich auf sie und erkläre dem Kellner in einem Französisch, das Madame Lambert mit Stolz erfüllen würde, von *ma promesse de manger des macarons chaque jour.* Der Kellner hört aufmerksam zu, als sei das eine ernste Sache, und geht in die Küche. Er kehrt mit den Desserts der anderen zurück – Crème brûlée und Mousse au chocolat – und, Wunder über Wunder, mit genau einem Macaron für mich. Die Füllung ist braun, süß und klebrig, aus Feigen glaube ich, und die Oberfläche ist so kunstvoll mit Puderzucker bestäubt, dass sie aussieht wie ein Gemälde. Ich fotografiere das Macaron, bevor ich es esse.

Gegen elf drohe ich, mit dem Kopf auf dem Teller einzuschlafen. Die anderen bringen mich zurück zur Jugendherberge und ziehen dann noch weiter, um sich irgendeine französische Mädelsband anzuhören. Ich schlafe wie eine Tote und stelle beim Aufwachen fest, dass Kelly, Nico und Shazzer meine Zimmernachbarinnen sind.

»Wie spät ist es?«, frage ich.

»Spät! Schon zehn Uhr«, antwortet Kelly. »Du hast Ewigkeiten geschlafen. Und das bei dem Lärm! Hier ist eine Russin, die sich jeden Tag eine Stunde lang die Haare föhnt. Ich habe auf dich gewartet, weil ich dich fragen wollte, ob du mitkommen möchtest. Wir wollen zum Friedhof Père Lachaise und dort ein Picknick machen. Für mich klingt das zwar ziemlich morbide, aber offenbar ist das für die Franzosen ganz normal.«

Es klingt verführerisch, mich Kelly und ihren Freunden anzuschließen, meine zwei Wochen wie eine Touristin in Paris zu verbringen und dabei eine Menge Spaß zu haben. Ich müsste keine muffigen Nachtclubs aufsuchen. Ich bräuchte Céline nicht zu sehen. Ich würde nicht riskieren, mir wieder mein Herz brechen zu lassen.

»Danke. Vielleicht schließe ich mich euch später noch an, aber ich muss heute erst noch etwas erledigen.«

»Stimmt, du musst dringend Macarons besorgen.«

»Genau«, antworte ich.

Beim Frühstück studiere ich eine Weile meinen Stadtplan und suche den Weg von der Jugendherberge zur Gare du Nord. Es ist gar nicht weit, also laufe ich nach dem Frühstück gleich los. Die Strecke kommt mir bekannt vor – der breite Boulevard mit den Radwegen entlang den Bürgersteigen. Doch als ich mich dem Bahnhof nähere, stößt mir der Tee vom Frühstück sauer auf vor Angst.

Ich halte mich eine Weile an der Gare du Nord auf, will den Moment hinauszögern, an dem ich meine Suche tatsächlich beginne. Ich gehe in den Bahnhof und schlendere hinüber zum Eurostar-Bahnsteig. Dort wartet gerade ein Zug, wie ein Rennpferd in der Startbox. Ich denke daran, wie ich vor einem Jahr hier gestanden habe, fix und fertig, panisch, auf der Flucht in die Arme von Ms Foley.

Ich zwinge mich, den Bahnhof zu verlassen, und lasse mich wieder von meiner Erinnerung leiten. Ich biege in eine Straße ein. Ich biege in die nächste Straße ein. Ich nehme eine Fußgängerbrücke, überquere die Schienen und gelange in das Gewerbegebiet. Und da ist er! Es ist irgendwie schockierend, wie leicht er nach der ganzen Onlinesuche zu finden ist. Ist er nicht bei Google gelistet, oder habe ich so schlecht Französisch gesprochen, dass mich am Telefon keiner verstanden hat?

Vielleicht war es auch ganz anders – man hat mich perfekt verstanden, aber Céline und der Riese arbeiten hier nicht mehr. Ein Jahr ist eine lange Zeit, da kann sich viel verändern!

Als ich die Tür öffne und einen jungen Mann mit Pferdeschwanz an der Bar stehen sehe, schreie ich fast auf vor Enttäuschung. Wo ist der Riese? Was, wenn er nicht da ist? Was, wenn sie nicht da ist?

»Excusez-moi, je cherche Céline ou un barman qui vient du Sénégal.«

Der Typ sagt gar nichts. Er reagiert überhaupt nicht. Er fährt ungerührt damit fort, Gläser in Seifenlauge zu spülen.

Habe ich etwas gesagt? Auf Französisch? Ich versuche es noch einmal und füge diesmal ein *s'il vous plaît* hinzu. Er wirft mir einen kurzen Blick zu, zückt sein Handy, schreibt eine SMS und fährt mit dem Spülen fort.

Con, murmele ich, noch ein Wort, das mir Nathaniel beigebracht hat. Ich öffne die Tür, Adrenalin pulst durch meinen

Körper, so wütend bin ich auf den Arsch hinter der Bar, der mir nicht einmal geantwortet hat, und auf mich selbst, weil ich den ganzen Weg hierhergekommen bin – für nichts.

»Du bist zurückgekommen!«

Ich blicke auf. Er ist es.

»Ich wusste, dass du wiederkommen würdest.« Der Riese nimmt meine Hand und küsst mich rechts und links auf die Wangen, genau wie bei unserer letzten Begegnung. »Du möchtest deinen Koffer abholen, *non*?«

Ich bin sprachlos, also nicke ich nur. Dann umarme ich ihn spontan, so froh bin ich, ihn wiederzusehen, und das sage ich ihm auch.

»Ich freue mich auch, und ich bin froh, dass ich deinen Koffer aufbewahrt habe. Céline wollte ihn unbedingt loswerden, aber ich habe gesagt, nein, sie wird nach Paris zurückkommen und ihn wiederhaben wollen.«

Ich finde die Stimme wieder. »Moment, woher wusstest du, dass ich hier bin? Ich meine, jetzt, heute?«

»Marco hat mir gerade geschrieben, eine junge Amerikanerin sei auf der Suche nach mir. Das konntest nur du sein. Komm mit.«

Ich folge ihm zurück in den Club, wo dieser Marco inzwischen den Boden wischt und mich immer noch keines Blickes würdigt. Ich vermeide es ebenfalls, ihn anzusehen, nachdem ich ihn als Blödmann – *con* – beschimpft habe.

»Je suis très désolée«, entschuldige ich mich, als wir an ihm vorbeigehen.

»Marco ist Lette, und sein Französisch ist noch nicht besonders, deswegen spricht er nicht gern«, erklärt der Senegalese. »Er putzt bei uns. Komm mit runter, da wartet dein Koffer auf dich.« Ich sehe Marco an und denke an Dee und

Shakespeare und daran, wie oft der Schein trügt. Ich hoffe, dass er auch nicht das französische Schimpfwort verstanden hat, und entschuldige mich noch einmal. Der Riese bringt mich hinunter in den Lagerraum. In einer Ecke, hinter einem Stapel Kartons, steht mein Koffer.

Alles ist noch genauso, wie ich es zurückgelassen habe. Der Gefrierbeutel mit der Liste. Die Souvenirs. Mein Reisetagebuch mit der Tüte voller Postkarten darin. Irgendwie hatte ich erwartet, alles sei mit einer Staubschicht bedeckt. Ich nehme das Tagebuch zur Hand und streiche darüber. Die Erinnerungen an die Reise vom letzten Jahr. Das sind nicht die Erinnerungen, die wichtig sind, die bleiben.

»Ein sehr schöner Koffer«, bemerkt der Senegalese.

»Möchtest du ihn haben?« Ich habe keine Lust, das Ding mit mir herumzuschleppen. Die Souvenirs kann ich mit der Post nach Hause schicken. Der Koffer ist nur unnötiger Ballast.

»Oh, nein, nein, nein. Er gehört doch dir.«

»Ich kann ihn nicht mitnehmen. Die wichtigen Sachen hole ich raus, aber alles kann ich nicht tragen.«

Er sieht mich ernst an. »Dann hebe ich die Sachen für dich auf.«

»Das ist wirklich nett von dir, aber ich brauche sie eigentlich nicht mehr.«

Er lächelt mit blitzend weißen Zähnen. »Ich kann sie dir mitbringen, denn ich fliege im Frühjahr nach Roché Estair, um das Examen meines Bruders zu feiern.«

Ich krame alles Wichtige heraus – mein Tagebuch, mein Lieblings-T-Shirt, Ohrringe, die ich vermisst habe – und stecke die Sachen in meine Tasche. Die Souvenirs und die unbeschriebenen Postkarten packe ich in einen Karton, den ich mit der Post nach Hause schicken werde. »Bitte nimm den Rest mit nach Roché Estair«, sage ich. »Du würdest mir eine Freude damit machen.«

Er nickt nachdenklich. »Du bist also nicht wegen deines Koffers zurückgekommen.«

Ich schüttele den Kopf und frage: »Hast du ihn gesehen?«

Er sieht mich lange an und nickt dann wieder. »Ja, noch einmal. Einen Tag, nachdem du hier gewesen bist.«

»Hast du eine Ahnung, wo ich ihn finden könnte?«

Er streicht sich über den Kinnbart und sieht mich mitleidig an, worauf ich gut verzichten könnte. Nach langem Schweigen sagt er: »Vielleicht solltest du besser mit Céline reden.«

Sein Tonfall bestätigt all meine Befürchtungen. Dass Willem und Céline zusammen waren. Dass mein Misstrauen berechtigt war. Doch falls er irgendetwas darüber weiß, verschweigt er es. »Sie hat heute frei, aber manchmal kommt sie zu den Auftritten abends. Heute spielt Androgynie, mit denen ist sie gut befreundet. Ich kann nach ihr Ausschau halten und dich benachrichtigen, wenn sie da ist. Du könntest dann mit ihr reden. Ruf mich doch einfach später an, dann sage ich dir, ob sie hier ist.«

»Danke.« Wir tauschen unsere Handynummern aus. »Wie heißt du eigentlich?«

Er lacht. »Ich heiße Moudou Mjodi. Und wie heißt du? Ich habe am Koffer nachgesehen, aber da stand kein Name drauf.«

»Stimmt. Ich heiße Allyson, aber Céline kennt mich als Lulu.«

Erstaunt fragt er: »Aha, und welcher ist dein richtiger Name?«

»Allmählich glaube ich, beide.«

Er zuckt mit den Achseln, nimmt meine Hand, küsst mich rechts und links auf die Wange und sagt mir adieu.

Es ist erst um die Mittagszeit, als ich Moudou verlasse, und ich fühle mich seltsam erleichtert, dass ich noch nicht weiß, wann ich Céline sehen werde, beinahe so, als sei mir eine Gnadenfrist gewährt worden. Ich habe gar nicht geplant, Paris als Touristin zu erkunden, aber ich beschließe, meine Zeit sinnvoll zu nutzen. Ich traue mich in die Metro und fahre in den Stadtteil Marais. Dort setze ich mich in eines der Cafés an der idyllischen Place des Vosges, wo ich einen Salat und einen *Citron pressé* bestelle, den ich diesmal mit viel Zucker süße. Ich bleibe stundenlang sitzen und rechne jeden Moment damit, dass der Kellner mich bittet zu gehen, doch er lässt mich in Ruhe, bis ich die Rechnung ordere. In einer Konditorei erstehe ich ein irrsinnig teures Macaron – diesmal in einem blassen Orange, wie der letzte Schimmer eines Sonnenuntergangs. Ich genieße es und wandere durch die schmalen Straßen eines jüdischen Viertels, wo ich zahlreichen orthodoxen Männern mit schwarzen Hüten und stylischen engen, schwarzen Anzügen begegne. Ich mache ein paar Schnappschüsse für meine Mutter und bitte sie, sie an Grandma weiterzuleiten, die sicher begeistert sein wird. Ich schlendere durch Boutiquen, die derart teure Klamotten anbieten, dass ich kaum wage, sie zu berühren. Wenn mich die Verkäuferinnen fragen, ob sie mir helfen können, antworte ich auf Französisch, dass ich mich nur umschaue.

Ich kaufe ein paar Ansichtskarten, kehre zur Place des Vosges zurück und setze mich in den kleinen Park in der Mitte des Platzes. Inmitten von Müttern, die mit ihren kleinen Kindern spielen, und alten Männern, die zigarettenrauchend Zeitung lesen, schreibe ich meine Karten. Ich habe viele zu verschicken. Eine an meine Eltern, eine an meine Großmutter, eine an Dee, eine an Kali, eine an Jen, eine ans Café Finlay, eine an Carol. Und dann, zuletzt, beschließe ich, auch eine an Melanie zu schreiben.

Es ist ein wunderbarer Tag, ich fühle mich entspannt, und obwohl ich natürlich eine Touristin bin, fühle ich mich zugleich wie eine Pariserin. Fast bin ich erleichtert, dass ich noch nichts von Moudou gehört habe. Kelly fragt mich per SMS, ob ich zum Abendessen mitkommen will, und ich bin schon auf dem Weg zurück zur Jugendherberge, als mein Handy piepst. Eine Nachricht von Moudou. Céline kommt um zehn in den Club.

Mir ist plötzlich so, als würde die entspannte Sorglosigkeit des Nachmittags von einer bedrohlichen Gewitterwolke getrübt. Es ist gerade erst sieben Uhr. Ich muss noch mehrere Stunden totschlagen und könnte mich eigentlich mit der australischen Gang zum Abendessen treffen, aber ich bin zu nervös. Also laufe ich unruhig durch die Stadt. Um halb zehn treffe ich vor dem Club ein und bleibe draußen stehen. Das tiefe Wummern der Bässe, das von der Musik der Liveband herausdringt, lässt mein Herz schneller schlagen. Céline ist wahrscheinlich schon drin, aber irgendwie habe ich das Gefühl, mir eine Blöße zu geben, wenn ich zu früh komme. Deswegen warte ich noch eine Weile ab und beobachte die stylischen, trendigen Pariser mit ihren eigenwilligen Haarschnitten und schrägen Klamotten, die nach und nach eintrudeln. Ich mustere mein eigenes Outfit: Khakihemd, schwarzes T-Shirt, Lederflipflops. Warum habe ich mich nicht für den Kampf umgezogen?

Um Viertel nach zehn bezahle ich meine zehn Euro Eintritt

und gehe rein. Der Laden ist brechend voll, und auf der Bühne spielt die Band – mehrere E-Gitarren und eine Geige, die kreischende Rückkopplungen verursacht. Dazu singt mit hoher Quietschstimme eine winzige Asiatin. Ganz allein, umgeben von all den hippen Menschen, fühle ich mich so fehl am Platz wie noch nie in meinem Leben, und alles in mir drängt mich zu gehen, bevor ich mich vollkommen lächerlich mache. Doch ich bleibe. Ich habe nicht den weiten Weg zurückgelegt, um jetzt zu kneifen. Ich kämpfe mich vor bis an die Bar, und als ich Moudou entdecke, begrüße ich ihn wie einen verlorenen Bruder. Er lächelt mir zu und schenkt mir ein Glas Wein ein. Als ich zahlen will, winkt er ab, und sofort geht es mir besser.

»Céline ist da drüben«, sagt er und zeigt auf einen Tisch ganz vorn. Sie sitzt dort allein und verfolgt den Auftritt der Band mit merkwürdiger Intensität, gespenstisch umnebelt vom Rauch ihrer Zigarette.

Ich gehe auf ihren Tisch zu. Sie beachtet mich nicht. Ich kann nicht sagen, ob sie mich absichtlich ignoriert oder zu sehr auf die Band konzentriert ist. Ich bleibe neben dem freien Stuhl stehen und warte darauf, dass sie mir einen Platz anbietet, bis ich schließlich aufgebe, den Stuhl zurückziehe und mich setze. Sie nickt mir kaum merklich zu, zieht an der Zigarette und nebelt mich mit Qualm ein, was, wie ich annehme, als Begrüßung gelten soll. Dann wendet sie sich wieder der Band zu.

Stumm sitzen wir da und hören zu, unmittelbar neben den Boxen, so dass mir von dem Höllenlärm schon bald die Ohren dröhnen. Es ist schwer zu sagen, ob Céline die Musik tatsächlich gefällt. Weder wippt sie mit dem Fuß noch wiegt sie sich im Takt. Sie starrt nur rauchend vor sich hin.

Endlich, als die Band eine Pause einlegt, sieht sie mich an. »Du heißt also Allyson.« Sie spricht es *Aleessohn* aus, so dass es lächerlich klingt, ein gewöhnlicher amerikanischer Name mit zu vielen Silben.

Ich nicke.

»Also, kein bisschen französisch?«

Ich schüttele den Kopf. Das habe ich auch nie behauptet.

Wir starren einander an, und ich erkenne, dass sie freiwillig nichts rausrücken wird. Sie lässt sich jedes Detail aus der Nase ziehen. »Ich suche Willem. Weißt du, wo ich ihn erreichen kann?« Ich hatte geplant, mit rauchenden Colts hereinzurauschen und sie mit einem französischen Wortschwall zu überschütten, doch meine Nerven haben mich in meine Muttersprache flüchten lassen.

Céline zündet sich eine weitere Zigarette an und bläst Qualm in meine Richtung. »Nein.«

»Aber er hat gesagt, ihr wärt gute Freunde.«

»Hat er das gesagt? Nein. Ich bin genau wie du.«

Was will sie damit sagen? Wie kann sie glauben, auch nur im Entferntesten so zu sein wie ich, abgesehen davon, dass wir jeweils zwei X-Chromosomen tragen? »Inwiefern so wie ich?«

»Ich bin auch nur eine von vielen. Von sehr vielen.«

Nicht, dass ich das nicht über ihn gewusst hätte. Er hat es nicht verheimlicht. Aber als ich es ausgesprochen höre, und dann auch noch von Céline, überkommt mich auf einmal grenzenlose Erschöpfung. Der Jetlag zieht mich runter wie ein Fahrstuhl in freiem Fall.

»Du weißt also nicht, wo er ist?«

Sie schüttelt den Kopf.

»Du weißt auch nicht, wie ich ihn erreichen könnte?«

»Nein.«

»Würdest du es mir sagen, wenn du es wüsstest?«

Sie zieht ihre Augenbrauen hoch zu perfekten Bögen, und Rauch kräuselt sich aus ihrem Mundwinkel.

»Kannst du mir sagen, wie er mit Nachnamen heißt? Kannst du mir wenigstens das sagen?«

Da lächelt sie. Denn jetzt habe ich in diesem kleinen Spiel, das wir genau genommen schon seit dem letzten Sommer spielen, meine Karten offen auf den Tisch gelegt. Und was für ein mieses Blatt das ist! Céline nimmt einen Zettel und einen Stift und schreibt etwas auf. Dann schiebt sie mir den Zettel über den Tisch hinweg zu. Sein Name steht darauf. Sein vollständiger Name! Doch ich lasse mir meine freudige Aufregung nicht anmerken. Diese Genugtuung gönne ich ihr nicht. Also stecke ich den Zettel in die Tasche, ohne ihn eines Blickes zu würdigen.

»Sonst noch was?« Ihre arrogante, hämische Stimme übertönt die Musik, die inzwischen wieder eingesetzt hat. Ich höre sie schon mit ihren coolen Freunden über mich lachen.

»Nein, danke, du hast schon genug für mich getan.«

Sie sieht mich für einen langen Moment an. Ihre Augen sind eher violett als blau. »Was willst du jetzt machen?«

Ich ringe mir ein überhebliches Lächeln ab, das wahrscheinlich eher verkniffen aussieht. »Ach, weißt du, ich schau mir die Sehenwürdigkeiten an.«

Wieder nebelt sie mich mit Qualm ein und erwidert: »Genau, sei eine *touriste*«, als sei das ein Schimpfwort. Dann leiert sie alle Sehenswürdigkeiten herunter, die gemeine Touristen wie ich besuchen. Eiffelturm, Sacré-Cœur, Louvre.

Ich versuche, in ihrem Gesicht zu lesen. Hat Willem ihr von unserem gemeinsamen Tag erzählt? Ich stelle mir vor, wie sie über mich gelacht haben, weil ich das Buch nach den Skinheads geworfen und Willem versprochen habe, mich um ihn zu kümmern.

Céline redet immer noch davon, was man in Paris alles unternehmen kann. »Geh einkaufen«, sagt sie. »Kauf dir eine schicke Handtasche. Schmuck. Eine neue Uhr. Schuhe.« Wie kann jemand Ratschläge à la Ms Foley herunterrattern und dabei so herablassend klingen? Ich fasse es nicht.

»Danke, dass du dir für mich Zeit genommen hast«, sage ich. Auf Französisch. Die Wut macht mich sprachgewandt.

Einunddreißig

Willem de Ruiter.

Er heißt Willem de Ruiter. Ich eile zum nächsten Internetcafé und versuche ihn zu googlen. Doch es stellt sich heraus, dass Willem de Ruiter ein in den Niederlanden sehr verbreiteter Name ist. Ein niederländischer Filmemacher und ein berühmter Diplomat heißen so und dazu Hunderte nicht berühmter Leute, die dennoch aus irgendeinem Grund im Internet zu finden sind. Ich durchsuche zig Seiten, auf Englisch, auf Niederländisch, finde aber niemanden, den ich mit ihm in Verbindung bringen könnte, kein Indiz für seine Existenz. Ich google die Namen seiner Eltern, Bram de Ruiter. Yael de Ruiter, Heilpraktikerin. Schauspieler. Alles, was mir in den Sinn kommt. Alle möglichen Kombinationen der drei Namen. Aufregung erfasst mich, als ich auf die Adresse einer obskuren Theater-Website stoße, doch als ich sie zu öffnen versuche, gibt es sie nicht mehr.

Wie kann es nur so schwer sein, jemanden ausfindig zu machen? Ich überlege, ob Céline mir womöglich absichtlich einen falschen Namen genannt hat.

Dann google ich mich selbst, »Allyson Healey«, und finde ebenfalls keinen Eintrag. Ich muss den Namen meines Colleges eingeben, ehe ich auf meine Facebook-Seite stoße.

Mir wird klar, dass es nicht genügt, den Namen eines Menschen zu kennen.

Man muss wissen, wer er ist.

Zweiunddreißig

Am nächsten Morgen fragen mich Kelly und ihre Freunde, ob ich mit ihnen ins Rodin Museum und danach ein bisschen shoppen gehen möchte. Fast hätte ich ja gesagt, denn dazu hätte ich große Lust. Aber es gibt noch einen Ort, an den ich gehen muss. Zwar glaube ich nicht, dass ich dort auf etwas stoßen werde, aber wenn ich mich mit den Dämonen der Vergangenheit auseinandersetzen will, führt kein Weg daran vorbei.

Ich weiß zwar nicht genau, wo es ist, aber ich weiß noch, an welcher Kreuzung mich Ms Foleys Taxi aufgelesen hat. Die Straßennamen haben sich in mein Gedächtnis eingebrannt: Avenue Simon Bolivar und Rue de l'Equerre, die Kreuzung der Scham und der Niederlage.

Beim Verlassen der Metro kommt mir nichts bekannt vor, vielleicht weil ich beim letzten Mal außer mir vor Panik gewesen bin. Aber ich weiß, dass ich nicht weit gerannt bin, bevor ich das öffentliche Telefon fand, daher kann auch das besetzte Künstlerhaus nicht weit entfernt liegen. Systematisch laufe ich eine Straße nach der anderen ab, rauf und runter. Aber nichts weckt Erinnerungen. Ich versuche, nach dem Weg zu fragen, aber wie sagt man »von Künstlern besetztes Haus« auf Französisch? Ein altes Gebäude mit Künstlern? Es funktioniert nicht. Da erinnere ich mich an die chinesischen

Restaurants in der Nähe und frage danach. Ein junger Typ antwortet mir äußerst enthusiastisch – offenbar empfiehlt er mir wärmstens ein bestimmtes Restaurant an der Rue de Belleville. Ich finde es. Und dort ganz in der Nähe stoße ich auf ein Zeichen für doppeltes Glück. Es könnte eines von vielen sein, aber ich habe das Gefühl, dass es das richtige ist.

Ich suche noch eine weitere Viertelstunde, bis ich das besetzte Haus an einem ruhigen Straßendreieck finde. Das Gerüst steht noch, und daran hängen dieselben verzerrten Porträts, nur ein wenig verblasster. Ich klopfe an die Stahltür. Keine Reaktion, obwohl sich offenbar Leute in dem Gebäude aufhalten. Musik dringt durch die geöffneten Fenster. Ich drücke gegen die Tür, und sie lässt sich öffnen. Ich stoße sie ganz auf und trete ein. Niemand nimmt von mir Notiz. Ich steige die knarrende Treppe hinauf zu dem Ort, an dem alles passiert ist.

Zuerst sehe ich die Tonerde, schneeweiß und zugleich golden und warm. In dem Atelier arbeitet ein Mann. Er ist klein und zierlich, ein Asiate voller Kontraste: Sein Haar ist weiß mit schwarzem Ansatz und seine Kleidung ebenfalls schwarz und seltsam antiquiert, als sei er eine Figur aus einem Charles-Dickens-Roman, dabei ist er jedoch von Kopf bis Fuß mit dem gleichen weißen Staub gepudert, der mich auch in jener Nacht bedeckt hat.

Er modelliert einen Tonklumpen mit einem Skalpell, derart in sich versunken, dass ich befürchte, ihn mit dem kleinsten Geräusch zu erschrecken. Ich räuspere mich und klopfe zaghaft an die Tür.

Er blickt auf und reibt sich die vor Konzentration geröteten Augen. »*Oui?*«

»*Bonjour*«, sage ich und gerate dann ins Stottern. Meine geringen Französischkenntnisse reichen nicht aus, um ihm zu erklären, warum ich hier bin. *Ich bin in ihr besetztes Haus eingebrochen, zusammen mit einem Mann. Ich habe hier die intimste Nacht meines Lebens verbracht und bin am nächsten Morgen mutterseelenallein aufgewacht.* »Äh … Ich suche nach einem Freund von mir, den Sie möglicherweise kennen. Entschuldigung … Sprechen Sie Englisch?«

Er hebt den Kopf und nickt ansatzweise, so graziös und kontrolliert wie ein Balletttänzer. »Ja«, antwortet er.

»Ich suche nach einem Freund von mir. Vielleicht kennen Sie ihn. Er heißt Willem de Ruiter und er ist Niederländer.« Ich suche in seinem Gesicht nach Anzeichen einer Regung, doch es bleibt undurchdringlich, so glatt wie die Tonskulpturen, die uns umringen.

»Nicht? Na ja, er und ich, wir haben hier eine Nacht verbracht. Also, nicht wirklich verbracht … Es ist schon eine Weile her …« Ich weiß nicht mehr weiter, blicke mich im Atelier um und werde von Erinnerungen überwältigt: dem Geruch der Regentropfen auf dem durstigen Asphalt, dem aufgewirbelten Staub, dem glatten Holz des Arbeitstisches, das mir in den Rücken drückte. Willem, der über mir war.

»Wie war noch einmal dein Name?«

»Allyson«, höre ich mich selbst wie von Ferne sagen.

»Van«, stellt er sich vor, während er an einer alten Taschenuhr nestelt, die er an einer Kette trägt.

Ich starre den Tisch an und denke daran, wie intensiv ich die scharfe Kante im Rücken gespürt habe und mit welcher Leichtigkeit mich Willem daraufgehoben hat. Der Tisch ist exakt wie damals peinlich genau aufgeräumt: der akkurate Papierstapel, die halbfertigen Stücke in der Ecke, der Mörser mit der Zeichenkohle und den Stiften. Augenblick mal! Ich greife nach einem der Stifte.

»Das ist ja meiner!«

»Wie bitte?«, fragt Van.

Ich nehme den Stift aus der Tasse. Es ist ein Tintenroller mit der Aufschrift FREIER ATMEN MIT PULMOCLEAR. »Das ist mein Stift! Aus der Arztpraxis meines Vaters.«

Van sieht mich erstaunt an, versteht aber nicht, was ich meine. Dieser Stift war in meiner Tasche! Ich habe ihn nie herausgenommen. Er war auf einmal nicht mehr da. Auf dem Schiff hatte ich ihn noch. Ich hatte damit das Zeichen für doppeltes Glück aufgemalt. Am nächsten Tag, als ich mit Ms Foley telefonierte, war er weg.

»Also, letzten Sommer sind mein Freund Willem und ich hierhergekommen in der Hoffnung, dass uns jemand die Nacht hier verbringen lässt. Er sagte, in besetzten Häusern finde man immer einen Platz zum Schlafen.« Ich halte inne. Van nickt andeutungsweise. »Aber es war niemand da. Ein Fenster stand offen, und wir haben einfach hier übernachtet, in deinem Atelier. Als ich dann am nächsten Morgen aufgewacht bin, war mein Freund Willem verschwunden.«

Ich erwarte, dass Van sauer wird, weil wir eingebrochen sind, doch er sieht mich nur an und versucht noch immer zu verstehen, warum ich mit dem Stift herumfuchtele. »Dieser Stift war in meiner Tasche. Dann war er auf einmal weg, und jetzt habe ich ihn wiedergefunden, und ich frage mich, ob es vielleicht eine Nachricht oder so etwas für mich gibt ...«

Van sieht mich weiterhin verständnislos an, und ich will mich schon für den Einbruch damals entschuldigen, als ich ihm ansehe, dass ihm etwas dämmert. Sein Gesicht hellt sich ein klein wenig auf, wie der Himmel vor dem Sonnenaufgang, und nachdenklich tippt er sich mit dem Zeigefinger an die Nasenwurzel.

»Ich habe tatsächlich etwas gefunden; ich dachte, es sei eine Einkaufsliste.«

»Eine Einkaufsliste?«

»Da stand etwas drauf von, von … Ich weiß nicht mehr genau, vielleicht Schokolade und Brot?«

»Schokolade und Brot?« Das war Willems Standardessen! Mein Herz fängt an zu klopfen.

»Ich weiß es nicht mehr genau. Ich dachte, es wäre ein Stück Papier aus dem Müll. Ich war im Urlaub gewesen, und als ich zurückkam, war alles durcheinander. Ich habe den Zettel weggeworfen. Es tut mir furchtbar leid.« Er wirkt ganz bedrückt.

Wir haben uns in sein Atelier eingeschlichen und es durcheinandergebracht, und er bereut, dass er einen Zettel weggeworfen hat!

»Es braucht dir nicht leidzutun. Du hast mir so sehr geholfen! Könnte es einen anderen Grund gegeben haben, warum hier ein Einkaufszettel herumlag? Ich meine, könntest du ihn geschrieben haben?«

»Nein. Und wenn, hätte nicht Brot und Schokolade darauf gestanden.«

Unwillkürlich muss ich lächeln. »Könnte diese Liste vielleicht eine Nachricht gewesen sein?«

»Wäre schon möglich.«

»Wir wollten nämlich Brot und Schokolade zum Frühstück essen. Und mein Stift ist hier.«

»Bitte, nimm deinen Stift.«

»Nein, behalte du ihn«, erwidere ich und muss unwillkürlich laut lachen. Eine Nachricht! Könnte er mir eine Nachricht hinterlassen haben?

Ich falle Van um den Hals, der im ersten Augenblick vor

Schreck erstarrt, sich dann jedoch entspannt und meine Umarmung erwidert. Das tut mir gut, und dazu riecht er angenehm nach Ölfarben, Terpentin, Staub und altem Holz – Gerüche, die, wie alles an jenem Tag, für immer ein Teil von mir geworden sind. Zum ersten Mal seit langer Zeit erscheint mir das nicht mehr als ein Fluch.

Als ich mich von Van verabschiede, ist es spät am Nachmittag. Die Australier sind wahrscheinlich immer noch im Rodin Museum. Ich könnte mich ihnen dort noch anschließen. Aber stattdessen beschließe ich, etwas anderes zu versuchen. Ich gehe zur nächsten Metrostation, stelle mich vor den Plan, schließe die Augen, drehe mich um die eigene Achse und tippe dann irgendwohin. Ich lande bei Jules Joffrin und suche mir die Metro-Linien heraus, die mich dorthin bringen.

Ich gelange in eine für Paris typische Gegend: schmale, aufwärtsführende Straßen und viele Läden für den alltäglichen Bedarf: Schuhgeschäfte, Friseure, kleine Cafés. Ich wandere ziellos umher, ohne die geringste Ahnung zu haben, wo ich eigentlich bin, doch überraschenderweise genieße ich das Gefühl, mich verirrt zu haben. Irgendwann erreiche ich eine breite Treppe, die in den steilen Hang gemeißelt zu sein scheint und eine Art kleines Tal zwischen den Apartmentgebäuden und den grünen Bäumen bildet. Ich habe keine Ahnung, wohin die Treppe führt, und mir ist, als hörte ich Willems Stimme: *Umso mehr ein Grund, sie hinaufzusteigen.*

Also erklimme ich sie, Stufe für Stufe, und jedes Mal, wenn ich einen Absatz erreiche, führt die nächste Treppe weiter hinauf. Oben angekommen, überquere ich eine kleine, mittelalterliche Kopfsteinstraße, und dann fühle ich mich plötzlich an eine Station auf meiner Europatour zurückversetzt:

wartende Pferdekutschen, rappelvolle Cafés und ein Akkordeon, das Edith-Piaf-Lieder spielt.

Ich folge der Menschenmenge um die Ecke, und am Ende einer von kleinen Restaurants gesäumten Straße mit Speisekarten auf Englisch, Spanisch, Französisch und Deutsch ragt eine Kirche mit weißen Kuppeln auf.

»*Excusez-moi, qu'est-ce que c'est?*«, frage ich einen Mann, der vor einem der Restaurants steht.

Er verdreht die Augen. »*C'est la Sacré-Cœur!*«

Ach so, Sacré-Cœur. Natürlich. Als ich mich der Basilika nähere, erkenne ich drei Kuppeln, eine große flankiert von zwei kleineren, die über den Dächern von Paris aufragen. Vor der Kirche, die golden in der Nachmittagssonne glänzt, liegt eine schräge Rasenfläche, durchschnitten von Marmortreppen, die zur anderen Seite des Hügels hinunterführen. Überall wimmelt es von Menschen: Touristen mit Videokameras, sich sonnende Rucksacktouristen, Künstler mit Staffeleien, junge, eng aneinandergeschmiegte Paare, die sich Geheimnisse zuflüstern. Paris! Leben!

Am Ende der Rundreise hatte ich geschworen, niemals mehr einen Fuß in eine modrige alte Kirche zu setzen. Doch aus irgendeinem Grund folge ich der Menge hinein. Trotz der goldenen Mosaiken, der aufragenden Statuen und der dichtgedrängten Menge ist es dennoch eine ganz normale Kirche, wo Menschen in stilles Gebet versunken sitzen, an Rosenkränzen nesteln oder einfach gedankenverloren vor sich hin starren.

An einem Kerzenständer kann man gegen eine Gebühr selbst eine Kerze aufstellen. Ich bin nicht katholisch und weiß nicht genau, was dieses Ritual bedeutet, aber ich habe das Bedürfnis, ein Zeichen zu setzen. Ich bezahle ein paar Euro, bekomme eine Kerze, und als ich sie anzünde, ist mir, als sollte ich ein Gebet sprechen. Vielleicht für jemanden, der gestorben ist, etwa für meinen Großvater? Oder sollte ich für Dee beten? Für meine Mom? Oder sollte ich dafür beten, Willem zu finden?

Aber nichts davon fühlt sich richtig an. Was sich richtig anfühlt, ist einfach dieser Moment. Hier zu sein. Wieder zurück. Diesmal allein. Das Gefühl lässt sich nicht leicht in Worte fassen, aber ich schließe es dennoch in mein Gebet ein.

Allmählich habe ich Hunger, und die lange Abenddämmerung bricht herein. Ich beschließe, wieder die Treppe hinunter in Richtung des typischen Pariser Viertels zu steigen und mir ein preiswertes Bistro zu suchen, in dem ich zu Abend essen kann. Doch zuerst muss ich ein Macaron kaufen, bevor alle Pâtisserien für heute schließen.

Am Fuße der Treppe durchstreife ich mehrere Straßen, bevor ich eine Pâtisserie finde. Zunächst glaube ich, sie sei geschlossen, weil vor der Glastür eine Jalousie heruntergelassen ist, doch dann höre ich Stimmen, zahlreiche Stimmen im Inneren, und stoße vorsichtig die Tür auf.

Hier scheint eine Party zu steigen. Die Luft ist stickig durch die vielen Leute, und überall stehen Flaschen mit Alkohol und Blumensträuße. Ich will die Tür gerade wieder zuziehen, als lauter Protest ertönt, also öffne ich sie wieder und werde hereingewunken. Ich stehe etwa zehn Leuten gegenüber, einige von ihnen noch in Bäckerschürzen, andere in Straßenkleidung. Alle halten Gläser in den Händen und haben vor Aufregung gerötete Gesichter.

In gebrochenem Französisch frage ich, ob es möglich wäre, ein Macaron zu bekommen. Nach einiger Sucherei erhalte ich mein Macaron, doch als ich mein Portemonnaie zücke, wollen sie mein Geld nicht. Ich gehe wieder zur Tür, doch bevor ich sie erreiche, drückt mir jemand ein Glas Champagner in die Hand. Ich erhebe den Becher, und alle stoßen mit mir an und trinken. Dann fängt ein untersetzter Mann mit einem dicken Schnäuzer an zu weinen, und alle klopfen ihm auf den Rücken.

Ich bin ratlos. Was geht hier vor? Fragend blicke ich mich um, und eine der Frauen erklärt mir etwas, jedoch so schnell und in einem so starken Pariser Dialekt, dass ich nur das Wort *bébé* verstehe.

»Baby?«, rufe ich auf Englisch.

Der Typ mit dem dicken Schnäuzer reicht mir sein Handy mit dem Foto eines pausbäckigen, rotgesichtigen Wesens mit blauem Mützchen. »Rémi!«, verkündet er.

»Ihr Sohn?«, frage ich. »*Votre fils*?«

Der Schnauzbärtige nickt, und seine Augen füllen sich erneut mit Tränen.

»*Félicitations!*«, sage ich. Der Schnauzbart fällt mir um den Hals, und die Menge klatscht und jubelt.

Eine Flasche mit bernsteinfarbenem Alkohol wird herumgereicht, und als alle unsere Gläser gefüllt sind, halten wir sie hoch und sagen jeder einen Trinkspruch oder irgendeine Art von Glückwunsch. Alle kommen an die Reihe, und als ich dran bin, rufe ich das, was Juden bei einer solchen Gelegenheit sagen: »*L'chaim*!«

»Das bedeutet: auf das Leben«, erkläre ich, und während ich es ausspreche, fällt mir ein, dass ich wohl dafür eben in der Sacré-Cœur gebetet habe. Für das Leben.

»*L'chaim*!«, rufen mir die feiernden Bäcker überschwänglich zu. Und dann trinken wir.

Dreiunddreißig

Am nächsten Tag nehme ich Kellys Einladung an, mit ihrer Gang loszuziehen. Diesmal haben sie sich den Louvre vorgenommen, und morgen wollen sie nach Versailles. Am Tag danach fahren sie mit dem Zug weiter nach Nizza. Zu allem bin ich herzlich eingeladen. Ich habe noch zehn Tage Zeit und glaube, dass ich schon alles gefunden habe, was es zu finden gab. Ich habe herausbekommen, dass Willem mir eine Nachricht hinterlassen hat, was schon mehr ist, als ich zu hoffen gewagt hatte. Ich überlege, die anderen nach Nizza zu begleiten, doch nach meinem wunderbaren Tag gestern könnte ich mir auch vorstellen, mich allein irgendwohin auf den Weg zu machen.

Nach dem Frühstück nehmen wir alle die Metro in Richtung Louvre. Nico und Shazzer tragen stolz einige ihrer neuen Sachen, die sie gestern auf einem Markt erstanden haben, und Kelly zieht sie damit auf, dass sie nach Paris gekommen sind, um Kleidung aus China zu kaufen. »Ich habe wenigstens etwas typisch Französisches gekauft.« Sie hält mir ihr Handgelenk hin und zeigt mir ihre neue, digitale, in Frankreich hergestellte Hightecharmbanduhr. »In der Nähe der Place Vendôme gibt es ein Riesengeschäft, in dem nur Uhren verkauft werden.«

»Wozu brauchst du eine Uhr, wenn du auf Reisen bist?«, fragt Nick.

»Wie viele verdammte Züge haben wir verpasst, weil irgendein Handywecker nicht funktioniert hat?«

Nick gibt ihr recht.

»Du solltest den Laden mal sehen! Er ist riesig. Dort werden Uhren von überallher angeboten; einige von ihnen kosten mehrere hunderttausend Euro. Stell dir mal vor, so viel Geld für eine Uhr auszugeben«, fährt Kelly fort, doch ich höre nicht mehr zu, weil ich plötzlich an Céline denke. An das, was sie gesagt hat. Sie sagte, ich könne mir eine neue Uhr kaufen. Eine neue. Als wüsste sie, dass meine alte weg ist.

Die Metro hält an. »Es tut mir schrecklich leid«, sage ich zu Kelly und den anderen. »Ich muss leider hier aussteigen.«

»Wo ist meine Uhr? Und wo ist Willem?«

Ich finde Céline im Büro des Clubs, umringt von Papierstapeln. Sie trägt eine dicke Brille, die sie einerseits sogar mehr, andererseits aber weniger angsteinflößend aussehen lässt.

Sie blickt von ihrer Büroarbeit auf, verschlafen und empörend wenig überrascht.

»Du hast gesagt, ich solle mir eine neue Uhr kaufen, was bedeutet, dass du genau wusstest, dass Willem meine Uhr hat«, fahre ich fort.

Ich erwarte, dass sie es leugnet und mich abweist. Stattdessen zuckt sie nur gleichgültig mit den Schultern. »Warum hättest du das tun sollen? Ihm eine so teure Uhr nach nur einem Tag zu schenken? Ein bisschen sehr verzweifelt, oder?«

»Genauso verzweifelt, wie mich anzulügen?«

Wieder zuckt sie mit den Schultern und tippt träge auf ihrer Tastatur herum. »Ich habe dich nicht angelogen. Du hast mich gefragt, ob ich wüsste, wo man ihn erreichen kann. Und das weiß ich nicht.«

»Aber du hast mir nicht alles gesagt. Du hast ihn gesehen, nachdem … Nachdem er, nachdem er mich verlassen hat.«

Sie macht eine Bewegung, es ist weder ein Schütteln noch ein Nicken, ein perfekter Ausdruck der Ambiguität. Eine diamantbesetzte Steinmauer.

Und genau in diesem Moment fällt mir wieder eine von Nathaniels Französischlektionen ein: »*T'es toujours aussi salope?*« Bist du immer so zickig?

Eine Augenbraue wandert nach oben, aber Céline legt die Zigarette in den Aschenbecher. »Sprichst du neuerdings Französisch?«, fragt sie, auf Französisch.

»*Un petit peu.*« Ein kleines bisschen.

Sie rafft die Papiere zusammen und drückt die qualmende Zigarette aus. »*Il faut mieux être salope que lâche*«, erwidert sie.

Ich habe keine Ahnung, was das bedeutet, und gebe mir Mühe, ein unbeteiligtes Gesicht zu machen, während ich nach den Schlüsselworten suche, um den Satz zu dechiffrieren, wie Madame es uns beigebracht hat: *salope*: zickig. *Mieux*: besser. *Lâche*. Milch? Nein, das heißt *lait*. Dann fällt mir Madames Mantra ein, dass es mutig sei, sich auf unbekanntes Terrain zu wagen, und ihre Strategie, uns für jedes neue Wort das Antonym zu nennen. *Courageux: lâche.*

Hat Céline mich gerade feige genannt? Ich spüre, wie mir die Empörung den Nacken hinauf über die Ohren bis zum Scheitel steigt. »Du hast kein Recht, so mit mir zu reden!«, platze ich auf Englisch heraus. »Du hast kein Recht dazu. Du kennst mich überhaupt nicht!«

»Ich weiß genug«, erwidert sie auf Englisch. »Ich weiß, dass du aufgegeben hast.« Aufgegeben. Ich sehe mich selbst die weiße Fahne schwenken.

»Aufgegeben? Inwiefern?«

»Du bist abgehauen.«

»Was stand auf der Nachricht?« Ich schreie jetzt fast.

Doch je mehr ich mich aufrege, desto arroganter wird sie. »Ich weiß nichts von einer Nachricht.«

»Aber du weißt irgendetwas.«

Sie zündet sich eine neue Zigarette an und bläst den Rauch in meine Richtung. Ich wedele ihn weg. »Bitte, Céline, ein ganzes Jahr lang bin ich vom Schlimmsten ausgegangen, und jetzt will ich einfach nur wissen, ob ich recht gehabt habe oder nicht.«

Sie schweigt weiterhin. Dann sagt sie: »Er hatte, wie sagt man das, Stiche.«

»Stiche?«

»Ja, hier, auf der Haut.« Sie zeigt auf ihre Wange.

»Er ist genäht worden? Mit Stichen? Er hatte eine Naht?«

»Ja, und sein Gesicht war ganz geschwollen und sein Auge blau.«

»Was ist passiert?«

»Er wollte es mir nicht sagen.«

»Warum hast du mir das gestern nicht erzählt?«

»Du hast mich gestern nicht danach gefragt.«

Ich bin stinksauer auf sie. Nicht nur deswegen, sondern auch, weil sie letztes Jahr schon so zickig zu mir war und weil sie mich jetzt als Feigling beschimpft hat. Doch mir wird klar, dass es bei alledem gar nicht um Céline geht; es ist nie um sie gegangen. Ich bin diejenige, die Willem gesagt hat, dass sie in ihn verliebt ist. Ich habe ihm versprochen, mich um ihn zu kümmern. Ich bin diejenige, die ihm das geschworen hat.

Ich blicke zu Céline auf, die mich so misstrauisch beobachtet wie eine Katze einen schlafenden Hund. »Es tut mir leid«, entschuldige ich mich, hole das Macaron aus meiner Tasche und gebe es ihr. Es ist eines mit Himbeergeschmack, und ich habe es mir aufgespart, um mich nach der Konfrontation mit Céline zu belohnen. Zwar verstoße ich damit gegen das Versprechen Babs gegenüber, indem ich es jemand anderem gebe, aber ich glaube, sie würde es verstehen.

Céline sieht das Gebäck misstrauisch an und nimmt es schließlich mit den Fingerspitzen, als wäre es giftig. Vorsichtig legt sie es auf einen Stapel CD-Hüllen.

»Also, was ist passiert?«, frage ich. »Er ist hierher zurückgekommen und sah aus, als wäre er zusammengeschlagen worden?«

Sie nickt kaum merklich.

»Warum?«

Sie runzelt die Stirn. »Er wollte es nicht sagen.«

Stille. Sie senkt den Blick und sieht dann mich an, ganz kurz nur. »Er hat deinen Koffer durchsucht.«

Was war darin? Eine Packliste. Kleider. Souvenirs. Unbeschriebene Ansichtskarten. Ein Kofferanhänger? Nein, der war in der U-Bahn in London abgerissen. Mein Tagebuch? Das habe ich jetzt. Ich hole es aus der Tasche und blättere ein paar Einträge durch. Etwas über Rom und streunende Katzen steht darin, Wien und das Palais Schönbrunn. Die Oper in Prag. Aber nichts, überhaupt nichts Persönliches, weder mein Name noch meine Adresse noch meine E-Mail-Adresse noch die Adresse von irgendjemandem, den ich auf der Tour kennengelernt habe. Ich stecke das Tagebuch wieder ein. Céline sieht mich mit zusammengekniffenen Augen an, verstohlen, als solle ich es nicht bemerken.

»Hat er irgendetwas aus meinem Koffer mitgenommen? Hat er etwas gefunden?«

»Nein. Aber er hat gerochen …« Sie hält inne, als sei die Erinnerung schmerzlich.

»Wonach hat er gerochen?«

»Er hat eklig gerochen«, sagt sie ernst. »Er hat deine Armbanduhr mitgenommen. Ich habe ihm gesagt, er soll sie dalassen. Mein Onkel ist Juwelier, daher wusste ich, dass es eine teure Uhr ist. Aber er wollte sie nicht hierlassen.«

Ich seufze. »Wo kann ich ihn finden, Céline? Bitte! So viel kannst du mir doch helfen.«

»So viel? Ich habe dir schon genug geholfen«, erwidert sie, grantig vor Empörung. »Und ich weiß wirklich nicht, wo er sich aufhält. Das ist keine Lüge!« Mit stechenden Augen starrt sie mich an. »Ich habe dir die Wahrheit gesagt: Willem ist die Art von Mann, der kommt, wann er will. Und meistens will er nicht.«

Ich wünschte, ich könnte darauf etwas erwidern, nämlich, dass das mit uns etwas anderes war. Doch Willem konnte Céline schon nicht auf Dauer lieben. Wie komme ich dann auf die Idee, er hätte, selbst wenn er mich gemocht hat, nach diesem einen Tag noch irgendein Interesse an mir gehabt?

»Du hast also kein Glück gehabt? Im Internet?«, fragt Céline.

Ich mache mich zum Gehen bereit. »Nein.«

»Willem ist ein geläufiger Name, *n'est-ce pas*?«, fragt sie, und dann geschieht etwas, was ich bei ihr überhaupt nicht für möglich gehalten hätte. Sie errötet. Und daran erkenne ich, dass auch sie nach ihm gesucht und ihn auch nicht gefunden hat. Und plötzlich frage ich mich, ob ich Céline falsch eingeschätzt habe, wenn schon nicht völlig, dann doch in gewisser Hinsicht.

Ich hole eine meiner restlichen Postkarten von Paris heraus, schreibe meinen Namen, meine Adresse und alle Kontaktdaten auf und reiche ihr die Karte. »Hier, falls du Willem siehst. Oder falls du jemals nach Boston kommst und eine Möglichkeit zum Übernachten suchst – oder um deinen Koffer unterzustellen.«

Sie nimmt die Postkarte entgegen und wirft einen Blick darauf. Dann legt sie sie in eine Schublade. »Boss-tone. Ich glaube, New York ist mehr mein Fall«, erwidert sie hochnäsig. Fast erleichtert stelle ich fest, dass sie wieder genauso arrogant klingt wie zuvor.

Ich denke an Dee. Er wüsste, wie man mit Céline umgehen muss. »Das ließe sich wahrscheinlich arrangieren.«

Als ich die Tür erreiche, ruft Céline meinen Namen. Ich drehe mich um. Ich sehe, dass sie jetzt von dem Macaron abgebissen hat und das runde Plätzchen nur noch wie ein Halbmond aussieht.

»Tut mir leid, dass ich dich feige genannt habe.«

»Schon okay. Das bin ich manchmal. Aber ich versuche, mutiger zu werden.«

»*Bon.*« Sie zögert, und fast sieht es so aus, als würde sie in Erwägung ziehen zu lächeln. »Wenn du Willem wiederfindest, wirst du all deinen Mut brauchen.«

Ich setze mich an den Rand eines Brunnens und denke über das nach, was Céline gesagt hat. War es als Ermutigung oder als Warnung gemeint? Vielleicht sowohl als auch. Wie auch immer – das alles ist graue Theorie. Ich bin in eine Sackgasse geraten. Céline weiß wirklich nicht, wo er ist. Ich kann es noch einmal über das Internet versuchen oder einen weiteren Brief an Guerilla Will senden, aber ansonsten stecke ich fest.

Du wirst all deinen Mut brauchen.

Vielleicht ist es das Beste so. Dass ich hier strande. Morgen fahre ich mit den Australiern nach Versailles, und darauf freue ich mich schon. Ich suche auf dem Stadtplan, den mir Dee und Sandra geschenkt haben, meinen Weg zurück zur Jugendherberge. Es ist nicht weit; ich kann zu Fuß gehen. Als ich mit dem Finger die Strecke abfahre, kreuze ich zwei rosafarbene Vierecke. Krankenhäuser. Ich sehe mir den Plan näher an und entdecke immer mehr rosa Vierecke. In Paris wimmelt es nur so von Krankenhäusern. Auch in unmittelbarer Umgebung des besetzten Hauses.

Wenn Willem in der Nähe des besetzten Hauses verletzt wurde und genäht werden musste, ist die Wahrscheinlichkeit hoch, dass er in einem dieser Krankenhäuser behandelt wurde. »Danke, Dee!«, rufe ich in den Pariser Nachmittag hinaus. »Und danke, Céline«, füge ich ein wenig leiser hinzu. Dann mache ich mich auf den Weg.

Am nächsten Tag begrüßt mich Kelly ziemlich kühl, was ihr ganz offensichtlich nicht leichtfällt. Ich entschuldige mich dafür, dass ich gestern nicht mehr aufgetaucht bin.

»Schon okay«, sagt sie. »Aber kommst du denn heute mit uns nach Versailles?«

Ich verziehe das Gesicht. »Nein, ich kann nicht.«

Geknickt sieht sie mich an. »Wenn du nicht mit uns zusammen sein willst, dann sag es wenigstens ehrlich und mach keine eigenen Pläne, nur um uns nicht auf die Füße zu treten.«

Warum habe ich ihr bis jetzt eigentlich nichts erzählt? Ich weiß es nicht. Irgendwie fühlt es sich albern an, hierher geflogen zu sein und sich all die Mühe zu machen nur wegen eines

Typen, den ich gerade mal einen Tag gekannt habe. Doch als ich Kelly eine Kurzversion der komplizierten Geschichte erzähle, einschließlich der verrückten Suche, die ich für heute geplant habe, wird ihr Gesichtsausdruck ganz ernst. Als ich geendet habe, nickt sie kurz. »Verstehe«, sagt sie nachdenklich. »Wir sehen uns gleich unten beim Frühstück.«

Als ich hinunter in den Speisesaal komme, stecken Kelly und die anderen an einem der großen Holztische die Köpfe über einem ausgebreiteten Stadtplan zusammen. Ich hole mir Croissant, Joghurt und Tee und setze mich zu ihnen.

»Wir begleiten dich«, erklärt Kelly. »Wir alle.«

»Was? Warum?«

»Weil du dringend Unterstützung bei deiner Suche brauchst.« Der Rest der Gruppe grüßt mich beiläufig, und dann fangen alle auf einmal an zu reden. Sehr laut. Die Leute schauen zu uns herüber, aber davon lassen sich die Australier nicht beirren. Ein blasses, zartes Mädchen am Ende unseres Tisches ignoriert uns und steckt weiterhin die Nase in ihr Buch.

»Seid ihr sicher, dass ihr euch Versailles entgehen lassen wollt?«

»Versailles ist ein Kulturdenkmal«, erwidert Kelly energisch. »Das steht auch morgen noch. Aber hier geht es um das wahre Leben, wahre Romantik. Was könnte französischer sein als das?«

»Wir kommen mit dir, ob es dir passt oder nicht, und wenn wir dir zu jedem Krankenhaus zwischen hier und Nizza folgen müssen«, fügt Shazzer hinzu.

»Ich glaube nicht, dass das nötig sein wird«, erwidere ich. »Laut Stadtplan kommen eigentlich nur drei Krankenhäuser in Frage.«

Das elfenhafte Mädchen blickt auf. Ihre Augen sind so blass, als wären sie aus Wasser. Sie fragt: »Entschuldigung, habt ihr gerade gesagt, ihr wollt zu einem Krankenhaus?«

Ich schaue die Australier an, meine bunt zusammengewürfelte Mannschaft, alle wild entschlossen. »Sieht ganz danach aus.«

Das Elfenmädchen blickt mich mit seltsamer Intensität an und sagt leise: »Mit Krankenhäusern kenne ich mich aus.«

Ich erwidere ihren Blick. Ehrlich gesagt kann ich mir kaum eine langweiligere Unternehmung vorstellen, als Krankenhäuser abzuklappern, außer vielleicht einen Besuch bei einer französischen Arbeitsvermittlung. Ich kann mir nicht vorstellen, dass sie mitkommen möchte. Außer, wenn sie einsam ist. Dann könnte ich es verstehen.

Also frage ich sie, ob sie uns begleiten will.

»Große Lust habe ich nicht«, erwidert sie. »Aber ich sollte wohl besser mitkommen.«

Das erste Krankenhaus auf dem Stadtplan erweist sich als eine Art Privatklinik, wo wir erst eine Stunde lang von einem Büro zum nächsten geschickt werden und dann erfahren, dass es zwar eine Notaufnahme gibt, sie jedoch in der Regel normale Fälle von der Straße an die städtischen Krankenhäuser verweist. Man schickt uns zum Hôpital Lariboisière. Dort gehen wir direkt in Richtung *Urgences,* der Notaufnahme, und nachdem wir eine Nummer erhalten haben und zum Warten aufgefordert werden, sitzen wir eine Ewigkeit auf unbequemen Stühlen herum, neben Patienten mit gebrochenen Armen und schlimmen Hustenanfällen, die sehr hässlich und ansteckend klingen.

Der anfängliche Enthusiasmus der Gruppe lässt allmählich nach, als ihnen klar wird, dass das Warten in einer Ambulanz in Frankreich genauso langweilig ist wie überall sonst auf der Welt. Sie erzählen sich Witze und spielen mit Karten »Krieg«, womit sie sich bei den Krankenschwestern nicht gerade beliebt machen. Wren, das merkwürdige, blasse Elfenmädchen, das wir aufgelesen haben, beteiligt sich an keiner der Albernheiten, sondern liest weiter in ihrem Buch.

Als wir endlich zum Empfang gerufen werden, sind wir bei den Schwestern bereits verhasst, und das Gefühl beruht auf Gegenseitigkeit. Shazzer, die offenbar am besten Französisch spricht, wird als Botschafterin vorgeschickt, und ob es an ihrem holprigen Französisch oder ihrem Mangel an Diplomatie liegt, jedenfalls ist nach fünf Minuten eine hitzige Diskussion mit der Krankenschwester entbrannt, und nach zehn Minuten werden wir auf die Straße gesetzt.

Inzwischen ist es drei Uhr. Der Tag ist halb vorbei, und ich erkenne, dass die Gruppe gereizt, müde und hungrig ist und wünscht, sie wäre nach Versailles gefahren. Mir wird noch einmal klar, wie lächerlich meine Unternehmung ist. Der Empfang in der Praxis meines Vaters wird von einer Arzthelferin namens Leona bewacht, die nicht einmal mich ins Büro lässt, solange mein Vater nicht dort auf mich wartet. Leona würde niemals eine Krankenakte herausgeben – nicht an mich, die Tochter ihres Chefs, die dieselbe Sprache spricht wie sie, und schon gar nicht an eine unbekannte Fremde.

»Das war ein Reinfall«, stelle ich fest, als wir draußen auf dem Bürgersteig stehen. Die Wolkendecke, die in den letzten Tagen den Himmel über Paris bedeckt hat, hat sich aufgelöst, während wir drinnen gewartet haben, und es ist ein heller, strahlender Tag geworden. »Macht euch wenigstens einen schönen Nachmittag. Holt euch was zu essen und macht ein Picknick im Jardin du Luxembourg.«

Ich sehe ihnen an, dass die Alternative verlockend ist, und keiner protestiert. »Aber wir haben doch versprochen, deine Eskorte zu sein«, erwidert Kelly. »Wir können dich nicht allein lassen.«

Resigniert hebe ich die Hände. »Tut ihr auch nicht. Ich gebe auf. Die Sache ist aussichtslos.«

Stadtpläne werden gezückt, Metrostrecken herausgesucht, das Picknick organisiert.

»Viele Leute wissen einfach nicht, welcher Schutzheilige in welcher Situation der richtige ist.« Ich blicke auf. Wren, unsere kleine Fee, die den ganzen Tag still hinter uns hergetrottet ist, hat endlich gesprochen.

»Ach, wirklich?«

Sie nickt. »Der heilige Antonius ist für verlorene Gegenstände zuständig, aber der heilige Judas ist der Schutzheilige für hoffnungslose Fälle. Du musst nur den richtigen Heiligen um Hilfe bitten.«

Einen Augenblick lang sehen wir alle Wren sprachlos an. Ist sie so was wie eine religiöse Spinnerin?

»Wer wäre denn für eine verlorene Person zuständig?«, frage ich.

Wren überlegt einen Moment. »Kommt darauf an. Inwiefern verloren?«

Ich bin mir nicht sicher. Ich weiß nicht, ob er überhaupt verloren ist. Vielleicht ist er genau da, wo er sein möchte. Vielleicht bin ich die Verlorene, auf der Suche nach jemandem, der gar nicht gefunden werden möchte. »Ich weiß es nicht genau.«

Wren dreht ihr Armband am Handgelenk und nestelt an den Anhängern. »Vielleicht solltest du zu beiden beten.« Sie zeigt mir ihre kleinen Anhänger, für jeden Schutzpatron hat sie einen. Sie hat ziemlich viele, einen mit einer Dattel, einen anderen mit einem Kleeblatt, einen mit einem Vogel.

»Aber ich bin Jüdin.«

»Ach, den Heiligen ist das egal.« Wren blickt zu mir auf. Ihre Augen sind von einem so blassen Blau, dass sie fast hellgrau aussehen, wie der Himmel kurz vor Sonnenaufgang. »Du solltest die Heiligen um Hilfe bitten. Und du solltest das dritte Krankenhaus auch noch aufsuchen.«

Das Hôpital Saint-Louis ist bereits vierhundert Jahre alt. Wren und ich betreten den modernen Anbau. Die Australier habe ich in den Jardin du Luxembourg geschickt, ohne dass sie sich besonders dagegen gesträubt hätten. Durch das gläserne Atrium des Gebäudes fallen Sonnenstrahlen herein und zeichnen Lichtprismen auf den Fußboden.

In der Ambulanz ist es still, und nur wenige Leute sitzen in den Reihen leerer Stühle. Wren geht zu den zwei Pflegern am Empfang und redet mit ihrer seltsam honigsüßen Stimme in perfektem Französisch auf sie ein. Ich bleibe hinter ihr stehen und verstehe immerhin so viel, um zu begreifen, dass sie den Männern meine Geschichte erzählt. Gebannt hören sie ihr zu. Sogar wartende Patienten beugen sich vor, um ihrer leisen Stimme zu lauschen. Ich habe keine Ahnung, woher Wren meine Geschichte kennt, denn ich habe sie ihr nicht erzählt. Vielleicht hat sie heute Morgen beim Frühstück alles mitgekriegt. Als sie endet, herrscht Schweigen. Die Pfleger starren sie an, senken dann den Blick und fangen an zu tippen.

»*Woher kannst du so gut Französisch*?«, flüstere ich.

»Ich komme aus Quebec.«

»Warum hast du im anderen Krankenhaus nicht gedolmetscht?«

»Weil es nicht das richtige war.«

Die Pfleger fragen mich nach Willems Namen, und ich buchstabiere ihn. Ich höre das Klappern der Tastatur, als sie ihn eingeben.

»*Non*«, sagt der eine Pfleger. »*Pas ici.*« Er schüttelt den Kopf.

»*Attendez*«, sagt der andere. *Augenblick.*

Er gibt noch etwas anderes ein und redet anschließend so schnell mit Wren, dass ich den Faden verliere, doch etwas höre ich heraus: ein Datum. Das Datum nach dem Tag, den Willem und ich gemeinsam verbracht haben. Der Tag, an dem wir getrennt wurden.

Mir stockt der Atem. Der Pfleger blickt auf und wiederholt mir gegenüber das Datum.

»Ja«, sage ich. An dem Tag muss er hier gewesen sein. »*Oui.*«

Der Pfleger spricht weiter, aber ich verstehe ihn nicht. Ich wende mich an Wren. »Können sie uns sagen, wo wir ihn finden?«

Wren stellt ein paar Fragen und übersetzt dann für mich. »Die Akten unterliegen dem Datenschutz.«

»Aber wir brauchen ja auch nichts Schriftliches. Irgendwelche Informationen müssen sie doch über ihn haben.«

»Sie sagen, alle Daten seien inzwischen in der Rechnungsstelle. Hier wird nicht viel gespeichert.«

»Irgendetwas muss es geben. Es wird Zeit, den heiligen Judas um Hilfe zu bitten.«

Wren befühlt den entsprechenden Anhänger an ihrem Armband. Zwei Ärzte in Kitteln kommen durch die Doppeltür herein, jeder einen Kaffeebecher in der Hand. Wren und ich sehen einander an. Der heilige Judas hat offenbar beschlossen, doppelte Inspiration zu schicken.

»Kann ich mit einem Arzt sprechen?«, frage ich die Pfleger in meinem fürchterlichen Französisch. »Vielleicht kann der …« Ich wende mich an Wren. »Wie sagt man behandelnder Arzt auf Französisch? Oder, der Arzt, der Willem behandelt hat?«

Der Pfleger muss etwas Englisch verstehen, denn er reibt sich das Kinn und sucht wieder am Computer. »Ah, Docteur Robinet«, sagt er und greift zum Telefon. Einige Minuten später schwingt eine andere Doppeltür auf, und diesmal scheint uns der heilige Judas etwas besonders Gutes tun zu wollen, denn der Arzt sieht aus wie ein Fernsehstar: lockiges, grauweißmeliertes Haar, feingeschnittene und zugleich kantige Gesichtszüge. Wren beginnt, die Situation zu erklären, aber dann wird mir klar, dass ich für mich selbst sprechen muss, ob es irgendwo hinführt oder nicht. So holprig, wie man sich nur vorstellen kann, versuche ich zu erklären: *Freund verletzt. In diesem Krankenhaus. Freund verschwunden. Muss finden.* Ich bin erschöpft und muss mit meinen Zweiwortsätzen wirken wie ein Höhlenmensch.

Dr. Robinet sieht mich eine Weile lang an und winkt uns dann mit sich durch die Doppeltüren in ein leeres Behandlungszimmer, wo er uns auf dem Behandlungstisch Platz nehmen lässt, während er sich auf einen Stuhl mit Rollen setzt.

»Ich verstehe Ihr Dilemma«, antwortet er in perfektem britischen Englisch. »Aber wir können nicht einfach Krankenakten herausgeben.« Er sieht mir direkt ins Gesicht. Seine Augen sind hellgrün, sowohl forschend als auch freundlich. »Ich weiß, dass Sie den ganzen Weg aus Amerika gekommen sind, aber es tut mir leid.«

»Können Sie mir nicht wenigstens erzählen, was mit ihm geschehen ist? Ohne in seine Krankenakte zu schauen? Würde das gegen die Vorschriften verstoßen?«

Der Doktor lächelt geduldig. »Ich behandle Dutzende von

Patienten am Tag, und diese Sache soll ein Jahr zurückliegen, sagen Sie?«

Ich nicke. »Ja.« Ich vergrabe mein Gesicht in den Händen. Wieder wird mir der Wahnsinn dieser Unternehmung bewusst. Ein Tag. Ein Jahr.

»Vielleicht, wenn Sie ihn mir beschreiben würden.« Der Arzt wirft mir einen Rettungsring zu.

Ich ergreife ihn. »Er ist Niederländer. Groß, einen Meter neunzig. Fünfundsiebzig Kilo. Er hat hellblondes, fast strohblondes Haar, aber ganz dunkle, beinahe schwarze Augen. Er ist schmal und hat lange Finger. An einem Fuß hat er eine zickzackförmige Narbe.« Als ich mit der Beschreibung fortfahre, kehren Einzelheiten in meine Erinnerung zurück, die ich vergessen glaubte.

Ich sehe ihn wieder ganz deutlich vor mir.

Der Arzt jedoch nicht. Er wirkt ratlos, und mir ist klar, dass ich aus seiner Sicht einen großen blonden Typen beschrieben habe, einen unter Tausenden.

»Haben Sie vielleicht ein Foto?«

Ich habe das Gefühl, als stünde das Bild von Willem lebendig im Raum. Er hatte recht, als er sagte, man brauche keine Kamera, um sich die wichtigen Dinge zu merken. Er war die ganze Zeit in meinem Inneren.

»Leider nicht«, sage ich. »Moment, er ist genäht worden, an der Wange. Und er hatte ein blaues Auge.«

»Das trifft auf die meisten Leute zu, die wir hier behandeln«, erwidert Dr. Robinet. »Es tut mir sehr leid.« Er steht vom Stuhl auf, und etwas fällt zu Boden. Wren hebt einen Euro auf und gibt ihn dem Arzt zurück.

»Moment! Er hat gerne mit Münzen gespielt«, sage ich. »Er konnte sie über seine Fingerknöchel wandern lassen. Sehen

Sie, so. Darf ich?« Ich greife nach dem Euro und zeige, wie Willem eine Münze über seinen Handrücken hatte wandern lassen.

Ich reiche dem Arzt seinen Euro zurück. Er hält ihn in der Hand und betrachtet ihn wie eine seltene Münze. Dann wirft er ihn in die Luft, fängt ihn wieder auf und sagt: »*Commotion cérébrale!*«

»Was?«

»Gehirnerschütterung!«, übersetzt Wren.

»Gehirnerschütterung?«

Der Arzt hält den Zeigefinger in die Luft und lässt ihn langsam kreisen, als kurbele er Informationen aus einem tiefen Brunnen hervor. »Er hatte eine Gehirnerschütterung. Und, wenn ich mich recht erinnere, eine Verletzung im Gesicht. Wir wollten ihn zur Beobachtung hierbehalten – eine Gehirnerschütterung ist eine ernste Sache – und den Vorfall der Polizei melden, weil er angegriffen worden war.«

»Angegriffen? Warum? Von wem?«

»Das wissen wir nicht. In solchen Fällen ist es üblich, es der Polizei zu melden, aber er weigerte sich. Er war sehr aufgeregt. Jetzt weiß ich es wieder! Er wollte nicht länger als ein paar Stunden bleiben. Er wollte sogar sofort wieder gehen, doch wir bestanden darauf, erst ein MRT von seinem Kopf zu machen. Doch sobald wir ihn genäht hatten und klar war, dass er keine Hirnblutung hatte, bestand er darauf, das Krankenhaus zu verlassen. Er sagte, es sei sehr wichtig. Er würde sonst jemanden verlieren.« Mit aufgerissenen Augen sieht er mich an. »Sie?«

»Dich«, sagt Wren.

»Mich«, sage ich. Schwarze Flecken tanzen mir vor den Augen, und mir wird schwindelig.

»Ich glaube, sie kippt gleich um«, sagt Wren.

»Legen Sie den Kopf zwischen die Beine«, rät Dr. Robinet, ruft etwas hinaus in den Flur, und eine Krankenschwester bringt mir ein Glas Wasser. Ich trinke es, und die Welt hört wieder auf, sich um mich zu drehen. Langsam setze ich mich auf. Dr. Robinet sieht mich jetzt an, und es scheint, als hätte er die Maske des zur Verschwiegenheit verpflichteten Arztes fallen gelassen.

»Aber das war vor einem Jahr«, sagt er mit sanfter Stimme. »Sie haben sich vor einem Jahr aus den Augen verloren?«

Ich nicke.

»Und Sie haben ihn die ganze Zeit gesucht?«

Wieder nicke ich. In gewisser Weise habe ich das.

»Meinen Sie, er hat auch nach Ihnen gesucht?«

»Ich weiß es nicht.« Und das stimmt. Nur, weil er mich vor einem Jahr gesucht hat, heißt das nicht, dass er mich jetzt immer noch zu finden versucht. Oder möchte, dass ich ihn finde.

»Sie *müssen* Bescheid wissen«, sagt er. Und für einen kurzen Moment denke ich, dass er mich rügt, weil ich es eigentlich wissen müsste, aber dann greift er zum Telefonhörer und führt ein Gespräch. Anschließend wendet er sich an mich. »Sie müssen Bescheid wissen«, wiederholt er. »Gehen Sie zum Schalter zwei in der Rechnungsstelle. Wir dürfen die Krankenakte nicht herausgeben, aber ich habe Anweisung erteilt, Ihnen seine Adresse auszuhändigen.«

»Sie haben sie? Sie haben seine Adresse?«

»Wir haben eine Adresse. Gehen Sie und holen Sie sie sich. Und dann finden Sie ihn.« Wieder sieht er mich an. »Sie müssen Gewissheit haben, wie auch immer.«

Ich verlasse das Krankenhaus, vorbei an den Krebspatienten, die in der späten Nachmittagssonne ihre Infusion erhalten. Den Ausdruck mit Willems Adresse halte ich fest umklammert. Ich habe ihn mir noch nicht angesehen. Ich sage Wren, dass ich einen Moment allein sein möchte, und gehe auf die alten Hospitalmauern zu. Ich setze mich auf eine Bank an einer Rasenfläche zwischen den historischen Backsteingebäuden. Bienen fliegen zwischen den Blumen umher und Kinder spielen – es herrscht so viel Leben zwischen diesen alten Krankenhausmauern. Ich betrachte das gefaltete Stück Papier in meiner Hand. Es könnte irgendeine Adresse draufstehen, Willem könnte sich überall auf der Welt aufhalten. Wie weit will ich gehen?

Ich denke an Willem, der zusammengeschlagen – *zusammengeschlagen!* – worden ist und dennoch unbedingt zu mir wollte. Ich hole tief Luft. Der Duft von frisch gemähtem Gras vermischt sich mit Blütenstaub und den Abgasen von LKWs draußen auf der Straße. Ich schaue auf das Muttermal an meinem Handgelenk.

Dann falte ich das Blatt Papier auseinander. Ich weiß nicht, wohin mich mein Weg als Nächstes führen wird, aber ich weiß sicher, dass ich ihn gehen werde.

Vierunddreißig

AUGUST

Utrecht, Niederlande

In meinem Reiseführer gibt es ganze zwei Seiten über Utrecht, daher rechne ich damit, dass es klein, hässlich oder von Industrie geprägt ist, doch stattdessen entdecke ich eine wunderschöne alte Stadt mit langen Reihen alter Giebelhäuser, Kanälen mit Hausbooten und winzig kleinen Gassen, in denen nicht nur Menschen, sondern auch Puppen leben könnten. Es gibt nicht viele Jugendherbergen, und als ich die einzige erreiche, die ich mir leisten kann, erfahre ich, dass sie sich in einem ehemals besetzten Haus befindet. Ich spüre, dass das ein Zeichen ist, als finge ein innerer Radar Signale auf, die aus einem geheimen Teil der Welt allein an mich geschickt würden: *Hier bist du richtig.*

Die Leute in der Jugendherberge sind freundlich und hilfsbereit und sprechen fließend Englisch, genau wie Willem. Einer von ihnen sieht ihm sogar ähnlich – das gleiche rechteckige Gesicht, die gleichen vollen roten Lippen. Ich frage ihn daraufhin, ob er Willem kennt, doch das tut er nicht. Als ich ihm erkläre, dass er jemandem ähnlich sieht, den ich suche, lacht er und meint, er und die Hälfte aller Holländer glichen einander. Er gibt mir einen Stadtplan von Utrecht und zeigt mir, wie ich zu der Adresse komme, die man mir im Krankenhaus gegeben hat. Es ist ein paar Kilometer entfernt, und er schlägt mir vor, ein Fahrrad zu mieten.

Ich nehme lieber den Bus. Die Adresse liegt außerhalb des Zentrums in einer Gegend mit zahlreichen CD-Läden, exotischen kleinen Restaurants, wo sich Fleisch an Spießen dreht, und überall Graffiti an den Wänden sind. Nachdem ich ausgestiegen, losgelaufen und ein paarmal falsch abgebogen bin, finde ich die Straße, gegenüber von Bahngleisen, auf denen ein verlassener, über und über mit Graffiti besprühter Güterwaggon steht. Gleich auf der anderen Straßenseite befindet sich ein schmales Stadthaus, das laut meinem Ausdruck der letzte bekannte Wohnort von Willem de Ruiter ist. Ich muss mir einen Weg zwischen sechs Fahrrädern hindurch bahnen, die an das Geländer vor dem Haus angekettet sind, um zur leuchtend blau gestrichenen Tür zu gelangen. Ich zögere einen Moment, bevor ich auf den Klingelknopf drücke, der wie ein Augapfel aussieht. Eine seltsame Ruhe erfüllt mich, als ich ihn schließlich drücke. Ich höre die Klingel und dann schwere Schritte. Ich habe Willem nur einen Tag gekannt, aber ich weiß, dass es nicht seine Schritte sind. Seine müssten irgendwie leichter sein. Eine hübsche, hochgewachsene junge Frau mit einem langen braunen, geflochtenen Zopf öffnet die Tür.

»Hi. Sprichst du Englisch?«, frage ich.

»Ja, klar«, antwortet sie.

»Ich suche Willem de Ruiter. Ich habe gehört, er soll hier wohnen.« Ich halte das Papier hoch wie zum Beweis.

Irgendwie wusste ich schon, dass er nicht hier ist. Vielleicht, weil ich nicht nervös genug war. Als sie mich verständnislos ansieht, bin ich daher nicht allzu überrascht. »Nein, ich kenne ihn nicht. Ich wohne hier nur den Sommer über zur Zwischenmiete«, erklärt sie. »Tut mir leid.« Sie will die Tür wieder schließen.

Inzwischen habe ich gelernt, dass *Nein, Tut mir leid* oder

Da kann ich Ihnen nicht weiterhelfen Gesprächseröffnungen sind. »Gibt es hier vielleicht sonst jemanden, der ihn kennen könnte?«

»Saskia!«, ruft sie hinter sich. Eine junge Frau erscheint oben an der Treppe, die so schmal wie eine Leiter ist, und kommt herunter. Saskia hat blondes Haar, rosige Wangen und blaue Augen – sie sieht aus wie ein Mädchen vom Lande, als käme sie gerade vom Reiten oder vom Pflügen, obwohl ihr Haar in Stacheln vom Kopf absteht und sie einen gewebten schwarzen Pullover trägt, der alles andere als traditionell aussieht.

Noch einmal erkläre ich, dass ich Willem de Ruiter suche. Saskia bittet mich herein und lädt mich auf eine Tasse Kaffee oder Tee ein, obwohl sie mich doch gar nicht kennt.

Wir setzen uns alle drei an einen Holztisch, auf dem alles Mögliche herumliegt, unter anderem Stapel von Zeitschriften und Postsendungen. Überall fliegen Klamotten herum. Hier wohnen offenbar eine Menge Leute, nur leider nicht Willem.

»Richtig gewohnt hat er hier eigentlich nie«, erklärt Saskia, nachdem sie mir Tee und Pralinen hingestellt hat.

»Aber du kennst ihn?«

»Ja, ich habe ihn ein paarmal getroffen. Er war mit Lien befreundet, der Freundin eines Freundes von Robert-Jan. Ich kenne ihn aber nicht wirklich. Ich bin auch erst im Sommer hier eingezogen, genau wie Anamiek.«

»Kannst du dir vorstellen, warum er diese Adresse angegeben hat?«

»Wahrscheinlich, weil sein Freund Robert-Jan hier gewohnt hat«, meint Saskia.

»Wer ist Robert-Jan?«

»Er studiert auch hier in Utrecht an der Uni, genau wie ich«, antwortet Saskia. »Aber er ist ausgezogen. Ich habe sein Zimmer übernommen.«

»War ja klar«, murmele ich.

»In Studentenwohnhäusern herrscht ein ständiges Kommen und Gehen. Robert-Jan ist noch in Utrecht, nur eben in einer neuen Wohnung. Leider weiß ich seine Adresse nicht; wie gesagt, ich habe nur sein Zimmer übernommen.« Saskia zuckt mit den Schultern, als wolle sie sagen, das war's.

Ich trommle mit den Fingern auf den alten Holztisch und betrachte den Stapel ungeöffneter Umschläge. »Meint ihr, ich könnte mal die Post durchsehen? Vielleicht ist irgendetwas dabei, was mir weiterhilft.«

»Kein Problem«, antwortet Saskia.

Ich gehe die Stapel durch. Hauptsächlich Rechnungen, Zeitschriften und Kataloge, adressiert an Leute, die hier wohnen oder mal gewohnt haben. Ich zähle mindestens ein halbes Dutzend Namen, einschließlich dem von Robert-Jan. Aber an Willem ist keine einzige Sendung adressiert.

»Hat Willem jemals Post an diese Adresse erhalten?«

»Ja, schon«, erwidert Saskia. »Aber irgendjemand hat vor ein paar Tagen die Post sortiert und seine womöglich weggeworfen. Wie gesagt, er ist schon seit Monaten nicht mehr hier gewesen.«

»Augenblick mal«, wirft Anamiek ein. »Ich meine, da ist gerade heute etwas für ihn angekommen. Habe ich eben erst gesehen. Steckt noch unten im Briefkasten.«

Sie geht und kehrt mit einem Umschlag zurück. Es ist keine Werbesendung, sondern ein Brief mit handgeschriebener Adresse, frankiert in den Niederlanden. So sehnlich ich mir wünsche, Willem zu finden – nie würde ich so weit gehen, seine persönliche Post zu öffnen. Ich lege den Brief auf den

Stapel, doch dann stutze ich – denn die Absenderadresse in der oberen linken Ecke, wenn auch in einer unbekannten, geschwungenen Schrift geschrieben, kommt mir bekannt vor. Es ist meine!

Ich halte den Umschlag gegen das Licht. Er enthält einen weiteren Umschlag. Ich öffne den äußeren, und heraus fällt mein Brief, derjenige, den ich an Guerilla Will in England geschickt habe. Nach den vielen Briefmarken, den durchgestrichenen Adressen und dem Klebeband auf dem Umschlag zu urteilen, wurde er mehrmals weitergeleitet. Ich öffne den Originalbrief, um nachzusehen, ob irgendetwas hinzugefügt wurde, doch er ist offenbar nur gelesen und weitergeschickt worden.

Dennoch bin ich überglücklich. Die ganze Zeit hat mein kleiner Brief Willem ebenso gesucht wie ich. Ich könnte ihn küssen für seine Hartnäckigkeit.

Ich zeige Saskia und Anamiek den Brief. Sie lesen ihn und sehen mich verständnislos an. »Ich habe diesen Brief geschrieben«, erkläre ich. »Vor fünf Monaten, als ich begonnen habe, nach Willem zu suchen. Ich habe ihn an eine Adresse in England geschickt, und irgendwie hat er seinen Weg hierher gefunden. Genau wie ich.« Noch während ich das sage, erfasst mich wieder dieses Gefühl, dass ich auf dem richtigen Weg bin. Mein Brief und ich sind an derselben Stelle angelangt, auch wenn wir noch nicht am Ziel sind.

Saskia und Anamiek sehen einander an.

»Weißt du was, wir telefonieren mal ein bisschen rum«, schlägt Saskia vor. »Bestimmt können wir dir helfen, Robert-Jan ausfindig zu machen.«

Die Mädchen laufen die Treppe hinauf ein Stockwerk höher, und ich höre, wie ein Computer eingeschaltet wird und

Saskia telefoniert. Etwa zwanzig Minuten später kommen die beiden wieder herunter. »Es ist August, da sind alle ausgeflogen. Trotzdem kann ich dir bestimmt in ein, zwei Tagen Bescheid sagen, wie du Robert-Jan erreichen kannst.«

»Danke.«

Saskias Augen verengen sich. Ich mag nicht, wie sie mich jetzt ansehen. »Es gäbe allerdings noch eine andere, schnellere Möglichkeit, Willem zu finden.«

»Wirklich? Wie denn?«

Sie zögert. »Über seine Freundin.«

Fünfunddreißig

Ana Lucia Aureliano. So heißt sie. Willems Freundin. Sie besucht irgendein College, das an die Universität von Utrecht angeschlossen ist.

Während der ganzen Zeit, in der ich gesucht hatte, hätte ich es mir nie träumen lassen, jemals so weit zu kommen. Also hatte ich es auch nie zugelassen, mir vorzustellen, wie es sein würde, ihn tatsächlich zu finden. Und während ich ihn mir mit einer Menge Mädchen vorgestellt hatte, hatte ich nie gedacht, dass es nur eines sein könnte. Was rückblickend ziemlich dämlich scheint.

Aber ich bin ja auch nicht hier, um wieder mit ihm zusammenzukommen. Und es ist ja auch nicht so, dass es ein Zusammen gegeben hätte, zu dem man wieder kommen könnte. Doch jetzt, wo ich so dicht davor bin, ihn wiederzufinden, will ich auch nicht umkehren. Das würde ich für den Rest meines Lebens bereuen.

Ironischerweise sind es Célines Worte, die mich schließlich dazu bringen, die Freundin aufzusuchen: *Du wirst all deinen Mut brauchen.*

Der College-Campus ist klein und in sich abgeschlossen, anders als die Universität von Utrecht, deren Gebäude praktisch über das ganze Stadtzentrum verteilt sind, wie mir Saskia erklärt hat. Das College dagegen liegt am Stadtrand, und während ich auf einem rosa Fahrrad, das Saskia mir unbedingt leihen wollte, dorthin unterwegs bin, lege ich mir zurecht, was ich sagen werde, wenn ich sie finde. Oder ihn finde.

Die Anzahl der Collegestudenten ist nicht allzu groß, und alle wohnen auf dem Campus. Es ist ein internationales College mit Studenten aus aller Welt. Die Unterrichtssprache ist Englisch. Das bedeutet glücklicherweise auch, dass ich nur zwei Leute nach Ana Lucia Aureliano fragen muss, bis mir jemand sagen kann, wie ich zu ihrem Zimmer komme.

Ein Zimmer, das weniger an ein Studentenwohnheim als an einen Ausstellungsraum bei Ikea erinnert. Ich spähe durch die gläserne Schiebetür hinein: Naturholz und moderne Möbel, ganz im Gegensatz zur unpersönlichen Einheitsmöblierung in Kalis und meinem Zimmer. Es brennt kein Licht, und als ich klopfe, rührt sich nichts. Vor der Tür ist ein kleiner Treppenabsatz aus Beton, auf dem ein paar bestickte Kissen liegen. Ich setze mich hin und warte. Ich muss eingenickt sein, denn ich erwache, als ich nach hinten umkippe. Jemand hat die Tür hinter mir geöffnet. Ich blicke auf. Die junge Frau – Ana Lucia, nehme ich an – ist wunderschön, mit langen, welligen braunen Haaren und einem Mund wie eine Rosenknospe, betont mit rotem Lippenstift. Ich sollte mich geschmeichelt fühlen, in einer Liga mit ihr und Céline zu spielen, aber das ist nicht, was ich jetzt fühle.

»Kann ich dir helfen?«, fragt sie, über mich gebeugt, und beäugt mich wie eine Stadtstreicherin, die vor ihrer Tür ihren Rausch ausschläft.

Die Sonne ist hinter den Wolken hervorgekommen und wird grell von der Glastür reflektiert. Ich schütze die Augen mit den Händen und erhebe mich. »Tut mir leid, ich muss eingeschlafen sein. Ich suche Ana Lucia Aureliano.«

»Ich bin Ana Lucia«, sagt sie und betont dabei die richtige spanische Aussprache ihres Namens: *Ana Lu-ßii-a.* Mit zusammengekniffenen Augen mustert sie mich. »Kennen wir uns?«

»Nein, nein. Ich heiße Allyson Healey. Entschuldige ... Es ist eine etwas seltsame Situation. Ich komme aus Amerika und bin auf der Suche nach jemandem.«

»Ist das dein erstes Semester hier? Es gibt ein Online-Studentenverzeichnis.«

»Wie bitte? Nein, darum geht es nicht. Ich besuche nicht hier das College, sondern in Boston.«

»Und wen suchst du?«

Ich muss mich zwingen, seinen Namen auszusprechen. Ich könnte irgendeinen erfinden und sie wäre nicht klüger als vorher. Dann müsste ich mir auch nicht in ihrem entzückenden Akzent anhören, warum ich wissen will, wo ihr Freund ist. Aber dann würde ich nach Hause fahren, ohne je die Wahrheit erfahren zu haben, obwohl ich schon so weit gekommen bin. Also überwinde ich mich: »Willem de Ruiter.«

Sie sieht mich lange an, und dann verzerrt sich ihr hübsches Gesicht, Lippen wie aus der Kosmetikwerbung öffnen sich, und dann dringt aus diesen perfekten Lippen ein Wortschwall hervor, bei dem es sich nur um wüste Beschimpfungen handeln kann. Ich bin mir nicht sicher, denn sie spricht Spanisch, doch sie rudert mit den Armen, rattert wie ein Maschinengewehr, und ihr Gesicht ist knallrot angelaufen. *Vate! Déjame, puta!* Dann packt sie mich an den Schultern, stößt mich von der Treppe wie ein Rausschmeißer einen Betrunkenen. Sie wirft mir meine Tasche hinterher, so dass alles herausfällt. Jetzt knallt sie die Tür zu, so fest, wie man eine Glastür nur knallen kann, schließt ab und zieht die Jalousie herunter.

Verblüfft bleibe ich einen Moment sitzen. Dann räume ich halb benebelt meine Sachen wieder in meine Tasche. Ich begutachte meinen Ellbogen, den ich mir beim Sturz aufgeschürft habe, und meinen Arm, auf dem sich halbmondförmig die Abdrücke ihrer Fingernägel abzeichnen.

»Hast du dir weh getan?« Ich blicke auf und sehe ein hübsches Mädchen mit Dreadlocks, die sich zu mir hinunterbeugt und mir meine Sonnenbrille reicht.

»Danke, ist schon okay.«

»Brauchst du etwas zum Kühlen? Ich habe Eis in meinem Zimmer.« Sie macht Anstalten, zu ihrem Zimmer hinüberzugehen.

Ich fasse mir an den Kopf. Zwar habe ich auch dort eine Beule, aber nichts Ernstes. »Nein, danke, geht schon.« Kopfschüttelnd sieht sie mich an. »Du hast nicht zufällig nach Willem gefragt?«

»Kennst du ihn?«, frage ich. »Du kennst Willem?« Ich gehe ihr nach. Auf dem Treppenabsatz vor ihrem Zimmer steht ein Laptop, und daneben liegt ein Chemiebuch, aufgeschlagen bei dem Kapitel über Quantenverschränkung.

»Ich habe ihn ein paarmal gesehen. Ich bin erst im zweiten Jahr hier, deshalb habe ich ihn nicht kennengelernt, als er hier studiert hat. Aber es gibt nur einen Menschen, der Ana Lucia derart in Rage bringen kann.«

»Augenblick mal. Er ist hier aufs College gegangen?« Ich versuche, das Bild von dem Willem, den ich als umherziehenden Schauspieler kennengelernt habe, mit einem College-Studenten in Einklang zu bringen, und einmal mehr wird mir klar, wie wenig ich über ihn weiß.

»Ja, ein Jahr lang. Bevor ich hierhergekommen bin. Ich glaube, er hat BWL studiert.«

»Und, was ist passiert?« Ich meinte, warum er das College abgebrochen hat, aber sie erzählt mir stattdessen von ihm und Ana Lucia. Dass sie und Willem letztes Jahr wieder zusammengekommen waren, sie dann aber herausgefunden habe, dass er sie die ganze Zeit mit einer Französin betrogen hatte. Das erzählt sie ganz beiläufig, als sei das alles wenig überraschend.

Doch mir schwirrt der Kopf. Er ist hier aufs College gegangen. Er hat BWL studiert. Ich brauche einen Moment, bis ich die neue Information verdaue. Den Teil, dass er Ana Lucia mit einer Französin betrogen hat.

»Einer Französin?«, wiederhole ich.

»Ja. Offenbar wollte er sich hinter ihrem Rücken in Spanien mit ihr treffen. Ana Lucia hat zufällig gesehen, wie er die Flüge an ihrem Computer gebucht hat, und hat geglaubt, er wolle sie mit einer Reise dorthin überraschen, weil sie dort Verwandte hat. Also hat sie daraufhin ihren Urlaub in der Schweiz storniert, ihrer ganzen Familie von der Überraschung erzählt, und es wurde schon eine große Party geplant – bis sie feststellte, dass die Tickets gar nicht für sie waren, sondern für die Französin. Sie ist völlig ausgerastet und hat ihn mitten auf dem Campus zur Rede gestellt – das war vielleicht eine Szene. Seitdem ist er offenbar nicht mehr hier gewesen. Bist du sicher, dass du nicht etwas Kühles für deinen Kopf möchtest?«

Ich lasse mich auf die Stufe neben sie sinken. Céline? Doch sie hat behauptet, sie hätte ihn seit dem letzten Jahr nicht mehr gesehen. Aber sie hat eine Menge behauptet. Unter anderem, dass wir beide nur zwei Häfen waren, die Willem angesteuert hat. Womöglich gab es wirklich eine Menge davon. Eine Französin. Oder zwei oder drei. Eine Spanierin. Eine Amerikanerin. Ganze Vereinte Nationen von jungen Frauen, die aus ihren Häfen winken. Ich denke an Célines Abschiedsworte und empfinde sie jetzt als bedrohlich.

Ich habe immer gewusst, dass Willem ein Aufreißer war und ich nur eine von vielen. Aber ich weiß auch, dass er mich an jenem Tag nicht einfach verlassen hat. Er hat mir eine Nachricht geschrieben und mich, wenn auch halbherzig, zu finden versucht.

Ich denke an das, was meine Mutter gesagt hat. Dass man dankbar für das sein soll, was man hat, anstatt sich nach etwas zu sehnen, was man nicht haben kann. Als ich hier auf dem Campus stehe, über den er einst gelaufen ist, glaube ich endlich zu verstehen, wovon sie geredet hat. Ich glaube, ich begreife endlich, was es bedeutet, zum richtigen Zeitpunkt loszulassen.

Sechsunddreißig

Amsterdam

Weiter, immer weiter, den Blick nach vorn gerichtet. Das ist mein neues Motto. Keine Reue. Und keine Umkehr.

Ich storniere den Flug von Paris nach London, weil ich beschlossen habe, direkt von London aus nach Hause zu fliegen. Ich will nicht nach Paris zurückkehren. Ich möchte irgendwo anders hin. Mir bleiben noch fünf Tage in Europa, und es gibt zahlreiche Billigfluglinien. Ich könnte nach Irland reisen. Oder nach Rumänien. Ich könnte mit dem Zug nach Nizza fahren und mich dort mit den Australiern treffen. Ich könnte überall hin.

Doch um irgendwohin zu kommen, muss ich zuerst nach Amsterdam. Also fahre ich hin. Auf dem rosa Fahrrad.

Als ich Saskia das Rad zurückbrachte und dazu eine Schachtel Pralinen, um mich bei ihr zu bedanken, sagte ich, dass sie Robert-Jans Kontaktdaten nicht mehr herauszufinden bräuchte.

»Hast du gefunden, wonach du gesucht hast?«, fragte sie.

»Ja und nein.«

Sie schien zu verstehen. Sie nahm die Pralinen, sagte mir aber, ich solle das Fahrrad behalten. Es gehöre niemandem, und ich würde es in Amsterdam brauchen. Ich könne es im Zug mitnehmen und es an jemand anderen weitergeben, wenn ich es nicht mehr bräuchte.

»Ein rosafarbenes Witte Fiets«, bemerkte ich.

»Du kennst die Witte Fietsen?«

Ich nickte.

»Ich wünschte, es gäbe sie noch.«

Ich dachte an meine Reisen und an alles, was ich von den Menschen bekommen hatte: Freundschaft, Hilfe, Ideen, Ermutigung, Macarons. »Ich glaube, es gibt sie immer noch«, erwiderte ich ihr.

Anamiek hat mir aufgeschrieben, wie ich mit dem Fahrrad von Utrecht nach Amsterdam komme. Es sind nur dreißig Kilometer, und Fahrradwege führen über die gesamte ebene Strecke bis dorthin. Wenn ich den östlichen Stadtrand erreiche, soll ich der Straßenbahnlinie Neun immer weiter bis nach Amsterdam Centraal folgen, wo sich die meisten günstigen Jugendherbergen befinden.

In den Außenbezirken von Utrecht durchquere ich zunächst Industriegebiete und dann Weideland mit Bauernhöfen. Kühe kauen auf grünen Wiesen wieder, und hohe steinerne Windmühlen ragen auf – ich sehe sogar einen Bauern in Holzschuhen. Doch es dauert nicht lange und die idyllische Landschaft weicht Bürovierteln, und ich erreiche die Ausläufer Amsterdams. Ich fahre an einem riesigen Stadion mit der Aufschrift Ajax vorbei, und dann mündet der Radweg in eine Straße, und plötzlich wird alles verwirrend. Ich höre das Klingeln einer Straßenbahn, der Nummer Neun, genau wie Anamiek versprochen hat. Ich folge der Linie am langgezogenen Oosterpark und einem Gelände entlang, das der Zoo sein muss – ein Schwarm rosafarbener Flamingos mitten in der Stadt –, doch an der Kreuzung bei einem großen Flohmarkt werde ich abgelenkt und verliere die Straßenbahn aus den Augen. Hinter mir hupen Mopeds, und es scheint doppelt so viele Fahrräder wie Autos zu geben. Ich suche verzweifelt die Straßenbahn, doch die Kanäle scheinen im Kreis zu verlaufen und gleichen sich wie ein Ei dem anderen. Sie sind gesäumt von hohen Steinufern, und die verschiedensten Schiffe – von Hausbooten über Ruderboote bis hin zu verglasten Ausflugsschiffen – fahren auf den brackigen Gewässern. Ich komme an unglaublich schmalen Häusern und gemütlichen kleinen Cafés vorbei. Durch die geöffneten Türen blicke ich auf Wände mit der braunen Patina von Jahrhunderten. Ich biege rechts ab und gelange zu einem Blumenmarkt. Die bunten Blüten leuchten im Sonnenlicht.

Ich hole meinen Stadtplan heraus und drehe und wende ihn. Die ganze Stadt scheint kreisförmig angelegt zu sein, und die Namen der Straßen lesen sich, als seien alle Buchstaben des Alphabets in einen Autounfall geraten: Oudezijds Voorburgwal. Nieuwebrugsteeg. Vollkommen verloren schiebe ich zu einem großen jungen Mann in Lederjacke hinüber, der gerade ein blondes Kleinkind auf einem Fahrradsitz festschnallt. Als ich sein Gesicht sehe, zucke ich zusammen, weil er aussieht wie ein weiterer, wenn auch älterer Willem-Klon.

Ich frage nach dem Weg, und er sagt mir, ich solle ihm bis zum Damplatz folgen. Von da aus schickt er mich rund um den schwindelerregenden Kreisverkehr in die Warmoesstraat. Ich radle durch eine Straße, in der ein Sexshop nach dem anderen die bizarrsten Dinge in seinem Schaufenster präsentiert. Nach mehreren Querstraßen gelange ich zu einer der preiswerteren Jugendherbergen der Stadt.

In der Lobby ist wahnsinnig viel los: Leute spielen Billard, Tischtennis oder Karten, und alle scheinen ein Bier in der Hand zu halten, obwohl es erst kurz vor Mittag ist. Ich frage nach einem Bett in einem Schlafsaal, und wortlos schreibt das dunkeläugige Mädchen am Empfang die Daten aus meinem Pass ab und nimmt mein Geld entgegen. Oben im Zimmer ist trotz des Schildes KEINE DROGEN AUF DEN ZIMMERN die Luft dick von Haschischqualm, und ein Typ mit knallroten Augen raucht irgendetwas durch ein Röhrchen auf einem Stück Alufolie, von dem ich ziemlich sicher bin, dass es weder Haschisch noch legal ist. Ich schließe meinen Rucksack in einem Spind ein und gehe wieder hinunter und hinaus auf die Straße in ein überfülltes Internetcafé.

Ich bezahle für eine halbe Stunde und durchforste die Websites der Billigairlines. Heute ist Donnerstag, und am Montag fliege ich von London aus zurück. Es gibt einen Flug nach Lissabon für sechsundvierzig Euro, einen nach Mailand und einen in irgendeine Stadt in Kroatien. Ich google Kroatien und sehe Bilder von steinigen Stränden und alten Leuchttürmen. In den Leuchttürmen gibt es sogar billige Hotels. Ich könnte in einem Leuchtturm wohnen. Ich könnte egal was tun!

Da ich praktisch nichts über Kroatien weiß, beschließe ich, dorthin zu fliegen. Ich will gerade mit meiner Kreditkarte für das Ticket bezahlen, als ich sehe, dass ich eine neue E-Mail in meinem Postfach habe. Ich öffne es. Die Nachricht stammt von Wren. Die Betreffzeile lautet: *Wo steckst du?*

Schnell schreibe ich zurück, dass ich in Amsterdam bin. Als ich mich letzte Woche in Paris von Wren und den Australiern verabschiedete, plante Wren, mit dem Zug nach Madrid zu fahren. Kelly und die Bande wollten nach Nizza und sprachen davon, Wren vielleicht in Barcelona zu treffen. Deshalb bin ich ein wenig überrascht, als ich dreißig Sekunden später wieder eine E-Mail von Wren erhalte, in der steht: *Das gibt's doch nicht! Ich auch!!!!* Sie hat ihre Handynummer mitgeschickt.

Grinsend rufe ich sie an. »Ich wusste, dass du hier bist«, sagt sie. »Ich habe es gespürt! Wo bist du?«

»In einem Internetcafé an der Warmoesstraat. Und du? Ich dachte, du wolltest nach Spanien!«

»Ich habe es mir anders überlegt. Winston, wie weit ist es von hier bis zur Warmoesstraat?«, ruft sie. »Winston ist der gutaussehende Typ, der hier arbeitet«, flüstert sie ins Telefon. Ich höre eine männliche Stimme im Hintergrund, und Wren quietscht: »Wir sind nur ungefähr fünf Minuten voneinander entfernt! Komm, wir treffen uns am Dam, vor der weißen Säule, die aussieht wie ein Penis.«

Ich schließe das Browserfenster, und zehn Minuten später falle ich Wren um den Hals, als sei sie eine lange vermisste Verwandte.

»Meine Güte, der heilige Antonius arbeitet aber schnell«, sagt sie.

»Kann man wohl sagen!«

»Und, was ist passiert?«

Ich gebe ihr einen schnellen Überblick darüber, wie ich Ana Lucia gefunden habe und kurz davor war, auch Willem zu finden, aber dann beschlossen habe, nicht weiter nach ihm zu suchen. »Und jetzt fliege ich nach Kroatien.«

Wren sieht mich enttäuscht an. »Tatsächlich. Wann denn?«

»Ich wollte morgen früh fliegen. Ich war gerade dabei, mein Ticket zu buchen, als du gemailt hast.«

»Ach bitte, bleib doch noch ein paar Tage. Wir können uns zusammen Amsterdam ansehen. Wir können uns Fahrräder ausleihen, oder nur eines und die andere setzt sich hintendrauf auf den Gepäckträger, im Damensitz, wie die Holländerinnen.«

»Ich habe schon ein Fahrrad«, erwidere ich. »Es ist rosa.«

»Hat es einen Gepäckträger, auf den ich mich setzen könnte?«

Ihr Grinsen ist zu ansteckend, um ihm zu widerstehen. »Ja, hat es.«

»Ach, du musst einfach bleiben! Ich wohne in einer Jugendherberge in der Nähe des Jordaan-Viertels. Das Zimmer ist zwar nur so groß wie eine Badewanne, aber es ist süß und hat ein Doppelbett. Komm doch mit zu mir.«

Ich blicke hinauf zum Himmel. Es sieht schon wieder nach Regen aus, und für August ist es deutlich zu kalt. Im Internet stand, dass in Kroatien dreißig Grad wären und Sonne. Aber Wren ist hier in Amsterdam und wenn das nicht ein unwahrscheinlicher Zufall ist. Sie glaubt an Heilige. Ich glaube an Zufälle. Ich glaube, im Grunde glauben wir beide an dasselbe.

Wir holen meine Sachen aus dem Schlafsaal in der Jugendherberge, wo dieser Drogentyp inzwischen umgekippt ist, und bringen alles hinüber in ihre Unterkunft. Wrens Jugendherberge gefällt mir viel besser, nicht zuletzt, weil sich der große, dunkelhaarige, gutgelaunte Winston um uns kümmert. Oben in Wrens Zimmer ist das Bett mit Reiseführern bedeckt, nicht nur von Europa, sondern von Ländern in aller Welt.

»Wow, wozu brauchst du die denn alle?«

»Winston hat sie mir geliehen. Ich brauche sie für meine Liste.«

»Deine Liste?«

»Ja, die Liste aller Dinge, die ich vor meinem Lebensende gemacht haben will.«

Mir kommt wieder Wrens kryptische Bemerkung in der Pariser Jugendherberge in den Sinn: *Mit Krankenhäusern kenne ich mich aus.* Ich kenne Wren zwar erst anderthalb Tage, aber schon finde ich den Gedanken, sie zu verlieren, einfach unerträglich. Sie muss es in meinem Gesicht sehen, denn sie berührt sanft meinen Arm und sagt: »Keine Sorge, ich habe vor, noch sehr lange zu leben.«

»Aber warum dann die Liste?«

»Wenn man wartet bis kurz vorm Tod, ist es zu spät.«

Ich sehe sie an. *Mit Krankenhäusern kenne ich mich aus.* Die Heiligen. »Wer?«, frage ich leise.

»Meine Schwester, Francesca.« Wren zupft ein Blatt Papier aus einem Reiseführer, auf dem eine ganze Reihe von Titeln und Orten verzeichnet ist: *La belle Angèle* (Paris), *Die Musikstunde* (London), *Die Auferstehung* (Madrid) und so weiter.

»Was ist das?«, frage ich und gebe ihr das Blatt Papier zurück.

»Francesca hatte nicht genug Zeit, um in vielen Dingen gut zu sein, aber sie war eine hingebungsvolle Künstlerin. Sie lag im Krankenhaus, den Chemotropf an dem einen Arm, den Skizzenblock unter dem anderen. Sie fertigte Hunderte von Gemälden und Zeichnungen an, ihr Vermächtnis, wie sie gerne sagte, denn ihre Werke würden wenigstens nach ihrem Tod weiterleben – wenn auch nur auf dem Speicher.«

»Man weiß nie«, erwidere ich und denke an die Gemälde und Skulpturen in dem von Künstlern besetzten Haus in Paris, die vielleicht eines Tages im Louvre zu sehen sein würden.

»Ja, genau. Sie schöpfte viel Trost aus dem Wissen, dass Künstler wie van Gogh und Vermeer zu Lebzeiten verkannt, nach ihrem Tod aber berühmt wurden. Mehr als alles andere wünschte sie sich, die Gemälde der Meister mit eigenen Augen zu sehen, und als sie das letzte Mal in Remission war, sind wir deshalb nach Toronto und New York gereist und haben uns viele von ihnen angesehen. Danach legte sie eine noch längere Liste an.«

Ich werfe erneut einen Blick auf die Liste. »Aha. Und welches Gemälde befindet sich hier? Ein van Gogh?«

»Es war tatsächlich ein van Gogh auf ihrer Liste, die *Sternennacht,* die haben wir gemeinsam in New York gesehen, und auch einige Vermeers sind dabei, obwohl der, den sie am meisten mochte, in London hängt. Doch das ist ihre Liste, die ich seit Paris erst einmal auf Eis gelegt habe.«

»Ach so. Und warum?«

»Ich liebe Francesca, und ich werde mir diese Gemälde für sie ansehen, eines Tages. Doch ich habe einen großen Teil meines Lebens in ihrem Schatten gestanden. Es musste so sein. Aber jetzt ist sie tot, und ich habe das Gefühl, als würde ich noch immer in ihrem Schatten stehen, verstehst du?«

In gewisser Weise verstehe ich sie sehr gut. Ich nicke.

»Mir wurde das klar, nachdem ich dich in Paris kennengelernt habe. Du bist einerseits so normal und machst andererseits etwas so vollkommen Verrücktes. Das hat mich inspiriert, und ich habe meine Pläne geändert. Inzwischen frage ich mich sogar, ob der Sinn dieser ganzen Reise darin bestanden hat, dich kennenzulernen. Ob vielleicht Francesca oder die Heiligen wollten, dass wir uns begegnen.«

Mir läuft es kalt den Rücken herunter. »Denkst du das wirklich?«

»Ja, ich glaube schon. Keine Sorge, ich werde meinen Eltern nicht erzählen, dass du der Grund dafür bist, dass ich einen Monat später nach Hause komme. Sie sind ein klein wenig sauer auf mich.«

Ich lache. Auch das verstehe ich. »Und, was steht auf deiner Liste?«

»Sie ist weit weniger nobel als die von Francesca.« Wren schlägt ihr Reisetagebuch auf und entnimmt ihm ein knittriges Stück Papier. *Hoch oben auf dem Eiffelturm einen Mann küssen. Mich in einem Tulpenfeld wälzen. Mit Delphinen schwimmen. Nordlichter sehen. Auf einen Vulkan steigen. In einer Rockband singen. Meine eigenen Stiefel schustern. Ein Festmahl für 25 Freunde kochen. 25 Freunde finden.* »Es ist *work in progress.* Ich füge immer wieder etwas hinzu, musste aber auch schon Rückschläge einstecken. Ich bin wegen der Tulpenfelder hergekommen, aber sie blühen nur im Frühling. Also muss ich mir jetzt etwas anderes ausdenken. Na ja, ich glaube, ich könnte mir zum Beispiel die Nordlichter ansehen, oben in Norwegen, in einer Stadt namens Bodø.«

»Und, hat das mit dem Kuss oben auf dem Eiffelturm geklappt?«

Wren verzieht den Mund zu ihrem schalkhaften Elfengrinsen. »Das hat es. Ich bin an dem Morgen hinaufgefahren, an dem du abgereist bist. Oben habe ich eine Gruppe Italiener getroffen. Die können ziemlich hilfsbereit sein, diese Italiener.« Sie senkt die Stimme zu einem Flüstern. »Ich habe nicht mal seinen Namen erfahren.«

Flüsternd antworte ich: »Manchmal ist das auch gar nicht nötig.«

Siebenunddreißig

Wir kehren zu einem späten Mittagessen in einem indonesischen Restaurant ein, bestellen eine üppige *Rijsttafel* mit zahlreichen kleinen Gerichten und stopfen uns voll. Als wir anschließend auf dem Fahrrad schwankend losfahren, kommt mir eine Idee. Es sind zwar nicht die Blumenfelder im Keukenhof, aber vielleicht kann sie das ersetzen. Ich muss zwanzig Minuten lang suchen, bis ich den Blumenmarkt wiederfinde, an dem ich heute Morgen vorbeigekommen bin. Die Verkäufer sind dabei, ihre Stände zu schließen, und lassen zahlreiche Reste zurück. Wren und ich schnappen uns eine ganze Menge Blumen und legen sie auf dem unebenen Bürgersteig oberhalb des Kanalufers aus. Übermütig wälzt Wren sich darin herum, und lachend mache ich Schnappschüsse mit ihrer Kamera und mit meinem Handy und schicke die Fotos an meine Mom.

Die Verkäufer beobachten Wren leicht amüsiert, als geschehe so etwas mindestens zweimal pro Woche. Dann kommt ein großer bärtiger Typ mit Hosenträgern über dem mächtigen Bauch mit ein paar Büscheln welkem Lavendel zu uns herüber. »Die hier kann sie gerne auch haben.«

»Hier, Wren.« Ich werfe ihr die duftenden, violetten Blüten zu.

Ich bedanke mich bei dem Mann und erkläre ihm die Sache

mit Wren und ihrer Liste und dass wir, weil die großen Tulpenfelder jetzt nicht blühen, uns hiermit begnügen würden.

Der Mann sieht Wren an, die sich jetzt die Blüten und Blätter vom Pullover zupft. Er zieht eine Karte aus der Hosentasche. »Tulpen im August – gar nicht so leicht. Aber wenn es dir und deiner Freundin nichts ausmacht, früh aufzustehen, kann ich euch wenigstens ein kleines Feld zeigen.«

Wren und ich stellen den Wecker auf vier Uhr morgens, und eine Viertelstunde später gehen wir hinunter auf die verlassene Straße und treffen dort Wolfgang, der in seinem kleinen Transporter auf uns wartet. Jede einzelne Warnung meiner Eltern, ich solle niemals zu Fremden ins Auto steigen, kommt mir in den Sinn, doch so seltsam es auch klingt, Wolfgang ist kein Fremder. Wir quetschen uns zu dritt auf die Vorderbank und machen uns auf den Weg zu einem Gewächshaus in Aalsmeer. Wren kann vor lauter Aufregung kaum stillsitzen, was mir irgendwie unnatürlich erscheint in aller Herrgottsfrühe, wo sie noch nicht einmal Kaffee getrunken hat. Wolfgang hat allerdings netterweise eine Thermoskanne mit Kaffee mitgebracht und dazu noch ein paar hartgekochte Eier und Brote.

Während der Fahrt lauschen wir kitschigem Pop und Wolfgangs Geschichten aus dreißig Jahren Seefahrt bei der Handelsmarine, bevor er sich im Jordaan-Viertel von Amsterdam niedergelassen hat. »Ich bin von Geburt Deutscher, sterbe aber eines Tages als Amsterdamer«, erklärt er mit breitem Grinsen.

Um fünf Uhr erreichen wir die Firma Bioflor, die in nichts den weitläufigen Blütenteppichen der Gartenanlage des Keukenhofs ähnelt, sondern eher einer Industrieanlage gleicht. Ich sehe Wren an und zucke mit den Achseln. Wolfgang fährt durch das Tor und hält neben einem Gewächshaus, groß wie ein Fußballfeld, mit einer Reihe von Sonnenkollektoren auf dem Dach. Ein Mann mit rosigem Gesicht namens Jos begrüßt uns. Und dann schließt er die Tür auf, und Wren und ich schnappen nach Luft.

Vor uns liegen Reihen um Reihen von Blumen in allen Farben des Regenbogens. Ein ganzes Blütenmeer. Die Luft ist feuchtwarm, und es riecht nach Dünger. Wir folgen Wolfgang durch die schmalen Wege zwischen den Beeten hindurch, bis wir zu den Tulpen gelangen: Blüten in dunklem Rot, leuchtendem Sonnengelb und den knalligen Tönen einer Blutorange. Ich gehe weiter und lasse Wren bei ihren Blumen zurück.

Sprachlos bleibt sie stehen. Dann höre ich sie laut ausrufen: »Das ist ja unglaublich! Siehst du das?« Wolfgang schaut mich an, aber ich antworte nicht, denn ich glaube nicht, dass sie mit uns redet.

Wren läuft überall im Gewächshaus umher und sieht sich danach noch ein anderes voller duftender Freesien an. Ich mache Fotos, bis Wolfgang wieder zurück muss. Auf dem ganzen Weg hören wir Abba-Songs, und Wolfgang meint, Abba sei Esperanto für Glück, und die Vereinten Nationen sollten ihre Songs bei Generalversammlungen spielen.

Erst, als wir einen Großhandel am Rande von Amsterdam erreichen, fällt mir auf, dass der Laderaum von Wolfgangs Lieferwagen noch leer ist. »Hast du keine Blumen für deinen Stand gekauft?«

Er schüttelt den Kopf. »Ich kaufe die Blumen nicht unmittelbar von den Erzeugern, sondern bei einer Auktion, über Großhändler, die uns beliefern.« Er zeigt hinüber zu einer Gruppe von Leuten, die ihre Lieferwagen mit Blumen beladen.

»Du bist also nur wegen uns dorthin gefahren?«, frage ich.

Er zuckt nur leicht mit den Schultern, als wolle er sagen, natürlich, warum denn sonst? Und an diesem Punkt sollte ich mich eigentlich schon nicht mehr darüber wundern, wie nett und großzügig Menschen sein können, doch ich kann mich nicht dagegen wehren. Es haut mich jedes Mal wieder um.

»Können wir dich heute Abend zum Essen einladen?«, frage ich.

Er schüttelt den Kopf. »Heute Abend nicht. Ich will mir im Vondelpark ein Theaterstück ansehen.« Er schaut uns an. »Kommt doch mit. Es ist auf Englisch.«

»Ein Theaterstück in Holland, auf Englisch?«, fragt Wren.

»Das ist der Unterschied zwischen den Deutschen und den Niederländern«, erwidert Wolfgang. »Die Deutschen übersetzen Shakespeare, die Niederländer lassen ihn so, wie er ist.«

»Shakespeare?«, frage ich und spüre, wie sich jedes einzelne Haar auf meinem Körper aufrichtet. »Welches Stück?«

Und noch bevor Wolfgang es ganz ausgesprochen hat, fange ich an zu lachen. Denn das ist einfach unmöglich. Es ist unwahrscheinlicher, als eine bestimmte Nadel in einer Nadelfabrik zu finden. Unwahrscheinlicher, als einen Stern im Universum ausfindig zu machen. Unwahrscheinlicher, als diese eine Person unter all den Milliarden zu finden, die man möglicherweise lieben könnte.

Denn heute Abend wird im Vondelpark *Wie es euch gefällt* aufgeführt. Und aus einem unerfindlichen Grund bin ich überzeugt, so sehr, dass ich mein Leben darauf verwetten würde, dass er dabei sein wird.

Achtunddreißig

Und so finde ich ihn, ein Jahr später, genauso wie beim ersten Mal: in einem Park, in der Dämmerung, die Worte William Shakespeares auf den Lippen.

Nur dass heute Abend, nach diesem einen Jahr, alles anders ist. Das hier ist nicht Guerilla Will. Das ist eine richtige Produktion, mit Bühne, Bestuhlung, Beleuchtung, einem Publikum. Einem großen Publikum. So dass Wolfgang, Wren und ich, als wir ankommen, nur noch auf einer niedrigen Mauer am Rande des kleinen Amphitheaters Platz finden.

Und dieses Jahr spielt er nicht länger eine Nebenrolle. Dieses Jahr ist er ein Star. Er ist Orlando, genau, wie ich es vorausgesehen habe. Er ist der erste Schauspieler, der die Bühne betritt, und von diesem Moment an beherrscht er sie. Er wirkt fesselnd. Nicht nur auf mich, sondern auf jeden. Schweigen legt sich über die Menge, sobald er seinen ersten Monolog spricht, und es hält während der ganzen Vorstellung an. Der Himmel verdunkelt sich, die Motten und Mücken tanzen im Scheinwerferlicht, und Amsterdams Vondelpark verwandelt sich in den Ardenner Wald, einen magischen Ort, in dem das Verlorene gefunden werden kann.

Als ich ihm zusehe, ist es, als gebe es nur uns beide. Nur Willem und mich. Alles andere verschwindet: das Klingeln der Fahrräder und Straßenbahnen. Die summenden Mücken rund um den Springbrunnen im Teich. Die Gruppe unruhiger Typen neben uns. Die anderen Schauspieler. Das ganze letzte Jahr. All meine Zweifel. Mit jeder Faser bin ich von dem Gefühl erfüllt, auf dem richtigen Weg zu sein. Ich habe ihn gefunden. Hier. Als Orlando. Alles hat mich hierhergeführt.

Sein Orlando ist anders, als wir ihn im Seminar gespielt haben, und auch nicht so, wie ihn der Schauspieler in Boston verkörpert hat. Seiner ist sexy und verletzlich, und sein Verlangen nach Rosalinde ist so stark, dass es fast körperlich spürbar wird, ein Pheromon, das von ihm ausgeht, durch die tanzenden Scheinwerferlichter weht und schließlich auf meiner feuchten, erwartungsvollen Haut landet. Ich fühle meine Lust, meine Sehnsucht und, ja, meine Liebe, wie sie pulsieren und von mir zur Bühne schweben, und ich stelle mir vor, dass sie ihm zufließen wie Textzeilen.

Er kann nicht wissen, dass ich hier bin. Doch so verrückt es klingt, ich habe das Gefühl, er wüsste es trotzdem. Ich spüre, dass er mich irgendwo in den Worten fühlt, die er spricht, genauso wie ich ihn in meinen spürte, als ich in Professor Glennys Seminar die Rosalinde war.

Ich erinnere mich an so viele von Rosalindes und auch Orlandos Zeilen, dass ich sie wortlos mit den Schauspielern mitsprechen kann. Es fühlt sich an wie ein privater Frage- und Antwortreim zwischen mir und Willem.

Ich wollte, das bisschen Stärke, das ich habe, wäre mit euch.
Fahrt wohl! Gebe der Himmel, dass ich mich in Euch betrüge.
So liebe mich, Rosalinde.
Und willst du mich haben?

Seid Ihr nicht gut?
Ich hoff es.
Nun sagt mir: Wie lange wollt Ihr sie haben, nachdem Ihr ihren Besitz erlangt?
Immerdar und einen Tag.

Immerdar und einen Tag.

Ich halte Wrens Hand in der einen und Wolfgangs Hand in der anderen. Wir bilden eine Kette, wir drei. Wir stehen da, bis das Theaterstück zu Ende ist. Bis alle ihr Happy End bekommen: Rosalinde heiratet Orlando, und Celia heiratet Oliver, der sich mit Orlando versöhnt, und Phoebe heiratet Silvius. Der böse Herzog wird verurteilt, und der verbannte Herzog darf heimkehren.

Nachdem Rosalinde ihren Schlussmonolog gesprochen hat, ist es vorbei, und die Leute flippen förmlich aus, schreien, klatschen und pfeifen, und ich wirble herum und umarme erst Wren und dann Wolfgang, presse meine Wange gegen den groben Stoff seines Baumwollhemds und atme den rauchigen Tabakduft vermischt mit Blumennektar und Erde ein. Und dann umarmt irgendjemand Wren und mich, nämlich die ausgelassene Bande neben uns. »Das ist mein bester Freund!«, ruft einer der Typen. Er hat unwahrscheinlich blaue Augen und ist einen Kopf kleiner als die anderen, mehr Hobbit als Niederländer.

»Welcher?«, fragt Wren, die jetzt von unseren lustigen und wie es scheint betrunkenen Nachbarn von einem Arm zum anderen weitergereicht wird.

»Orlando!«, antwortet der Hobbit.

»Aha«, sagt Wren, die Augen so groß und blass, dass sie wie Perlen schimmern. »*Aha*«, sagt sie zu mir gewandt.

»Du bist nicht zufällig Robert-Jan?«, frage ich den Hobbit.

Einen Moment lang sieht er mich überrascht an, dann grinst er nur. »Broodje, für meine Freunde.«

»Broodje«, kichert Wolfgang und erklärt mir: »Das ist eine Art Sandwich.«

»Weil er Broodjes so gerne isst«, erklärt einer seiner Freunde und tätschelt seinen Bauch.

Broodje / Robert-Jan schiebt seine Hand weg. »Kommt doch zu unserer Party heute Abend. Das wird die Party des Jahrhunderts! Er war phantastisch, stimmt's?«

Wren und ich nicken. Broodje / Robert-Jan schwärmt weiter davon, wie überragend Willem war, und dann sagen seine Freunde irgendetwas auf Niederländisch zu ihm, ich glaube über Willem.

»Was hat er gesagt?«, flüstere ich Wolfgang zu.

»Er hat gesagt, dass er ihn, ich glaube Orlando, nicht mehr so glücklich gesehen hat seit … Und dann hat er, glaube ich, irgendetwas über seinen Vater gesagt, aber ich habe es nicht genau verstanden.«

Wolfgang holt ein Päckchen Tabak aus einem Lederbeutel und beginnt, sich eine Zigarette zu drehen. Ohne mich anzusehen, sagt er mit seiner polternden Stimme: »Ich glaube, die Schauspieler kommen da hinten aus dem Seiteneingang raus.« Er zeigt auf eine kleine Metalltür an der anderen Seite der Bühne.

Wolfgang zündet die Zigarette an, und seine Augen leuchten auf. Dann zeigt er wieder zu der Tür.

Mein Körper fühlt sich nicht mehr fest an, sondern wie tanzende Staubpartikel. Reine Elektrizität. Er tanzt mit mir durch das Theater in Richtung Bühnenausgang. Leute mit Blumensträußen und Sektflaschen warten davor. Die Schauspielerin, die die Celia gespielt hat, wird mit lauten Jubelrufen und Umarmungen begrüßt. Als Nächstes kommt Adam, dann Rosalinde, die eine Menge Blumensträuße erhält. Mein Herz hämmert wie verrückt. Bin ich so weit gekommen, um ihn jetzt zu verpassen?

Doch dann höre ich ihn. Er lacht, wie immer, diesmal über irgendetwas, was der Typ gesagt hat, der Jacques gespielt hat. Und dann sehe ich sein Haar, kürzer als damals, seine Augen, dunkel und hell zugleich, sein Gesicht, mit einer kleinen Narbe auf der Wange, die ihn noch attraktiver macht.

Der Atem bleibt mir im Hals stecken. Ich habe gedacht, ich hätte ihn in meiner Erinnerung schöner als in Wirklichkeit gemacht. Doch das Gegenteil ist wahr. Ich hatte vergessen, wie wunderschön er ist. Innen wie außen.

Willem. Sein Name formt sich in meiner Kehle.

»Willem!« Sein Name ertönt laut und klar.

Doch nicht ich habe ihn ausgesprochen.

Ich berühre mit den Fingern meine Kehle, um sicher zu sein.

»Willem!«

Wieder höre ich die Stimme, und dann teilt sich die Menge und eine junge Frau rennt auf ihn zu. Die Blumen, die sie trägt, fallen zu Boden, als sie sich ihm in die Arme wirft. Und er umarmt sie seinerseits, hebt sie hoch und hält sie fest. Er umfängt ihr kastanienbraunes Haar und lacht über das, was sie ihm ins Ohr flüstert. Sie wirbeln herum, ein Taumel von Glück. Von Liebe.

Ich stehe da wie angewurzelt und beobachte dieses sehr private öffentliche Schauspiel. Irgendwann geht jemand zu Willem hin, tippt ihm auf die Schulter und die Frau gleitet zu Boden. Sie hebt die Blumen auf – Sonnenblumen, genau, wie ich sie für ihn ausgesucht hätte – und staubt sie ab. Willem legt wie selbstverständlich den Arm um sie und küsst ihre Hand. Sie legt ihm ebenfalls den Arm um die Taille. Und dann wird mir klar, dass ich mich nicht geirrt habe: Tatsächlich ging während der Aufführung Liebe von ihm aus. Ich habe mich nur darin geirrt, wem sie galt.

Sie gehen weg und streifen mich beinahe, so dass ich den Lufthauch spüre, als er an mir vorbeigeht. Wir sind einander so nah, aber er sieht sie an, und mich sieht er nicht. So gehen sie davon, Hand in Hand, in Richtung eines Pavillons, weg vom Trubel. Ich stehe einfach nur da.

Ich spüre eine leichte Berührung auf der Schulter. Es ist Wolfgang. Er sieht mich mit schiefgelegtem Kopf an. »Fertig?«, fragt er.

Ich blicke mich nach Willem und dem Mädchen um. Vielleicht ist das die Französin. Oder wieder jemand Neues. Sie sitzen einander gegenüber, ihre Knie berühren sich, und sie reden miteinander und halten sich dabei an den Händen. Es ist, als ob der Rest der Welt für sie nicht existierte. Genauso habe ich mich gefühlt, als ich letztes Jahr mit ihm zusammen war. Für einen Außenstehenden hätten wir womöglich genauso ausgesehen. Doch jetzt bin ich die Außenstehende. Wieder sehe ich sie an. Sogar von Ferne erkenne ich, dass sie für ihn etwas Besonderes ist. Jemand, den er liebt.

Ich warte auf die ersten Anzeichen des Zusammenbruchs, als die Hoffnungen eines ganzen Jahres zerstört werden, einen Tsunami der Traurigkeit. Und ich spüre ihn. Den Schmerz, ihn zu verlieren. Oder die Idee von ihm. Doch mit diesem Schmerz fühle ich noch etwas anderes, etwas Leises zunächst, so dass ich mich anstrengen muss, es zu spüren. Es ist, als gehe sanft eine Tür zu. Und etwas ganz Erstaunliches geschieht: Die Nacht ist windstill, und doch fühle ich einen Sturmwind, als seien gleichzeitig tausend andere Türen aufgesprungen.

Ich werfe einen letzten Blick auf Willem. Dann wende ich mich Wolfgang zu. »Fertig«, sage ich.

Doch ich vermute, dass das Gegenteil der Fall ist. Dass es in Wirklichkeit erst der Anfang ist.

Neununddreißig

Als ich erwache, fällt helles Sonnenlicht zum Fenster herein. Blinzelnd schaue ich auf den Wecker. Es ist schon fast zwölf Uhr mittags. In vier Stunden fliege ich. Wren hat beschlossen, noch ein paar Tage zu bleiben. Es gibt eine ganze Menge merkwürdiger Museen, von denen sie gerade erst erfahren hat und die sie sich gerne ansehen möchte: eines über mittelalterliche Foltermethoden, ein anderes für Handtaschen, und Winston hat ihr erzählt, dass er jemanden kennt, der ihr beibringen kann, Schuhe selbst zu machen, weshalb sie vielleicht noch eine weitere Woche dranhängt. Aber mir bleiben nur noch drei Tage, und ich habe beschlossen, nach Kroatien zu fliegen.

Ich werde erst heute Abend dort ankommen und muss am Montagmorgen schon ganz früh wieder los, um meinen Heimflug zu erwischen. Deshalb werde ich nur einen vollen Tag dort verbringen. Aber ich weiß, was an einem einzigen Tag geschehen kann. Einfach alles.

Wren glaubt, ich mache einen Fehler. Sie hat Willem nicht mit der Rothaarigen gesehen und argumentiert die ganze Zeit, sie könne sonstwer gewesen sein – seine Schwester zum Beispiel. Ich habe ihr nicht erzählt, dass Willem genau wie ich und genau wie Wren jetzt auch ein Einzelkind ist. Gestern Abend hat sie mich die ganze Zeit angefleht, zu der Party zu gehen, um mir ein genaues Bild zu machen. »Ich weiß, wo sie stattfindet. Robert-Jan hat es mir erzählt. Es ist in einem Haus am, oh, jetzt weiß ich den Straßennamen nicht mehr, aber er hat gesagt, er bedeute Gürtel auf Niederländisch. Nummer 89.«

Doch ich hob die Hand. »Stopp! Ich will da nicht hingehen.«

»Aber stell dir doch mal vor«, sagte sie. »Was wäre, wenn du Willem nie kennengelernt hättest und Broodje uns zu der Party eingeladen hätte, und wir wären hingegangen und ihr beiden hättet euch zum ersten Mal gesehen und euch ineinander verliebt? Vielleicht passiert genau das.«

Eine schöne Theorie. Und ich kann einfach nicht aufhören, mich zu fragen, ob das wirklich passiert wäre. Ob wir uns ineinander verliebt hätten, wenn wir uns heute erst kennengelernt hätten. Aber habe ich mich denn damals überhaupt wirklich in ihn verliebt? Oder war es nur eine überspannte Schwärmerei, angefacht von seiner geheimnisvollen Aura?

Doch ich frage mich inzwischen noch etwas anderes. Ob vielleicht der Sinn dieser verrückten Suche gar nicht darin bestand, Willem zu finden, sondern jemand ganz anderen.

Ich ziehe mich gerade an, als Wren die Tür öffnet, eine Papiertüte im Arm. »Morgen, Schlafmütze. Ich habe dir Frühstück gemacht. Oder besser: Winston hat es gemacht. Er sagte, es sei sehr holländisch.«

Ich nehme die Tüte entgegen. »Danke.« Ich sehe Wren an, die wie verrückt grinst. »Winston?«

Jetzt errötet sie. »Er ist gerade fertig mit der Arbeit, und jetzt will er mich auf dem Fahrrad mitnehmen und mich seinem Schuhmacherfreund vorstellen, sobald du weg bist«, sagt sie und grinst jetzt von einem Ohr zum anderen. »Und er hat gesagt, morgen müsse ich mit ihm zu einem Ajax-Fußballspiel gehen.« Sie hält kurz inne und überlegt. »Es stand zwar nicht auf meiner Liste, aber man weiß ja nie.«

»Das stimmt. Na ja, ich sollte mich bald auf den Weg machen, damit du zu deinem, ähem, Schuster kommst.«

»Aber dein Flug geht doch noch lange nicht.«

»Schon okay. Ich möchte rechtzeitig da sein und habe gehört, der Flughafen soll ganz toll sein.«

Ich packe meine restlichen Sachen und gehe mit Wren zusammen hinunter. Winston erklärt mir den Weg zum Bahnhof.

»Bist du sicher, dass ich dich nicht zum Zug oder zum Flughafen begleiten soll?«, fragt Wren.

Ich schüttle den Kopf. Ich möchte Wren auf dem rosa Fahrrad davonfahren sehen, als würden wir uns morgen wiedersehen. Sie umarmt mich fest und küsst mich dann dreimal, wie die Niederländer. »*Tot ziens*!«, ruft sie. »Das bedeutet bis bald auf Niederländisch, denn wir werden uns bald wiedersehen.« Ich schlucke den Kloß in meiner Kehle hinunter. Dann besteigt Winston sein großes schwarzes Fahrrad und Wren das kleine rosa Fahrrad, und sie fahren davon.

Ich schwinge mir den Rucksack auf den Rücken und mache mich auf den kurzen Weg zum Bahnhof. Die Züge nach Schiphol fahren ungefähr alle fünfzehn Minuten, und ich kaufe eine Fahrkarte und eine Tasse Tee und setze mich unter die ratternde Anzeigetafel, um zu frühstücken. Als ich sehe, was in der Tüte ist, muss ich lachen. Denn Winston hat mir ein Hagelslag-Brot gemacht. Obwohl wir so oft darüber geredet haben, habe ich diese besondere Delikatesse noch nie probiert.

Ich nehme einen Bissen. Der Hagelslag knirscht und verschmilzt dann mit der Butter und dem noch warmen Brot. Alles zusammen schmeckt nach ihm.

Ganz plötzlich verstehe ich endlich, was es bedeutet, wenn Zeit flüssig ist. Denn auf einmal fließt das ganze letzte Jahr vor mir dahin, zieht sich zusammen und dehnt sich aus, so dass ich einerseits hier in Amsterdam bin und ein Brot mit Hagelslag esse, zugleich aber auch wieder in Paris, mit seiner Hand auf meiner Hüfte. Und auch in diesem ersten Zug nach London, aus dem ich die Landschaft vorbeirasen sehe, und in der Schlange für *Hamlet* anstehe. Ich sehe Willem vor mir. Am Kanalbecken, als er meine Blicke auf sich zog. Im Zug, noch mit fleckenloser Jeans, und mich, auch noch unbefleckt. Im Zug nach Paris, seine tausend Nuancen des Lachens.

Die Anzeigetafel rattert, und ich blicke auf und stelle mir eine andere Version der Zeit vor. Eine, in der Willem zum besten Zeitpunkt aufhört. Eine, in der er niemals diese Bemerkung über mein Frühstück macht. Eine, in der er sich einfach am Bahnsteig in London verabschiedet, anstatt mich nach Paris einzuladen. Eine, in der er in Stratford-upon-Avon nicht stehen bleibt und mir das Flugblatt in die Hand drückt.

Und da begreife ich, dass ich befleckt wurde. Ob ich ihn noch immer liebe, ob er mich je geliebt hat und egal, ob er jetzt jemand anderen liebt, Willem hat mein Leben verändert. Er hat mir gezeigt, wie man verlorengeht, und dann habe ich mir selbst gezeigt, wie man sich findet.

Vielleicht ist Zufall doch nicht das richtige Wort. Leben trifft es eher.

Vielleicht ist es aber auch kein Wunder. Vielleicht bedeutet das einfach Leben. Wenn man sich ihm öffnet. Wenn man sich ihm in den Weg stellt. Wenn man ja sagt.

Wie kann ich so weit gekommen sein und ihm das nicht erzählen – ihm, der es am besten verstehen würde –, dass er, indem er mir dieses Flugblatt gab, indem er mich dazu einlud, den Hamlet zu verpassen, zu erkennen half, dass es nicht einfach nur wichtig ist zu sein, sondern wie man ist?

Wie kann ich so weit gekommen sein und nicht den Mut aufbringen?

»Entschuldigen Sie«, spreche ich eine Frau in Tupfenkleid und Cowboystiefeln an. »Gibt es in Amsterdam eine Straße, die wie ein Gürtel heißt?«

»Ceintuurbaan«, antwortet sie. »Straßenbahnlinie 25. Fährt direkt vor dem Bahnhof ab.«

Ich renne raus aus dem Bahnhof und springe in die Straßenbahn. Frage den Fahrer, wo ich aussteigen muss, um zur Ceinturrbaan Nummer 89 zu gelangen. »Am Sarphatipark«, erwidert er. »Ich sage Ihnen Bescheid.«

Zwanzig Minuten später steige ich am Park aus. Dort gibt es einen kleinen Spielplatz mit einem großen Sandkasten, und ich setze mich unter einen Baum und sammle Mut. Eine Gruppe von Kindern gibt gerade einer kunstvollen Sandburg den letzten Schliff. Sie ist über einen Meter hoch und hat Türme und Säulen und Gräben.

Ich stehe auf und mache mich auf den Weg zur Nummer 89. Ich weiß noch nicht einmal genau, ob er dort wohnt, doch das Gefühl, auf dem richtigen Weg zu sein, war niemals stärker. Es gibt drei Klingelknöpfe. Ich drücke auf den untersten. Durch eine Sprechanlage ertönt eine Frauenstimme.

»Hallo!«, rufe ich, und bevor ich noch etwas anderes sagen kann, springt die Tür mit einem Klicken auf.

Ich betrete den dunklen Flur. Eine Tür schwingt auf, und mein Herz setzt einen Schlag aus, aber er ist es nicht. Es ist eine ältere Dame mit einem kläffenden Hund zu ihren Füßen.

»Willem?«, frage ich. Sie zeigt mit einem Daumen nach oben und schließt die Tür.

Ich gehe die Treppe hinauf in den ersten Stock. Es gibt zwei weitere Wohnungen im Haus, also ist seine entweder diese oder die andere. Ich bleibe einen Augenblick vor der Tür stehen und lausche auf Geräusche im Inneren. Alles ist still, nur leise Musik ist zu hören. Aber mein Herz schlägt schnell und stark wie ein piepender Radar: *ja, ja, ja.*

Meine Hand zittert leicht, als ich klopfe, und erst klingt es ganz leise, als klopfte ich gegen einen hohlen Baumstamm. Doch dann balle ich die Faust und klopfe noch einmal. Ich höre seine Schritte. Ich denke an die Narbe an seinem Fuß. War sie am rechten oder am linken? Die Schritte nähern sich. Mein Herz schlägt schneller, doppelt so schnell wie die Schritte.

Und dann schwingt die Tür auf, und er steht vor mir.

Willem.

Seine hochgewachsene Gestalt wirft einen Schatten über mich, genau wie an jenem ersten Tag, dem einzigen anderen Tag, als wir einander getroffen haben. Seine Augen, diese dunklen, dunklen Augen, die ein Spektrum geheimer Dinge verbergen, weiten sich und sein Mund öffnet sich. Ich höre, wie er vor Überraschung nach Luft schnappt.

Er bleibt reglos stehen, versperrt mir die Tür, sieht mich an wie ein Gespenst, das ich wohl auch bin. Doch wenn er irgendetwas von Shakespeare gelernt hat, dann, dass einem seine Gespenster immer wieder erscheinen.

Ich sehe ihm an, wie Fragen und Antworten über sein Gesicht huschen. Es gibt so vieles, was ich ihm erzählen möchte. Wo soll ich nur anfangen?

»Hi, Willem«, sage ich. »Ich bin Allyson.«

Er antwortet nicht. Es steht einfach da und sieht mich an. Dann tritt er beiseite, öffnet die Tür weiter, weit genug, damit ich hindurchtreten kann.

Und das tue ich.

DANKSAGUNG

Dieses Buch beginnt mit Shakespeare, daher steht am Anfang meiner Danksagung Tamara Glenny. Nachdem ich ihr von meinen Plänen erzählt hatte, etwas über Shakespeare zu schreiben, stellte sie mir prompt Informationen über Theaterstücke zusammen, die ich mir ansehen sollte, und besorgte für einige sogar Karten – einschließlich für die schicksalhafte Aufführung von *Wie es euch gefällt.* Dazu beantwortete sie mir mit ihrer üblichen Begeisterung und guten Laune Dutzende lächerlich obskurer Fragen.

Dann verlagert sich die Handlung nach Frankreich, und in diesem Zusammenhang möchte ich mich bei Céline Faure und Philippe Robinet bedanken, die mir halfen, Allysons und Willems Paris zu entdecken, und nicht mit der Wimper zuckten, als ich um Übersetzungen von Ausdrücken wie: »Halt die Fresse« bat. Laurence Checler half netterweise bei der Übersetzung zahlreicher anderer französischer Passagen im Buch. Marie-Elisa Gramain half mir, den idealen französischen Bandnamen zu finden. Taly Meas danke ich für die Krankenhaus-Führung und Willy Levitanus, Patricia Roth und Julie Roth für die Organisation des Ganzen.

Dann geht es weiter in die Niederlande und damit zu Heleen Buth und Emke Spauwen, die mir eine so wundervolle Tour durch Utrecht boten und mich mit zahlreichen Details fütterten, die viele von Allysons und Willems Geschichten mit Leben erfüllen. Mein Schwager Robert Schamhart half mit bei vielen typisch niederländischen Besonderheiten und erlaubte mir, einige Aspekte seiner Persönlichkeit zu stehlen, inklusive seines Spitznamens. *Hartelijk bedankt!*

In der Heimat half mir wieder einmal meine unvergleichliche Lektorin, Julie Strauss-Gabel, den Weg zu dem Buch zu finden, das ich schreiben wollte, und unterstützte mich mit ihrem Optimismus, wenn ich den Mut zu verlieren drohte. »Ich mache mir keine Sorgen um dich«, sagt sie oft – genau die richtige Aufmunterung, wenn ich kurz vor dem Durchdrehen bin. Danke, dass du dir keine Sorgen machst – dich aber um mich sorgst. Ich danke auch den anderen herausragenden Mitgliedern des Dutton-Teams: Liza Kaplan, aber auch Scottie Bowditch, Danielle Delaney, Eileen Kreit, Deborah Kaplan, Kristin Gilson, Rosanne Lauer, Elyse Marshall, Emily Romero, Don Weisberg sowie der gesamten Belegschaft der Penguin-Young-Readers-Group: dem unglaublichen Sales- and Marketing-Team, der wunderbaren Schul- und Bibliotheksabteilung, der durch und durch brillanten Online-Abteilung und all den phantastischen Außendienstmitarbeitern, die ihre Autoren mit Leib und Seele vertreten.

Sarah Burnes ist meine Agentin, meine Anwältin, mein Augenöffner, mein Mamabär und vor allem meine weise und großzügige Freundin. Ich bin sehr dankbar, eine Frau an meiner Seite zu haben, die all meine Facetten versteht – und infolgedessen meine Charaktere und Bücher. Das Powerteam Logan Garrison, Rebecca Gardner und Will Roberts hat meine Bücher so weit katapultiert, wie ich es nie für möglich gehalten hätte. Man kann sich kein netteres, klügeres Rudel Bulldoggen vorstellen!

Bei Isabel Kyriacou möchte ich mich, neben vielen anderen Dingen, dafür bedanken, dass sie mir beigebracht hat, auf Spanisch zu fluchen. Ferner danke ich meinen Young-Adult-Kohorten, besonders Libba Bray und Stephanie Perkins, die mir das schriftstellerische Äquivalent einer Therapie geboten haben: aufmerksames Zuhören, unterbrochen von scharfsinnigen Fragen oder Kommentaren. (Ich glaube, sie arbeiten mit den meisten Versicherungen zusammen.) Mein Dank gilt auch Nina LaCour, E. Lockhart, Sandy London, Margaret Stohl, Courtney Sheinmel, Robin Wasserman und allen anderen, die meinem Gequassel über komplizierte Handlungsstränge zugehört haben. Ich danke Onome Edodi-Disowe, Victoria Hill und allen Damen der BK/BNS-Truppe dafür, dass sie die Zügel in die Hand genommen haben, so dass ich sie loslassen konnte. Mein Dank gilt Veronica Brodski, die mir geholfen hat zu verstehen, wovon dieses Buch in Wahrheit handelt, und Rebecca Haworth, die die erste Reise mit mir unternommen hat. Wir hatten unsere Melanie-Momente – und haben sie überwunden. Danke, Marjorie Ingall, für das Lesen, Händchenhalten und Fachsimpeln über Shakespeare.

Apropos Shakespeare: Natürlich ist er lange tot, und im Grab nützen weder Tantiemen noch Ruhm, aber trotzdem möchte ich ihm dafür danken, dass er mir das Überraschungsgeschenk dieses Buches gemacht und das Theaterstück geschrieben hat, das auf so vielen Ebenen heute noch aktuell ist. Der Royal Shakespeare Company bin ich dankbar dafür, dass sie *Wie es euch gefällt* genau zu dem Zeitpunkt in New York aufführte, als ich mit diesem Buch begann. Der Fiasco-Theater-Company danke ich dafür, dass sie mich auf *Cymbeline* aufmerksam gemacht hat, und für all die Hilfe bei diesem Buch und dem nächsten.

Ich danke meinen Eltern, die mir ihre Liebe zum Reisen vererbt haben und stolz auf mich waren, als ich in der Woche nach meinem Highschoolabschluss nach Europa abreiste, um dort an der »Universität des Lebens« zu studieren. Sie erzogen mich zu so viel Selbständigkeit, dass ich die nächsten paar Jahre allein und selbstfinanziert umherreisen konnte. Ich danke meinen Geschwistern, Tamar und Greg, die ihre kleine Schwester immer ermuntert und unterstützt haben und die mich, jeder auf seine Art, das Ja-Sagen lehrten. Danke Karen und Detta, Rebecca, Hannah, Liam, Lucy und meiner ganzen großen Verwandtschaft.

Ich danke allen Menschen, die ich im Laufe der Jahre auf meinen Reisen kennengelernt habe – mit einigen bin ich in Kontakt geblieben, andere tauchen in diesem Buch auf, und wieder andere haben meinem Lebensweg eine andere Richtung gegeben. Ohne euch wäre ich nicht an diesem Punkt angekommen und würde nicht diese Worte schreiben.

Ich danke meinen Leserinnen und Lesern dafür, dass sie ihre geistigen Koffer gepackt und mich auf eine weitere Reise begleitet haben. Ohne euch säße ich jetzt ebenfalls nicht hier und schriebe diese Worte.

Und schließlich danke ich euch, Nick, Willa und Denbele: Ihr seid es, mit denen ich jetzt reise – und wie wild und herrlich die Reise ist!

Paige Toon

Endlich dein

Aus dem Englischen von Alice Jakubeit

416 Seiten. Broschur

Als Bronte und Alex sich in London kennenlernen, ist es Liebe auf den ersten Blick. Sie verbringen eine atemberaubende Nacht miteinander, doch Bronte muss nach Australien zurück. Über ein Jahr später nimmt Bronte einen Job bei einem Magazin in London an. Gleich am ersten Tag trifft sie auf ihren neuen Kollegen – Alex. Bronte spürt sofort, dass da noch etwas ist. Aber Alex tut so, als sei nichts. Um sich abzulenken, nimmt Bronte Aufträge als Hochzeitsfotografin an. Zwölfmal ist sie dabei, als sich glückliche Paare das Jawort geben. Doch dann kommt Auftrag Nummer 13: die Hochzeit von Alex!

»Ein Buch, das man nicht aus der Hand legen kann – romantisch und witzig!«
Closer